So hatten sich Silja und Bastian den Morgen nach ihrer Hochzeit auf dem Hörnumer Leuchtturm nicht vorgestellt: Das Telefon klingelt noch vor dem Aufstehen, und Bastian wird über den Fund einer brutal ermordeten Frau im Südwäldchen unterrichtet. Er glaubt zunächst an einen schlechten Scherz in der Hochzeitsnacht. Doch es ist wahr. Der Fall ruft auch Staatsanwältin Elsbeth von Bispingen auf den Plan, die mit einem Verdacht konfrontiert wird, der ihre Gefühle auf eine harte Probe stellt. Wem kann sie noch trauen?

Nervenkitzel pur mit der Sylt-Krimi-Reihe:

Band 1: Engel sterben
Band 2: Frauen lügen
Band 3: Männer schweigen
Band 4: Mörder weinen
Band 5: Mädchen töten
Band 6: Sünder büßen
Band 7: Falscher Glanz
Band 8: Einsames Grab
Band 9: Böser Abschied
Band 10: Toter Blick

Eva Ehley studierte Literaturwissenschaften und Mathematik und arbeitete als Lehrerin. In ihren Texten erzählt sie allerdings von Dingen, über die man in der Schule nichts lernt. Hier werden Neurotiker leicht zu Mördern, während Egoisten unter Umständen ein Helfersyndrom entwickeln. Eva Ehleys Sylt-Krimis sind klassische Whodunnits mit Tendenz zum Psychothriller. Und sie sind nicht nur an der Nordsee Kult. Ehleys Texte wurden vielfach preisgekrönt u.a. mit dem Agatha-Christie-Krimipreis. Die Autorin lebt in Berlin. Sie ist verheiratet und hat zwei erwachsene Söhne.

Weitere Informationen finden Sie auf www.fischerverlage.de

eva
Ehley

Toter Blick

Ein Sylt-Krimi

FISCHER
Taschenbuch

Aus Verantwortung für die Umwelt hat sich der S. Fischer Verlag zu einer nachhaltigen Buchproduktion verpflichtet. Der bewusste Umgang mit unseren Ressourcen, der Schutz unseres Klimas und der Natur gehören zu unseren obersten Unternehmenszielen.

Gemeinsam mit unseren Partnern und Lieferanten setzen wir uns für eine klimaneutrale Buchproduktion ein, die den Erwerb von Klimazertifikaten zur Kompensation des CO_2-Ausstoßes einschließt.

Weitere Informationen finden Sie unter: www.klimaneutralerverlag.de

FSC www.fsc.org
MIX
Papier aus verantwortungsvollen Quellen
FSC® C014496

Originalausgabe

Erschienen bei FISCHER Taschenbuch
Frankfurt am Main, April 2023

Satz: Pinkuin Satz und Datentechnik, Berlin
Druck und Bindung: GGP Media GmbH, Pößneck
Printed in Germany
ISBN 978-3-596-70761-4

Prolog

Es ist Anfang November, die Natur hat längst die Macht über Sylt und seine Einwohner zurückerobert. Jetzt sind die meisten Touristen verschwunden, die Strände leer, die Strandkörbe abgeräumt und sicher verwahrt. Viele Andenkenläden und Modeshops haben ihre Schaufenster verrammelt, die Gastronomen bereiten sich auf den Rummel zum Jahreswechsel vor, und selbst die Möwen warten auf bessere Zeiten. Die Sonne ist schon vor Stunden untergegangen. Über der Nordsee steigt die Feuchtigkeit in fetten Schwaden auf, wabert über den verlassenen Strand, schwebt die Dünen hinauf, füllt Täler und Mulden, ergießt sich über die Heide und hüllt die ersten Reetdachhäuser ein. Konturen verschwimmen, Baumwipfel und Dachfirste versacken im Dunst.

Dann erreicht der Nebel die Inselmitte. Auf der Verbindungsstraße zwischen Westerland und Wenningstedt treiben Nebelfetzen. Ein stumpfgraues Huschen auf nassglänzendem Asphalt. Tonlos und scheu. Nur selten stört ein Wagen das Schleierballett, frisst sich auf milchiger Scheinwerferbahn durch die Nacht. Das Röhren des Motors hallt durch den Dunst, der den Schall nur wenige Meter weit trägt, ihn dann einkreist, niederkämpft und unschädlich macht. Nebelstille folgt. Weißes Schweigen. Erst Minuten später nähert sich der nächste Wagen, bewegt sich in seinem Kokon aus Licht und Geräusch, erscheint und verschwindet, als habe es ihn nie gegeben.

Auf dem Radweg neben der Straße kämpft sich eine dunkel vermummte Gestalt durch die Kälte. Gebückt tritt sie in die Pedale, während der Wind an ihrer Kapuze zerrt und einzelne Wassertropfen an ihrer Öljacke entlangtreibt. Niemand hört ihr Keuchen und die gemurmelten Flüche.

Niemand kommt der Gestalt entgegen, und niemand fährt hinter ihr, denn keiner, der nicht einen guten Grund dafür hat, hält sich bei diesem Wetter noch im Freien auf. Und darum wird auch niemand beobachten können, was nur wenige Minuten später im Schutz der Dunkelheit geschieht.

Sonntag, 2. November, 05.00 Uhr, Südwäldchen, Westerland

Im Westerländer Süden liegt ein breiter Grünstreifen zwischen den Dünen und der Inselmitte. In Reih und Glied gepflanzte Nadel- und Laubbäume schirmen das Straßennetz zur Nordsee hin ab und bieten den Anwohnern der schlichten Doppel- und Reihenhäuser eine gern genutzte Oase der Ruhe und Erholung.

Zu dieser frühen Stunde liegt das Wäldchen noch im Dunkeln. Nieselregen tropft durch Baumkronen, zarte Schleier hängen wie Spinnweben auf Farnen und Zweigen. Es riecht nach Pilzen und Moder, frisch, erdig und ein wenig nach Verwesung.

Eine fast vollkommene Stille lässt die Nähe der bebauten Straßen vergessen. Auch das Rauschen der Wellen hinter der Dünenkette ist hier nicht zu hören. Stattdessen kann das geübte Ohr andere Geräusche wahrnehmen. Ab und an raschelt es im Unterholz, huschend bewegen sich winzige Tiere im Schutz der Nacht. Käferkolonnen schieben sich unter der Blätter- und Nadelschicht hindurch, die den Boden bedeckt. Fliegenschwärme surren durch die Dunkelheit. Ihr Ziel ist ein dicker Baumstamm, der abseits des Weges steht.

An seine rissige Rinde ist ein menschlicher Körper gefesselt. Fest umschlungen von einem neongrünen Kunststoffseil schmiegt eine nackte Frau Rücken, Kopf, Arme und Beine an den Baumstamm, als wolle sie sich in einer rückwärtigen Umarmung mit ihm vereinen. Die kleinen blassen Brüste werden vom Seil in je zwei welke Hälften geteilt, während die knochigen Hüften weit hervorstehen und das graue

Dreieck der Schamhaare wie ein Ausrufezeichen wirken lassen. Die Achseln der Frau sind sauber rasiert, das Haupthaar ist sportlich kurz geschnitten und von einem künstlich wirkenden Schwarz. Regen tropft darauf, läuft über Gesicht und Hals, staut sich vor der Hürde, die das grüne Seil dort bildet, wo es den Hals sehr eng umschließt. Das Stocken wiederholt sich überall dort, wo das Seil den Körper einschnürt. Erst nach einer Weile läuft das Wasser über und fließt in schmalen Rinnsalen an Schultern, Brüsten, Hüften und Beinen hinab.

Die weit geöffneten Augen der Frau starren mit totem Blick ins Leere, ihre Bindehaut ist nicht mehr hell, sondern weist eine gelblich braune Färbung auf. Der Unterkiefer hängt tief herab, als sei der Mund zu einem Schrei geöffnet. Am Hinterkopf befindet sich eine klaffende Wunde, aus der Blut und Hirnmasse getreten sind.

Am Boden zwischen Gräsern und Moosen direkt vor den blau gefleckten Füßen der Toten liegen eine schwarze Jeans, ein dunkelgrüner Kapuzenpulli, eine graue Regenjacke und hautfarbene Baumwollunterwäsche sowie ein Paar Sneakers, in denen zusammengerollt hellgelbe Socken stecken. Die grelle Farbe der Socken wirkt ebenso wie das neongrüne Kunststoffseil auf eine irritierende Weise deplatziert zwischen den verwaschenen Farben des Herbstes, die sich in der restlichen Kleidung zu wiederholen scheinen. Ein Ausrufezeichen, dessen Sinn es zu ergründen gilt.

Doch noch ist es dunkel und einsam im Südwäldchen. Noch gibt es keine morgendlichen Jogger und schon gar keine Spaziergänger, niemand führt seinen Hund aus, so dass bisher noch kein menschliches Auge den sorgfältig platzierten Frauenkörper entdecken und niemand sich Gedanken über die merkwürdige Farbwahl machen konnte.

Sonntag, 2. November, 08.50 Uhr, Drosselstieg, Westerland

In der gemütlichen Küche von Meret und Hannes Winterberg riecht es nach frischem Hefegebäck, warmer Milch und aromatischem Tee. Das Ehepaar hat seine beiden Enkelkinder übers Wochenende zu Besuch, weil deren Eltern am Samstag zu einer Hochzeitsfeier eingeladen waren. Der hölzerne Küchentisch ist liebevoll mit blau-weißem Porzellan gedeckt, selbst gemachte Marmeladen stehen neben Wurst und Käse bereit. Die zwölfjährige Mette und der bald zweijährige Max sitzen plaudernd am Tisch und lassen sich die ofenwarmen Hefeteilchen schmecken, die ihre Oma Meret selbst zubereitet hat. Die grauhaarige schlanke Mitsechzigerin mit den fröhlichen blitzenden Augen freut sich über den Appetit der Kinder und ermuntert sie, noch einmal zuzugreifen. Hannes Winterberg, ein korpulenter Mann mit dichtem schlohweißem Haupthaar und einem grauen Schifferbart, beobachtet die Szene amüsiert.

»Nicht dass du die Lütten so vollstopfst, dass sie nachher Bauchgrimmen haben«, ermahnt er seine Frau halb scherzhaft.

»Lass stecken, Opa«, gibt Mette übermütig zurück. »Max und ich haben riesige Mägen, jedenfalls wenn es um Oma Merets Hefekringel geht.«

»Kingel! Mas mer kingel«, kräht auch der kleine Max fröhlich und greift nach dem nächsten Stück.

Vorsichtig windet Meret Winterberg ihrem Enkel das Hefestück aus der Hand. »Wir teilen es, okay? Du darfst jetzt noch ein Halbes essen und nachher, wenn du vom Spielplatz kommst, die andere Hälfte.«

Die Erwähnung des Spielplatzes lässt Max sofort das Interesse an dem Süßgebäck verlieren. »Bipa, Bipa«, fordert er mit energischer Stimme.

Hannes Winterberg wirft einen besorgten Blick durchs Küchenfenster nach draußen, wo schon den ganzen Morgen ein leichter Nieselregen niedergeht. »Nicht dass die Kinder sich in dem Schietwetter noch eine Erkältung holen«, murmelt er.

»Aber Opa! Es gibt kein schlechtes Wetter, nur falsche Kleidung. Sagst du doch selbst immer.«

»Bipa! Lok!«, kräht Max und bringt seine Großmutter zum Schmunzeln.

»Die tolle rote Eisenbahn wartet bestimmt schon auf dich. Schließlich bist du der Lokführer.«

»Bipa, Mas, Lok«, bestätigt der Kleine eifrig nickend.

»Also gut, ich bin überstimmt.« Hannes Winterberg schiebt seinen Stuhl zurück und steht auf. »Kinners, nur noch die Zähne putzen, dann könnt ihr euch in die Gummistiefel und die Regenjacken werfen, und los geht's.«

Zehn Minuten später steht die kleine Truppe abmarschbereit an der Tür des Reihenhauses. Mette trägt einen knallroten Regenmantel und ziemlich ramponierte grüne Gummistiefel, der kleine Max einen dunkelblauen wasserfesten Matschanzug mit passenden funkelnagelneuen Stiefeln. Beide Kinder haben die Kapuzen über die Ohren gezogen und warten ungeduldig darauf, dass ihr Großvater endlich seine Öljacke zugeknöpft und die Mütze aufgesetzt hat.

»Los geht's«, ruft Hannes Winterberg schließlich und stößt die Tür auf.

Ein kalter Luftstoß dringt ins Haus und lässt Meret erschauern. »Bleibt nicht zu lange«, ruft sie ihrem Mann und den Enkeln hinterher. »Sonst muss ich euch alle drei gleich anschließend in die heiße Wanne stecken.«

»Keine Sorge, Omi, wir bewegen uns ja. Da friert man nicht so schnell.«

Während der kleine Max an der Hand seines Großvaters bleibt, läuft Mette übermütig voraus. Sie kennt den Weg zum Spielplatz genau. Zwei Straßenkreuzungen sind zu überqueren, und dann geht es ein Stück durchs Südwäldchen, in dessen Mitte der Spielplatz liegt. Die Zwölfjährige hat sich als kleines Kind oft genug hier vergnügt und kommt immer noch gern mit, um neben dem Bruder wie wild zu schaukeln oder allein durchs Unterholz zu streifen, während ihr Opa aufpasst, dass sich Max beim Klettern in der roten Holzeisenbahn nichts tut.

Als Mette das Wäldchen erreicht hat, blickt sie sich um. Ihr Opa und Max begutachten gerade eine verlassene Baustelle, neben der ein Bagger und ein Schuttcontainer am Straßenrand stehen.

»Ich geh schon mal vor«, ruft Mette ihnen zu und läuft los, ohne auf eine Antwort zu warten.

Zwischen den Bäumen ist es dunkler und kälter als auf der Straße. Nebelschwaden hängen in den kahlen Kronen, Tau glitzert auf den Ästen. Im Vorbeigehen schlägt Mette gegen einzelne Zweige und lässt die Tropfen sprühen. Abenteuerlustig verlässt sie den Weg, der zum Spielplatz führt. Ihre Gummistiefel versinken im nassen Laub. Fast stolpert sie über eine Wurzel und heftet deshalb ihren Blick lieber auf den Boden. Leise summt sie vor sich hin, während sie überlegt, was es wohl zum Mittagessen geben wird. Bratwürste, fällt es ihr ein, und dazu Kartoffelpüree. Und am Nachmittag kommen dann die Eltern zum Kaffeetrinken und um sie und Mäxchen abzuholen.

Als eine eifrige Käferkolonne Mettes Aufmerksamkeit erregt, vergisst sie die Eltern und konzentriert sich darauf, zu beobachten, wie die Kriechtiere mit Blättern und anderen Hindernissen umgehen. Immer wieder verschwinden mehrere von ihnen aus Mettes Blickfeld, weil sie offenbar in tiefere Schichten ausweichen. Manchmal schaffen es die winzigen Kerle sogar, ein besonders trockenes Blatt aus dem Weg zu schieben. Es dauert ein wenig, bis Mette klar wird, dass die Tiere nicht wahllos durch die Gegend krabbeln, sondern ein bestimmtes Ziel verfolgen. Alle bewegen sich in die gleiche Richtung, auch wenn sie manchmal Umwege in Kauf nehmen müssen. Mit gesenktem Kopf verfolgt Mette die Spur der Käfer vorbei an Baumstämmen und einzelnen Sträuchern.

Dann sieht sie etwas leuchtend Gelbes am Fuß eines Baumes.

Socken in einem Paar Turnschuhen.

Drum herum liegen Kleidungsstücke am Waldboden.

Und hinter der Kleidung stehen zwei blaue Füße.

Im ersten Moment glaubt Mette an einen Spaß. Da hat jemand blau gefärbte Gummifüße hingestellt, um ahnungslosen Waldbesuchern Angst zu machen.

Doch die Füße münden in sehnigen Beinen und darüber …

Mette erstarrt.

Sie schließt die Augen und will sie nie wieder öffnen. Jemand soll kommen und sie einfach von hier wegtragen. Sie will das nicht sehen, aber sie kann auch nicht weglaufen, denn dafür müsste sie die Augen wieder aufmachen.

»Opa!«, schreit Mette durch den menschenleeren Wald. »Opa, komm her, bitte! Ganz schnell.«

Sie lauscht in die Stille. Nichts.

Aber er muss sie doch hören!

»Opa, hier bin ich!«

Wieder keine Antwort.

»Opa … Opa … Opa!«

Und als er immer noch nicht reagiert, fügt sie mit sich überschlagender Stimme hinzu: »Hier ist eine Frau an einen Baum gebunden. Sie ist nackt, und sie hat geblutet, und sie ist tot.«

Sonntag, 2. November, 09.11 Uhr, Südwäldchen, Westerland

»Opa … Opa … Opa!«

Hannes Winterberg hört Mettes Rufen und weiß sofort, dass ihr etwas geschehen ist. Wahrscheinlich ist Mette gestürzt und hat sich weh getan. Das Kind ist mutig und draufgängerisch, da passiert das schon mal. Hoffentlich ist es nichts Schlimmes!

Hannes Winterberg greift sich den kleinen Max, der sich nur widerstrebend von der genauen Untersuchung des Baggers abhalten lässt.

»Mette hat gerufen. Wir müssen hinlaufen und gucken, was da los ist.«

»Mas Bagga«, beharrt der Kleine.

»Nein, Max geht jetzt mit Opa zu Mette. Komm, ich nehm dich auf den Arm, das magst du doch so gern.«

Zufrieden schmiegt sich der Kleine an seinen Großvater

und beginnt mit dem Reißverschluss der Öljacke zu spielen. Schnaufend fällt Hannes Winterberg in einen schnellen Trab. Mäxchen ist ein ganz schöner Brocken und er selbst nicht mehr der Jüngste. Doch schon hat er den Waldrand erreicht, jetzt muss er nur noch Mette finden. Suchend blickt er sich um. Nichts. Nur Bäume, nass vom Regen, und ein schlammig aufgeweichter Weg, der direkt zum Spielplatz führt. Schon hastet Hannes den Weg entlang, als Mettes Stimme noch einmal an sein Ohr dringt.

»Hier ist ein Pfau an einen Baum gebunden.«

Gott sei Dank, denkt er, *ihr ist nichts passiert. Weiß der Himmel, was Mette da wieder entdeckt hat.*

Hannes kann die nächsten Worte seiner Enkelin nicht richtig verstehen, aber er blickt in die Richtung, aus der ihre Stimme kommt, und tatsächlich schimmert ihre rote Jacke durch die Bäume. Mette steht ganz still und bewegt sich nicht. *Merkwürdig, das passt gar nicht zu ihr*, denkt Hannes noch. *Wenn sie aufgeregt ist, hüpft sie doch meistens von einem Bein aufs andere.*

»Mette, was ist denn? Ich bin gleich bei dir.«

Zügig und konzentriert stapft er durch das Unterholz. *Jetzt bloß nicht stolpern, Mäxchen sicher auf dem Arm halten, alle störrischen Zweige beiseiteschieben. Mette sagt gar nichts mehr, sehr merkwürdig.*

Endlich hebt Hannes den Blick. Und erstarrt.

Nein, das kann nicht sein! Das ist ganz und gar unmöglich!

Hannes Winterbergs Gedanken überschlagen sich. Hat Mette wirklich diesen Anblick in all seiner Grausamkeit aufgenommen? Den klaffenden Mund, die toten Augen. Den entblößten, gefesselten Körper. Den zertrümmerten Hinterkopf.

In einer spontanen Geste hält Hannes seinem Enkel die Augen zu. Der kleine Max begreift nicht und wehrt sich entschieden. Während Hannes sich bemüht, den Kleinen ruhig zu halten, läuft er die letzten Schritte zu Mette.

Jetzt sieht er, dass sie ihre Augen fest zugekniffen hat. Hannes Winterberg setzt Mäxchen ab, fasst ihn an die eine und seine Enkelin an die andere Hand und murmelt: »Alles wird gut, min Deern. Wir gehen jetzt ganz langsam nach Hause. Und dann rufen wir die Polizei. Du musst die Augen nicht aufmachen, ich führe dich.«

Mette nickt kaum wahrnehmbar und setzt sich mit tastenden Schritten in Bewegung. Sie kommen lähmend langsam voran. Max stolpert neben ihm her und will nun doch wieder getragen werden. Während Mette leise zu schluchzen beginnt, bemüht sich Hannes, die eigene Verstörung zu verdrängen und das Entsetzen nicht zuzulassen.

Welches Schwein macht so etwas?

Kein Wunder, dass die Lütte wie betäubt wirkte. Sie zittert am ganzen Leib, Hannes spürt es an ihrer kleinen Hand.

»Es wird alles ganz bald wieder gut«, wiederholt er, wohl wissend, dass gar nichts gut werden wird, und bald sowieso nicht. Hannes verflucht sich selbst dafür, dass er wieder mal das Handy nicht mitgenommen hat. Jüngeren Leuten würde das nicht passieren. Aber er ist eben noch aus einer anderen Generation. *Analog und nicht digital*, schießt es ihm durch den Kopf. *Auf was für abwegige Gedanken ich verfalle, während meine Enkelin vielleicht den größten Schock ihres Lebens verarbeiten muss*, tadelt er sich gleich darauf selbst. Dann realisiert er, dass auch er unter Schock steht und vermutlich froh sein kann, wenn es ihm gelingt, die beiden Lütten heil nach Hause zu bringen.

»Alles wird gut«, sagt er zum dritten Mal, als könne er mit dieser Beschwörung irgendetwas bewirken. »Wir gehen jetzt zurück zu Oma Meret, und dann rufen wir die Polizei. Du bist sehr tapfer gewesen, Mette, und du kannst jetzt auch deine Augen wieder aufmachen, sonst stolperst du noch.«

Mette schüttelt energisch den Kopf. »Die Frau«, stammelt sie, »war die tot?«

»Ja, Mette, das war sie. Sie hat nichts mehr gespürt.«

»Aber vorher. Das tut doch weh, wenn man so festgebunden wird.«

Mette schluchzt noch einmal, öffnet aber wenigstens die Augen, um ihren Großvater fragend anzusehen.

»Sie war schon tot, als sie in den Wald getragen wurde«, antwortet Hannes tröstend, doch seine Stimme ist brüchig. *Woher will ich das wissen?*, fragt er sich. *Mein Sohn ist zwar bei der Kriminalpolizei, aber ich habe mich doch nie mit solchen Dingen beschäftigt. Ich sehe noch nicht mal die Krimis im Fernsehen.*

Allerdings scheint die Antwort ihres Großvaters Mette gutzutun. Sie hört auf zu weinen und fragt nach einer Weile nachdenklich: »Warum musste die Frau an den Baum gebunden werden, wenn sie doch tot war? Die gehört doch in einen Sarg, oder?«

»Dafür wird jetzt auch gesorgt.«

Mäxchen langweilt sich, und will nicht mehr laufen. *Und deshalb muss ich auch so schnell wie möglich zu einem Telefon. Ich muss jetzt durchhalten, ich darf nicht schlappmachen. Noch eine Ecke und dann die Straße rauf.* Als Mäxchen sich gerade tonnenschwer macht und sich weigert, auch nur einen einzigen weiteren Schritt zu tun, taucht zum Glück schon das Haus von Hannes und Meret Winterberg am Ende der Straße auf. Hannes lässt Mettes Hand los und nimmt den Kleinen wieder hoch. Ein schmerzhafter Stich fährt durch seine Brust. *Jetzt nur noch ein paar Schritte, dann die Klingel drücken, und es ist geschafft.*

»Opa, ich habe dich was gefragt«, insistiert Mette.

Hannes hat keine Ahnung, was das gewesen sein soll, aber zum Glück öffnet Meret jetzt die Tür.

»Ihr seid aber schnell wieder zurück«, beginnt sie, um Sekunden später zu begreifen. »Was ist passiert? Du bist ganz blass. Meine Güte, hattest du wieder Herzprobleme?«

Hannes schiebt Mette durch die Tür und lässt Max auf den Boden gleiten.

»Ruf Sven an, sofort«, keucht er, dann sackt er selbst zu Boden und bleibt neben seinem verdutzten Enkel sitzen.

»Sven? Was soll denn Sven ausrichten? Ich rufe den Notarzt. Mit dir stimmt was nicht, das sehe ich doch.«

»Oma, im Wäldchen ist eine tote Frau, und ich habe sie entdeckt, und sie war ganz blau an den Füßen, und der Mund war …«

»Mette, was redest du?«

»Die Lütte hat recht«, fällt Hannes seiner Frau ins Wort. »Ruf jetzt endlich Sven an, danach erkläre ich dir alles.«

Sonntag, 2. November, 09.27 Uhr, Norderstraße, Westerland

Kriminalhauptkommissar Bastian Kreuzer kann nicht schlafen.

Gestern hat er seiner großen Liebe Silja Blanck das Versprechen für ein gemeinsames Leben gegeben. Silja ist ebenfalls Kommissarin auf Sylt, also haben sich die beiden gegen eine offizielle Trauung entschieden und nur symbolisch geheiratet, um berufliche Konsequenzen zu vermeiden. Die Zeremonie hat im kleinen Kreis stattgefunden, denn oben auf dem Hörnumer Leuchtturm sind nur wenige Hochzeitsgäste zugelassen. Umso fetter war die abendliche Party im Keitumer Friesensaal. Silja und Bastian haben bis fünf Uhr morgens ausgelassen getanzt und gefeiert. Erst seit vier Stunden liegen sie im Bett ihrer gemeinsamen Wohnung. Während Silja quasi bei Kissenberührung eingeschlafen ist, war Bastian so aufgedreht, dass er bis jetzt wachgelegen hat.

Gerade lässt der Hauptkommissar noch einmal die halbe Stunde Revue passieren, die Silja und er umhüllt von Nebelschwaden auf dem Leuchtturm verbracht haben. Man konnte zwar nicht wie erhofft den Weitblick über die Insel genießen, aber dafür herrschte eine fast magische Atmosphäre. Es war, als würden alle Anwesenden über den Dingen schweben, inmitten eines federleichten Dunstes, umschwirrt von einem sagenhaften Möwenballett und umbrandet vom Rauschen und Brausen des Meeres tief unter ihnen.

Als Trauzeugen waren Sven Winterberg und seine Ehefrau Anja mit dabei. Die beiden sind nicht nur gute Freunde, sondern Sven ist auch ein Kollege, nämlich der dritte Kommissar bei der Westerländer Polizei. Gemeinsam mit ihm haben Silja und Bastian in der Vergangenheit schon einige spektakuläre Morde erfolgreich aufgeklärt. Allerdings ist Sven zurzeit vom Ermittlungsgeschehen abgezogen und versieht stattdessen Schreibdienste auf der Wache. Im vergangenen Sommer hatte er seine Dienstwaffe zu einem privaten Treffen mitgenommen, eine Aktion, die einen Toten zur Folge hatte und Sven selbst in Lebensgefahr gebracht hat.

Ihre Freundschaft konnte Svens Degradierung zum Glück

nicht erschüttern, so dass sich Sven und seine Frau mit großer Freude als Trauzeugen zur Verfügung gestellt haben.

Ursprünglich sollte das feierliche Eheversprechen auf dem Hörnumer Leuchtturm schon im Spätsommer stattfinden, aber einen Termin an dieser sehr nachgefragten Location zu buchen, hat sich als äußerst kompliziert erwiesen. Also sind Silja und Bastian auf den November ausgewichen. *Der 1. 11. ist doch ein tolles Datum*, hatte Silja nach einigem Hin und Her energisch erklärt und sich gegen alle Vernunft sofort nach der Terminbuchung ein sündhaft teures cremefarbenes Kaschmirkleid mit passendem Mantel zugelegt. Bastian wollte nicht nachstehen und ist ebenfalls mit Kaschmirmantel, wenn auch in Dunkelblau, erschienen. Für die anschließende große Sause haben sich beide dann etwas luftigere Kleidung besorgt. Das silberne Cocktailkleid im Zwanziger-Jahre-Stil, mit dem Silja ihn auf der Party überrascht hat, war einfach umwerfend, fand Bastian. Und er findet es immer noch, denn das Kleid hat Silja bei der Heimkehr direkt neben ihrem großen Bett nachlässig über einen Stuhl geworfen.

Gerührt lässt Bastian seinen Blick vom Kleid zurück zur schlafenden Silja wandern. Ihr langes dunkles Haar liegt ausgebreitet wie ein glänzender Schleier neben ihrem schmalen Gesicht, und ein kleines Lächeln spielt um ihren Mund. *Ich werde dich immer lieben*, verspricht ihr Bastian gerade insgeheim. Und als könne sie im Schlaf seine Gedanken lesen, vertieft sich Siljas Lächeln.

Bastian dreht sich auf den Rücken, verschränkt die Arme hinter dem Kopf und schließt die Augen. *Heute ist Sonntag, und wir bleiben den ganzen Tag im Bett. Es ist schließlich unsere Hochzeitsnacht. Also entspann dich endlich und sieh zu, dass du noch einen Happen Schlaf bekommst. Die drei Espressi, die du nach Mitternacht hattest, werden ja wohl nicht ewig wirken.*

Und tatsächlich legt sich bald eine angenehme Ruhe über ihn, sein Atem geht langsamer, und ebenso flüchtige wie sinnlose Szenen, die schon halb ins Traumland verweisen, huschen durch seinen Kopf. Bastian dreht sich zur Seite und schlingt seinen Arm um Silja, bereit, sich vollständig dem Schlaf zu überantworten.

Das Schrillen des Telefons erwischt ihn nur Sekunden später. Tief verwirrt richtet er sich auf. *Welcher Idiot wagt es, jetzt hier anzurufen?*, denkt er erbittert und wäre ganz sicher nicht ans Telefon gegangen, wenn er nicht hätte befürchten müssen, dass das Klingeln auch Silja aus dem Schlaf reißen wird.

Also wuchtet er seinen massigen Körper aus dem Bett, denkt flüchtig an seinen Vorsatz, das Fitnesscenter, in dem er schon länger Mitglied ist, diesen Winter häufiger aufzusuchen, und tapst in die Wohnküche, wo das Telefon steht. Die Tür zum Schlafzimmer schließt er sorgfältig hinter sich.

»Ja. Kreuzer hier. Was ist denn los?«, murmelt Bastian verschlafen in den Apparat.

Am anderen Ende meldet sich ausgerechnet Sven, der doch bis zum Schluss mit ihnen gefeiert hat und jetzt ebenso erschöpft sein müsste wie Silja und Bastian.

»Ich hatte gerade einen Anruf von meinem Vater.«

»Kommt der mit euren Kindern nicht klar, oder was? Und wenn ja, was habe ich damit zu tun?«, unterbricht ihn Bastian ungnädig. Undeutlich erinnert er sich daran, dass Mette und Mäxchen über das Hochzeitswochenende zu Svens Eltern ausquartiert worden sind.

»Heute früh ist mein Vater mit beiden Kindern im Südwäldchen unterwegs gewesen. Und ausgerechnet Mette hat mitten im Wald eine übel zugerichtete Tote entdeckt. Nackt an einen Baum gefesselt.«

»Das ist jetzt einer dieser ganz üblen Scherze, um Silja und mir die Hochzeitsnacht zu verderben. Besten Dank auch.« In Bastian kocht die Wut hoch. »Dass du dich nicht schämst, bei so etwas mitzumachen. Ich dachte, dafür sind wir nun wirklich zu alt«, poltert er.

»Echt nicht. Ich schwöre. Mein Vater muss fast einen Herzkasper gekriegt haben, wenn man meiner Mutter glauben darf. Er hat es gerade noch geschafft, die beiden Lütten nach Hause zu bringen, dann ist er zusammengeklappt.«

»Lass stecken, Sven. Ich fall auf so einen Blödsinn nicht rein. Wenn ich jetzt im Südwald aufkreuze, stehst du doch nur mit ein paar Kumpels dort und lachst dich schlapp über mich. Oder vielleicht habt ihr auch nur ein fettes Schild mit euren schadenfroh grinsenden Visagen in die Bäume gehängt. Ohne mich, mein Lieber. Schlaf einfach weiter und lass mich in Ruhe.«

Mit diesen Worten unterbricht Bastian die Verbindung und geht grummelnd zurück zum Schlafzimmer. Doch bevor er die Klinke herunterdrücken kann, klingelt das Telefon erneut.

»Jetzt reicht's aber«, schimpft Bastian und will gerade den Stecker des Festnetzanschlusses aus der Buchse ziehen, als auch Siljas Handy schellt, das auf dem Couchtisch liegt. Wütend greift er sich das Teil, um den Anruf wegzudrücken, da sieht er, dass diesmal nicht Sven am anderen Ende ist, sondern ein Kollege aus der Dienststelle.

Jetzt ist Bastian wirklich sauer. »Hey Leute, was soll der Scheiß?«, blafft er ins Handy. »Habt ihr nichts Besseres zu tun, als frisch Verheiratete um ihre wohlverdiente Hochzeitsnacht zu bringen?«

»Chef, die Sache hier sieht gar nicht gut aus.«

»Lass mich raten: Ihr steht im Wald direkt vor dieser angeblichen Leiche und wartet auf mich.«

»Stimmt genau.«

»Ich glaube dir kein Wort.«

Anstelle einer Antwort ploppt wenige Sekunden später ein Foto auf Siljas Display auf. Kahle Bäume im Morgennebel. Eine nackte Frau mit eingeschlagenem Schädel. Eine neongrüne Leine, mit der die Tote an einem der Stämme festgebunden ist.

Bastian atmet einmal ganz tief durch.

»Das ist jetzt keine Fotomontage, oder?«

»Leider nicht. Willst du noch ein Video? Sollen wir vielleicht persönlich durchs Bild tanzen, damit du uns glaubst?«

»Entschuldigt, Leute, ich mache mich gleich auf den Weg. Aber eines sage ich euch: Wenn ich das Schwein erwische, das mir die Hochzeitsnacht versaut hat, dann gnade ihm Gott.«

Sonntag, 2. November, 10.15 Uhr, Südwäldchen, Westerland

Der Mann in brauner Cordhose und hautfarbenem Anorak trägt eine abgewetzte geräumige Tasche in der Hand und kommt langsam den Waldweg entlang. Trotz seines verdrießlichen Gesichtsausdrucks geht ihm Silja Blanck mit ausgestreckter Hand entgegen.

»Schön, dass Sie so schnell hier sein konnten, Dr. Bernstein.«

Die Oberkommissarin ist froh über die Ankunft des Rechtsmediziners am Tatort, denn so kann sie der Leiche kurzzeitig den Rücken kehren, ohne dass die Kollegen tuscheln. In der Regel hat sie keine Mühe, von privat auf beruflich umzusteigen. Und auch ein schauriger Anblick haut sie nicht so schnell vom Hocker. Aber den Tag nach ihrer Hochzeit hat sich Silja Blanck wahrlich anders vorgestellt. Anstatt im Bett mit ihrem frischgebackenen Ehemann Bastian zu kuscheln, steht sie hier in Nebel und Kälte und soll den Mord an einer übel zugerichteten Frau aufklären.

Immerhin scheint sogar Bernstein von der gestrigen Festlichkeit zu wissen. »Erst mal alles Gute für Sie und Ihren Kollegen«, erklärt er und lässt sich, als er ihre Hand ergreift, sogar zu einem kleinen Lächeln hinreißen. »Hoffentlich machen Ihnen jetzt nicht die Flensburger Kollegen Scherereien. Ehen innerhalb der Kripo und dann gemeinsam ermitteln, das mögen die ja nicht so gern.«

»Es war nur eine freie Trauung. Und es wäre schön, wenn Sie das der Staatsanwältin gegenüber nicht erwähnen würden.«

»Kein Problem.« Der Rechtsmediziner blickt sich suchend um. »Wo haben wir denn das Schätzchen?«

Silja, die die zuweilen sehr flapsigen Kommentare des Rechtsmediziners schon gewöhnt ist, weist kommentarlos zu dem Grüppchen uniformierter Kollegen, die vor dem Baumstamm mit der Toten stehen und die Sicht versperren.

»Da wird sich die Spurensicherung aber freuen, wenn Sie hier alles platt trampeln«, mosert Bernstein.

»Wir sind nicht besonders nah herangegangen. Außerdem hat der Mord eindeutig nicht hier, sondern irgendwo anders stattgefunden.«

Ein zweifelnder Blick trifft Silja. »Übernehmen Sie jetzt meine Aufgaben, oder wie? Dann hätte ich vielleicht besser zu Hause bleiben und in Ruhe zu Ende frühstücken sollen.«

»Sorry, nein, so war das nicht gemeint. Aber sehen Sie doch selbst.«

Als die beiden sich nähern, bilden die Kollegen eine Gasse, an deren Ende die Tote und der Baumstamm aus dem Nebel grüßen. Silja und Bernstein bleiben mit leichtem Abstand vor dem festgebundenen Opfer stehen. Ein grellgrünes Seil fixiert Hals, Torso, Oberarme und Beine. Augen mit beinahe schwarzen Bindehäuten starren ihnen über einem Mund mit weit herabhängender Kinnlade entgegen. Scharen von Fliegen umschwirren den weichen Inhalt der Wunde am Hinterkopf. Andere Insekten interessieren sich mehr für die Augenhöhlen der Toten oder kriechen bis tief in ihren Rachenraum. In den Mundwinkeln der Frau sitzen winzig klein die ersten Maden. Bernstein stellt seine Tasche ab, zieht die Latexhandschuhe über und scheucht die Fliegen mit einer ungeduldigen Handbewegung weg. Dann nähert er sich der Leiche vorsichtig. »Die Hornhauttrübung ist schon ziemlich fortgeschritten«, murmelt er. Anschließend bückt er sich schnaufend und presst seinen Daumen fest auf einen der blau angelaufenen Knöchel. »Die Leichenflecken lassen sich nicht mehr wegdrücken. Der Eintritt des Todes dürfte also mindestens drei Stunden her sein.« Ächzend richtet der Rechtsmediziner sich auf, hebt anschließend vorsichtig einen Unterarm des Opfers an und bewegt ihn mühelos. »Noch keine Leichenstarre. Länger als vierundzwanzig Stunden ist sie keinesfalls tot.«

»Wahrscheinlich sogar erheblich kürzer«, traut sich Silja hinzuzufügen.

Sofort runzelt Bernstein die Stirn. »Wie kommen Sie darauf?«

»Da hinten ist ein Spielplatz. Der ist auch im Winter viel besucht. Ich kann mir nicht vorstellen, dass es niemand bemerkt haben sollte, falls die Tote gestern Nachmittag schon hier festgebunden war.«

»Es gibt einiges zwischen Himmel und Erde, was wir uns nicht vorstellen können«, murmelt Bernstein und beginnt, ohne auf eine Antwort zu warten, die Kopfwunde zu inspizieren. »Aber mit einem liegen Sie richtig«, gibt er nach einer Weile nachdenklich zu. »Wäre die Frau hier erschlagen worden, müsste überall viel mehr Blut sein.«

»Können Sie etwas über die Tatwaffe sagen?«, erkundigt sich Silja. Ihre Stimme klingt hohl und zittert leicht, ein Umstand, für den sie sich augenblicklich schämt. Aber die Umstellung von der ausgelassenen Hochzeitsfeier gestern Abend auf die Ermittlungen zu dieser Gräueltat fällt ihr immer noch schwer.

»Die Tatwaffe war schwer und stumpf, das sieht man an den Wundrändern. Nichts Scharfes, Glattes jedenfalls.« Nachdenklich betrachtet der Rechtsmediziner die Kopfwunde. »Außerdem sind hier so kleine helle Bröckchen, die bestimmt nicht aus dem Hirn der Toten stammen.« Er löst ein unregelmäßig geformtes Plättchen aus dem Wundrand und dreht es zwischen den Fingern. »Das ist hart, aber irgendwie auch porös. Damit muss sich die Spurensicherung genauer beschäftigen. Wo bleiben die Kollegen eigentlich?«

»Sind unterwegs. Aber Sie wissen ja, die müssen erst mal mit dem Autozug rüberkommen.«

Bernstein murmelt etwas Unverständliches und mustert anschließend Nacken, Rücken und Gesäß der Toten so gründlich, wie es ihre Position am Baumstamm erlaubt. »Soweit ich das erkennen kann, ist die Frau aber sehr schnell nach Eintritt des Todes an diesem Baum festgebunden worden. Sonst hätten wir auch auf dem Rücken Leichenflecken. Es würde sich also lohnen, wenn Sie im näheren Umkreis nach Blutspuren suchen.«

»Da ist mein Kollege schon dran.«

Silja blickt sich suchend um, und tatsächlich nähert sich Bastian gerade mit eiligen Schritten. Bernstein gratuliert auch ihm zur Eheschließung. Doch Bastian kommentiert die Gratulation lediglich mit einer ungeduldigen Handbewegung.

»Wir haben den vermutlichen Tatort gefunden«, erklärt er aufgeregt. »Keine fünfzig Meter von hier entfernt gibt es jede Menge Blut auf dem Waldboden.«

»Haben sie auch etwas Helles, Schweres, möglicherweise Poröses entdeckt?«

Bastian nickt und fragt verwundert: »Woher wissen Sie das?« Als Bernstein stumm auf die hellen Brösel in der Kopfwunde weist, fügt der Kommissar hinzu: »Ja, das könnte passen. Ein weißer Ytong-Stein, der aus einem Abrisshaus stammen muss, lag mitten in der Blutlache.«

»Am Rand vom Südwäldchen ist eine Baustelle«, fällt Silja ein. »Wir sind vorhin daran vorbeigefahren. Ich glaube, ich habe auch einen Schuttcontainer gesehen.«

»Sollte der Stein tatsächlich von dort stammen, klingt das nicht gerade nach einer sorgfältig geplanten Tat«, überlegt Bastian.

»Wer im Affekt jemanden umbringt, hat in aller Regel weder die Zeit noch die Nerven und schon gar nicht das

Material zur Hand, um so eine Inszenierung, wie wir sie hier sehen, zu veranstalten«, widerspricht Bernstein.

»Da haben Sie auch wieder recht«, muss Bastian zugeben. »Aber wir sind ja erst ganz am Anfang. Übrigens liegt am Tatort ein Fahrrad im Gebüsch.«

»Und Sie glauben, es hat ihr gehört?« Der Rechtsmediziner weist mit einer vagen Geste zu der Toten am Baum.

»Wir sind fast sicher. Es ist ein Damenrad, und der Vorderreifen ist total verzogen, als habe jemand von der Seite dagegengetreten und damit die Frau zum Umfallen gebracht.«

Bernstein bedenkt Bastian mit einem seiner berühmten abschätzigen Blicke und kommentiert lakonisch: »Wenn Sie alles schon selbst wissen, brauchen Sie mich ja gar nicht mehr. Ihre Kollegin hier war auch schon recht vorlaut.«

Spielerisch schnippt er gegen die rechte Hand des Opfers, wo die Farbe der Finger bereits ins Bräunliche tendiert, und erklärt übergangslos: »Die Hände des Opfers sind im Moment am interessantesten für mich.«

»Warum das?«, erkundigt sich Silja beflissen. Sie weiß genau, wie sehr Bernstein es schätzt, wenn man ihn ein wenig hofiert und vor allem seinen Urteilen nicht vorgreift.

Der Blick, den der Rechtsmediziner ihr zuwirft, ist jetzt auch deutlich freundlicher. Er hebt beide Hände der Toten an und mustert sie gründlich. »Ich kann hier nichts erkennen, was auf einen Sturz hindeuten würde«, doziert er. »Keine Abschürfungen, keinerlei Hautverletzungen. Wer vom Rad fällt, fängt sich aber in der Regel mit den Händen auf. Übrigens scheint es auch keine Abwehrverletzungen zu geben. Alle Fingernägel sind sauber, die Haut ist makellos glatt.« Er tritt einen Schritt zurück und lässt den Blick langsam von den Füßen bis zum Kopf der Toten wandern.

»Hast du deinen Mörder gekannt?«, fragt Bernstein leise. »Hattest du vielleicht sogar Vertrauen zu ihm, dass du dich so gar nicht gewehrt hast, als er sich dir genähert hat? Selbst als du ihm den Rücken zugewandt hast, hast du nicht geahnt, dass er dich Sekunden später erschlagen würde.«

»Dann wäre unsere Tote freiwillig von Rad gestiegen und die Acht im Vorderrad erst entstanden, als der Mörder es ins Gebüsch geworfen hat?«, fragt Bastian leise.

»Ich habe das Rad ja noch nicht gesehen. Und die Spurentechnik war auch noch nicht hier. Aber bisher spricht nichts dagegen, oder irre ich mich?«

»Vielleicht hat sie Handschuhe getragen. Bei der Kälte wäre das normal«, wendet Bastian ein.

»Guter Punkt«, gibt Bernstein widerwillig zu. Dann bückt er sich und hebt vorsichtig die Kleidungsstücke am Boden an. »Keine Handschuhe«, stellt er mit zufriedenem Gesichtsausdruck fest.

»Wenn sich Opfer und Täter gekannt haben, könnte das auch das Seil erklären«, fällt Silja ein. »Es reichte dem Täter nicht, zu morden. Er musste auch noch bestrafen.«

»Oder zur Schau stellen«, ergänzt Bastian. »Dafür muss er sie aber nicht unbedingt gekannt haben.«

»Allerdings sollten wir noch überprüfen, ob etwas gestohlen worden ist. Aber wer spät am Abend mit dem Fahrrad unterwegs ist, führt wahrscheinlich keine Wertsachen mit sich«, überlegt Silja.

»Für mich sieht die Kleidung eher nach Training aus. Also entweder eine Radsportbegeisterte oder …«

»… sie kam aus einem Fitnesscenter«, fällt ihm Silja ins Wort. Ihr amüsierter Blick gleitet über Bastians füllige Körpermitte, die sich unter der Daunenjacke abzeichnet.

»Hey, das habe ich gesehen«, beschwert er sich sofort. »Dr. Bernstein, Sie sind mein Zeuge. Kaum bin ich verheiratet, beginnt die Dame meines Herzens, an mir herumzumäkeln.«

»Krieg dich wieder ein, der Blick war liebevoll.«

»Würde es Ihnen etwas ausmachen, Ihre internen Scharmützel woanders auszutragen und mich meine Arbeit machen zu lassen?«, mosert Bernstein, der immer noch mit der Kleidung des Opfers beschäftigt ist. Plötzlich richtet er sich mit einem triumphierenden Blick auf. »Was haben wir denn hier?« Vorsichtig nimmt er ein Schlüsselband hoch, an dem die Zugangskarte für einen Fitnessclub befestigt ist. »Body Cult«, liest er mit missbilligender Stimme. »Immer diese Anglizismen. Kennen Sie den Laden?«

»Das ist der größte Club hier auf der Insel. Liegt in der Nähe des Flughafens im Industriegebiet. Ich bin selbst dort angemeldet, komme allerdings viel zu selten zum Trainieren. Bringt der Job so mit sich«, klärt Bastian ihn auf.

Silja verdreht die Augen und verkneift sich jeden Kommentar.

»Angela Ludwig« liest Bernstein jetzt den Namen der Toten von der Karte ab. »Merkwürdig. Irgendwas klingelt da bei mir.« Nachdenklich runzelt er die Stirn, während er die Tote noch einmal eingehend mustert. Silja und Bastian wechseln irritierte Blicke. Es ist höchst ungewöhnlich, dass sich der Rechtsmediziner für etwas außerhalb seiner beruflichen Sphäre interessiert. Doch schon schüttelt Bernstein resigniert den Kopf. »Ich komme einfach nicht drauf. Ist ja auch nicht meine Aufgabe. Wenn Sie mich dann mal machen lassen.« Er bückt sich und fummelt ein Thermometer aus seiner Tasche. »Ist der Fotograf schon fertig? Dann könnten wir sie losbinden, damit ich die Rektaltemperatur messen und im Anschluss vielleicht Genaueres zum Todeszeitpunkt sagen kann.«

Bastian und Silja nicken sich zu und entfernen sich dezent. Sie wissen genau, wie wenig es Bernstein schätzt, wenn man ihn allzu lange von der Arbeit abhält. Während beide hinüber zum mutmaßlichen Tatort gehen, macht Bastian eine Personenabfrage bei den Kollegen auf der Wache.

»Angela Ludwig«, verkündet er wenig später, »55 Jahre alt, wohnhaft in der Hafenstraße in Rantum.«

Irritiert blickt Silja ihn an. »Das ist auf der Wattseite. Und das Fitnessstudio liegt im Osten Westerlands. Warum um alles in der Welt fährt sie bei Nacht und Nebel nicht den direkten Weg nach Hause, sondern macht den Schlenker nach Westen über das Südwäldchen?«

»Gute Frage. Vielleicht war sie verabredet?«

»Vermutlich mit ihrem Mörder«, murmelt Silja und kann nicht verhindern, dass ihr ein Schauer über den Rücken läuft.

Sonntag, 2. November, 12.07 Uhr, Fitnessstudio Body Cult, Westerland

Silja und Bastian stehen am Eingang des größten Fitnessstudios auf der Insel. Hinter dem sanft geschwungenen Tresen erstrecken sich vier Reihen mit unterschiedlichen Geräten. Stepper, Crosstrainer, Rudergeräte und Fahrräder, daneben die Kraftmaschinen mit ihren Gewichtsstapeln. Bastian lässt den Blick über die Geräte schweifen, von denen etwa die Hälfte besetzt ist. Er fühlt eine unwillkürliche Erleichterung bei dem Gedanken daran, dass er sich heute hier nicht schinden muss, sondern ganz locker nur ein paar Fragen stellen wird.

Die meisten Trainierenden sind zwischen zwanzig und vierzig Jahre alt. Sie haben Stöpsel in den Ohren und wirken sehr auf sich selbst konzentriert und angestrengt. Nur sehr wenige beobachten die Bildschirme, die von der Decke hängen. Das Fernsehprogramm scheint vorwiegend aus Nachrichten und Kochshows zu bestehen. Niemand nimmt von Bastian Notiz, als er seine Clubkarte durch das Lesegerät zieht. Erst als er die Karte an Silja weiterreichen will, damit sie ebenfalls die Sperre passieren kann, erregt er die Aufmerksamkeit der jungen Frau hinter dem Tresen.

»Nur Mitglieder bitte«, sagt sie energisch und weist auf ein entsprechendes Schild.

Bastian präsentiert seinen Dienstausweis und deutet auf Silja. »Schon in Ordnung. Sie ist eine Kollegin.«

Mit missbilligender Miene öffnet die junge Frau die Sperre für Silja. Sie hat die Haare zu vielen Rastazöpfen geflochten, die stachelartig von ihrem Kopf abstehen. Auf dem schlanken Körper trägt sie eine pinkfarbene enganliegende Sporthose und darüber ein knappes schwarzes Top. Ihre grellbunten Sneakers scheinen alle Farben des Regenbogens in sich zu vereinen.

»Hallo erst mal«, versucht Silja, das Misstrauen zu mildern. »Wir haben nur ein paar Fragen zu einem Ihrer Mitglieder.«

»Datenschutz?«, ist die unfreundliche Antwort.

»Kriminalpolizei?«, blafft Bastian zurück und hält ihr noch einmal die Ausweiskarte unter die Nase. Dann mustert er mit zusammengezogenen Brauen das Namensschild der jungen Frau. »Also, Dörte, damit wir uns von Anfang an richtig verstehen. Ich bin zwar bei euch Mitglied, und eigentlich müsstest du mich kennen, aber heute bin ich ausschließlich beruflich hier. Und es wäre für uns alle am angenehmsten, wenn du uns unsere Fragen einfach und schnell beantworten würdest.«

Dörte denkt einen Moment nach, dann fast sie einen Entschluss. »Augenblick bitte, ich rufe den Chef.«

»Kannst du gern machen, aber du bist mit Sicherheit diejenige, die uns eher weiterhelfen kann. Schließlich stehst du regelmäßig am Empfang, oder irre ich mich?«

»Worum geht es denn überhaupt?«, fragt sie verunsichert.

»Angela Ludwig. Sagt dir der Name was?«

»Angela, ja klar«, kommt es wie aus der Pistole geschossen. »Der neue Werbestar unseres Clubs.«

»Wie bitte?«

»Die Talkshow. Die müsst ihr doch gesehen haben.« Langsam taut Dörte auf. »Vorletzte Woche im NDR, beste Sendezeit, zwanzig Uhr fünfzehn. Ein Moderator und drei Gäste. Eine davon war Angela. Sie war eine echt geile Botschafterin für unseren Club. Ich glaube, der Chef hat ihr eine kostenlose lebenslange Mitgliedschaft angeboten.«

»Leider wird sie von der nicht mehr viel haben«, wirft Silja ein.

»Warum das denn?«

»Angela Ludwig ist tot.«

»Wie? Was? Verstehe ich nicht.«

»Wir auch nicht, jedenfalls noch nicht. Sie wurde nämlich ermordet«, setzt Silja kühl hinzu.

Dörte schlägt sich erschrocken die Hand vor den Mund. Ihr Unterarm ist mit chinesischen Schriftzeichen tätowiert. Dann murmelt sie mit weit aufgerissenen Augen: »Das ist ja furchtbar. Wann war das denn?«

»Letzte Nacht. Daher ist es für uns sehr wichtig zu wissen, ob sie gestern Nachmittag hier war.«

»Angela? Ja, ich glaube schon.«

»Glauben reicht nicht.«

»Okay, sorry, war nur so gesagt. Ich bin sicher. Nach dem Training habe ich ihr noch einen Shake verkauft, und den hat sie direkt hier am Tresen gekippt. Alle anderen setzen sich wenigstens kurz oder quatschen noch ein bisschen.«

»Angela nicht?«

»Nein, nie.«

»Als sie dann ging, war sie auch allein?«

»Ja. Wie immer.«

»Wann war das etwa?«

»So gegen halb acht würde ich sagen.« Sie überlegt kurz und fügt dann hinzu: »Doch, das passt. Um acht habe ich Schluss gemacht.«

»Habt ihr eigentlich eine Aufzeichnung der Fernsehsendung?«, will Bastian jetzt wissen.

»Die ist in der Mediathek abrufbar. Aber der Chef hat das Ganze sicher auch aufgenommen.«

»Na schön, wir kümmern uns später darum. Erst mal weiter zu Angela Ludwig: Seit wann ist sie hier Mitglied?«

»Seit einem Jahr schätzungsweise. Nicht viel länger jedenfalls.«

»Wie oft hat sie trainiert und mit wem?«

»Sie war jeden Tag hier, meist mehrere Stunden. Also inklusive Sauna und so. Deswegen kennen wir sie ja auch alle.«

»Hatte sie feste Trainingspartner? Oder einen Personal Trainer?«

Dörte schüttelt den Kopf, so dass ihre Rastazöpfe fliegen.

»Nein, nichts von beidem. Sie war …« Die junge Frau stockt. »Also sie war irgendwie schon ein bisschen komisch. Eigenbrötlerisch, würde ich sagen. Hat kaum geredet. Also gegrüßt und so schon, aber darüber hinaus kam nie was.«

»Das sind aber nicht die besten Voraussetzungen für die Teilnahme an einer Talkrunde«, gibt Silja zu bedenken.

»Es ging um Sport im Alter, und der Sender hat direkt bei uns angefragt, ob wir jemanden empfehlen können. Na ja, und da war Angela eindeutig die beste Kandidatin. Jedenfalls in der Sparte fünfzig plus.« Dörte wirft einen vorsichtigen Blick zu den Geräten hinüber, an denen sich auch einige ältere Herrschaften abmühen. Dann zuckt sie die Schultern. »Ihr könnt ja selbst sehen, wie das in dem Alter läuft. Immer schön sachte und die Gelenke schonen. Ist eher ein Alibi als ein echtes Training.« Sie lächelt herablassend. Dann bekommt ihre Stimme eine bewundernde Färbung. »Aber Angela war anders. Die hat sich richtig gequält. Der war ihr Körper heilig. Nur Eiweißdiäten und Sport, das war ihr Leben.«

»Ach du Schande«, entfährt es Bastian, was ihm einen tadelnden Blick von Dörte und einen spöttischen von Silja einträgt.

»Was denn?«, kommentiert er grinsend, wird aber schnell wieder ernst. »Wir wüssten noch gern, ob sie regelmäßig zu bestimmten Zeiten trainiert hat oder ob sie immer zu unterschiedlichen Zeiten hier aufgeschlagen ist.«

»Meistens war sie am Nachmittag hier, also so wie gestern. Von vier bis acht etwa, aber beschwören würde ich das jetzt nicht.«

»Das reicht uns so schon mal.« Bastian blickt sich nachdenklich um. »Und sie hatte wirklich zu niemandem hier näheren Kontakt? Ich meine, wenn sie täglich hier war, dann müsste sich doch mal irgendwas ergeben haben. Ein längeres Gespräch, ein gemeinsamer Saunabesuch oder so.«

Die Antwort ist von einem Achselzucken begleitet. »Gesehen habe ich so etwas nie. Und ich glaube, auch meine Kollegen nicht, sonst hätten wir ja nicht so häufig darüber ge…, also wir haben manchmal ein bisschen gelästert.«

»Sie war nicht besonders beliebt?«, hakt Bastian nach.

»Sie wirkte eben irgendwie komisch.«

»Und trotzdem hat dein Chef Frau Ludwig in diese Talkrunde geschickt.«

»Sie war voll fit, wie gesagt.«

»Verstehe. Mit wem hat sie denn dort auf der Bühne gesessen?«

»Muss ich mal überlegen. Das waren zwei Typen auf jeden Fall. Der eine schon älter, also wie Angela etwa. Ziemlich drahtig, der schwor auf Schwimmen und Radfahren und hatte für unser Studio nur abfällige Bemerkungen übrig. Und für Angela übrigens auch. Das hat sie natürlich nicht auf sich sitzen lassen.«

Bastian wechselt einen kurzen Blick mit Silja, enthält sich aber jeden Kommentars. »Und der andere Talkgast?«

»War jünger und sah ziemlich gut aus. Also sehr muskulös und auch sonst ganz schnuckelig.«

»Den Namen weißt du nicht durch Zufall?«

»Jasper«, kommt es wie aus der Pistole geschossen.

»Ist der auch hier Mitglied?«

»Äh, nein, das nicht.« Amüsiert beobachtet Bastian, wie eine tiefe Röte Dörtes Gesicht überzieht.

»Und was heißt jünger genau?«, will Silja jetzt wissen.

»Na ja, um die dreißig vielleicht.«

»Warum sollte er sich dann zu Sport im Alter äußern?«

»Er trainiert die Altherren-Fußballmannschaft hier auf der Insel.«

»Verstehe. Weißt du auch den Nachnamen?«, erkundigt sich Bastian.

Ein Kopfschütteln ist die Antwort.

»Noch mal zu dem Älteren«, mischt sich Silja ein. »Er hieß nicht zufällig Fred Hübner und war Journalist?«

Dörte runzelt kurz die Stirn, dann nickt sie sichtlich überrascht. »Ich dachte, Sie haben die Sendung gar nicht gesehen.«

»Haben wir auch nicht«, wiegelt Bastian ab. »Aber wir kennen diesen ziemlich streitbaren Burschen ganz gut. Ihn und seine Passion fürs Radfahren.« In schneller Folge zischen Erinnerungen durch Bastians Hirn: Fred Hübner, der sich mit einem Straftäter zusammentut, um seine journalistische Karriere auf Trab zu bringen. Das war Siljas und sein erster gemeinsamer Fall. Jahre später mussten sie den Journalisten sogar einmal widerwillig in die Ermittlungstätigkeiten einbeziehen, um voranzukommen. In einem anderen Fall ist Hübner allerdings direkt in ihrer Arrestzelle gelandet. Bastian muss jedes Mal ein Grinsen unterdrücken, wenn er daran denkt. Jetzt schiebt er aber die Erinnerungen zur Seite, um das Gespräch mit der Fitnesslady fortzusetzen. »Wo wir gerade beim Radfahren sind: Kam Angela Ludwig vielleicht auch manchmal mit dem Rad?«

»Keine Ahnung. Einen Helm hatte sie jedenfalls nicht dabei, auch gestern nicht, das wüsste ich sonst.«

»Warum?«

»Die Helme passen nicht in unsere Spinde. Deshalb müssen wir sie hier unter dem Tresen deponieren.«

»Alles klar. Und danke erst mal, das hat schon sehr geholfen«, erklärt Bastian und wendet sich ab. Im Hinausgehen raunt er Silja zu: »Einen Helm haben wir bei der Toten auch nicht gefunden. Das passt also. Aber viel interessanter finde ich etwas anderes: Angela Ludwig hat sich in aller Öffentlichkeit mit Fred Hübner gezofft. Und jetzt ist sie tot.«

Doch Silja schüttelt nur den Kopf. »Ich weiß, dass du ihn nicht magst. Aber das ist noch lange kein Grund, ihn des Mordes zu verdächtigen.«

Sonntag, 2. November, 13.41 Uhr, Staatsanwaltschaft, Flensburg

Seufzend legt Staatsanwältin Elsbeth von Bispingen das Telefon zurück in die Halterung und anschließend die beiden Blätter mit ihren Gesprächsnotizen in eine frische Kladde. Die üppige Mitfünfzigerin lässt sich in ihrem Schreibtischstuhl nach hinten fallen und streicht sich nachdenklich die langen roten Locken aus dem Gesicht.

Seit Hauptkommissar Bastian Kreuzer vor einigen Jahren nach Sylt versetzt worden ist, häufen sich dort die Verbrechen. *Wenn ich es nicht besser wüsste, würde ich meinen, dieser Kommissar zieht die Morde an*, denkt Elsbeth sarkastisch. *Ein erschossener Gastronom in den Hörnumer Dünen, ein Mädchenskelett in der Morsumer Heide, eine erwürgte Frau beim Keitumer Biikebrennen, ein erschlagener Kampener Galerist. Und das sind noch lange nicht alle Fälle, die Kreuzer in den letzten Jahren federführend bearbeitet hat.*

Nicht zuletzt ist auch Elsbeths eigene Nichte vor fast zwei Jahren zum Opfer eines Gewaltverbrechens auf der Insel geworden. Seitdem ist ihr ohnehin schon loser Kontakt zu ihrem Bruder und seiner Familie ganz abgerissen. *Ein Todesfall in der Familie verändert alles*, denkt sie betrübt und nimmt sich nicht zum ersten Mal vor, den Bruder und dessen alkoholkranke Frau bei ihrem nächsten Sylt-Aufenthalt zu besuchen.

Und der steht ganz sicher irgendwann bevor. Vielleicht schon früher, als ihr lieb ist. Denn wie ihr Hauptkommissar Kreuzer gerade am Telefon berichtet hat, ist in der letzten Nacht in Westerland eine Frau brutal erschlagen und anschließend mit einem Seil an einen Baum gefesselt worden. *Wenn sich die Ermittler nicht täuschen, wenigstens post mortem*, denkt Elsbeth und seufzt noch einmal. *Das gibt ordentlich Arbeit.*

Es würde Elsbeth allerdings auch die Gelegenheit bieten, Fred Hübner wiederzusehen. Seit dem vorletzten Februar sind Elsbeth und der Journalist ein Paar und haben in den fast zwei Jahren ihrer Beziehung schon einige Höhen und Tiefen erlebt. Da Elsbeth beruflich sehr eingespannt ist, sehen sie sich nicht allzu häufig. Doch ab und an verschlägt es die Staatsanwältin aus Ermittlungsgründen auf die Insel. Da sind dann Treffen außer der Reihe möglich. Leider weiß Elsbeth genau, wie gern sich Fred in laufende Ermittlungen einmischt, und hat sich darüber auch schon oft mit ihm gestritten. Normalerweise würde sie sich also hüten, Fred vorzeitig über den Mord zu informieren. Doch in diesem Fall liegen die Dinge anders.

Hauptkommissar Kreuzer hat keinen Hehl daraus gemacht, dass er Fred vernehmen wird. Und so, wie Elsbeth Kreuzer kennt, wird er ihn nicht mit Glacéhandschuhen anfassen. Die beiden sind kampferprobte Kontrahenten und sich durchaus ebenbürtig. Trotzdem oder vielleicht auch gerade deswegen möchte Elsbeth gern die Erste sein, die mit Fred Hübner über diesen Fall redet.

Also greift sie noch einmal zum Telefon und wählt die Nummer von Freds Festnetzanschluss. Während es läutet, sieht Elsbeth auf die Uhr. Kurz nach zwei. Freds Vormittagstraining ist hoffentlich beendet, wenn sie also Glück hat, ist er jetzt zu Hause und tourt nicht mit seinem Rennrad über die Insel. Und richtig, nach dem achten Klingeln wird abgehoben.

»Hübner.« Freds Stimme klingt verschlafen.

»Hallo, mein Liebster. Störe ich?«, gurrt Elsbeth ins Telefon.

»Niemals«, kommt es zurück. »Was verschafft mir die Ehre?«

»Wie's aussieht, stehst du unter Mordverdacht«, platzt es aus ihr heraus. Sofort erschrickt sie über ihre eigenen Worte. So wollte sie die Unterhaltung ganz bestimmt nicht beginnen.

Aber er nimmt es gelassen. »Hatten wir das nicht schon mal?«

»Im Ernst jetzt. Es ist sehr wahrscheinlich, dass Kommissar Kreuzer demnächst bei dir auftaucht.«

»Was ist passiert? Und könntest du vielleicht dafür sorgen, dass er seine charmante Kollegin schickt. Die mag ich lieber.«

»Lass die Witze, okay? Es geht um Folgendes: Du hattest doch diesen TV-Auftritt letzten Monat …«

»Erinnere mich nicht daran«, unterbricht er sie. »So was mache ich nie wieder. Ein überforderter Moderator, ein vorlauter Jungspund und eine grenzdebile Alte. Diese NDR-Fuzzis können froh sein, dass ich das überhaupt bis zum Schluss mitgemacht habe.«

»Die grenzdebile Alte war ein Jahr jünger als ich«, wirft Elsbeth nur mäßig amüsiert ein.

»Liebste, ich bitte dich! Was soll der Vergleich? Du bist ein Vollweib, schön, sexy und extrem intelligent. Die Tante aus der Talkrunde ist eine abgemagerte Zicke, die Tag für Tag versucht, ihrem Frust auf dem Laufband davonzurennen.«

»Sollte Kreuzer dich vernehmen, solltest du vielleicht deine Ausdrucksweise überdenken«, kontert Elsbeth kühl.

»Wieso das denn?«

»Angela Ludwig ist tot. Sie wurde letzte Nacht ermordet.«

»Warum wundert mich das nicht? Die Alte konnte einen echt auf die Palme bringen. Lustfeindlich bis zum Gehtnichtmehr und – als würde das nicht schon reichen – auch noch extrem rechthaberisch.«

»Jetzt halt mal die Luft an und lass mich reden, okay. Was hast du gestern Abend gemacht?«

»Ich war mit dem Rad unterwegs. Kleines Extratraining. Nach List hoch und dann wieder zurück.«

»Wann war das?«

»So zwischen sechs und acht, schätze ich. Hab nicht auf die Uhr gesehen. War aber ganz schön frisch draußen.«

»Seit wann fährst du im Dunkeln?«

»Ist das jetzt ein Verhör, Frau Staatsanwältin?«

»Ich möchte dich gern so weit wie möglich aus den Ermittlungen heraushalten, aber dafür muss ich alle Fakten kennen.«

»Na dann. Hier die peinliche Wahrheit. Ich habe den ganzen Tag gebraucht, um meinen inneren Schweinehund zu überwinden. Sogar dein nimmermüder sportlicher Lover hat mal einen Durchhänger. Gegen Abend hat dann mein Über-Ich gesiegt, und ich habe mich noch mal zum Training aufgerafft. War aber schweinekalt draußen, wie gesagt.«

»Was hast du gemacht, nachdem du nach Hause gekommen bist?«

»Geduscht.«

»Und weiter?«

»Ich hab mich mit einem alkoholfreien Grog vor die Glotze geworfen.«

»Allein?«

»Na sicher.«

»Scheiße.«

»Wäre es dir lieber gewesen, ich hätte mir eine Dame vom Escort-Service eingeladen?«

»Hör auf mit den blöden Sprüchen. Wir beide wissen ganz genau, was in der Talkrunde passiert ist. Du hast Angela Ludwig vor laufenden Kameras eine frigide Ziege genannt, deren einzige Lust es sei, ihren ausgemergelten Körper im Fitnessstudio zu malträtieren.«

»Das hast du völlig korrekt widergegeben. Und sie ist daraufhin mit einer Geschwindigkeit an die Decke gegangen, von der sie sich in Cape Canaveral noch 'ne Scheibe abschneiden können. Aber warum macht mich das jetzt verdächtig? Schließlich hat sie ja nicht mich umgebracht, was ich durchaus hätte nachvollziehen können, sondern sie ist selbst abgemurkst worden. Wobei mich natürlich die näheren Umstände beiläufig sehr interessieren würden.«

»Geht's noch? Damit du dich womöglich in der Vernehmung verquatschst und die Kommissare dir auch noch Täterwissen nachweisen können?«

»Sorry, stimmt. Aber jetzt mal im Ernst. Obwohl ich meine Feindschaft mit Bastian Kreuzer leidenschaftlich gern pflege, halte ich ihn doch nicht für einen Idioten. Warum sollte er also annehmen, dass ich was mit dem Mord zu tun habe?«

»Erstens: Der Mord geschah offenbar im Affekt, die Tatwaffe lag in der Nähe des Tatortes herum und wurde eher zufällig ausgewählt. Und zweitens: Angela Ludwig war mit dem Rad unterwegs und du leider auch. Ihr könntet euch begegnet sein, euch angeblafft haben, und dann bist du ausgerastet.«

»Bullshit.«

»Das denke ich auch. Aber erst mal hört es sich nicht ganz unwahrscheinlich an. Und du hast kein Alibi.«

»Wie wäre es mit *Im Zweifel für den Angeklagten*, Frau Staatsanwältin?«

Elsbeth von Bispingen seufzt. »Das ist nicht komisch, Fred. Und ich kenne deine Freude an der Provokation nur zu genau. Bitte versprich mir also eines: Wenn Kreuzer bei dir auftaucht, bleib sachlich und höflich. Du hast lediglich kein Alibi für die Mordnacht und außerdem einen öffentlich ausgetragenen Streit mit dem Opfer gehabt. Das heißt noch lange nichts. Aber wenn du dich in Widersprüche verwickeln oder gar deine beleidigenden Äußerungen wiederholen solltest, könnte es unangenehm für dich werden. Und das wollen wir beide nicht.«

»Na gut, Liebste, weil du es bist. Ich werde sanft sein wie ein Lämmchen und in aller Form kondolieren.«

»Keinen Sarkasmus, Fred, bitte!«

»Okay, okay. Aber lass uns über Erfreulicheres reden. Wann darf ich dich auf der Insel erwarten?«

Die Staatsanwältin lässt ihren Blick über den Schreibtisch wandern. Neben der frisch angelegten Akte zum Fall Angela Ludwig hat sie noch eine Vergewaltigung, zwei schwere Einbrüche sowie einen Ehekrach mit Todesfolge zu bearbeiten. »Mach dir keine Hoffnungen. Ich kann vor Arbeit nicht aus den Augen gucken und bleibe auf jeden Fall hier. – Das ist angesichts der Umstände wahrscheinlich ohnehin besser.«

»Und wenn ich es wirklich war? Dann würdest du doch kommen und mir beistehen, oder?«

»Sehr komisch, Fred. Wirklich sehr, sehr komisch!«

Sonntag, 2. November, 14.19 Uhr, Hafenstraße, Rantum

»Gehen wir rein?«, fragt Silja leise und deutet auf die Tür zu Angela Ludwigs Wohnung. Sie befindet sich in der oberen Etage eines Rantumer Mehrfamilienhauses auf der Wattseite.

»Was soll die Frage? Die Frau ist tot, wir haben die Schlüssel, klar gehen wir rein«, antwortet Bastian entschieden und schwenkt den Schlüsselbund, der in der Seitentasche von Angela Ludwigs Regenjacke gesteckt hat.

Schon der zweite Schlüssel passt, und das Schloss öffnet sich mit einem leisen Schnappen. Vorsichtig schiebt Bastian die Tür auf und macht die ersten Schritte in die Wohnung.

»Das ist aber winzig hier.«

Verdutzt sieht der Kommissar sich um. Links von ihm befinden sich Einbauschränke, rechts ist eine kleine Essecke, an die sich eine Miniküchenzeile anschließt. Dahinter öffnet sich die Wohnung zu einem quadratischen Wohnraum, der maximal vier mal vier Meter misst und ebenfalls spartanisch eingerichtet ist. Ein Bettsofa, ein Couchtisch, ein Fernseher, ein Regal mit einigen eingebauten Schubladen, mehr ist hier nicht – und mehr würde auch nicht hineinpassen. Alles wirkt extrem ordentlich und aufgeräumt. Kein Geschirr in der Spüle, keine Bilder oder Bücher, noch nicht einmal eine Fernbedienung liegt auf dem Tisch.

»Ein Messi war unsere Tote schon mal nicht«, murmelt Silja.

»Ganz im Gegenteil. Das wirkt alles total unbelebt. Als ob sie gar nicht hier gewohnt hätte.«

»Wenn du so wenig Platz hast, musst du zwangsläufig Ordnung halten, sonst wirst du vermutlich verrückt.«

»Leuchtet ein.« Bastian deutet auf die einzige Tür in der Wohnung. »Dahinter ist dann wahrscheinlich das Bad.«

»Oder das herrschaftliche Schlafgemach mit Bad en Suite«, sagt Silja grinsend.

»Na klar.« Bastian stößt die Tür auf und steht sofort eingeklemmt zwischen Toilette, Dusche und Waschbecken. Auch hier ist alles aufgeräumt und blitzsauber. Über dem Waschbecken stehen eine elektrische Zahnbürste und zwei Cremetöpfchen auf einem Regal. Daneben liegt eine Haarbürste, in der wenige schwarze Haare stecken. Über dem Wandheizkörper hängen ein Frotteehandtuch und ein Waschlappen. Bastian öffnet den Schrank unter dem Waschbecken. Scheuerpulver, Glasreiniger, ein Putzschwamm, mehr ist dort nicht. »Das nenne ich minimalistisch. Kein Wunder, dass unser Opfer so viel Zeit im Fitnessstudio verbracht hat.«

»Erinnere dich mal an unsere eigene Wohnungssuche. Die Quadratmeterpreise auf der Insel sind der blanke Horror. Wahrscheinlich war unsere Tote froh, dass sie überhaupt so einen Rückzugsort hatte.«

»Das führt uns direkt zu einer wichtigen Frage: Angela Ludwig war fünfundfünfzig Jahre alt, also längst noch nicht im Rentenalter. Trotzdem war sie jeden Nachmittag im Fitnessstudio. Was hat sie gearbeitet? Oder womit hat sie sonst ihr Leben finanziert?«, überlegt Bastian, während er das Bad verlässt.

»Lass es uns rausfinden.«

Silja kniet sich vor die niedrigen Einbauregale und zieht die erste Schublade auf. Briefe und Fotos quellen ihr entgegen, die nachlässig zu Stapeln aufgeschichtet sind. Gleich obenauf liegt das Foto eines strahlenden Paares. Sie hält es Bastian entgegen.

»Guck mal, das ist sie doch, oder täusche ich mich?«

»Also ich weiß nicht …«

Es fällt Bastian schwer, in der Frau die Nackte im Südwäldchen wiederzuerkennen. Sie ist nicht viel jünger, doch die Haare sind länger und nicht rabenschwarz, sondern von einem weichen Dunkelbraun. Die auffälligste Veränderung ist aber mit Angela Ludwigs Körper geschehen. Auf dem Foto wirkt sie nicht verhärmt und abgemagert, sondern gesund und prall, fast üppig.

»Doch, das ist sie, ich bin mir sicher«, beharrt Silja. »Fragt sich nur, wer der Mann an ihrer Seite ist und wo er abgeblieben ist.«

»Vor allem fragt sich, was er letzte Nacht getan hat«, murmelt Bastian. »Aber suchen wir erst mal weiter.«

Er kniet sich neben Silja und öffnet die nächste Schublade. Hier liegen kreuz und quer durcheinander diverse Papiere, vor allem Briefe und Dokumente. Mit beiden Händen hebt der Kommissar die Unterlagen heraus. Die Briefe scheinen ausschließlich von Ämtern und Versorgern zu sein. In den meisten geht es um eine Adressänderung. Besonders aufmerksam mustert Bastian die Mitteilung einer Rentenkasse. Dann reicht er den Brief stumm an Silja weiter.

»Witwenrente«, liest sie und dann die Summe. »2300 Euro.

Das ist ganz ordentlich. Da würde ich vielleicht auch nicht mehr arbeiten gehen.«

Bastian blickt seine frisch angetraute Frau irritiert an. »Meinst du das ernst?«

»Was denn jetzt?«

»Dass du einen Tag nach unserer Hochzeit über meinen Tod nachdenkst.«

»Spinnst du?« Sie lacht. Als er nicht mitlacht, fügt sie kopfschüttelnd hinzu: »Sei nicht so empfindlich. Erstens war es nur eine symbolische Trauung, ich bekomme also nicht einen Cent, wenn du sterben solltest. Zweitens liebe ich meinen Beruf, das weißt du ganz genau. Und drittens …« Silja betrachtet noch einmal das Foto des verliebten Paares. »Wenn ich mir die abgehärmte Frau vorstelle, die wir heute früh im Südwäldchen gesehen haben, kannst du mal sehen, was Trauer alles mit einem anstellen kann. Du glaubst doch nicht im Ernst, dass ich darauf scharf bin.«

»Warum sagst du dann so was?«

»Das war Rollenprosa.«

»Hä?«

»Ich habe mich in unser Opfer hineinversetzt. Mental, falls dir das was sagt. Ist doch ganz klar, was ihr geschehen ist. Der Partner stirbt und lässt sie wohlversorgt zurück. Das hilft aber wenig, denn sie kommt aus ihrer Trauer nicht mehr heraus. Sie magert ab, vereinsamt und entschließt sich nach einigen Monaten, einem Fitnessclub beizutreten. All ihre Energie richtet sie nun auf diese neue Sache. Seit einem guten Jahr ist sie dort Mitglied, das haben wir vorhin erfahren. Der Ehemann ist vor anderthalb Jahren verstorben. Passt doch alles.«

»Leider bringt uns das dem Mörder nicht das winzigste Stückchen näher«, sagt Bastian missmutig.

»Aber dem Opfer schon. Und das ist auch ein Anfang. Komm. Lass uns weitersuchen.«

In der nächsten halben Stunde wühlen sich die Kommissare durch Angela Ludwigs Schlaf- und Badezimmer, sie checken Kontoauszüge und einen erschreckend leeren Terminkalender, ohne auf irgendwelche Unregelmäßigkeiten zu stoßen.

»Keine mysteriösen Abbuchungen, keine rätselhaften Verabredungen«, seufzt Silja schließlich.

»Du bist gut«, korrigiert Bastian sie. »Es gibt überhaupt keine Verabredungen. Bis auf die Talkshow natürlich. Aber die Ausgabe für diesen schicken ledergebundenen Retrokalender hätte Frau Ludwig sich glatt sparen können. Und wahrscheinlich auch die Gebühren für ihren Handyvertrag.«

»Hast du die Resultate der Handyüberprüfung bekommen?«

»Vorhin gerade. Auch da gab es nichts Auffälliges. Weder in irgendwelchen Chats noch im Kalender. Keine ominösen Verabredungen, keine verdächtigen WhatsApps. Auch der Browserverlauf war absolut unauffällig. Sie hat immer mal wieder Sportklamotten im Internet bestellt und ab und an eine DVD, das war's auch schon. Und einen Rechner scheint sie gar nicht besessen zu haben, sonst hätten wir den hier gefunden.«

Silja lässt sich erschöpft auf die Bank am Esstisch fallen. »Sie war einsam, richtig einsam. Keine Kinder, keine Liebhaber, keine Freunde, wie's aussieht.«

»Und trotzdem hat jemand sie so gehasst, dass er sie erschlagen und nackt an diesen Baum gefesselt hat.«

»Wieso er? Vielleicht war es auch eine Täterin.«

Bastian denkt kurz nach, dann antwortet er bedächtig:

»Mag sein, auch wenn ich das für unwahrscheinlich halte. Wenn du mich fragst, dann deutet alles darauf hin, dass sie zufällig zum Opfer wurde. Wir sollten uns schleunigst mit den üblichen Verdächtigen befassen.«

»Wir sind nur zu zweit, darf ich dich daran erinnern? Und irgendjemand müsste zumindest noch die Nachbarn vernehmen. Und auch die Anwohner vom Südwäldchen. Könnten wir Sven nicht bitten, die Karteien mit den einschlägig Vorbestraften zu durchforsten? Wer sitzt noch ein, wer ist kürzlich freigekommen, wer hält sich wo auf? Das ist doch Schreibtischarbeit, das könnte er doch …«

»No way. Wenn die Bispingen uns draufkommt, dass wir Sven gewissermaßen weiter undercover als Kommissar beschäftigen, dann reißt sie uns die Köpfe ab. Das müssen wir schon selbst stemmen. Sven ist bis zum nächsten Juni als Innendienstler abgestellt, das sollten wir respektieren.«

»Also gut. Wie teilen wir uns auf?«

»Du befragst Nachbarn und Anwohner. Ich kümmere mich darum, ähnliche Muster in alten Fällen zu entdecken. Vorher schaue ich aber noch mal kurz bei Leo Blum vorbei. Die Spurensicherung arbeitet seit zwei Stunden unter Volldampf am Tatort. Vielleicht haben die ja noch einen heißen Tipp für uns. Tatwaffe, Fingerabdrücke, Haare, Fußspuren, egal was«, seufzt Bastian.

»Wir müssen für alles dankbar sein, was uns hilft, den Verdächtigenkreis einzuengen, sonst sieht es tatsächlich zappenduster aus«, stimmt Silja ihm zu.

»Nicht ganz. Schließlich gibt es einen Menschen, mit dem Angela Ludwig nachweislich Zoff gehabt hat. Auch wenn du das nicht gern hörst.«

»Fang bitte nicht wieder mit Fred Hübner an.« Silja steht

auf, greift sich Angela Ludwigs Schlüsselbund und geht zur Tür. »Das ist lächerlich, und das weißt du auch.«

»Ich vernehme ihn trotzdem.«

Mit diesen Worten rauscht Hauptkommissar Bastian Kreuzer aus der Wohnung der Toten, ohne sich von seiner Kollegin und Partnerin zu verbschieden.

Sonntag, 2. November, 16.33 Uhr, Südwäldchen, Westerland

Erschöpft bedankt sich Silja bei der alten Dame, die direkt dem Weg gegenüber wohnt, der durch das Südwäldchen zum Spielplatz führt. Beim Abschied ruft die Alte der Kommissarin hinterher: »Und dann mal viel Glück bei ihrer Mördersuche, nech.«

Das kann ich wirklich gebrauchen, denkt Silja mutlos, während sie ihre Bemühungen der letzten Dreiviertelstunde bilanziert. An mehr als fünfzehn Haustüren hat sie geklingelt, nur zweimal war niemand zu Hause, und sie hat eine Visitenkarte mit der Bitte um Rückruf hinterlassen. Sonst hat Silja alle Bewohner angetroffen. Das war aber auch schon der einzige Erfolg, den sie zu verzeichnen hatte. Denn niemand von all den Leuten, mit denen die Kommissarin gesprochen hat, konnte irgendetwas zu ihren Ermittlungen beitragen. Auch die alte Dame, von der sie sich eben verabschiedet hat, war keine Ausnahme.

»Also, junge Frau, das war ja ein solches Schietwetter gestern, da bin ich doch den ganzen Tag zu Hause geblieben. Sogar mein Paulchen hat sich mit einem kurzen Gang durch den Garten begnügen müssen, um sein Geschäft zu machen«, hat sie mit einem liebevollen Blick auf ihren angefetteten Rauhaardackel erklärt, der winselnd in der Ecke lag.

Und ähnlich hatten sich auch alle anderen geäußert.

»Kennen Sie diese neue Netflix-Serie, Frau Kommissarin? Meine Frau und ich haben uns gestern Abend gleich nach der Tagesschau fast alle Folgen reingezogen. Das ging bis etwa zwei Uhr nachts. Danach waren wir schlagkaputt und sind sofort ins Bett gefallen«, wurde Silja von einem Mann mittleren Alters in Jogginghose und fleckigem T-Shirt belehrt.

Eine grell geschminkte Blondine öffnete erst nach längerem Klingeln. Sie stand inmitten von halb ausgepackten Koffern und Taschen in ihrer Diele. »Bin gestern Abend erst aus dem Zug gestiegen. Flieger von Miami nach Frankfurt und dann noch die Fahrt hierher. In Florida war bestes Wetter, aber hier auf der Insel: alles trüb und grau. Da glauben Sie doch nicht wirklich, dass einem noch nach Waldspaziergang zumute ist.«

»Nee, min Deern, wenn's dunkel ist, gehe ich schon seit Jahren nicht mehr vor die Türe. Wird ja alles immer krimineller inner Welt, sogar bei uns aufer Insel«, gab ein schrullig wirkender Herr mit Kneifer und Karoweste zu Protokoll.

Einfach alle Anwohner hatten sich in ihre Schneckenhäuser zurückgezogen und nichts gesehen oder gehört. Siljas größte Hoffnung war die Familie gewesen, deren Reihenhaus genau gegenüber von dem Schuttcontainer stand, aus dem vermutlich die Tatwaffe stammte. Doch die ganze Familie hatte sich bei einem langen Spieleabend die Zeit vertrieben, ohne auch nur einmal aus dem Fenster zu sehen.

Es war wie verhext.

Frierend und entmutigt macht sich Silja auf den kurzen Weg zum Tatort. Es dämmert bereits, und zwischen den Bäumen hängt dichter Nebel, der den Klang ihrer Schritte verschluckt. Nachdenklich bleibt sie stehen und stellt sich vor, wie Angela Ludwig gestern Abend hier bei Dunkelheit vorbeigeradelt sein muss. Leere Straßen, nur erhellt vom Licht der Laternen. Kälte, Nebel, Stille. Und dann? Was ist geschehen? Hat jemand sie angesprochen? Oder auf dem Fahrrad eingeholt? Hat ein Wagen neben ihr scharf gebremst? Kannte sie ihren Mörder? Oder hat vielleicht nur jemand harmlos nach dem Weg gefragt, um sie dann zu erschlagen?

Aber mit welcher Intention? War der Mord von vornherein geplant, oder hat es einen Streit gegeben? Warum stammte die Mordwaffe aus dem Container auf der Straße, wenn doch das grüne Seil mit großer Wahrscheinlichkeit nicht einfach so in der Gegend herumgelegen hat.

Silja seufzt. Nichts passt zusammen, nichts ergibt einen Sinn.

Bleibt als letzte Hoffnung nur noch Leo Blum, Bastians alter Flensburger Kumpel, der genialste Spurensucher, den die Kripo jemals hatte. Schon kann Silja zwischen den Bäumen den Tatort ausmachen, der längst von starken Lampen ausgeleuchtet ist. Anstelle der gruseligen Atmosphäre vom Morgen herrscht jetzt hier geschäftiges Treiben. Überall stehen kleine Schilder mit Nummern darauf, die zu den zugehörigen Fundstücken weisen. *Leo hat mit seinen Männern vermutlich inzwischen jedes Blatt gewendet und jeden Baumstamm untersucht*, überlegt Silja gerade, als der große, schlaksige Typ mit dem schütteren Haarzopf im Nacken zu ihr tritt.

»Moin, moin«, grüßt er die Kommissarin knapp und nestelt an seinem hellen Overall herum. »Bei unserem letzten Treffen war Mittsommer, und da unten am Hörnumer Strand war es geringfügig wärmer«, scherzt er dann mit einem Blick auf

Siljas rot gefrorene Nase. »Ich habe heißen Tee hier, willst du eine Tasse?«

»Unbedingt. Dafür würde ich jetzt töten. Apropos: Habt ihr irgendwas gefunden, mit dem wir arbeiten können?«

Während Leo und Silja zu dem alten Bulli gehen, in dem Leo seine Ausrüstung verstaut hat, weiht er die Kommissarin kurz in die neuesten Erkenntnisse ein.

»Das Fahrrad gehörte dem Opfer, da habt ihr ganz richtig gelegen. Es sind außer den Fingerabdrücken von der Toten noch ein paar andere drauf, aber die werden uns kaum weiterhelfen. Sie können praktisch von jedem kommen. Fahrradhändler, Nachbarin, spielende Kinder oder von was weiß ich wem.«

»Habt ihr sie durchs System laufen lassen?«

»Klar, war aber eine glatte Fehlanzeige.«

»Was allerdings noch längst nicht heißt, dass wir es nicht trotzdem mit einem gerichtsbekannten Wiederholungstäter zu tun haben. Er muss das Rad ja nicht berührt haben.«

»Oder er hatte Handschuhe an.« Leo Blum kramt in einer abgeschabten Ledertasche, bis er einen sauberen Becher für Silja findet. Dann schraubt er seine mattsilberne Thermoskanne auf. »Mit Zucker oder schwarz?«

»Schwarz bitte.«

Gluckernd läuft der heiße Tee in den Becher, über dem sich Dampfwolken bilden. Silja greift mit beiden Händen danach und pustet vorsichtig hinein.

»Wie das duftet!«

»Das ist feinster Darjeeling, ziemlich kostspielig, aber daran sollte man nicht sparen.«

Silja muss lächeln. »Erzähl das mal Bastian. Der kann Kamille nicht von Pfefferminztee unterscheiden.«

»Dafür kennt er sich beim Bier aus. Man kann nicht alles wissen«, gibt Leo grinsend zurück. Dann wird er wieder ernst. »Eines ist merkwürdig, wie ich finde, nämlich das Seil.«

»Der Täter hat es mitgebracht, nicht wahr? Das heißt, er hat die Tat geplant. Warum hat er dann nicht auch eine Tatwaffe dabeigehabt?«, unterbricht ihn Silja.

»Das stimmt, aber das meinte ich gar nicht.« Leo gießt sich nun auch einen Becher Tee ein und tut ordentlich Zucker aus zwei kleinen Tütchen dazu. »Es gibt fast keine Spuren hier am Tatort. Haare, Zigarettenkippen oder auch Schuhabdrücke: nichts. Das liegt natürlich auch an dem Waldboden mit den ganzen Blättern darauf. Da musst du erst mal einen vernünftigen Schuhabdruck finden. Aber trotzdem habe ich den Eindruck, dass jemand sich vorgesehen und sich ziemlich erfolgreich bemüht hat, unauffällig zu agieren.«

»Ich habe eben gerade die Anwohner befragt«, stimmt Silja ihm zu. »Niemand hat etwas gehört. Es kann also keine laute Auseinandersetzung gegeben haben. Vermutlich auch keine Rufe oder Schreie.«

»Das einzige Auffällige ist das grellgrüne Seil, mit dem die Tote gefesselt war. Also solltet ihr alle Aufmerksamkeit darauf richten.«

»Vielleicht nicht unbedingt auf das Seil, aber auf jeden Fall auf den Akt der Fesselung. Aber was bedeutet das für uns?«

»Falsche Frage«, unterbricht sie Leo vorsichtig. »Was bedeutet das für den Täter oder die Täterin? Ein toter Mensch ist schwer, es ist also alles andere als einfach, so einen Körper aufrecht zu halten und festzubinden.«

»Das Festbinden war demzufolge wichtig«, spinnt Silja den Faden fort. »Vielleicht sogar wichtiger als das Töten an sich.«

Leo nickt nachdenklich. »Das würde auch zu der zufällig ausgewählten Tatwaffe passen. *Womit ich mein Opfer erschlage, ist egal, aber das Material zum Festbinden kann ich nicht dem Zufall überlassen. Also bringe ich es mit.*«

»Es liegen allerdings auch eher Knüppel in Wäldern herum als Seile«, wirft Silja ein. »Meinst du, wir kriegen raus, wo das Seil hergestellt worden ist und wo es verkauft wird?«

»Glaub schon. Nur nicht am Sonntag.«

Sonntag, 2. November, 17.03 Uhr, Kriminalkommissariat Westerland

Hauptkommissar Bastian Kreuzer fährt seinen Rechner runter und atmet tief durch. Der Kaffee in seinem Becher ist längst kalt und die Kanne auf der veralteten Maschine inzwischen leer. Bastian blickt auf die Uhr und wundert sich, dass Silja immer noch nicht zurück ist. *Hoffentlich ist sie auf eine Spur gestoßen*, überlegt er gerade, als es zaghaft an seiner Bürotür klopft. Sekunden später steckt der Kollege Sven Winterberg den Kopf durch den Spalt.

»Ich habe eben noch mal kurz nach meinem Vater gesehen, war ja ein aufregender Tag heute … Ist es ein Dienstvergehen, wenn ich die heiligen Hallen der Kriminalpolizei betrete, obwohl ich hier oben bis auf weiteres nichts mehr zu suchen habe?«

»Komm rein und mach die Tür zu. Ein Sparringspartner fürs Gedankenyoga ist mir immer willkommen.«

Sven betritt den Raum und sieht sich seufzend um. »Ist irgendwie netter hier als unten in dem Getümmel. Obwohl die uniformierten Kollegen wirklich in Ordnung sind und es mich nicht spüren lassen, dass ich ihnen zwangsweise zugeteilt bin.«

»Wäre ja auch noch schöner. Setz dich. Dein alter Schreibtisch ist noch da. Nur der Kaffee ist alle.«

»Entsetzlich.« Sven zwinkert dem Kollegen zu. »Die Maschine unten ist sowieso besser.«

»Schön für dich. Wie geht es Mette? Muss ein ziemlich übler Schock für sie gewesen sein.«

»Die Lütte ist hart im Nehmen. Eigentlich.« Sven setzt sich an seinen Schreibtisch und streicht gedankenverloren über die leere Tischplatte. »Aber die Tote da im Nebel zu entdecken, war ein echter Hammer. Mette weigert sich, darüber zu reden, aber sie steht eindeutig unter Schock und ist völlig verstört.«

»Und dein Vater?«

»Der hat sich schnell wieder erholt. Meine Mutter ist manchmal übervorsichtig, du kennst sie ja. Als der Notarztwagen kam, war mein alter Herr längst wieder auf den Beinen.« Sven zögert kurz, dann schließt er die entscheidende Frage an: »Und ihr? Kommt ihr voran?«

»Kann ich nicht wirklich behaupten.« Bastian schiebt drei Computerausdrucke auf dem Schreibtisch übereinander. »Die letzte Stunde habe ich damit verbracht, nach ähnlichen Taten zu suchen. Nackte erschlagene Frauen, festgebundene Leichen. Kannst du dir ja vorstellen. Drei Fälle sind mir untergekommen, alle in den letzten sechs Monaten in Norddeutschland beziehungsweise in Dänemark verübt. Keiner hier auf der Insel natürlich, sonst wüssten wir davon.«

»Aufgeklärt oder nicht?«

»In einem Fall sitzt der mutmaßliche Täter seit knapp vier Wochen in U-Haft. Die Beweise sind ziemlich erdrückend, so dass ich mal davon ausgehe, dass er es auch war. Die Sache ist auf Fünen passiert und wohl auch groß durch die dänischen Zeitungen gegangen. Eine ältere Schulrektorin ist von einem Maskierten am Nachmittag in ihrem Büro überfallen und niedergeschlagen worden. Anschließend hat er sie nackt ausgezogen, gefesselt und auf ihrem Schreibtisch festgeschnallt. Sie konnte gerettet werden und mit ziemlicher Sicherheit den Täter identifizieren.«

»Ich denke, er war maskiert.«

»Sie hat seine Stimme erkannt und ein sehr ungewöhnliches Tattoo am Unterarm genau beschrieben.«

»Da hätte er sich die Maske auch gleich sparen können«, erklärt Sven kopfschüttelnd.

»Manche Typen sind eben dümmer, als die Polizei erlaubt«, kommentiert Bastian grinsend. »Die beiden anderen Fälle, die ich gefunden habe, sind unaufgeklärt. Zunächst hätten wir da eine Zweiundachtzigjährige, die nackt in ihrer eigenen Wohnung in Kiel lag. Sie wurde letzte Woche mit einem Nudelholz erschlagen, die Wohnung ausgeraubt.«

»Klingt für mich eher nach Beschaffungskriminalität.«

Bastian nickt bedächtig. »Im Prinzip hast du recht. Nur dass die Frau eben nackt war. Allerdings war sie nicht gefesselt.«

»Vielleicht hat der Täter gedacht, sie würde irgendetwas besonders Kostbares an ihrem Körper tragen.«

»Habe ich auch schon überlegt.«

»Und der dritte Fall?«

»Der ist pikanter. Eine Tote im Hamburger Rotlichtmilieu. Irgendein Schwein hat sie an ihr eigenes Bett gefesselt und ihr das Gesicht zerschlagen.«

»Daran ist sie gestorben?«

»Nein, zunächst wohl nicht. Gestorben ist sie am Blutverlust, denn einer der Hiebe hat ihre Schlagader getroffen, und es hat ganze zwei Tage gedauert, bis sie gefunden wurde.«

»Wie furchtbar.« Sven schließt die Augen und schüttelt voller Abscheu den Kopf. »War sie nackt?«

»Wie man's nimmt. Sie trug Strapse, High Heels und ein Hundehalsband.«

Sven und Bastian wechseln einen Blick. »Geschmäcker sind verschieden, doch die Welt insgesamt ist schlecht«, murmelt Sven schließlich.

»Aber wir sind dafür da, sie besser zu machen, Kumpel. Also, was meinst du? Besteht ein Zusammenhang?«

»Glaube ich eigentlich nicht. Beide Opfer wurden in ihrem privaten Umfeld getötet. Sie wurden nicht ausgestellt«, antwortet Sven entschieden. »Wie lange ist denn der Hamburger Mord her?«

»Fünf Monate.«

»Vergiss es.«

»Sehe ich auch so.«

Schweigend blicken Bastian und Sven sich an. »Wenn ich nicht noch auf Silja warten müsste, würde ich dich jetzt auf ein Bier einladen«, erklärt Bastian schließlich.

»Lass stecken. Ich hatte gestern genug Alkohol. War 'ne coole Party übrigens. Danke noch mal dafür. Und … jetzt kann ich's ja gestehen … die Kollegen von unten und ich hatten tatsächlich überlegt, dich in der Hochzeitsnacht hochzunehmen. Aber wir haben dann noch mal Gnade vor Recht ergehen lassen.«

»Leider hat unser Lassomörder das nicht ganz so gesehen.«

»*Lassomörder?* Echt jetzt?«

»Ist mir nur so rausgerutscht.«

»Klingt für mich nach einer ganz üblen Schlagzeile, fast als könne sich das unser alter Freund Fred Hübner ausgedacht haben«, murmelt Sven grinsend. Doch als er sieht, dass Bastian ernst bleibt, erkundigt er sich irritiert: »Was ist? Habe ich was Falsches gesagt?«

»Im Gegenteil. Du hast voll ins Schwarze getroffen. Ich hatte vorhin nämlich eine kleine Unterredung mit ihm.«

»Mit Hübner? Warum das denn? Du hast ihm doch hoffentlich nicht meinen Schreibtisch angeboten.«

In wenigen Sätzen erzählt Bastian dem Kollegen von der Talkshow und dem öffentlich ausgetragenen Streit zwischen Hübner und Angela Ludwig. Er schließt mit dem Satz: »Ob du es also glaubst oder nicht, Hübner ist zurzeit unser einziger Verdächtiger. Er hatte immerhin ein Motiv.«

»So blöd, dass er sich wegen einer Tussi, über die er sich aufgeregt hat, das ganze Leben versaut, ist der nicht. Und diese Fesselorgie passt auch nicht zu ihm.«

»Sehe ich auch so. Trotzdem musste ich mit ihm sprechen. Und stell dir vor, er war lammfromm. *Ja, Herr Kommissar. Nein, Herr Kommissar.* So ging das in einem fort. Ich habe ihn kaum wiedererkannt.«

»Das macht ihn ja fast wieder verdächtig«, sagt Sven stirnrunzelnd. »Wo er sonst so auf Krawall gebürstet ist. Was hat er gestern Abend denn so getrieben?«

»Dreimal darfst du raten. Er war mit dem Rad unterwegs. Allein natürlich.« Bastian lacht bitter. »Er hat also nicht den Hauch eines Alibis.«

Sonntag, 2. November, 21.19 Uhr,
Haus am Dorfteich, Wenningstedt

Fred Hübner schaltet verärgert den Fernseher aus.

Die Beschreibung des sonntäglichen *Tatorts* in der Zeitung klang nicht schlecht, und der Journalist hielt es für eine gute Idee, seine ständig um den Mord der letzten Nacht kreisenden Gedanken durch die Konfrontation mit einem virtuellen Verbrechen abzulenken. Aber die Schlampereien im Handlungsaufbau und die idiotische Ermittlungsarbeit der Fernsehkommissare hält er erst recht nicht aus.

Jetzt wäre ein Cognac nicht schlecht, schießt es ihm durch den Kopf. Gleichzeitig erschreckt ihn dieser Gedanke. Fred ist seit einigen Jahren trockener Alkoholiker, und bis auf einen kurzen Rückfall im vergangenen Winter kommt er ganz gut mit der Abstinenz klar.

Bloß weil es jetzt eine dumme Kuh weniger auf dieser Erde gibt, muss ich ja wohl nicht wieder zur Flasche greifen, versucht er sich selbst zu beruhigen. Doch irgendwie gelingt ihm das nicht.

Unruhig tigert er in seiner Maisonettewohnung auf und ab, holt sich einen dickeren Pullover von oben aus dem Schlafzimmer, obwohl ihm gar nicht kalt ist, zählt unten in der Küchenecke seinen Vorrat an Nespressokapseln nach und überprüft anschließend, ob im Geschirrspüler genügend Salz ist. Alles völlig idiotische und überflüssige Handlungen. Doch das Gespräch mit Bastian Kreuzer lässt ihm keine Ruhe. Dabei schienen es zunächst nur Standardfragen zu sein, die der Kommissar abspulte. *Wo waren Sie gestern Abend? Haben Sie mit jemandem gesprochen? Hat Sie zumindest jemand gesehen?* Und natürlich hat Kreuzer sich nicht dazu hinreißen lassen, Details des Verbrechens preiszugeben.

Erst gegen Ende des Gesprächs stellte er eine merkwürdige Frage, und sie ist es vermutlich auch, die Fred so unruhig hat werden lassen.

Was genau hat Sie während der Talkrunde so sehr an Angela Ludwig provoziert, dass Sie ausfallend geworden sind?

Fred hat nur die Schultern gezuckt und auf eine Antwort verzichtet. Selbst ohne die Ermahnungen Elsbeths ist ihm klar gewesen, dass er sich mit der Wahrheit nur selbst reinreißen würde. Als der Kommissar insistierte, hat Fred schließlich etwas davon gemurmelt, dass er einen schlechten Tag erwischt und seine aggressive Art gar nichts mit der Person Angela Ludwigs zu tun gehabt habe.

Natürlich hat der Kommissar ihm kein Wort geglaubt. *Aber das Gegenteil kann er mir auch nicht beweisen*, denkt Fred bockig.

Und dann hält er es plötzlich nicht mehr in seiner Wohnung aus. Die Wände erdrücken ihn, die Stille macht ihn wahnsinnig, er atmet hastiger, und sein Brustkorb scheint trotzdem immer enger zu werden.

Ich muss hier raus, und zwar schnell.

Fred beschließt, noch einmal aufs Fahrrad zu steigen. Ein prüfender Blick aus dem Terrassenfenster bestätigt ihm, dass es wenigstens nicht regnet. Über die Temperaturen macht er sich keine Illusionen. *Es dürfte arschkalt da draußen sein*, überlegt er und entschließt sich, den dicken Pullover unter seiner Funktionsjacke anzubehalten, auch wenn er weiß, dass der Pulli am Ende der Radtour komplett durchgeschwitzt sein wird. Er schlüpft in seine Stiefel und greift nach den Schlüsseln und dem Helm.

Draußen weicht die Beklemmung fast augenblicklich von Fred. Er setzt den Helm auf und steigt auf sein Rennrad. *Aber wohin jetzt?* Am Vormittag ist er bereits rüber ans Watt gefahren und hat dem Keitumer Friedhof einen Besuch abgestattet. *Als ob ich von den Toten nicht lassen kann*, schießt es ihm durch den Kopf, und er ist froh, dass niemand von seinem morbiden Sonntagsvergnügen weiß. Doch jetzt sollte er sich tunlichst hüten, ein ähnlich verdächtiges Ziel anzusteuern. *Am besten wird es sein, die Route rund um das Rantumbecken in Angriff zu nehmen. Dort ist es zwar stockdunkel, aber dafür auch menschenleer und genau richtig zum Runterkommen.* Dann fällt ihm allerdings ein, dass er auf dieser Strecke schon einmal einen veritablen Kreislaufzusammenbruch hatte. *Ist das jetzt zwei oder sogar schon drei Jahre her?* Fred weiß es nicht mehr, aber die Lust auf diese Tour ist ihm gründlich vergangen. *Ich kann ja erst mal auf dem Radweg bis runter nach Westerland fahren*, beschließt Fred. *Und dann sehe ich weiter.*

Montag, 3. November, 09.37 Uhr, Kriminalkommissariat Westerland

»Wir müssen uns selbstverständlich mit den Kollegen aus Hamburg, Kiel und Fünen abstimmen, aber ich glaube ebenso wenig wie du, dass es deren Täter plötzlich nach Sylt verschlagen hat«, sagt Silja achselzuckend, nachdem Bastian ihr von den drei anderen Fällen erzählt hat, die zumindest entfernte Ähnlichkeit mit dem Mord an Angela Ludwig aufweisen.

»Hat Sven auch schon gesagt.«

»Du hast ihn doch einbezogen?«

»Er stand gestern Nachmittag plötzlich in der Tür und sah irgendwie, na ja, hilfsbedürftig aus.«

»Wahrscheinlich brennt er vor Ehrgeiz und weiß nicht, wohin damit. Stell dir mal vor: Dein Kind stößt auf eine übel zugerichtete Leiche, ist verständlicherweise völlig verstört, und dann bist du auch noch Polizist und kannst trotzdem nichts dafür tun, dass der Täter gefasst wird. Das kann einen schon fertigmachen.«

»Bisher hat er sich mit seinem Schreibtischjob doch ganz gut arrangiert. Und ab dem Sommer darf er ja wieder bei uns mitmischen.«

»Was ist das denn für ein Argument? Bisher gab's ja auch nichts Aufregendes zu tun. Außer dem Einbruchversuch bei Hermès in Kampen, wo die beiden Teenies so dämlich waren, ihren Schlüsselbund im Vorgarten zu verlieren.«

»Die Schlüssel an sich waren ja nicht das Problem, sondern das Plastikschildchen mit dem Namen der Ferienwohnung daran«, feixt Bastian.

»Deren Mutti kauft ihnen dieses Jahr zu Weihnachten bestimmt kein neues Hermèstäschchen«, ätzt Silja, während auf ihrem Schreibtisch das Telefon zu klingeln beginnt.

»Oberkommissarin Blanck, Kripo Westerland.«

Am anderen Ende ist es still.

»Hallo, wer spricht denn da?«

»Ist dort die Polizei?«, erkundigt sich eine Frauenstimme, die eher aufgeregt als unsicher klingt.

»Hier ist die Kriminalpolizei, das sagte ich gerade.«

»Ah ja, gut. Ich, also ich möchte etwas melden.«

»Würden Sie mir bitte zunächst Ihren Namen sagen.«

»Luise Schröder, ich rufe aus der Hafenstraße an. Wegen

Angela. Also Angela Ludwig. Hab's gerade erst von einer Westerländer Freundin erfahren. Schrecklich, einfach schrecklich!«

Hafenstraße? Silja denkt kurz nach, dann fällt der Groschen. »Sie sind eine Nachbarin?«

»Kann man so sagen, ja. Ich wohne im gleichen Haus, und Angela und ich, also wir haben ein wenig aufeinander aufgepasst.«

Silja signalisiert Bastian mit einem erhobenen Daumen, dass sich in ihrem Mordfall endlich etwas tut, woraufhin er sich zu dem Telefonat schaltet.

»Was meinen Sie mit aufgepasst genau?«, nimmt Silja den Faden wieder auf.

»Na ja, Blumen gegossen und so etwas.«

»Soweit wir sehen konnten, hatte Frau Ludwig überhaupt keine Blumen.« Silja weiß genau, dass es nach jeder Gewalttat Nachbarn und andere Anwohner gibt, die sich gern wichtig machen möchten und plötzlich Verbindungen zum Opfer herstellen, die es gar nicht gegeben hat. Es ist also nötig, jedem potenziellen Zeugen genau auf den Zahn zu fühlen.

»Nein, stimmt, jetzt nicht mehr. Aber früher, als Klaus noch gelebt hat, schon.«

»Aber da hat Frau Ludwig doch gar nicht in der Hafenstraße gewohnt. Wir haben das polizeiliche Anmeldeformular gefunden. Sie ist erst nach dem Tod ihres Mannes nach Rantum gezogen.« *Wusste ich's doch,* denkt Silja enttäuscht. *Da will sich einfach nur wieder mal jemand in den Vordergrund spielen.* Doch die Antwort der Anruferin belehrt sie eines Besseren.

»Weiß ich alles. Ich war es schließlich, die ihr die Wohnung vermittelt hat. Das Haus am Südwäldchen war für sie allein einfach zu groß, und es hat sie auch zu sehr an Klaus erinnert.«

»Angela Ludwig hat mit ihrem Mann am Südwäldchen gewohnt?«, fragt Silja überrascht.

»Wussten Sie das nicht?« Die Enttäuschung darüber, dass selbst die Kriminalpolizei nicht allwissend ist, ist Luise Schröder deutlich anzuhören.

Bastian kritzelt etwas auf ein Blatt Papier und schiebt es zu Silja hinüber. »Damit ist wenigstens klar, warum sie auf der Heimfahrt von der schnellsten Route abgewichen ist«, liest Silja und denkt gleichzeitig, *allerdings hat sie der kleine melancholische Abstecher das Leben gekostet.*

»Das ist eine interessante Information«, beginnt die Kommissarin, wird aber von der Anruferin unterbrochen.

»Ich wollte Ihnen eigentlich etwas anderes erzählen.«

»Bitte.«

»Vorhin war jemand in Angelas Wohnung.«

»Was?«

»Ich wohne ja genau über ihr, und das Haus ist ein wenig hellhörig …«

»Sind Sie nachschauen gegangen, wer das gewesen sein könnte?«

»Natürlich nicht. Ich hatte Angst, schließlich könnte das doch der Mörder sein, oder nicht?«

»Hat noch jemand außer Ihnen einen Schlüssel?«

»Nur die Putzhilfe, aber die kommt donnerstags.«

»Okay. Wissen Sie, ob die Wohnungstür aufgebrochen worden ist? Und können Sie abschätzen, ob dort unten immer noch jemand ist?«, erkundigt sich Silja alarmiert, während Bastian bereits in seine Jacke schlüpft und nach dem Autoschlüssel greift.

»Keine Ahnung, ich glaube schon.«

»Was jetzt? Aufgebrochen?«

»Nein, ich weiß nicht. Ich war ja nicht unten. Aber ich glaube, es ist immer noch jemand in der Wohnung.«

Silja ignoriert die drängenden Gesten von Bastian, der schon an der Tür steht, und sagt beschwörend ins Telefon: »Verhalten Sie sich jetzt ganz ruhig, bitte. Der Eindringling sollte sich ungestört wähnen. Wir sind in spätestens zehn Minuten bei Ihnen im Haus und sehen nach dem Rechten.«

Silja unterbricht das Gespräch, springt auf, reißt ihre Daunenjacke vom Haken und spurtet hinter Bastian her zum Wagen.

Draußen ist es trüb und regnerisch. Ein feuchter Schleier scheint über allem zu liegen; Wege und Straßen, Zäune und Gärten glänzen im Licht der Scheinwerfer. Die Westerländer Innenstadt wirkt fast verwaist. Die wenigen Sylter, die trotzdem unterwegs sind, haben die Kragen hochgeklappt und die Mützen oder Kapuzen tief ins Gesicht gezogen. Ihre gebückten Gestalten gleichen einsamen Wanderern, die sich durch Kälte und Nebel schieben.

»Glaubst du wirklich, dass ein Mörder so blöd ist, zwei Tage nach der Tat ausgerechnet in der Wohnung seines Opfers aufzutauchen?«, sagt Bastian plötzlich zweifelnd. Inzwischen haben die beiden Kommissare Westerland verlassen, und Bastian gibt ordentlich Gas.

»Kommt drauf an, wie dringend er oder sie etwas sucht. Wir haben die Wohnung ja nicht überwacht oder geschützt, das hat er vielleicht bemerkt und sich daher sicher gefühlt.«

»Unsere Tote hatte allerdings ihren Wohnungsschlüssel bei sich, als wir sie gefunden haben. Der Täter hat ihn ihr also nicht weggenommen«, überlegt Bastian weiter. »Das deutet darauf hin, dass er nicht von vornherein geplant hat, in die Wohnung zu gehen. Was glaubst du, warum er seinen Plan jetzt geändert haben könnte?«

»Keine Ahnung. Lass es uns rausfinden.« Silja reibt sich fröstelnd die Hände und beginnt, an der Heizung herumzudrehen. »Irgendwie wird's hier drinnen gar nicht warm.«

»Wir sind gleich da. Dann kannst du aus dem Wagen springen und ins Haus stürmen, dabei wird dir bestimmt warm.«

Silja verdreht die Augen und kontert: »Klar doch. Ich ziehe auch sofort die Waffe und ballere erst mal in die Luft, damit alle gewarnt sind.«

Als Bastian in die Hafenstraße einbiegt und wenig später vor dem zweistöckigen Haus anhält, in dem sich die Wohnung von Angela Ludwig befindet, bleiben beide zunächst sitzen und mustern die Fassade. Fast alle Fenster sind erleuchtet, auch in Angela Ludwigs Wohnung brennt überall Licht.

»Ganz schön unvorsichtig, findest du nicht?«, murmelt Silja, als sie aussteigt.

»Irgendwas stimmt hier nicht. Lass mich vorgehen, okay?«

»Sicher. Hast du ihren Schlüsselbund dabei?«

»Mist, an den habe ich in der Eile gar nicht gedacht.«

»Macht nichts. Ich klingele einfach bei unserer Anruferin. Wie hieß sie noch mal?« Silja lässt den Blick über das Klingelbrett wandern. »Da ist sie ja. Schröder, genau, das war der Name.« Energisch drückt Silja auf die entsprechende Taste. Der Summer geht fast sofort.

»Wahrscheinlich hängt sie mit dem Ohr direkt an der Wohnungstür, um auch ja nichts zu verpassen«, mutmaßt Bastian, als sie reingehen.

Möglichst leise steigen beide die Treppe in die erste Etage hinauf. Vor der Ludwig'schen Wohnung bleiben sie stehen und lauschen angespannt. Drinnen herrscht Stille. Die Kommissare entsichern ihre Waffen, Bastian schiebt Silja zur Seite, damit sie ihm, falls nötig, Feuerschutz geben kann, dann klingelt er.

Es dauert nicht lange, bis sich Schritte nähern.

»Hallo?«, fragt eine Frauenstimme mit osteuropäischem Akzent.

»Hier ist die Polizei, bitte öffnen Sie die Tür«, ruft Bastian.

Drinnen rührt sich nichts. Angespannt warten die Beamten. Doch hinter der Tür bleibt es still.

»Machen Sie auf, sonst kommen wir gewaltsam rein«, verkündet Bastian energisch.

Jetzt entfernen sich drinnen hastige Schritte. Bastian flüstert Silja zu: »Lauf hoch und lass dir von Frau Schröder den Schlüssel geben. Das geht schneller, als wenn wir hier die Tür eintreten.«

Wie erwartet, steht Luise Schröder bereits hinter ihrer Tür, als Silja klopft. Den Schlüsselbund zu Angela Ludwigs Wohnung hält sie in der Hand. Silja greift ihn sich und stürmt die Treppe hinunter zurück zu Bastian.

Sekunden später stehen sie in der Wohnung.

Auf den ersten Blick ist alles unverändert, dann entdecken sie den Putzeimer in der Dusche und eine Flasche mit Scheuermittel auf dem Toilettendeckel.

»Hat die Schröder nicht gesagt, die Putzfrau kommt immer donnerstags?«, wispert Silja.

Doch Bastian hört gar nicht mehr hin. Er hat das offene Wohnzimmerfenster entdeckt, steckt gerade den Kopf hinaus, richtet seien Waffe nach unten und ruft aus dem Fenster: »Bleiben Sie, wo Sie sind.«

Zu Silja gewandt, fügt er leiser hinzu: »Lauf runter. Sie ist tatsächlich aus dem Fenster gesprungen und liegt jetzt da. Ich kann nicht erkennen, ob sie sich etwas gebrochen hat und nicht aufstehen kann oder ob sie doch noch abhauen will.«

Silja hetzt die Treppe wieder hinunter und stößt die Haustür auf. Ihr bietet sich ein jämmerliches Bild.

Am Boden inmitten eines matschigen Beetes liegt eine magere Frau, die sicher die fünfzig hinter sich hat. Ihr linkes Bein ist unnatürlich abgewinkelt und das Gesicht schmerzverzerrt. Niemand könnte ungefährlicher aussehen.

Silja steckt die Waffe weg und beugt sich über sie: »Können Sie aufstehen? Warten Sie, ich helfe Ihnen.«

»Bein tut weh. Keine Polizei, bitte!«

Silja muss nicht lange nachdenken, um die Zusammenhänge zu begreifen. »Sie arbeiten schwarz bei Frau Ludwig, habe ich recht?«

Die Frau am Boden nickt beklommen.

»Sollten Sie nicht erst am Donnerstag kommen?«

»Mein Enkel Geburtstag, ich tauschen.«

»Verstehe.« Vorsichtig hilft Silja der Putzfrau auf. Als diese etwas wacklig auf ihren Beinen steht, fragt sie: »Geht's wieder?« Doch ein Blick in das schmerzverzerrte Gesicht ist Antwort genug. »Wir fahren Sie ins Krankenhaus, okay? Eine Krankenversicherung haben Sie aber hoffentlich.«

Die Angesprochene nickt beklommen.

»Eine Frage habe ich noch: Wissen Sie, warum Frau Ludwig nicht daheim ist?«

Die Putzfrau zuckt die Schultern. »Ist normal. Wohnung klein. Frau Angela selten da, wenn ich da. Geld immer auf Kommode.«

»Heute auch?«

»Nein. Hat vergessen vielleicht. Dann nächste Woche.«

»Ich fürchte, daraus wird nichts. Angela Ludwig wurde vorletzte Nacht ermordet«, antwortet Silja langsam, ohne die andere aus den Augen zu lassen.

Die Putzfrau schüttelt zunächst ungläubig den Kopf, doch als sie langsam begreift, beginnt ihr ganzer Körper zu zittern. Silja befürchtet, dass sie wieder umkippen könnte, und springt ihr stützend zur Seite. Inzwischen ist auch Bastian neben den beiden aufgetaucht.

»Die Putzfrau, arbeitet schwarz, normalerweise donnerstags, nur diese Woche ausnahmsweise am Montag«, fasst Silja die kurze Unterhaltung zusammen.

»Heute geht aber auch alles schief.« Bastian wirft einen kurzen Blick auf das immer noch seltsam angewinkelte Bein.

»Ich habe ihr schon gesagt, dass wir sie in die Nordseeklinik fahren. Dann können wir auch gleich bei Bernstein vorbeischauen.«

Bastian nickt resigniert. »Ich mache das schon. Dich setze ich vorher im Kommissariat ab. Viel Hoffnung habe ich zwar nicht, aber vielleicht kannst du in Erfahrung bringen, ob und wo das grüne Seil, mit dem das Opfer gefesselt war, verkauft wird.«

»Glaubst du wirklich der Täter war so dämlich, es mit seiner Kreditkarte zu bezahlen?«

»Genau das wirst du herausfinden, Liebste.«

Silja lächelt säuerlich. »Es soll ja frisch verheiratete Paare geben, die nach der Trauung erst mal drei Wochen auf den Malediven flittern. Aber der Spaßfaktor von ausgedehnten Telefonaten mit Baumärkten und Bastelläden ist natürlich ungleich höher.«

»Vergiss nicht die Bootsausstatter.«

»Wie könnte ich!«

Montag, 3. November, 11.10 Uhr, Haus am Dorfteich, Wenningstedt

Fred Hübner schiebt die Zeitungen auf seinem Esstisch zu einem unordentlichen Haufen zusammen. Er ist abgrundtief enttäuscht von den detektivischen Fähigkeiten seiner Journalistenkollegen. Nicht einer hat irgendetwas herausgefunden, das über das hinausgeht, was Fred von Elsbeth weiß.

Okay, nicht ganz, korrigiert er sich gleich.

Elsbeth hatte ihm nicht mehr verraten, als dass Angela Ludwig im Affekt ermordet worden ist. Sie war am Tatabend mit dem Fahrrad unterwegs. Die Tatwaffe lag am Tatort.

Die Journalisten haben immerhin den Tatort recherchiert und den Familienstand der Toten: Es geschah in Westerland am Südwäldchen. Angela Ludwig war verwitwet und galt als eigenbrötlerisch. Sie trainierte regelmäßig und ziemlich verbissen bei Body Cult.

Das weiß inzwischen sowieso die ganze Insel, denkt Fred enttäuscht.

Aber niemand hat etwas zur Mordwaffe geschrieben, auch die Todesart scheint den Kollegen nicht bekannt zu sein, worüber sich Fred am meisten wundert. Daran, dass die Kripo hier auf der Insel dichthält, ist er gewöhnt, aber es gibt ja noch andere Quellen für findige Gazettenschreiber. Schließlich wird doch irgendjemand die Leiche entdeckt haben, und es wäre schon sehr merkwürdig, wenn diese Person nicht zumindest mit dem Nachbarn oder der Busenfreundin oder wem auch immer – ganz im Vertrauen natürlich – über den Vorfall geredet hat. Und das wird dann ebenso emsig wie vertraulich weitergetratscht, bis sich jemand findet, der einen Journalisten kennt, der vielleicht ein kleines Handgeld für eine brisante Information zahlt. *So läuft das für gewöhnlich*, denkt Fred irritiert. *Aber hier? Nichts! Keiner weiß was, keiner redet.*

Sosehr Fred sich auch anstrengt, es gelingt ihm einfach nicht, sich einen Reim auf die Sache zu machen. Normalerweise wäre er nur enttäuscht wegen des Versagens seiner Kollegen, und vielleicht würde er selbst ein wenig recherchieren. Doch diesmal geht das nicht. Er muss die Füße stillhalten, wenn er sich nicht zusätzlich verdächtig machen will. Gleichzeitig fühlt er sich persönlich gekränkt, weil er ausgerechnet in einem Fall verdächtigt wird, über den niemand etwas zu wissen scheint. Es scheint, als habe sich alles gegen ihn verschworen.

Sogar Elsbeth hält dicht.

Oder?

Vielleicht sollte ich noch einen zweiten Versuch wagen, überlegt Fred. *Immerhin habe ich brav die Vernehmung durch Kreuzer überstanden, da wäre eine kleine Belohnung von Seiten meiner Liebsten doch ganz angebracht.*

Kurzentschlossen klingelt er bei Elsbeth durch. Schneller, als er erwartet hätte, ist sie am Handy.

»Fred, du? Ist alles in Ordnung?«

»Klar doch. Oder glaubst du, ich rufe aus der Zelle an?«

»Sehr witzig. War Kreuzer schon bei dir?«

»Jepp. Ging alles glatt. Ich habe zwar kein Alibi, aber eben auch kein Motiv.«

»Sieht er das so?«

»Siehst du das anders?«

»Fred, das hatten wir doch schon alles. Ich habe hier wirklich viel um die Ohren, also lass uns besser heute Abend noch mal in Ruhe reden, okay?«

»Elsbeth, ich …« Weiter kommt er nicht, denn sie unterbricht ihn sofort.

»Ich kann jetzt wirklich nicht sprechen. Bis später. Ciao.« Und schon ist die Leitung tot.

Irritiert blickt Fred auf sein Handy. *Entweder ist der Südwäldchen-Mordfall extrem fordernd, oder Elsbeth ist irgendeine andere Laus über die Leber gelaufen.*

Seufzend holt er sich die Geländekarte von der Insel. Schon länger wollte er eine neue Route ausprobieren, die ihn über Keitum nach Archsum führen soll. Einsame Straßen und gut geteerter Untergrund, das ist es, wonach ihm heute der Sinn steht. Im Moment regnet es zwar noch, aber am späten Nachmittag wird es aller Voraussicht nach trocken sein. Dann ist er zwar ebenso wie am Abend des Mordes im Dunkeln unterwegs, *aber was soll's.* Abergläubisch war Fred Hübner wirklich noch nie.

Montag, 3. November, 13.53 Uhr, Kriminalkommissariat Westerland

Silja Blanck legt erschöpft das Telefon aus der Hand und mustert gleichzeitig das grellgrüne Seilstück zum geschätzt zwanzigsten Mal. Bei neunzehn in Frage kommenden Händlern hat sie sich inzwischen erkundigt. Und die Antwort war immer die gleiche: *Ein grünes Kunststoffseil, sagen Sie? Wozu soll das denn gut sein? Kostet doch nur Farbstoff und belastet die Umwelt. Nee, Frau Kommissarin, so was gibt's schon lange nicht mehr.*

Der zwanzigste und letzte Eintrag auf Siljas Liste ist ein Eisenwarenladen in Tinnum, von dem sie noch nie etwas gehört hat. Die Kommissarin muss das Telefon ziemlich lange klingeln lassen, bis dort abgehoben wird. Es meldet sich ein Armin Groterjahn, der ein ziemlich betagter Herr sein muss, wie Silja aufgrund der brüchigen Stimme mutmaßt.

»Bin ich mit einer Eisenwarenhandlung verbunden?«, erkundigt sie sich vorsichtig.

»Ganz recht. Mein kleiner Laden besteht schon seit vierzig Jahren, und wenn ich nicht demnächst ins Gras beißen muss, wird sich daran auch so schnell nichts ändern.« Sein Tinnumer Eisenwarenladen sei seit der Gründung im Keller des Groterjahn'schen Einfamilienhauses untergebracht, erzählt der Inhaber ihr bereitwillig. Der Laden werfe schon lange keinen Gewinn mehr ab, aber er liefere ihm eine Ausrede, um aus der Wohnung zu verschwinden und der Kontrolle seiner Frau für einige Stunden am Tag zu entgehen.

»Weißt, min Deern, ihr Weibsbilder könnt ganz schön rechthaberisch sein. Das hält auch der gutmütigste Mann auf Dauer nicht aus.«

Silja muss lächeln. Sie kann sich gut vorstellen, wie dieser Groterjahn in seinem Kellerlädchen überaus zufrieden hinter dem Ladentisch kauert, während er ihr das erzählt. Aber natürlich bringen solche Vorstellungen ihre stockenden Ermittlungen keinen Meter weiter. Also geht Silja nicht auf den humorigen Tonfall ein, sondern erklärt mit ernster Stimme: »Herr Groterjahn, es ist wirklich wichtig. Vor mir liegt ein gedrehtes hellgrünes Kunststoffseil mit sieben Millimeter Durchmesser. Es ist ein wichtiges Indiz in einem Mordfall. Daher wüsste ich gern, ob Sie solche Seile auf Lager haben oder vielleicht früher mal hatten.«

»Ein Mordfall?« Armin Groterjahns Stimme gewinnt in Sekundenschnelle an Tiefe und Timbre. »Das ist ja mal 'n Ding. Sie reden jetzt aber nicht von der Toten am Südwäldchen, oder?«

Silja ist sich bewusst, dass sie möglicherweise Täterwissen weitergibt, aber da sie schon mit neunzehn anderen Verkäufern, die vermutlich auch alle eins und eins zusammenzählen können, um den heißen Brei herumgeredet hat, schmilzt ihr Widerstand endgültig.

»Sie vermuten richtig. Die Frau wurde in der Nacht von Samstag auf Sonntag ermordet. Und bis jetzt tappen wir ziemlich im Dunkeln, was den oder die Täter angeht. Daher könnte die Herkunft des grünen Seils für uns eine wichtige Information sein. Ich will Ihnen nicht verschweigen, dass Ihr Laden der letzte auf einer ziemlich langen Liste von Geschäften ist, die ich schon abtelefoniert habe. Leider ohne jeden Erfolg.«

Am anderen Ende der Leitung herrscht erst einmal Schweigen. Als Silja schon nachfragen will, ob ihr Gesprächspartner überhaupt noch da ist, hört sie, wie er sich endlich räuspert und dann zögernd zu sprechen beginnt.

»Das kann ich mir lebhaft vorstellen. Heute ist ja alles Natur und bio. Schon wenn Sie nur ein Kunststoffseil verkaufen wollen, müssen Sie sich bei den Jungspunden dafür rechtfertigen. *Warum gibt's das nicht auch aus Hanf? Wo ist das hergestellt worden? Das ist doch bestimmt von Kindern in Asien geflochten worden.* Sie glauben gar nicht, was ich mir schon alles habe anhören müssen. Und um ehrlich zu sein, ich habe natürlich keine Ahnung, wer wo wann welche Seile gedreht hat. Ich bestelle seit dreißig Jahren beim gleichen Grossisten, und fertig ist der Laden. Wenn ich mich jetzt auch noch um die Herkunft jedes einzelnen Teils kümmern sollte, könnte ich die Seile gleich selbst flechten. Vermutlich ist es auch genau das, was die junge Generation erwartet. Die mahlen sich ja auch ihr Mehl selbst, backen ihr Brot selbst und packen die Windelhintern ihrer Kinder in selbst gehäkelte Höschen.«

Erschöpft und um Luft ringend verstummt Armin Groterjahn.

»Ich verstehe, was Sie meinen«, entgegnet Silja höflich. »Aber es geht jetzt zum Glück nicht um die junge Generation, sondern eher um Ihre Erinnerungen. Wenn Sie so wollen, um die guten alten Zeiten, als Seile noch quietschbunt und aus Kunststoff sein durften. Und da Sie Ihren Laden schon so lange führen, können Sie sich vielleicht erinnern, ob es früher solche Seile häufiger gegeben hat.«

»Früher schon«, ist die einsilbige Antwort.

»Wissen Sie auch, bis wann die verkauft worden sind?«

»Tja, so sechs, sieben Jahre ist das sicher her. Wir hatten welche in grün und orange auf großen Rollen als Meterware. Die haben wir dann nach Bedarf zugeschnitten und anschließend kurz das Feuerzeug an die Enden gehalten, damit sie nicht ausfransen. Hat immer ganz schön gestunken.«

»Sie haben aber nicht zufällig noch Reste davon auf Lager?«

»Nee, da muss ich passen. Ist alles weg, lange schon.«

»Können Sie sich erinnern, wann sie das letzte Stück verkauft haben?«

»Sie stellen Fragen, junge Frau. Das weiß ich nun wirklich nicht mehr.«

»Darf ich daraus schließen, dass es schon mehrere Jahre her ist?«

»Das dürfen Sie ganz gewiss, min Deern.«

»Trotzdem würde ich gern mal mit dem Stück Seil vorbeikommen, das wir am Tatort sichergestellt haben. Vielleicht fällt Ihnen ja doch noch etwas dazu ein, wenn Sie es sehen«, fügt Silja hinzu. Sie ist inzwischen so entmutigt, dass sie bereit ist, auch noch nach dem letzten Strohhalm zu greifen.

»Kommen Sie doch heute Nachmittag um vier, dann können wir einen Tee zusammen trinken, und ich stelle Sie meiner Frau vor. Vielleicht vergisst sie ihre Drachenallüren mal für ein Stündchen, wenn ich ihr eine waschechte Kommissarin präsentiere«, antwortet Armin Groterjahn munter.

»Ich sehe zu, was ich machen kann«, verspricht Silja und verflucht sich selbst für diese Idee, die sie nur Zeit kosten und mit ziemlicher Sicherheit keinen Erkenntnisgewinn bringen wird.

Montag, 3. November, 15.48 Uhr, Bahnhof Westerland

Als Elsbeth von Bispingen aus dem Zug steigt, hat es gerade aufgehört zu regnen. Bahnsteigkanten und Gleise sind noch nass, im Kiesbett schillert das Licht auf diversen Pfützen. Während ihrer Fahrt hat es unaufhörlich gegossen. Wie ein nicht enden wollender Tränen-Tsunami sind die fetten Tropfen an Elsbeths Zugfenster entlanggeglitten. Auch die Landschaft hinter dem Fenster triefte vor Nässe. Weiden und Wiesen schienen alle Farbe verloren zu haben und präsentierten sich grau in grau im schwindenden Tageslicht. Die wenigen Tiere, die überhaupt zu sehen waren, standen mit nass glänzendem Fell wie erstarrt im Regen. Nur die Wasservögel gingen ungerührt ihren gewohnten Geschäften nach.

Auf dem Westerländer Bahnhof ist ebenfalls nicht viel los. Es sind höchstens zwanzig Gestalten, die mit Elsbeth den Zug verlassen. Die meisten werden abgeholt, wohnen also hier oder haben zumindest Freunde oder Verwandte auf der Insel.

Obwohl sie es besser weiß, sieht Elsbeth sich um. Aber natürlich ist Fred Hübner nicht hier, schließlich ahnt er nichts von ihrer Stippvisite.

Seit dem missglückten Telefonat am Vormittag hat die Staatsanwältin ein schlechtes Gewissen. Noch nie hat sie Fred grundlos so abgebügelt. Und auch wenn ihre innere Anspannung immer noch nicht abgeklungen ist, hat sie beschlossen, das Vorgefallene wiedergutzumachen und ihm einen Überraschungsbesuch abzustatten.

Aber vorher, und das ist ihr mindestens genauso wichtig, muss sie dringend mit Hauptkommissar Kreuzer reden. Und zwar persönlich und unter vier Augen. Der Blick der Staatsanwältin geht suchend hinauf zu den Fenstern des Kommissariats, das sich in einem schönen alten Backsteinbau fast gegenüber vom Bahnhof befindet. In den Diensträumen brennt Licht, es ist also nur die Frage, ob Elsbeth Bastian Kreuzer persönlich oder nur die kürzlich zur Oberkommissarin beförderte Kollegin Silja Blanck antreffen wird.

Selbstverständlich wäre es höflicher gewesen, sich telefonisch anzukündigen, aber Elsbeth hat noch ein weiteres Anliegen. Sie weiß um die enge Freundschaft zwischen den drei Sylter Kommissaren und ist nicht sicher, ob der für ein Jahr degradierte Winterberg tatsächlich nur Schreibtischarbeit bei den uniformierten Kollegen leistet oder ob er insgeheim nicht doch die Kollegen Kreuzer und Blanck unterstützt.

So ein kleiner Überraschungsbesuch kann manchmal einiges klären, denkt Elsbeth, während sie eilig an den sich Begrüßenden vorbeigeht, das Bahnhofsgebäude links liegenlässt und direkt auf den kleinen Parkplatz tritt. Hier stehen nur wenige Privatwagen, von den sonst anwesenden Shuttlebussen der besseren Hotels ist nichts zu sehen. Für den Tourismus ist der November ein verlorener Monat. Nie haben die Sylter ihre Insel so sehr für sich wie jetzt.

Elsbeth überquert die Straße und steht Sekunden später vor dem Portal des Polizeigebäudes. Sie tritt ein, nickt dem Pförtner kurz zu, ignoriert seine Frage nach ihrem Besuchsgrund und nimmt die Stufen hinauf zum Hochparterre, wo die Wache untergebracht ist, mit schnellen Schritten. Bevor sie jemand aufhalten kann, stützt sie die Unterarme auf den Tresen und fragt laut in die Runde: »Ist Sven Winterberg zu sprechen?«

Verdutztes Schweigen antwortet ihr. Doch wenige Sekunden später wird sie von einer jungen Beamtin erkannt.

»Sie sind doch Frau von Bispingen, die zuständige Staatsanwältin, oder irre ich mich?«

»Sie irren nicht im Geringsten. Und ich würde gern kurz mit dem Kollegen Winterberg reden.«

Kaum hat Elsbeth die Worte ausgesprochen, scharrt hinter einer Stellwand ein Stuhl. Dann erscheint die schlanke Gestalt Sven Winterbergs. Der degradierte Kommissar streicht sich nervös mit gespreizten Fingern durch die dunklen Locken und lächelt Elsbeth gleichzeitig schüchtern zu.

»So sieht man sich wieder«, murmelt er, als er am Tresen angekommen ist.

»Wie geht es Ihnen?«, erkundigt sich Elsbeth leise und wundert sich selbst ein wenig über den ungewohnt fürsorglichen Tonfall ihrer Stimme.

Winterberg zuckt die Schultern und lässt ein verlegenes Lachen hören. »Der Job hier unten ist inhaltlich jetzt nicht der Hit, aber ich habe mich schon immer gut mit den Kollegen verstanden, und sie behandeln mich wenigstens nicht wie einen Aussätzigen.« Mit einem Augenzwinkern blickt er sich um und erntet bei allen Anwesenden zustimmendes Nicken.

»Es sind ja nur noch sechs Monate«, sagt Elsbeth ungewöhnlich sanft.

»Sieben«, korrigiert Winterberg sie sofort.

»Ach, tatsächlich? Zählen Sie auch die Tage?« Jetzt kann sich die Staatsanwältin eine leichte Ironie doch nicht mehr verkneifen.

»So schlimm ist es auch wieder nicht. Auch wenn es mir seit vorgestern natürlich besonders schwerfällt, die Füße stillzuhalten.« Er stockt kurz, dann schiebt er eine Frage nach: »Sie wissen, dass meine Tochter die Tote gefunden hat?«

»Ja, Hauptkommissar Kreuzer hat es erwähnt. Das ist sicher nicht einfach für die Kleine. Apropos Kreuzer: Finde ich ihn oben?«

»Ich denke doch.« Fragend blickt Winterberg sich um. »Silja ist ja schon länger hier. Hat jemand von euch Bastian zurückkommen sehen?«

Als zwei der uniformierten Kollegen nicken, fragt Winterberg: »Soll ich oben anrufen und …«

Doch Elsbeth hebt nur dankend die Hand und wendet sich zur Treppe, die ins erste Stockwerk führt. »Danke, nicht nötig. Und den Weg finde ich auch allein.«

Oben angekommen, stößt sie fast mit Silja Blanck zusammen, die schwungvoll aus der Tür ihres Büros tritt.

»Oh, Frau von Bispingen, welche Überraschung. Ich wollte gerade noch zu einer Vernehmung, aber natürlich kann ich …«, beginnt sie.

»Ist Ihr Chef da?«

Die Oberkommissarin deutet auf die Tür, die sie gerade hinter sich geschlossen hat. »Er muss noch ein paar Sachen klären, aber wenn mich nicht alles täuscht, hatte er fest vor, sich anschließend bei Ihnen in Flensburg zu melden.«

»Na, das können wir jetzt ebenso gut direkt erledigen. Und Frau Blanck, lassen Sie sich nicht aufhalten, ich komme sehr gut allein zurecht.«

Elsbeth weiß, dass sie für gewöhnlich zu harsch und oft auch unfreundlich auftritt, daher ist sie es gewohnt, dass ihre seltenen fürsorglichen Anwandlungen manchmal auf Irritation stoßen. Doch der Blick, den die Blanck ihr jetzt zuwirft, ist eher ängstlich als erstaunt.

Wenn ich nicht so viel anderes im Kopf hätte, wäre mir das durchaus die eine oder andere Überlegung wert, denkt sie noch.

Doch dann nickt sie der Kommissarin nur kurz zu und öffnet, ohne anzuklopfen, die Tür zu Kreuzers Dienstzimmer.

Montag, 3. November, 16.21 Uhr, Kriminalkommissariat Westerland

Als die Tür, nur wenige Sekunden nachdem Silja den Raum verlassen hat, wieder aufgerissen wird, denkt Bastian, sie habe lediglich etwas vergessen, und blickt gar nicht von seinem Rechner auf. Während er eine neue

Datei aufruft, murmelt er in Richtung Tür: »Und denk bitte an die Sushi-Bestellung für heute Abend. Du weißt ja, die haben immer so lange Vorlaufzeiten.«

»Wenn ich nicht ohnehin schon wüsste, dass Sie und Ihre Kollegin zusammenwohnen, wäre spätestens jetzt die Bombe geplatzt«, antwortet eine ihm wohlbekannte Stimme, die allerdings nicht die seiner Liebsten ist.

»Frau von Bispingen! Sie hier?« Bastian springt auf und stößt dabei seinen Bürostuhl so kräftig nach hinten, dass er gegen die Wand hinter dem Schreibtisch kracht.

»Leibhaftig«, antwortet amüsiert die Staatsanwältin, wirft ihren Mantel auf Svens verwaisten Schreibtisch, pflanzt sich auf dessen Stuhl, schaut amüsiert zu Bastian auf und erkundigt sich anschließend mit der Stimme eines Kindes, das sich erfolgreich vor den Eltern versteckt hat: »Überrascht?«

»Äh ja, und wie.« Unsicher geht Bastian ein paar Schritte auf die Staatsanwältin zu. »Kann ich Ihnen vielleicht etwas anbieten? Kaffee?«

»Bloß nicht. Ihrer ist noch viel schrecklicher als der in der Deutschen Bahn, und von dem ist mir immer noch schlecht.«

Die Bispingen sieht allerdings weniger leidend als vielmehr hoch befriedigt aus, findet Bastian, hütet sich aber, eine entsprechende Bemerkung zu machen.

»Sie haben sich gar nicht angekündigt«, sagt er stattdessen lahm.

»Ist das ein Problem?«

»Natürlich nicht. Ich bin sogar ganz froh, dass Sie hier sind. Ich hätte Sie nachher ohnehin angerufen, aber ein persönliches Gespräch ist immer besser.«

»Hoffentlich haben Sie gute Botschaften?« Der fragende Unterton entgeht Bastian nicht.

»Leider nein.«

Er steht jetzt dicht vor Svens Schreibtisch und kommt sich ein wenig dämlich vor. *Wie ein schuldbewusster Schüler vor seiner gestrengen Lehrerin*, schießt es ihm durch den Kopf. Und um die schräge Situation etwas auszubalancieren, zieht er sich einen der Besuchersessel aus der Sitzecke heran und lässt sich darauf nieder.

»Haben Sie wenigstens *irgendwelche* Botschaften für mich?«, insistiert die Bispingen.

Bastian holt tief Luft. »Also erst mal das, was wir überhaupt wissen: Die Frau starb durch mehrere Schläge mit einem Ytong-Stein, der mit großer Sicherheit aus einem Bauschuttcontainer in der Nachbarschaft stammt. Dr. Bernstein hat vor einer guten Stunde die Obduktion beendet. Ich war dabei. Außer der tödlichen Kopfwunde gibt es keine nennenswerten Verletzungen. Nur ein paar Hautabschürfungen von dem Seil, mit dem sie gefesselt war, aber die sind post mortem entstanden, meint Bernstein. Sonst hat er nur noch ein Hämatom an der Hüfte festgestellt, das vermutlich von dem Sturz nach den tödlichen Schlägen stammt, vielleicht ist es aber auch schon beim Sturz vom Fahrrad entstanden.«

»Sie war mit dem Rad unterwegs?«

Bastian nickt. »Es lag keine hundert Meter vom Fundort der Leiche entfernt im Gebüsch.«

»Also am Tatort.«

»Exakt. Dort gab es auch jede Menge Blut auf dem Waldboden.« Bastian macht eine kurze Pause, in der ihm noch einmal klar wird, wie wenig sie immer noch über die Tat und mögliche Täter wissen. »Die Obduktion hat weiter keine Überraschungen ergeben. Angela Ludwig war gesund, wenn auch etwas untergewichtig, und sie ist nicht vergewaltigt worden«, endet er hilflos.

»Spuren? Verdächtige? Hinweise?«

»Fehlanzeige auf ganzer Linie. Zu den Spuren: Der Waldboden war komplett mit Blättern bedeckt, außerdem hat es die ganze Nacht hindurch geregnet. Da gab es weder Trittabdrücke noch irgendwelche Reifenspuren. Auch die vom Fahrrad des Opfers waren nicht mehr zu sehen. Auf dem Fahrrad gab es diverse Fingerabdrücke, aber nichts, was uns irgendwie weitergeholfen hat. Leider konnten wir bisher auch keine Tatzeugen auftreiben. Die Leute haben sich anscheinend alle in ihren Häusern und Wohnungen verkrochen. Wir haben also auch keine Anhaltspunkte, die auf einen speziellen Täter hinweisen. Ich muss Ihnen ja nicht sagen, dass dies ein absolutes Worst-Case-Szenario für ein Tötungsdelikt ist.«

Elsbeth von Bispingen runzelt die Stirn und schaukelt leicht mit Svens Bürostuhl hin und her. Schließlich fragt sie mit verdächtig harmloser Stimme: »Mit Fred Hübner haben Sie aber gesprochen?« Ihr Blick wird lauernd.

»Ja natürlich. Gestern schon. Aber das wissen Sie vermutlich.«

»Trotzdem wüsste ich gern etwas über Ihre Einschätzung.«

»Des Gesprächs?«

»Exakt.«

Bastian zögert. Er kann Fred als Verdächtigen nicht völlig ausschließen. Folgerichtig müsste die Bispingen den Fall abgeben. Aber was wäre, wenn er ihr das vorschlagen würde? Dass Silja und er ein Paar sind, entspricht auch nicht gerade den polizeiinternen Regularien. Vielleicht sollte er also einfach die Füße stillhalten und der Staatsanwältin die Entscheidung überlassen.

»Frau von Bispingen, wir müssen ja nicht um den heißen Brei herumreden«, beginnt der Kommissar vorsichtig. »Ich habe Ihnen gerade erläutert, wie dürftig die Spurenlage ist. Fred Hübner ist der Einzige, für den sich ein Motiv konstruieren ließe. Und er hat kein Alibi. Aber – und das meine ich vollkommen ernst – das psychologische Profil stimmt einfach nicht.«

»Da bin ich aber beruhigt«, antwortet die Staatsanwältin mit leichtem Spott in der Stimme. »Allerdings werden Sie verstehen, dass mir unter diesen Umständen besonders viel daran liegt, dass der Täter gefunden wird. Schnell und mit eindeutiger Beweislage.«

»Wir tun unser Bestes, glauben Sie mir.«

»Ich muss wohl nicht betonen, dass ein Fall, der inzwischen wie lange?«, sie kneift die Augen zusammen und rechnet kurz nach. »Der inzwischen einundvierzig Stunden alt ist, schon fast ein Cold Case ist. Jedenfalls wenn es so wenig Anhaltspunkte gibt, wie Sie sagen.«

»Frau von Bispingen, was soll ich denn machen? Es ist kein Sexualdelikt, es ist kein Raubmord, es gibt keine Zeugen und keine Spuren am Tatort.«

»Die Frau wurde nackt an einen Baum gefesselt. Das nennen Sie *kein Sexualdelikt*?«, schnappt die Bispingen.

»Ja, ich weiß. Das ist ungewöhnlich und könnte uns zu einem Täter führen. Natürlich haben wir sofort alle vergleichbaren Fälle überprüft. Also nach Opfern von Überfällen gesucht, die nackt waren oder nach dem Angriff entkleidet worden sind.«

»Und?«

»Da wären eine erschlagene Prostituierte im Hamburger Rotlichtmilieu, die quasi von Berufs wegen kaum etwas anhatte, außerdem ein Raubmord an einer über Achtzigjährigen, die vermutlich auf der Suche nach versteckten Wertsachen ausgezogen worden ist, nachdem man sie erschlagen hat. Drittens gab es noch eine Schulleiterin, die die Attacke überlebt hat und ihren Angreifer mit großer Wahrscheinlichkeit identifiziert hat. Er sitzt in dänischer U-Haft, kann also kaum gleichzeitig hier auf Sylt tätig geworden sein.«

»Na bravo. Das war's?«

Bastian nickt.

»Ich wiederhole mich nur ungern, aber es ist wohl nötig«, murmelt die Bispingen, während sie aufsteht und ihren Mantel anzieht. »Klären Sie diesen Fall auf, und zwar schnell. Und wenn Sie sich dafür den Arsch aufreißen müssen, dann tun Sie's. Sonst mache ich es. Schönen Abend noch.«

Montag, 3. November, 16.53 Uhr, Norderende, Archsum

Brith Bleiken zieht den Reißverschluss ihrer Regenjacke bis zum Kinn hoch und stülpt sich die Kapuze über den Kopf. Dann greift sie nach den dick gefütterten Handschuhen, steckt den Schlüssel in die Tasche und zieht die Haustür hinter sich ins Schloss. Es ist ihr egal, dass es draußen nieselt, und sie kümmert sich auch nicht darum, dass es längst dämmert und nur noch Spuren des letzten Tageslichts ihren Weg erhellen werden.

Nach dem anstrengenden Vormittag in der Schule und den nachmittäglichen stundenlangen Korrekturen der Mathe-Leistungskurs-Klausuren ist ihr Bedürfnis nach Ruhe und frischer Luft schier übermächtig. Selbst ein Schneesturm könnte sie jetzt nicht von ihrem rituellen Abendspaziergang abhalten. Was machen da schon ein paar harmlose Regentropfen?

Mit schnellen Schritten läuft Brith an den Häusern der Nachbarn vorbei. Überall brennt schon Licht und lässt die schönen alten Klinkerbauten warm und heimelig wirken. Es dauert nicht lange, bis sich Briths Anspannung legt, ihre leichten Kopfschmerzen verschwinden und einer tiefen Ruhe Platz machen. Das Gefühl, hier zu Hause zu sein, Wurzeln zu haben und diese auch bis ans Lebensende bewahren und pflegen zu können, gibt Brith wie immer Kraft und Halt. Nie konnte sie verstehen, wie Menschen ständig umziehen oder sich überhaupt für Neues begeistern können.

Brith ist eine Traditionalistin. Sie liebt ihre Sylter Heimat, und sie liebt ihren Beruf. So viel sich auch am Lehrerinnendasein in den dreißig Jahren verändert hat, die sie nun schon am Westerländer Gymnasium unterrichtet, so ist eines doch gleich geblieben: Die Freude, die sie daran hat, zu sehen, wie die jungen Leute mit den Jahren selbstbewusster werden und eine jeweils eigene Persönlichkeit herausbilden.

Natürlich gibt es oft Stress und manchmal auch handfesten Ärger. Wie heute zum Beispiel, als Sören aus der Neunten plötzlich handgreiflich gegenüber Elisa wurde und Brith nach einer Schrecksekunde einschreiten musste. Fast hätte Sören auch noch Brith geohrfeigt, erst in letzter Sekunde riss er sich zusammen. Im gesamten Kollegium und bei seinen Mitschülern ist dieser Schüler als höchst cholerisch bekannt. Er kommt aus schwierigen Verhältnissen und hat große Probleme damit, Autoritäten anzuerkennen. Natürlich ist das längst kein Grund, tätlich zu werden, wenn eine Mitschülerin einen Annäherungsversuch zurückweist.

Aber jetzt habe ich mich nur wieder gedanklich in die leidigen Schulquerelen vertieft, denkt Brith verärgert, *dabei wollte ich das alles doch gerade hinter mir lassen.* Sie schreitet schneller aus und bemüht sich, die kalte Luft tief in ihre Lungen zu ziehen. *Ganz ruhig werden, die Gedanken schweifen lassen, die Gerüche und Geräusche der Insel aufnehmen und alles andere außen vor lassen,* beschwört sie sich selbst.

Längst hat Brith das Norderende verlassen, ist in den Heleeker eingebogen und läuft nun zwischen Wiesen und Feldern direkt auf den verlassenen Bahnübergang zu. Die Straße steigt zu den Gleisen hin leicht an und fällt hinter der Bahntrasse sofort wieder ab, so dass es wirkt, als höre die Welt am Bahndamm auf.

Obwohl das besiedelte Gebiet nur wenige hundert Meter hinter Brith liegt, erscheint ihr dieser Bahnübergang immer wie eine Pforte in die reine Landschaft, die sich nach allen drei Seiten völlig unberührt erstreckt. Längst ist die Dämmerung der Nacht gewichen, und da es hier keine Straßenbeleuchtung gibt, liegt der Weg vor Brith fast völlig im Dunklen. Aber die Straße ist glatt geteert und verläuft schnurgerade, außerdem ist sie hier fast jeden Abend unterwegs. Sie würde selbst mit geschlossenen Augen nicht vom Weg abkommen.

Die Dunkelheit und die Stille tun ihr wie immer gut. Brith spürt deutlich, wie eine tiefe innere Ruhe Besitz von ihr ergreift. Sie freut sich auf einen ungestörten Abend, den sie allein vor dem Fernseher verbringen wird. Wie jeden Montag ist ihr Mann beim Sport und hat bereits beim Aufbruch angekündigt, dass es heute später werden wird, weil er mit seinen Freunden noch einen abendlichen Gang um die Häuser plant. Brith genießt es gerade am Wochenbeginn immer sehr, ihr Heim für sich zu haben und sich ganz allein der Entspannung hingeben zu können.

Deshalb bleibt sie auch an der Bahnschranke stehen, lehnt sich dagegen, legt den Kopf in den Nacken und lässt lediglich für einige Minuten den feinen Nieselregen ihr Gesicht benetzen. An anderen Wochentagen würde sie noch ein gutes Stück weitergehen, oft läuft sie bis nach Keitum hinein und wieder zurück, doch dafür ist es heute nicht nur zu kalt, zu dunkel und zu nass, sondern es lockt sie auch ihr ruhiges friedliches Zuhause viel zu sehr.

Brith stößt sich von der Bahnschranke ab und will sich gerade umdrehen, als sie das leicht schwankende Licht erblickt, das sich von Keitum aus nähert. *Ein Radfahrer um diese Zeit, wie ungewöhnlich*, denkt sie noch, da ist das Licht auch schon direkt vor ihr und blendet sie unversehens. Auch als das Fahrrad plötzlich stoppt und eine dunkel gekleidete Gestalt absteigt, leuchtet die Lampe weiter und hindert Brith daran, der Gestalt ins Gesicht zu sehen.

»Hallo, guten Abend. Kann ich Ihnen irgendwie helfen?«, fragt sie freundlich. Doch es kommt keine Antwort. Und da die starke Fahrradlampe sie weiterhin blendet, kann Brith auch nur die Umrisse des Radfahrers erkennen – mit einer mächtigen Ausbeulung am Rücken, die entweder von einem ausgeprägten Buckel oder einem voluminösen Rucksack herrühren muss.

Als sie sich gerade darüber wundert, dass sie diese lächerliche und etwas peinliche Märchen-Assoziation von einem Buckel hat, läuft die immer noch schweigende Gestalt auf sie zu, bleibt zwei Schritte vor ihr unvermittelt stehen, greift über den Kopf nach hinten und zieht etwas Langes, Glattes aus dem Rucksack.

In einer einzigen fließenden Bewegung schwingt sie es nach vorn und lässt es auf Briths Kopf niedersausen. Mit Verblüffung registriert sie das grässliche Geräusch, dann durchzuckt sie ein heftiger Schmerz, sie geht zu Boden und verliert in Sekundenschnelle das Bewusstsein.

Montag, 3. November, 16.57 Uhr, Haus am Dorfteich, Wenningstedt

Elsbeth von Bispingen sieht schon aus dem Taxi, dass in Freds Wohnung alle Fenster dunkel sind. Sie bezahlt die Fahrt, lässt sich den Rollkoffer aus dem Kofferraum geben und wühlt in ihrer Handtasche nach dem Wohnungsschlüssel.

»Verdammt, hoffentlich habe ich den überhaupt eingesteckt«, murmelt sie währenddessen.

»Soll ich vielleicht warten?«, erkundigt sich der Taxifahrer, der ein üppiges Trinkgeld bekommen hat.

»Nicht nötig, da ist der Schlüssel.« Elsbeth schwenkt ihn einmal durch die Luft, nickt dem Fahrer zu und geht schnell zur Haustür, um dem Nieselregen zu entkommen.

In Freds Wohnung riecht es nach Kaffee, in der Spüle steht ein kürzlich benutzter Becher. Offenbar ist Fred also noch nicht lange weg. Elsbeth weiß genau, dass er nicht viele Freunde auf der Insel hat, aber natürlich ist sie nicht über Freds Tagesablauf informiert. Er könnte überall sein. Beim Friseur, im Supermarkt, in seiner bevorzugten Fahrradwerkstatt oder auch direkt mit dem Rad unterwegs. Wobei Elsbeth die letzte Möglichkeit für sehr unwahrscheinlich hält. Wer würde schon ein zweites Mal bei Dunkelheit und Mistwetter zum Training aufbrechen, wenn man sich gerade mal zwei Tage vorher bei genau solch einer Aktion des Mordes verdächtig gemacht hat?

Während Elsbeth diese Überlegungen anstellt, trägt sie ihren kleinen Koffer nach oben ins Schlafzimmer und packt ihr Nachtzeug und die Beauty-Sachen aus. Dann geht sie wieder nach unten, macht sich selbst einen Kaffee und durchstöbert den Kühlschrank nach etwas Herzhaftem. Der Käse sieht akzeptabel aus, und Oliven sind auch vorrätig. Elsbeth lässt den Kaffee stehen und gießt sich stattdessen ein halbes Glas Rotwein ein, trägt alles zum Sofa und lässt sich darauf fallen. Dann sieht sie auf die Uhr. Halb sechs. Wo bleibt Fred?

Natürlich könnte sie ihn anrufen, aber dann wäre ja die Überraschung dahin, und gerade darum ist es ihr schließlich gegangen. Elsbeth übt sich also in Geduld. Sie isst etwas von dem Käse und den Oliven, probiert den Wein und denkt darüber nach, ob sie irgendwo für ein nettes Abendessen zu zweit reservieren soll. Aber wer hat schon Lust, bei diesem Schmuddelwetter ohne Not vor die Tür zu gehen?

Hat Bastian Kreuzer vorhin nicht irgendetwas von einer Sushi-Bestellung gesagt? Schnell googelt Elsbeth die entsprechenden Lieferdienste, entscheidet sich für einen und ordert die Luxusplatte für acht Uhr am Abend. Bis dahin, so hofft sie, wird Fred sicher wieder zurück sein.

Nach einer Weile tut der Wein seine Wirkung, und Elsbeth fühlt sich entspannt und gelassen. Sie beschließt, noch ein wenig Bürokram zu erledigen, und macht es sich mit dem Laptop auf dem Sofa bequem. Es sind diverse Mails zu beantworten, und außerdem muss sie noch ein längst überfälliges Gutachten verfassen.

Als Elsbeth das nächste Mal auf die Uhr schaut, ist es Viertel vor sieben. Energisch klappt sie den Laptop zu und greift nach ihrem Handy. Es klingelt endlos bei Fred, ohne dass er sich meldet, jedenfalls scheint es ihr so. Aber als sie gerade aufgeben will, hat sie doch noch Erfolg.

»Hallo, Elsbeth, wie geht's?«

Klingt seine Stimme nicht ziemlich außer Atem, oder täuscht sie sich?

»Hey, ich habe eine Überraschung für dich. Wo bist du?«

»Zu Hause. Und du?«

Für einen Moment ist Elsbeth schreckstarr. Ihres Wissens hat Fred sie noch nie belogen. Oder hat sie es bisher nur nicht mitbekommen?

»Oh, ich auch. Ich mache mir einen faulen Abend, weißt du, und da wollte ich …«

Ein Geräusch erregt Elsbeths Aufmerksamkeit. *Ist da jemand an der Tür? Was geht hier vor?* Sie spürt, wie ein Gefühl in ihr aufsteigt, das man durchaus als Angst bezeichnen könnte.

»Fred, hör mal, ich bin gar nicht zu Hause, sondern wollte dich …«

»Überraschen? Das ist dir tatsächlich gelungen.«

In voller Fahrradmontur steht er wenige Sekunden später neben ihr und mustert sie mit einem Blick, in dem Freude und Verärgerung sich die Waage halten.

»Ist das ein Kontrollbesuch?«, erkundigt er sich, während er sich aus den nassen Klamotten schält.

»Natürlich nicht. Kriege ich keinen Kuss?«

»Kommt sofort. Nur noch die Schuhe und die Hose, sonst saue ich hier alles ein.«

Elsbeth zwingt sich zu einem Lächeln, obwohl ihr immer noch mulmig zumute ist. »Wo warst du bloß?«

»Sieht man das nicht?«, antwortet er mit schiefem Grinsen. »Wohl kaum bei einem Rendezvous, Verehrteste, falls es das ist, was Sie befürchten.«

Inzwischen hat er sich von Hose und Schuhen befreit, wirft sich mit einem erleichterten Stöhnen neben sie aufs Sofa und legt den Arm um Elsbeth.

»Hallo erst mal. Schön, dass du da bist!«

Elsbeth nickt. Während sie sich in Freds Arme schmiegt, schafft sie es nicht, das aufsteigende Misstrauen ganz zu ignorieren.

Montag, 3. November, 20.22 Uhr, Norderstraße, Westerland

»Magst du noch ein Nigiri?« Großzügig deutet Silja auf die Platte mit dem Sushi, die bereits erhebliche Lücken aufweist.

»Nimm du ruhig, ich bin da nicht so scharf drauf. Ich stehe ja eher auf diese leckeren Inside-Out-Rollen.«

»Wenn's geht mit Mayonnaise und frittiertem Fisch innendrin und außen noch ordentlich Sesampanade drumrum«, lacht Silja. »Wie konnte ich das vergessen? Ich bin und bleibe eben doch die Puristin von uns beiden.« Geschickt balanciert sie den Reis mit dem Lachs obendrauf zwischen ihren Stäbchen, tunkt das Ganze in die Sojasauce und führt es anschließend zum Mund.

Silja und Bastian haben es sich an ihrem Esstisch mit Kerzen und einer kühlen Flasche Weißwein gemütlich gemacht. Nur die längeren Gesprächspausen und die immer wieder abschweifenden Blicke der beiden Kommissare lassen ahnen, dass sie die beruflichen Fragen auch nach ihrem Feierabend nicht ausklammern können. Als Bastian auch das letzte Inside-Out-Röllchen vertilgt hat, steht Silja auf und räumt die Platte ab. Dann schenkt sie Bastian und auch sich selbst von dem Wein nach, hebt ihr Glas und schaut Bastian fragend an.

»Okay, aber nur zwanzig Minuten«, sagt er zögernd. »Danach lassen wir beide in aller Ruhe unsere Hochzeit noch einmal Revue passieren. Sonst überlagert dieser blöde Fall irgendwann all unsere Erinnerungen an den Samstag, und wir wissen selbst nicht mehr, was eigentlich an unserem Hochzeitstag los war.«

»Soll ich mit meinem Kaffeebesuch bei dem alten Herrn Groterjahn und seiner Frau beginnen?«

»Wer war das gleich noch mal?«

»Der Herr, in dessen Laden man vor Jahren das grüne Seil kaufen konnte.«

»Ja richtig. Allerdings sind die beiden nur deshalb die Einzigen, die sich daran erinnern können, weil ihr Geschäft schon ewig besteht. Das heißt aber noch lange nicht, dass unser Mörder das Seil genau dort gekauft hat.«

»Es kommt sogar noch schlimmer, wart's ab«, stimmt Silja zu. »Zunächst war ich allerdings total froh, dass ich mich entschieden habe, da noch mal persönlich hinzufahren. Es sind übrigens ganz reizende Leutchen. Und als wir so nett zusammensaßen, fiel der Frau plötzlich ein, wem sie die allerletzte Rolle des grünen Seils verkauft hat.«

»Echt jetzt?« Bastian sitzt plötzlich kerzengerade und ist sehr aufmerksam.

»So wie dir jetzt ging es mir vorhin auch. Ich dachte, das ist vielleicht der Durchbruch. Aber dann …« Sie zuckt hilflos mit den Schultern.

»Erzähl mal von Anfang an.«

»Offenbar haben früher, als der Laden noch besser lief, beide Eheleute im Verkauf gearbeitet. Und die alte Dame erinnerte sich deshalb so genau an den Vorfall, weil die Käuferin gleich eine ganze und wohl auch die letzte giftgrüne Rolle mitgenommen hat. Da war Frau Groterjahn einfach froh, dass sie nicht ewig auf irgendwelchen Resten sitzenbleiben würde.«

»Wozu braucht man eine ganze Rolle Seil, wenn man nicht vorhat, einen Menschen damit an einen Baum zu fesseln?«

»Angeblich wollte die Käuferin damit die Äste eines etwas morschen Apfelbaumes in ihrem Garten an einem Stützpfeiler festbinden.«

»Das kann ja nun jeder sagen. Konnte sich deine Frau Groterjahn noch an einen Namen erinnern? Oder kannte sie die Käuferin vielleicht sogar?«

»Beides negativ. Das Einzige, was sie noch wusste, ist, dass die Käuferin aus List kam. Es gab damals eine riesige Baustelle oben am Hafen, und darüber haben sie wohl länger geredet.«

»Okay, also eine Gartenbesitzerin, die in List wohnt«, murmelt Bastian.

»Und die damals schon über sechzig Jahre alt war«, fügt Silja achselzuckend hinzu.

»Und wie lange soll dieser Kauf her sein?«

»Sieben Jahre bestimmt, wahrscheinlich sogar eher zehn.«

Bastian verdreht die Augen und nimmt einen großen Schluck von seinem Wein. »Du hast recht. Das können wir komplett vergessen. Ich wäre ja zur Not bereit gewesen, mich auf eine Frau als Täterin einzulassen, es soll schließlich auch welche geben, die etwas gegen ihre eigenen Geschlechtsgenossinnen haben. Aber eine Siebzigjährige, die eine fitte Fünfzigjährige mit einem Ytong-Stein erschlägt und die Tote anschließend aufrecht an einen Baum fesselt – das übersteigt mein Vorstellungsvermögen dann doch erheblich.«

»Tut mir leid, dass ich keine besseren Nachrichten habe. Was war vorhin mit der Bispingen? Sie wirkte auf mich, als habe sie wieder mal ihr gesammeltes Kettenhund-Repertoire aktiviert.«

»Das kannst du laut sagen. Sie macht ja immer Druck und will möglichst schnell Erfolge sehen, aber diesmal hat sie es echt übertrieben mit ihrer Drohung, mir den Arsch aufzureißen, wenn ich nicht schleunigst was Brauchbares liefere.«

»Wahrscheinlich ist sie wegen Hübner so ausgerastet. Ist ja auch nicht lustig, wenn der eigene Lover zum Verdächtigen in einem Mordfall wird. Hat sie angeboten, den Fall abzugeben?«

»No way. Du kennst sie doch. Und so richtig viel haben wir gegen Hübner ja auch nicht in der Hand. Außer dass er sich vor laufenden Kameras mit einem zukünftigen Mordopfer angelegt hat.«

»Das war allerdings ziemlich ungeschickt«, spottet Silja und riskiert einen Blick auf ihre Armbanduhr. »Wir haben noch knapp zehn Minuten, bevor wir zum netten Teil des Abends übergehen. Wie war die Autopsie?«

»Ergebnislos. Keine Vergewaltigung, keine Verletzungen, die nicht beim Sturz entstanden sein können, keine Spuren unter den Fingernägeln.«

»Mist. Und was machen wir jetzt?«

Bastian blickt seine Liebste für einen Moment ratlos an, dann huscht ein Grinsen über sein Gesicht, und er greift noch einmal zum Glas. »Wir betrinken uns sinnlos und schwelgen in Erinnerungen an unsere großartige Hochzeitsparty. Was sonst?«

Dienstag, 4. November, 06.55 Uhr, Bahnübergang Reitkoog, Archsum

Luca Gerstenhauer friert. Trotz seiner dicken Handschuhe, der gefütterten Jacke, der Fellstiefel und der Wollmütze, die er tief ins Gesicht gezogen hat. Wie jeden Morgen strampelt er auf seinem Fahrrad von Archsum nach Keitum, wo er eine Ausbildung als Glaser macht. Die Strecke quer über die Felder ist nicht lang, und mit öffentlichen Verkehrsmitteln müsste er einen Riesenumweg fahren und mindestens eine halbe Stunde früher aufstehen. Und er kommt morgens sowieso schon schwer aus dem Bett und ist bereits mehrmals zu spät in der Glaserei angekommen. Beim nächsten Mal gibt's richtig Ärger, das hat der Chef schon angedroht. Also hält Luca sich ran und tritt wie blöd in die Pedale, obwohl der eisige Wind ihm fast die Nase wegbeißt.

Auch in den vergangenen Wochen war es bereits ziemlich frostig, aber heute Nacht war der Himmel sternenklar, und die kosmische Kälte konnte ungehindert bis zur Erde dringen. Luca hat nicht besonders viel von seiner Schulzeit behalten, eigentlich fast nichts, aber diese Erklärung ihres Erdkundelehrers hat ihn im letzten Schuljahr echt beeindruckt. Seine Eltern, bei denen er blöderweise immer noch wohnt, können das schon längst nicht mehr hören, doch Luca findet es einfach toll, dass er auch mal was erklären kann.

Gerade fährt er keuchend die kleine Steigung hoch, die zum Bahnübergang führt. Den Kopf hat Luca tief nach unten gebeugt, so dass er nur Asphalt und sein nagelneues Rennrad sieht, das eigentlich ein Weihnachtsgeschenk sein sollte. Doch auf der alten klapprigen Kiste würde er noch mal fünf Minuten länger brauchen, das haben auch die Eltern eingesehen und das Rad, wenn auch widerwillig, schon vor dem Fest rausgerückt. *Jetzt müsste der Anstieg eigentlich gleich geschafft sein,* schätzt Luca, immer noch ohne aufzusehen. Weit und breit ist kein Zug zu hören, so dass die Schranken oben sein werden und er ungehindert über den Bahndamm kommen wird. Sicherheitshalber hebt er trotzdem den Blick.

Wie erwartet sind die Schranken oben.

Was Luca allerdings ganz und gar nicht erwartet hat, ist der Anblick, der sich ihm auf der Keitumer Seite bietet. *Krass,* denkt er, *so was gibt's wirklich und nicht nur in der Glotze.*

Da ist doch tatsächlich eine nackte Frau an der Schranke festgebunden. Die Tante ist tot, das sieht Luca sofort. Sie hat zwei fette Beulen am Kopf, außerdem ist der ganze Körper eher blau als hautfarben. *Also wenn die nicht an dem Schlag auf den Schädel gestorben ist, dann ist sie ganz bestimmt erfroren.*

Luca bremst und steigt vom Rad. Er wühlt sein Handy aus der Jackentasche und blickt auf die Uhrzeit. In vier Minuten muss er in der Glaserei sein, das ist jetzt schon ziemlich knapp. Wenn er die Bullen ruft, kostet ihn das mindestens fünf Minuten, und wer weiß, ob er dann nicht hierbleiben muss, bis die da sind. Und mit ziemlicher Sicherheit findet es sein Chef nicht lustig, wenn er sich schon wieder verspätet. Tote Frau hin oder her.

Doch bevor Luca wieder aufs Rad steigt, macht er schnell noch ein paar Fotos. So ein geiles Motiv gibt's nicht oft. Und wer weiß, vielleicht kann er die Bilder ja in seiner Frühstückspause an die Presse verticken und sich damit noch ein kleines

Taschengeld verdienen. Denn irgendjemand wird die Leiche ganz bestimmt demnächst entdecken und alles pflichtschuldigst den Bullen melden. Nur Luca hat dafür leider keine Zeit.

Er schwingt sich wieder auf den Sattel und tritt jetzt noch heftiger in die Pedale. Und während er jenseits der Schranke die abschüssige Straße hinuntersaust, stellt er fest, dass seine schaurige Entdeckung ihn die Kälte hat vollständig vergessen lassen. Das Blut pulst nur so durch seinen Körper, und bei dem Gedanken, dass endlich mal was passiert ist in seinem Leben, ist er freudig erregt.

Dienstag, 4. November, 07.31 Uhr, Bahnhof Westerland

Henriette Meinhard fällt vollkommen erledigt auf ihren Sitz im Regionalexpress. Sie ist müde und überarbeitet, außerdem kündigt sich eine Erkältung an. Der Hals tut ihr weh, die Nase ist verstopft. Als der Zug anfährt, hat sie nur einen Wunsch: schnell nach Hause zu kommen.

Henriette arbeitet seit mehr als zwanzig Jahren als Pflegerin in einem Westerländer Altenheim und hat jetzt drei Nächte hintereinander Schicht gehabt. Natürlich ist das in den Dienstplänen nicht so vorgesehen, aber weil sie, wie die meisten ihrer Kollegen und Kolleginnen, auf dem Festland wohnt, haben die Pflegenden in ihrer Einrichtung sich intern auf diese Verteilung geeinigt. Drei Nachtdienste hintereinander und Bereitschaftsdienst tagsüber, danach drei Tage frei. Dann eine ganze Woche Tagesschichten und anschließend wieder drei Nachtdienste. Nicht sehr arbeitnehmerfreundlich, aber dafür entfällt in der Nachtdienstwoche das tägliche Hin- und Herfahren mit der Bahn. Jede Strecke dauert bei Henriette eine gute Stunde, das ist schon ziemlich viel nutzlos vertane Zeit. Und die drei freien Tage hintereinander sind auch nicht zu verachten.

Nur wird Henriette sie in dieser Woche wohl mit einer saftigen Erkältung im Bett verbringen, ein Umstand, der nicht gerade zu ihrer Erheiterung beiträgt.

Aber Henriette ist grundsätzlich ein positiv gestimmter Mensch, und daher hat sie schon beim Einstieg in den Zug beschlossen, sich die Laune nicht durch eine tropfende Nase verderben zu lassen, sondern sich lieber an dem Schönen um sie herum zu erfreuen. Und heute Morgen wird dies eindeutig der bevorstehende Sonnenaufgang sein. Denn nachdem es mehrere Tage in Folge geregnet, gestürmt, genieselt und dann wieder gestürmt hat, scheinen sich über Nacht alle Wolken verzogen zu haben. Henriette hat sich ganz bewusst auf die linke Seite des Waggons gesetzt, damit sie das Schauspiel der aufgehenden Sonne ungehindert genießen kann.

Der komplette Himmel ist bereits tiefrosa, ein paar helle Schäfchenwolken schwimmen wie wattige Boote am Horizont, die letzten Keitumer Häuser sind gerade links aus Henriettes Blickwinkel verschwunden. Da schiebt sich auch schon die erste Rundung über den Horizont, Wiesen, Felder, Bäume und Sträucher strahlen auf, sind plötzlich von einem unwirklich hellen Glanz umgeben, der sich wie ein Glorienschein über alles legt. Einzelne Autos blitzen im Licht, und gerade rauscht die geschlossene Bahnschranke zwischen Archsum und Keitum am Fenster vorbei.

Henriette stutzt, beugt sich viel zu spät vor, würde am liebsten den Kopf aus dem Zugfenster stecken, um noch einmal zu überprüfen, was sie für Sekundenbruchteile gesehen hat. Doch natürlich sind schon seit vielen Jahren alle Zugfenster komplett verschlossen. Henriette presst also den Kopf ans Glas und bemüht sich, noch schnell einen Blick nach hinten zu erhaschen. Doch längst ist die Bahnschranke aus ihrem Blickfeld verschwunden. Irritiert reibt sie sich die Augen und hat plötzlich so gar keinen Sinn mehr für das Spektakel des Sonnenaufgangs.

Kann es sein, dass ich so übermüdet bin, dass ich schon Gespenster sehe?, fragt sie sich.

Henriette blickt sich im Wagen um. Hinter ihr sitzt ein junger Mann, der intensiv mit seinem Handy beschäftigt ist. Der hat bestimmt nichts gesehen. Und die alte Frau drei Reihen vor ihr muss schon bei Abfahrt des Zuges eingeschlafen sein, denn seitdem hallen ihre regelmäßigen Schnarchgeräusche durch den ganzen Waggon. Sonst gibt es nur noch die Schwangere auf dem Sitz jenseits des Ganges, die aufmerksam in einem Ratgeber für werdende Mütter liest. Außer ihr scheint niemand auf die vorbeigleitende Landschaft geachtet zu haben.

Henriette überlegt. Sie könnte aufstehen und nach dem Zugbegleiter suchen, um ihn auf das ungewöhnliche Vorkommnis hinzuweisen. Sie könnte natürlich auch gleich mit ihrem Handy die Polizei alarmieren. *Wahrscheinlich lachen die mich aus. Eine nackte Frau an eine Zugschranke gefesselt. Geht's noch?* Henriette kann sich die spöttischen Kommentare sehr gut vorstellen. *Außerdem sind noch genügend andere Reisende im Zug. Falls ich mich also nicht getäuscht haben sollte, hat bestimmt irgendjemand, der nicht so übermüdet ist wie ich, auch etwas gesehen.*

Noch einmal blickt Henriette sich um. Alle Fahrgäste sitzen still auf ihren Plätzen, alles scheint völlig normal. *Wusste ich's doch, ich sehe Gespenster, höchste Zeit, dass ich ins Bett komme*, beschließt Henriette. Dann lässt sie den Sonnenaufgang Sonnenaufgang sein, lehnt sich zurück, schließt die Augen und ist wenig später im Einklang mit dem beruhigenden Rütteln des Zuges eingeschlafen.

Dienstag, 4. November, 07.37 Uhr, Norderende, Archsum

Claudia Augustin marschiert mit weit ausgreifenden Schritten die Straße entlang. Ihr Rauhaardackel Kalle ist allerdings weniger bewegungsfreudig und schlurft missmutig hinter ihr her.

»Na komm schon, Kalle, stell dich nicht so an. Du bist ohnehin zu fett, also lauf mal ein bisschen«, versucht Claudia ihn zu motivieren und zerrt an Kalles Leine. Aber der Dackel denkt gar nicht daran, sich zu beeilen.

Claudia wickelt sich die Leine ums Handgelenk und vergräbt dann beide Hände tief in die Taschen der alten Seehundsfelljacke, die schon ihre kürzlich verstorbene Mutter getragen hat. Blöderweise hat sie ihre Handschuhe zu Hause liegen lassen, aber sie wird ohnehin nicht lange unterwegs sein, und ihre Jackentaschen sind mit warmem Filz gefüttert.

Claudia ist eine sportliche Mitsechzigerin, sie trägt einen praktischen Kurzhaarschnitt, der gut zu ihrer direkten und zupackenden Art passt. Sie bewohnt eine winzige Dachgeschosswohnung in Archsum, die sie sich nur leisten kann, weil die hochbetagte Vermieterin eine Cousine ihrer Mutter war und Claudia die Wohnung zum Freundschaftspreis überlassen hat. Dafür übernimmt Claudia auch gern die Großeinkäufe und einige Besorgungen für ihre Vermieterin. Schließlich muss man sich gegenseitig helfen.

Claudia liebt ihre winzige Wohnung und ganz besonders den weiten Blick über die Landschaft aus ihrem Schlafzimmer. Schon beim Aufstehen wusste Claudia, dass heute ein schöner Tag werden würde. *Bei diesem Prachtwetter kann einem einfach nichts die Laune verderben*, denkt sie fröhlich und lässt ihren Blick über die verharschten Wiesen seitlich der Straße schweifen. Zwar wärmt die gerade aufgegangene Wintersonne noch lange nicht, aber allein der feurig rote Glanz, in den ihr Licht die ganze Insel taucht, weckt doch alle Lebensgeister, findet Claudia.

Seit ihrer Verrentung im letzten Sommer geht es ihr richtig gut. Wenn sie jetzt früh aufsteht, dann nicht um sich auf dem Weg ins Büro abzuhetzen, sondern nur weil sie einfach schon wach und unternehmungslustig ist und sich auf den kommenden Tag freut. Auch Kalle hat es anfangs sehr genossen, dass sein Frauchen viel mehr Zeit für ihn hat. Dass er ausgerechnet jetzt ein bisschen antriebsarm geworden ist, ärgert Claudia zwar, aber sie ist entschlossen, dem Dackel seine Faulheit nicht durchgehen zu lassen.

Zumindest bis zur Bahnschranke werden sie marschieren, anschließend ist Claudia bereit, umzukehren. Auf das Frühstück und eine ausführliche Zeitungslektüre in ihrer kleinen, aber sehr gemütlichen Küche freut sie sich jetzt schon. Aber erst mal ist die Bahnschranke dran. Wenn Claudia, die mittlerweile recht kurzsichtig ist und nicht nur ihre Handschuhe, sondern auch ihre Brille zu Hause vergessen hat, die Augen zusammenkneift, kann sie die Schranke schon erspähen. Allerdings muss sie sich doch sehr über die unförmige Ausbuchtung wundern, die sie an der hinteren Schranke glaubt, wahrnehmen zu können.

»Merkwürdig ist das«, murmelt Claudia und geht noch etwas schneller. Zu ihrer großen Überraschung scheint auch Kalle jetzt Gefallen an dem Morgengang gefunden zu haben. Anstatt sich widerwillig hinterherziehen zu lassen, prescht er vor, schnuppert neugierig in der Morgenluft, zerrt an der Leine und wird immer aufgeregter, je näher sie der Schranke kommen.

Irritiert kneift Claudia die Augen zusammen. Irgendetwas ist an der Schranke festgebunden. Mit einem grellgrünen Seil. Es sieht aus wie eine lebensgroße Puppe. Weiblich, mit Brüsten, Schamhaaren und langem strähnig dunkelblondem Haupthaar, das im Wind flattert.

Claudia kennt sich da nicht aus, aber vielleicht ist das eine von diesen Sexpuppen, von denen man immer mal wieder hört. Vielleicht hat sich jemand einen durch und durch geschmacklosen Scherz erlaubt. Aber haben diese Puppen Haare? Es könnte natürlich auch eine ausgemusterte Schaufensterpuppe sein, die irgendein Idiot hier festgebunden hat.

Höchstens noch zwanzig Meter trennen Claudia von der Bahnschranke. Kalle ist inzwischen so aufgeregt, dass sie die Leine loslassen muss, weil er sie sonst umreißen würde. Prompt stürmt er wie der Blitz davon und stoppt erst laut kläffend direkt vor der Schranke. Claudia ist eher langsamer geworden. Mit jedem ihrer zögernden Schritte wird ihr klarer, dass es sich bei dem Körper keineswegs um eine Sexpuppe handelt. Sondern um einen echten Menschen.

Claudia bleibt etwa fünf Meter vor der Frauenleiche stehen und atmet tief durch. Alles ist so unwirklich, so durch und durch unwahrscheinlich, dass sie immer noch nicht glauben kann, was sie doch direkt vor Augen hat.

Es muss eine andere Erklärung geben, sagt sie sich verzweifelt.

Ein Filmset? Nein, ringsherum ist alles leer und einsam.

Und träumen tut sie auch nicht. Da braucht sie sich gar nicht erst in den Arm zu kneifen, das weiß sie auch so.

Claudia kämpft einen Brechreiz nieder und atmet gleichzeitig gegen ein starkes Schwindelgefühl an. Dann zwingt sie sich, etwas näher zu treten.

An der Schläfe und auf der Stirn des leblosen Kopfes befinden sich zwei unschöne Blessuren, unter denen ausgedehnte Blutergüsse zu sehen sind. Und am rechten Ringfinger der Figur entdeckt Claudia einen breiten Ehering. Unwillkürlich sucht sie den Boden nach Blut ab, aber viel ist da nicht zu sehen. Fast gegen ihren Willen hebt Claudia noch einmal ihren Blick, um der Toten ins Gesicht zu schauen.

Obwohl die Züge verzerrt sind, die Augen schreckweit geöffnet und der Mund irgendwie schief im Gesicht sitzt, erkennt sie jetzt auch die Frau.

Es ist Brith Bleiken, sie wohnt nur ein paar Häuser weiter die Straße hinauf und hat oft ein Leckerli für Kalle in der Tasche. *War* Brith Bleiken, korrigiert sich Claudia sofort. Und *hatte* oft ein Leckerli für Kalle in der Tasche. Denn jetzt hängt direkt vor ihr nur die leere Hülle von Briths Körper in dem Seil, das um die Bahnschranke geschlungen ist.

Brith Bleiken selbst muss woanders sein, *ihre Stimme, ihre Bewegungen, ihre Güte und ihr leises Lachen können doch nicht einfach von dieser Welt verschwunden sein*, schießt es Claudia durch den Kopf. Und zum ersten Mal in ihrem Leben wünscht sich die überzeugte Atheistin, sie könnte gläubig sein. Dann gäbe vielleicht alles einen Sinn und Brith Bleikens Seele hätte in einer anderen Sphäre einen Ruhepunkt gefunden.

Dienstag, 4. November, 07.52 Uhr, Kriminalkommissariat Westerland

»Das war schön, gestern Nacht mit dir«, sagt Bastian Kreuzer mit leiser Stimme, als er dicht hinter Silja das Kommissariat betritt. Sie dreht sich im Gehen zu ihm um und schenkt ihm ein verschwörerisches Lächeln.

»Doch, ganz nett insgesamt«, flüstert sie schelmisch und überzeugt sich mit einem Seitenblick davon, dass die Pförtnerloge tatsächlich unbesetzt ist. Niemand soll die beiden Kommissare schließlich bei einem Love Talk belauschen.

Als sie die wenigen Stufen zur Wache hinaufgegangen sind und um die Ecke biegen, bleiben beide überrascht stehen. Der Pförtner, die zwei wachhabenden Beamten und Sven Winterberg haben sich um eines der Telefone geschart und starren es gebannt an.

»Was ist denn hier los? Hat unsere geschätzte Staatsanwältin einen ihrer Drohanrufe abgesetzt?«, witzelt Bastian und sieht erst dann, dass alle vier kreidebleich im Gesicht sind.

Sven ist der Erste, der sich fängt. »Vor zwei Sekunden hat hier eine Frau aus Archsum angerufen. Du kennst doch die einsam gelegene Bahnschranke zwischen Archsum und Keitum?«

»Den Reitkoog. Ja, und?«

»Direkt an der Schranke ist eine Frau festgebunden. Sie ist tot, mit zwei Beulen an Stirn und Schläfe.«

»Nackt?«

»Ja.«

»Mit dem grünen Seil gefesselt?«

»Auch das.«

»Großer Gott, das glaube ich jetzt einfach nicht!«

Bastian schließt für Sekunden die Augen. Er weiß ganz genau, dass dieser Moment die letzte Ruhepause vor einem absoluten Sturm ist. Der Kommissar legt ganz kurz seine Arme um Silja, die immer noch vor ihm steht, und birgt den Kopf an ihrer Schulter.

»Ich weiß«, flüstert Silja. »Wir haben uns die Tage nach unserer Hochzeit wirklich anders vorgestellt. Aber es hilft alles nichts. Wir müssen da jetzt durch.«

Bastian nickt, löst seine Arme von seiner Frau und richtet sich auf. »Leo Blum soll kommen, wenn's irgend geht mit einem Hubschrauber. Wir brauchen ihn so schnell wie möglich«, erklärt er energisch. »Ich regle das sofort mit der Bispingen. Und ihr beordert alle verfügbaren Einsatzkräfte hierher. Wir brauchen jeden Mann, egal ob die Kollegen gerade ihre Schicht beendet oder ihren freien Tag genommen haben.« Er ignoriert das Stöhnen der beiden uniformierten Kollegen und redet einfach weiter. »Und wir müssen mit Zelten oder Planen oder was weiß ich womit zum Tatort. An der Schranke fahren ja stündlich Züge durch, wir müssen den Fundort der Leiche umgehend mit einem Sichtschutz versehen. Sven, kannst du das alles von hier aus koordinieren?«

»Klar, kein Problem.«

»Und Bernstein muss natürlich informiert werden.«

»Mache ich sofort.«

»Wer hat die Tote eigentlich gefunden? Und wer hat hier den Anruf entgegengenommen?«

»Eine Nachbarin. Und der Anruf ist auf meinem Apparat gelandet«, antwortet wieder Sven.

»Hast du den Namen der Toten?«

»Brith Bleiken. Sie war Lehrerin am hiesigen Gymnasium.«

»Lehrerin?«, mischt Silja sich ein. »Das war doch eines der anderen Opfer auch.«

Bastian macht eine abwehrende Handbewegung. »Die Frau aus Fünen, ganz recht. Aber sie hat erstens überlebt und zweitens ihren Peiniger identifiziert und erfolgreich hinter Gitter gebracht. Diesen Zusammenhang kannst du also gleich vergessen.«

Silja sieht nicht vollkommen überzeugt aus, verzichtet aber auf jede Widerrede.

»Wir fahren erst mal hin, und zwar mit schwerem Gerät.« Der Hauptkommissar wendet sich an die beiden uniformierten Beamten. »Nehmt den Bulli mit und alles, was als Sichtschutz taugen könnte. Wir müssen so diskret wie möglich sein.« Entschlossen wendet er sich um und hat schon fast den Raum verlassen, als ihm noch etwas einfällt. »Ach, Sven, eine letzte Frage. Ist die Frau, die den Fund gemeldet hat, noch vor Ort?«

»Als der Anruf kam, war sie's. Ich habe sie selbstverständlich gebeten, dort zu bleiben, aber ehrlich gesagt, weiß ich nicht, ob sie das packt.«

»Warum denn nicht?«

»Hast du nicht zugehört?«, fährt ihn Sven plötzlich an. »Es ist ihre Nachbarin, die dort hängt. Erschlagen, nackt, tot und wer weiß, wie lange schon.« Er unterbricht sich und sieht Bastian an. »Entschuldige meinen Ausbruch. Aber ich bin seit zwei Nächten fast stündlich mit Mettes Angstschreien konfrontiert. So etwas macht was mit den Menschen, nicht nur mit Kindern.«

»Ja, klar, war blöd von mir, so zu reagieren«, entschuldigt sich Bastian. »Und hey, es tut mir leid, dass wir dir jetzt nicht ein paar Tage freigeben können, damit du Anja entlastest. Aber du siehst ja selbst, wir brauchen jeden Mann.«

Bevor Sven antworten kann, ergreift Silja das Wort. »Wir brauchen vor allem den Familienstand der Toten. Sie ist von einer Nachbarin gefunden worden. Wer weiß, wen die inzwischen angerufen hat. Es wäre erheblich besser für unsere Ermittlungen, wenn wir die Ersten wären, die mit den Angehörigen sprechen.«

»Und für die Angehörigen wäre es auch besser«, murmelt Sven mit immer noch verbitterter Stimme.

»Ich mach das sofort.« Einer der uniformierten Kollegen geht zu seinem Rechner und ruft das Register des Einwohnermeldeamtes auf. »Hier ist sie: Brith Bleiken, 53 Jahre alt, verheiratet mit Jasper Bleiken, 33 Jahre alt, wohnhaft in Archsum. Ich schreibe euch die genaue Adresse auf.«

»Alle Achtung, zwanzig Jahre Altersunterschied.« Bastian stößt einen anerkennenden Pfiff aus und ignoriert geflissentlich den strafenden Blick Siljas, während er sie fragt: »Gehst du zu dem Ehemann und bringst es ihm bei? Es ist kurz nach acht, vielleicht triffst du ihn noch zu Hause an.«

Dienstag, 4. November, 08.22 Uhr, Norderende, Archsum

Jasper Bleiken wirft sich stöhnend im Bett auf die andere Seite. Sein Schädel brummt, sein Magen revoltiert, und sein Kreislauf spielt verrückt. Er kann sich nicht mehr genau daran erinnern, wie lange sie gestern Abend noch gefeiert haben. Aber es war definitiv zu viel Alkohol im Spiel. Hugo hatte letzte Woche Geburtstag und war in Spendierlaune. Außerdem gab es einige sehr schöne Erfolge des Fußballteams zu begießen, dessen Trainer er ist.

Vorsichtig richtet sich Jasper auf und blinzelt ins Licht. Er hätte letzte Nacht die Vorhänge zuziehen sollen, dann würde die niedrige Sonne ihn jetzt nicht piesacken. Während er noch überlegt, ob er sich runter in die Küche schleppen soll, um einen Kaffee aufzusetzen, oder ob er lieber noch eine Runde schläft, geht die Türglocke.

Stöhnend wuchtet er sich aus dem Bett und wirft sich den Bademantel über, den Brith ihm letztes Jahr zu Weihnachten geschenkt hat. Dunkelblauer Samt mit Seidenfutter. Ein eher unpraktisches Teil, das aber optisch viel hermacht. Es klingelt noch einmal, diesmal länger.

»Ja, ja, ich komme schon«, murmelt Jasper und wankt die Treppe herunter. Sein Kreislauf ist definitiv im Arsch.

Die Tür ist von innen mit der Sicherheitskette verriegelt, ein Umstand, den Jasper irritiert zur Kenntnis nimmt. Aber er kommt nicht dazu, länger darüber nachzudenken, denn vor der Tür steht eine fremde Frau, die sich sofort vorstellt.

»Guten Morgen. Mein Name ist Silja Blanck von der Kriminalpolizei Westerland. Herr Bleiken, nehme ich an?«

»Korrekt.« Schlagartig ist er nüchtern. Nur das Schwindelgefühl scheint sich verstärkt zu haben. Und mit seiner Sehschärfe stimmt auch etwas nicht. Jedenfalls kann er die Buchstaben auf dem Dienstausweis, den ihm die Beamtin unter die Nase hält, nicht entziffern. Aber das Foto kommt hin.

»Habe ich was angestellt? Oder warum sind Sie hier?«

»Kann ich reinkommen?«, entgegnet sie leise.

»Wenn Sie meine Aufmachung nicht stört. Gestern Abend war ich feiern. Es war ziemlich feuchtfröhlich.« Verlegen fährt er sich durch die dunkelblonde Tolle, die ihm dekorativ ins Gesicht fällt.

»Kein Problem.« Die Kommissarin folgt Jasper ins Wohnzimmer, das wie immer ordentlich aufgeräumt und absolut sauber ist. Noch nicht einmal die Fernsehzeitung liegt herum.

Als Jasper und die Kommissarin auf den Ledersesseln sitzen, breitet sich ein ratloses Schweigen aus.

»Sie fragen sich sicher, warum ich hier bin«, beginnt die Kommissarin schließlich und lässt ihren Blick über die Regale voller Krimis gleiten. Jasper wird etwas unbehaglich zumute. Doch bevor er eine Frage stellen kann, beugt sie sich zu ihm herüber und blickt ihm direkt in die Augen. »Herr Bleiken, ich muss Ihnen leider eine schlimme Mitteilung machen. Ihre Frau ist heute früh hier ganz in der Nähe tot aufgefunden worden.«

Er runzelt die Stirn, fasst sich dann an die Kehle und schüttelt den Kopf.

»Wie meinen Sie das?«

»Ihre Frau Brith ist tot, Herr Bleiken. Eine Nachbarin hat sie heute früh am Bahnübergang gefunden. Sie wurde erschlagen. Es tut mir unendlich leid!«

Jasper schweigt. Ihm schießen völlig unangebrachte Gedanken durch den Kopf. Zunächst: *Wie verhält man sich in so einer Situation?* Und dann, sehr schnell darauf: *Ich fürchte, ich muss kotzen.*

Er springt auf und rennt ins Gästebad. Dort schafft er es gerade noch, den Klodeckel hochzuklappen.

Als Jasper Bleiken Minuten später wieder ins Wohnzimmer tritt, sitzt die Kommissarin immer noch in exakt der gleichen Position auf dem Ledersessel. Mit geradem Rücken und beiden Händen auf den Knien.

Sie blickt ihn mitfühlend an. »Geht es wieder?«

Jasper nickt, während ihm plötzlich klarwird, dass jetzt eine fremde Frau auf Briths Sessel sitzt, dass Brith definitiv nie wieder dort sitzen wird, dass er nie wieder neben ihr das abendliche Fernsehprogramm anschauen oder sich mit ihr über die Auswahl der Sendung streiten wird. Kraftlos lässt er sich auf seinen Sessel fallen. Erst Sekunden später bemerkt er, dass die Kommissarin ihn stumm beobachtet.

»Entschuldigung ... aber ich weiß nicht, was ich sagen soll«, stammelt er. »Ich ... es ist eine so ... unwirkliche Situation. Sie scherzen nicht, oder? Brith ist tatsächlich tot.«

Die Kommissarin nickt.

»Und wo ... also ich meine ... Sie sagten irgendwas von einem Bahnübergang ... an welchem denn?«, stammelt er.

»Hier ganz in der Nähe. Es gibt doch diese Schranke mitten im freien Feld zwischen Archsum und Keitum.«

»Am Reitkoog?«, fragt Jasper fassungslos.

»Genau.«

»Das kann nicht sein. Das ... bitte ... das darf nicht sein!«

»Wie meinen Sie das?«

»Es war ihr Lieblingsort. Der Platz, an dem sie runterkommen konnte. Brith ist ... also sie war eine leidenschaftliche Spaziergängerin, und fast jede ihrer Touren hat sie über diesen Bahnübergang geführt. Sie hat den weiten Blick geliebt und war fest davon überzeugt, dass der Ort etwas Mystisches hat. Und jetzt soll sie dort gestorben sein. Ermordet.« Er verstummt und verbirgt das Gesicht in den Händen.

»Verzeihen Sie, aber ich muss das fragen: Wer wusste von diesen Spaziergängen?«

»Das konnte fast jeder wissen. Oder es zumindest ganz schnell erfahren. Man musste Brith nur einen höchstens zwei Tage lang beobachten, dann sah man ja, wo sie immer längs ging.«

»Aber diese Spaziergänge fanden doch sicher nicht mitten in der Nacht statt, oder?«

Jasper schüttelt den Kopf. »Natürlich nicht. Jetzt im Winter ist sie gern zur blauen Stunde unterwegs gewesen, also kurz vor Sonnenuntergang. Im Sommer entsprechend später. Aber …«, er unterbricht sich, schließt kurz die Augen und sammelt Kraft für die nächste Frage. »Aber wie ist sie … also ich meine … wie ist meine Frau gestorben?«

»Sind Sie sicher, dass Sie die Einzelheiten wissen möchten? Wir könnten auch später noch darüber sprechen«, beginnt die Kommissarin vorsichtig.

»Nein, jetzt. Bitte.«

»Okay. Lassen Sie mich etwas ausholen. Vermutlich haben Sie von der Toten im Südwäldchen gehört?«

Er kann sehen, dass da noch etwas kommt. Abwartend blickt er sie an, doch sie lässt ihn erst einmal antworten.

»Die Tote am Baum? Ja, natürlich habe ich von der gehört. Furchtbare Sache, alle reden davon. Und wissen Sie was? Ich habe sie sogar gekannt: Angela Ludwig. Ich habe mit ihr vor ein paar Wochen bei einer Talkshow auf dem Podium gesessen.« Jasper ist plötzlich unglaublich froh, dass es nicht mehr um seine Ehefrau geht. Es ist wie eine Atempause in einem Horrorfilm. Er redet einfach weiter. »Die war ganz schön verbissen, auch wenn dieser Promijournalist natürlich überhaupt kein Recht hatte, sie so fertigzumachen. Also ich denke …«

»Moment mal«, unterbricht ihn die Kommissarin. »*Sie* waren der dritte Talkgast beim NDR?«

»Ja? Ist doch nicht verboten, oder?«

»Nein, nur ist es merkwürdig, dass ausgerechnet Ihre Frau das zweite Opfer wird.«

»Zweites Opfer? Ich verstehe nicht.«

»Ihre Frau ist erschlagen worden, Herr Bleiken, das habe ich Ihnen ja schon gesagt. Was Sie noch nicht wissen, ist, dass sie nach ihrem Tod entkleidet und gefesselt worden ist. Genau wie Angela Ludwig. Diesmal allerdings nicht an einen Baum, sondern an die Bahnschranke.«

»Was?« Jasper starrt die Kommissarin an und schnappt nach Luft.

»Der Tathergang scheint dem des ersten Mordes ganz ähnlich zu sein.«

»Ich … ich begreife das alles nicht. Welches Schwein macht so etwas?«

»Wir wissen es nicht. Aber wir werden es so schnell wie möglich herausfinden, das verspreche ich Ihnen. Und Sie können uns dabei helfen. Ganz maßgeblich sogar.« Ihr Blick wird fast flehend, als sie weiterredet. »Verstehen Sie mich jetzt bitte nicht falsch, aber es wäre gut, wenn wir wüssten, was Sie letzte Nacht getan haben. Und in der Nacht von Samstag zu Sonntag auch.«

Jasper Bleiken holt tief Luft. Er bemüht sich, seine Stimme ruhig zu halten und nicht laut zu werden. »Sie verdächtigen mich? Im Ernst jetzt? Warum sollte ich erst Angela Ludwig umbringen und dann meine eigene Frau? Das gibt doch überhaupt keinen Sinn.«

»Wir arbeiten nach einem Ausschlussverfahren. Und die Angehörigen werden immer nach ihrem Alibi befragt. Ich weiß, wie verstörend das für Sie sein muss. Aber wir sollten diese Sache möglichst schnell hinter uns bringen, dann ist es auch ein für alle Mal erledigt.«

Er schweigt einen Moment und lässt die Information sacken. Schließlich erwidert er: »Na schön. Wie Sie meinen.« Er wirft der Kommissarin einen vorwurfsvollen Blick zu, beginnt dann aber, bereitwillig zu reden. »Gestern am späten Nachmittag habe ich die Altherren-Fußballmannschaft trainiert. Von vier bis sechs. Danach haben wir geduscht, uns wieder angezogen und sind anschließend alle gemeinsam zum Inder gegangen. Ins Bombay in Alt-Westerland.«

Die Kommissarin nickt, setzt dann aber nach: »*Alle gemeinsam* bedeutet was?«

»Vierzehn alte Herren und ich.«

»Wie lange waren Sie im Restaurant?«

»Bis elf etwa. Hugo hat uns eingeladen, das ist der Torwart, Hugo Werner, wohnt in Tinnum. Er hat bestimmt noch die Rechnung, da müsste ja eine Uhrzeit draufstehen.«

»Wir prüfen das.« Die Kommissarin hat ihr Handy herausgeholt und tippt ein paar Notizen ein. Dann hebt sie den Kopf und sieht ihn fragend an. »Danach sind Sie nach Hause gefahren?«

»Keineswegs. Wir waren noch in zwei Westerländer Bars. Im *Cheers* und in der *Wunderbar*. Wann genau ich zu Hause war, weiß ich nicht mehr. Aber sicher erinnert sich einer der anderen. Oder der Barkeeper von der *Wunderbar*. Wir haben uns länger mit ihm unterhalten. War außer uns kein Gast mehr da. Kein Wunder, am Montagabend. Als wir raus sind, hat er den Laden dichtgemacht.«

»Okay, danke, dann werden wir die Uhrzeit leicht ermitteln können.« Sie macht eine Pause und blickt Jasper forschend an. »Als Sie letzte Nacht nach Hause gekommen sind, haben Sie da noch mit Ihrer Frau geredet?«

»Wir haben getrennte Schlafzimmer. Ich schnarche angeblich ziemlich laut. Und natürlich bin ich volltrunken und mitten in der Nacht nicht noch in ihr Zimmer gegangen.«

»Und heute früh?«

»Bedaure. Sie sind es, die mich gerade aus dem Tiefschlaf geklingelt hat.«

»Wie sind Sie eigentlich nach Hause gekommen? Hoffentlich doch nicht mit dem Wagen?«

»Nee, mit einem Taxi.« Jasper stutzt, dann schlägt er sich mit der flachen Hand vor die Stirn. »Der Taxifahrer, stimmt, der weiß sicher genau, wo er mich aufgelesen und wann er mich hierhergefahren hat.«

»Auch das werden wir prüfen. Aber danke erst mal dafür, dass Sie sich auf dieses Gespräch einlassen. Ich weiß, dass das nicht selbstverständlich nach so einem Schock ist.«

Jasper nickt, aber irgendwie ist in ihm alles taub, und eigentlich ist er ganz froh, dass er mit der Kommissarin reden kann und nicht allein mit seinen Gedanken ist.

»Gestern Nachmittag, als Sie das Haus verlassen haben«, setzt sie noch einmal an. »War Ihre Frau noch daheim oder schon unterwegs?«

»Sie war noch da. Wir haben gegen drei miteinander Käsekuchen gegessen und einen Kaffee getrunken.« Jasper verstummt und sucht nach Worten. Schließlich sagt er leise: »Nur eine kurze Pause in der Küche. Dann ist Brith wieder zurück zu ihren Korrekturen gegangen. Sie ist … sie war Lehrerin.«

»Das wissen wir. Hat Ihre Frau mit Ihnen über ihre Pläne für den restlichen Tag gesprochen?«

»Nicht direkt. Aber ich weiß, dass Brith später noch loswollte. Es hatte Ärger in der Schule gegeben, den sie sich von der Seele laufen wollte, wie sie sich ausgedrückt hat.«

»Können Sie mir Genaueres darüber sagen?«

»Einer ihrer Schüler hat provoziert, und sie hat sich mit ihm angelegt. Der Typ ist wahnsinnig cholerisch, Brith ist schon häufiger mit ihm aneinandergeraten.«

»Wie hieß der denn?«

»Keine Ahnung, aber die Schulleiterin weiß bestimmt Bescheid.«

»Okay, danke, das hilft uns sehr. Aber noch mal zurück zu meiner Frage: Wann haben Sie gestern Nachmittag das Haus verlassen?«

»Ich bin so gegen halb vier aufgebrochen. Eher etwas früher. Brith hat uns noch aus ihrem Arbeitszimmerfenster hinterhergewinkt. Und jetzt ... mein Gott!«

»Uns?«

»Einer aus der Mannschaft hat mich abgeholt und mitgenommen. Wir wussten ja, dass wir trinken würden, da habe ich meinen Wagen lieber gleich hiergelassen.«

»Verstehe. Kann ich seinen Namen haben? Und hat er Ihre Frau auch gesehen?«

»Klar, ich denke schon. Wenn mich nicht alles täuscht, hat er ihr sogar aus dem Autofenster noch irgendetwas zugerufen. Sie können ihn gern fragen. Lennart Wiesler heißt er, ist ein ehemaliger Kollege von Brith, der schon lange mit der Mannschaft trainiert. Wohnt in Morsum, ist also kein großer Umweg für ihn, mich mitzunehmen.«

»Wunderbar, wir werden uns mit ihm in Verbindung setzen. Ach, noch was. Das Handy Ihrer Frau haben wir nicht gefunden. Wissen Sie, ob sie es bei sich hatte?«

»Vermutlich nicht. Sehr wahrscheinlich sogar. Wenn sie

ihre Spaziergänge machte, dann immer ohne Handy. Sie wollte ja ungestört sein, um runterzukommen.«

»Verstehe. Dann wäre es gut, wenn Sie mal nach dem Handy sehen könnten.«

»Jetzt?«

»Ja bitte.«

Schwerfällig stemmt sich Jasper aus seinem Sessel hoch und verlässt den Raum. Doch Sekunden später ist er wieder zurück und reicht der Kommissarin ein älteres, ziemlich ramponiertes iPhone.

»Es lag auf dem Küchentisch. Was wollen Sie damit?«

»Wir checken die Kontakte Ihrer Frau und untersuchen das Handy auf verdächtige Mails oder Chats«, erklärt die Kommissarin, während sie das iPhone vorsichtig in eine Beweismitteltüte gleiten lässt.

»Ich glaube nicht, dass Sie da irgendetwas finden«, murmelt Jasper und zuckt ratlos die Schultern. »Meine Frau war nicht für Heimlichkeiten zu haben.«

»Wir werden sehen«, gibt die Kommissarin vorsichtig zurück. »Der Rechner Ihrer Frau ist natürlich ebenfalls von Interesse für uns.«

»Er müsste oben in Briths Arbeitszimmer sein. Ich hole ihn«, bietet Jasper bereitwillig an. »Aber dort werden Sie auch nur Unterrichtsvorbereitungen und Abituraufgaben finden. Vielleicht noch ein paar Flugbuchungen.«

Die Kommissarin wirft ihm einen skeptischen Blick zu, in dem er meint, ihre Gedanken lesen zu können. *Wenn du wüsstest, was manche Leute vor ihren nächsten Angehörigen verbergen.*

Als Jasper mit Briths Laptop unter dem Arm zurückkommt, erkundigt sie sich ohne viel Hoffnung in der Stimme: »Wissen Sie zufällig das Passwort?«

»*Brithaussylt*, glaube ich. Alles in einem Wort.«

Die Kommissarin nickt, dann stellt sie ihre letzte Frage. »Die Nacht vom Samstag auf den Sonntag. Was haben Sie da gemacht?«

Es dauert eine ganze Weile, bis Jasper antworten kann. Er muss sich mehrmals räuspern und einige Male über die Augen wischen. Schließlich murmelt er: »Meine Frau und ich hatten am Samstag unseren Kennenlern-Tag, den feiern wir immer zu zweit. Wir waren also hier, haben lecker gekocht und uns anschließend einen romantischen Abend gemacht. Sie können sie gern fragen.« Jasper stutzt und kneift kurz die Augen zusammen, fängt sich aber gleich wieder. »Ach nein, sorry, ich vergaß. Das können Sie natürlich nicht.«

Die Kommissarin schaut ihn mitfühlend an. »Es tut mir so leid«, flüstert sie mit belegter Stimme. »Kann ich irgendetwas für Sie tun? Möchten Sie jemanden anrufen? Oder soll ich das für Sie übernehmen? Ich könnte Ihnen auch einen Psychologen vermitteln.«

»Danke, das ist sehr freundlich von Ihnen. Aber ich wäre jetzt doch ganz gern allein«, erwidert Jasper und nimmt erstaunt zur Kenntnis, dass seine Stimme bei den letzten Worten bricht.

Dienstag, 4. November, 09.11 Uhr, Bahnübergang Reitkoog, Archsum

An dem sonst so verlassenen Bahnübergang herrscht reges Treiben. Durch zwei riesige helle Planen, die notdürftig längs der eigentlichen Bahnstrecke gespannt worden sind, ist zwar den Bahnreisenden jede Sicht auf den Tatort verwehrt. Zudem sind die Zuwege über den Heleeker zu beiden Seiten abgesperrt. Doch außerhalb der weißen Planen wimmelt es von Menschen. Uniformierte Beamte sichern den Tatort, und Leo Blum, der vor einer halben Stunde eingetroffen ist, sucht mit seinem Team die Umgebung nach ersten Spuren ab. Ein Fotograf dokumentiert Tatort und Opfer aus allen möglichen Winkeln und Perspektiven. Und ganz nah an der Leiche unterhalten sich Hauptkommissar Kreuzer und der Rechtsmediziner Dr. Bernstein.

»Es ist ein kleines Wunder, dass die Schranke überhaupt noch funktioniert hat«, bemerkt Bastian Kreuzer gerade kopfschüttelnd. »Wenn man bedenkt, dass sie nicht unbedingt für ein zusätzliches Gewicht von schätzungsweise 70 Kilo ausgelegt ist.«

Der Rechtsmediziner zupft vorsichtig an dem giftgrünen Kunststoffseil, mit dem die Leiche immer noch an die Schranke gefesselt ist. »Der Täter oder die Täterin hat hier ganze Arbeit geleistet und den Körper so richtig schön festgeschnürt. Abrutschen konnte also nichts. Und die Schranke selbst ist auch nicht gerade leicht, da hat der Motor für das zusätzliche Gewicht wahrscheinlich eben noch so gereicht. Oder, andere Möglichkeit, die Schranke hat gar nicht funktioniert, und es war nur ein gnädiger Zufall, dass nicht auch noch jemand unter einen vorbeifahrenden Zug geraten ist.«

»Wenn die Schranke nicht hochgegangen wäre, hätte es mit Sicherheit eine Störmeldung gegeben, dann wäre das Opfer vermutlich wesentlich früher entdeckt worden.«

»Stimmt auch wieder«, antwortet Bernstein missmutig.

Wie Bastian Kreuzer sehr genau weiß, lässt sich der Mediziner nur äußerst ungern bei einer Ungenauigkeit oder gar einem Irrtum ertappen. »Sie ist erschlagen worden, ebenso wie die erste Tote, das steht doch fest, oder?«, bemüht sich Bastian schnell anzufügen, um Bernstein seine Schlappe vergessen zu lassen.

Während er redet, lässt der Kommissar seinen Blick über die beiden deutlich sichtbaren Beulen schweifen, die der Kopf der Toten aufweist.

»Ich muss das erst untersuchen. Wie Sie sehen können, gibt es hier viel weniger Blut als bei der letzten Leiche. Möglicherweise haben innere Blutungen den Tod ausgelöst. Aber sicher ist das nicht.«

»Wie meinen Sie das?«

Bernstein zuckt die Schultern. »Sie könnte genauso gut vergiftet worden sein, und dann hat ihr jemand noch ein paar Schläge auf den Kopf versetzt.«

»Aber das ist doch sehr unwahrscheinlich.«

»Sicher. Doch Sie müssten mich gut genug kennen, um zu wissen, dass ich mich ungern festlege, bevor ich nicht alles andere ausschließen kann.«

Bastian nickt resigniert. Ihm ist völlig klar, dass sie hier in einer deutlich schwierigeren Situation sind als am Südwäldchen. Denn von einer Tatwaffe, sei es ein Stein, ein Stock, eine Keule oder sonst irgendein schweres Gerät, mit dem Brith Bleiken erschlagen worden sein könnte, ist weit und breit nichts zu sehen. Und das Gelände hier ist außerordentlich übersichtlich. Weite flache Wiesen, die von einer schnurgeraden asphaltierten Straße durchschnitten werden. Kein Baum, kein Strauch, rein gar nichts, was ihnen die Suche nach einer Tatwaffe erschweren könnte.

Als habe er Bastians Gedanken erahnt, erklärt Bernstein jetzt: »Jedenfalls gibt es hier nicht diese weißen Bröselspuren wie beim letzten Opfer. Man wird dieser Frau vermutlich mit einem festen, glatten und stumpfen Gegenstand mehrmals auf den Kopf geschlagen haben.«

»Und der Täter hat die Tatwaffe mitgenommen. Zweite Abweichung«, konstatiert Bastian. »Außerdem ist die Kleidung weg. Dritte Abweichung.«

»Tja, sie wird wohl kaum nackt hier entlangspaziert sein«, bemerkt Bernstein trocken.

Bastian verzichtet auf eine Antwort und denkt verbittert: *Warum muss immer alles so verdammt kompliziert sein?*

»Können Sie schon irgendetwas über den Todeszeitpunkt sagen? Die Kollegin Blanck hat gerade angerufen. Der Ehemann hat ab etwa halb vier am Nachmittag bis nachts gegen eins ein Alibi. Genaueres kann sie noch nicht sagen, es wird sich aber alles gut überprüfen lassen.«

»Wie kommen Sie darauf, dass der Ehemann verdächtig sein könnte?«, murmelt Bernstein, während er vorsichtig an dem toten Leib herumdrückt.

»Der Ehemann ist immer verdächtig, das wissen Sie doch. Und dieser hier ist zwanzig Jahre jünger als seine Frau.«

»Manchmal sind Sie merkwürdig altmodisch, Kreuzer. Ich dachte, so was wäre heutzutage kein Problem mehr.«

»Mag sein«, gibt der Kommissar zu. »Vielleicht habe ich Vorurteile. Aber dass Silja das Alibi überprüft hat, wenn sie ohnehin mit dem Witwer redet, hilft uns schon mal. Jedenfalls dann, wenn Sie einen ungefähren Todeszeitpunkt angeben können.«

»Es ist sehr kalt hier draußen«, beginnt Bernstein etwas umständlich. »Da braucht es nur wenige Stunden, bis ein nackter lebloser Körper so komplett runtergekühlt ist wie dieser hier. Theoretisch könnte die Tat also auch noch kurz nach Mitternacht verübt worden sein. Andererseits haben wir schon ziemlich ausgeprägte Leichenflecke, die sich nicht mehr wegdrücken lassen. Sie weisen übrigens eindeutig darauf hin, dass die Frau recht bald nach ihrem Tod hier festgebunden worden ist. Der Täter muss ganz schön kräftig gewesen sein, um das allein zu stemmen.«

»Das habe ich mir auch schon überlegt. Denn dass es zwei waren, ist nach unseren Erfahrungen eher unwahrscheinlich. Jedenfalls bei so einer merkwürdigen postletalen Inszenierung.«

»Es gibt nichts, was es nicht gibt. Jedes Tierchen findet für sein Pläsierchen vielleicht auch noch ein zweites Tierchen«, antwortet der Rechtsmediziner achselzuckend. »Aber um auf Ihre Frage zurückzukommen: Schauen Sie sich mal die Augen an. Die Bindehäute sind fast schwarz. Und wenn ich mich nicht ganz täusche, dauert es auch nicht mehr lange, bis die Leichenstarre einsetzt. Der Kiefer ist schon ziemlich fest.«

Der Mediziner verstummt, als sei damit alles gesagt.

»Der Todeszeitpunkt?«, erinnert Bastian vorsichtig.

Ungehalten zuckt Bernstein mit den Schultern. »Genaueres kann ich erst nach der Autopsie sagen. Bei den Eingeweiden im Bauchraum fängt die Verwesung immer relativ früh an. Vor allem der Darm dürfte daher interessant sein, weil sich dort Enzyme befinden, die eigentlich verdauen sollten.«

»Hm, danke für die Erklärung«, beginnt Bastian nun noch ratloser. »Doch was heißt das jetzt für den Todeszeitpunkt?«

»Wenn wir Glück haben, verrät uns der Mageninhalt etwas darüber. Je nachdem, wann sie zuletzt gegessen hat und wie viel davon schon verdaut ist«, nuschelt der Rechtsmediziner. »Wenn Sie kurz mal hier halten würden, aber ganz vorsichtig bitte«, fügt er hinzu. »Ich löse die Verschnürung, und dann können wir die Leiche auf den Boden legen. Der Fotograf war doch fertig mit ihr, oder?«

»Glaub schon«, antwortet Bastian, während er mit den behandschuhten Händen die Knöchel der Toten festhält.

Dr. Bernstein wickelt das grüne Seil bedächtig ab, löst hier einen Knoten, dort eine Verschlingung und fordert den Kommissar schließlich ungeduldig auf: »Jetzt greifen Sie schon zu, Kreuzer. Unsere Tote tut Ihnen nichts mehr, und wenn Sie nicht schnellstens die Hüfte stützen, rauscht uns noch die ganze Figur zu Boden. Das wollen wir beide nicht.«

Zaghaft fasst Bastian die Tote mit der einen Hand unter die Hüfte, während die andere weiter die Knöchel stützt. Derweil setzt Bernstein seine Entfesselung fort. Bastian fühlt sich extrem unbehaglich, er kann sich nicht erinnern, jemals einem nackten Mordopfer so nahe gekommen zu sein, und verspürt eine beklemmende Mischung aus Scham, Mitleid und Wut auf den Täter. Als plötzlich ein Ruck durch den Körper fährt, hat der Kommissar Mühe, den toten Leib noch rechtzeitig aufzufangen. Erstaunt nimmt er zur Kenntnis, dass Bernstein kräftiger ist, als er angenommen hat. Der Rechtsmediziner hält den Oberkörper der Toten mit dem linken Arm umfasst und löst die letzten Umschlingungen des Seils mit der freien Hand. Vorsichtig legen dann beide den Leib auf einer vorbereiteten Plane ab.

»Na sehen Sie, war doch gar nicht so schwer«, erklärt Bernstein mit durchaus amüsiertem Gesichtsausdruck.

Bastian nickt beklommen und vermeidet den Blick auf den nackten Körper, der ihm nun noch schutzloser zu sein scheint. Als ihm von hinten eine Hand auf die Schulter tippt, fährt er erschrocken zusammen.

»Hey, ich bin's doch bloß.« Siljas Stimme reißt den Kommissar aus seinen trüben Gedanken. Mit hellwachen Augen und einem unangemessen strahlenden Lächeln steht sie vor ihm.

»Woher die gute Laune? Hast du den Fall im Alleingang gelöst?«, versucht er zu scherzen.

»Schön wär's. Aber es gibt erste Erkenntnisse. Gestern Nachmittag gegen halb vier hat Frau Bleiken noch gelebt, das können sowohl ihr Mann als auch ein ehemaliger Kollege bestätigen. Und sie ist regelmäßig hier spazieren gewesen. Dieser Bahnübergang war so etwas wie ihr Lieblingsort. Es wäre also möglich, dass ihr jemand gezielt aufgelauert hat.«

»Bäume zum Festbinden gibt's hier ja eher nicht. Da musste dann eben die Schranke herhalten«, überlegt Bastian laut.

»Oder es hat sich um einen Nachahmungstäter gehandelt. So ziemlich jeder Inselbewohner weiß inzwischen, was am Südwäldchen passiert ist«, wirft Silja ein.

»Was willst du damit sagen?«

»Angenommen, es war jemand sauer auf unsere Tote, dann gab es jetzt eine prima Gelegenheit dafür, auf dem Ticket des Seilmörders zu reisen.«

Energisch schüttelt Bastian den Kopf. »Du vergisst, dass wir die Info über das Seil zurückgehalten haben. Außerdem: Selbst wenn jemand von diesem Detail erfahren haben sollte, hätte er immer noch das entsprechende Seil auftreiben müssen. Was gar nicht so leicht ist, wie wir inzwischen wissen.«

»Es gibt aber noch eine andere Spur, der wir nachgehen müssen«, wendet Silja ein, auch wenn ihr die Enttäuschung anzusehen ist. »Unsere Tote hatte am Tag ihres Todes Zoff mit einem Schüler. Er ist handgreiflich geworden, nicht gegen sie, sondern gegen eine Mitschülerin, Elisa Irgendwas, ich habe den Namen notiert. Jedenfalls ist Frau Bleiken dazwischengegangen, und daraufhin muss der Schüler ganz schön ausgetickt sein. Ich habe gerade mit der Schulleiterin telefoniert. Der Junge geht in die neunte Klasse, ist allerdings schon zweimal sitzengeblieben und bereits stolze siebzehn Jahre alt. Sören Schmiedinger heißt er und gilt als durchaus gewaltbereit.«

»Dann sollten wir möglichst bald mit ihm reden, bevor alle Einzelheiten dieser Tat auch auf der Insel rum sind.«

»Über eines denke ich schon die ganze Zeit nach«, mischt sich plötzlich Dr. Bernstein in das Gespräch. Er hat bisher über der Leiche gekauert, richtet sich jetzt aber stöhnend auf. »Meine Gelenke wollen auch nicht mehr so wie früher«, erklärt er und reibt sich das Kreuz. Silja und Bastian nicken schweigend und schauen ihn abwartend an.

Bernstein sieht ihre Blicke und runzelt die Stirn. »Was wollte ich gleich? Ach so, ja. Folgendes: Nehmen wir mal an, der Mord ist gestern Abend oder sogar am späten Nachmittag geschehen. Also während das Opfer seinen Spaziergang gemacht hat. Vom Zustand der Leiche her könnte das vermutlich passen. Dann ist es einigermaßen erstaunlich, dass niemand sie vorher entdeckt hat.« Er blickt sich aufmerksam um. »Natürlich ist es einsam hier und zu dieser Jahreszeit auch ziemlich unwirtlich, aber trotzdem gibt es doch Verkehr.« Er deutet hinüber zu den Straßensperren Richtung Keitum und Archsum, die gerade noch am Horizont zu sehen sind. »Da stehen durchaus Fußgänger, Radfahrer und Autos, die vorhatten, hier längs zu kommen.«

»Nicht zu vergessen die Zugreisenden«, fällt Silja ein. »Diese Schranke befindet sich vermutlich auf Augenhöhe, wenn sie unten ist. Also ich meine, da muss doch der eine oder andere hinter seinem Zugfenster einen Heidenschreck bekommen haben.«

»Offenbar nicht«, stellt Bastian lakonisch fest. »Die Leute im Zug sind zu dieser Jahreszeit fast alles Einheimische, die nicht mehr unbedingt beim Fahren die Landschaft betrachten.« Mit zusammengekniffenen Augen mustert er die Straße. »Außerdem gibt es weit und breit keine Laternen. Wer soll dann hier nach Einbruch der Dunkelheit noch groß rumlaufen? Und für den frühen Morgen gilt das Gleiche.«

»Aber ein Autoscheinwerfer müsste die Leiche doch erfasst haben«, überlegt Silja.

»Kommt drauf an. Wenn die Schranke oben war, könnte der Körper außerhalb des Lichtkegels gewesen sein.«

»Aber von weitem müsste man doch …«, beginnt Silja.

»Du weißt ja, wie das ist. Man sieht nur, was man sehen will beziehungsweise was man erwartet. Wenn du mit dem Wagen durch eine stockfinstere Nacht fährst, dann guckst du auf die Straße und nicht nach oben oder zur Seite. Und vielleicht hat es der Zufall so gewollt, dass in den kurzen Phasen, während der die Schranken unten waren, kein Wagen am Bahnübergang wartete.«

»Dann könnte sie also mehr als zwölf Stunden unentdeckt geblieben sein. Wie furchtbar.« Silja mustert die tote Frau am Boden mitleidig.

Während der kurzen Unterhaltung hat Bernstein bereits begonnen, seine Utensilien zusammenzusammeln. Jetzt richtet er sich auf und lässt noch einmal den Blick über die Szene schweifen. »Wenn ich mir das recht überlege, haben wir vermutlich einen idealen Tatort vor uns, jedenfalls aus Sicht des Seilmörders«, murmelt er, wobei seine Stimme außerordentlich zufrieden klingt.

»Jetzt wird er auch noch zynisch«, raunt Bastian Silja zu, während er sie hinüber zu Leo Blum zieht, der schon seit einigen Minuten versucht hat, ihre Aufmerksamkeit zu erregen. Der Spurensicherer kniet nur wenige Meter vom Bahnübergang entfernt am Boden und untersucht eine kaum sichtbare dunkle Verfärbung im Asphalt.

»Was ist das?«, fragt Bastian.

»Gummi, nehme ich an. Vermutlich eine Bremsspur von einem Fahrrad, so schmal, wie sie ist. Der Abrieb ist minimal, aber bei genauer Betrachtung sieht man, dass da jemand heftig in die Klötzer gestiegen ist. Das Rad scheint ausgebrochen zu sein und diese Spur hinterlassen zu haben. Ich sichere auf jeden Fall etwas von dem Material. Außerdem habe ich auch schon alle Fingerabdrücke von der Bahnschranke genommen. Die können natürlich von wer weiß wem stammen, aber manchmal gibt's eben auch einen Zufallstreffer.«

»Ich will ohnehin noch einmal mit dem Ehemann reden, dann kann ich ihn um seine Fingerprints bitten«, schlägt Silja vor.

»Schaden kann's nicht«, murmelt Bastian unkonzentriert, während er sich bückt, um die Reifenspur genauer anzusehen. »Wieder ein Fahrrad. Die erste Tote war auch so unterwegs.« Nachdenklich wendet er sich an Silja. »Glaubst du, dass das ein Zufall ist?«

»Was wäre es denn sonst?«, antwortet sie pragmatisch. »Wir wollen doch nicht Täter und Opfer verwechseln. Das erste Opfer ist mit dem Rad gefahren, wie der Täter zum Südwäldchen gekommen ist, wissen wir leider nicht. Das zweite Opfer ist mit sehr großer Sicherheit zu Fuß unterwegs gewesen, jedenfalls hat Jasper Bleiken nichts von irgendwelchen

Radtouren seiner Frau erwähnt. Und wir haben hier ja auch kein Fahrrad von ihr gefunden. Und nur weil irgendjemand hier in die Klötzer gestiegen ist, heißt das noch lange nicht, dass es einen Zusammenhang mit dem Mord gibt. Oder kann man sagen, wie alt diese Bremsspur ist?«, wendet sie sich an Leo Blum.

»Natürlich nicht. Selbst ein Sylter Landregen würde sie nicht unbedingt wegspülen.«

»Da siehst du es, Bastian. Vielleicht dachte irgendein Radfahrer einfach, er würde es noch schaffen, bevor die Schranke runtergeht. Er ist also kräftig in die Pedale getreten und hat dann in letzter Sekunde gesehen, dass es nicht reicht. Dann musste er bremsen, und zwar heftiger, als erwartet. Dabei ist ihm der Hinterreifen weggerutscht. Das kann doch passieren.«

»Manchmal hasse ich deine logischen Fähigkeiten«, grummelt Bastian.

»Falsch«, korrigiert ihn Silja. »Du hast nichts gegen meine logischen Fähigkeiten, sondern ärgerst dich nur darüber, dass ich mich weigere, Fred Hübner zu verdächtigen. Er ist es doch, den du jetzt wieder ins Spiel bringen wolltest. Habe ich recht, oder habe ich recht?«

»Letzteres«, antwortet Bastian mit einem schiefen Grinsen.

»Wusste ich's doch«, triumphiert Silja. »Aber lass dir eines gesagt sein: Du siehst Gespenster, garantiert!«

Dienstag, 4. November, 11.57 Uhr, Haus am Dorfteich, Wenningstedt

Elsbeth von Bispingen liegt in Fred Hübners Badewanne und versucht, sich zu beruhigen. Seit sie am Morgen von dem zweiten Mord erfahren hat, war sie ständig auf Achse. Zuerst zu einer knappen Besprechung im Kommissariat, dann ging es gleich weiter in die Nordseeklinik, wo der Rechtsmediziner sich die Tote vorgenommen hat.

Für gewöhnlich steht Elsbeth jede Obduktion mit Sarkasmus und Galgenhumor durch, aber heute ist ihr die Prozedur unerwartet nahe gegangen. Ständig musste sie sich die letzten Stunden des Opfers vorstellen. Ein Streit in der Schule, sicher zermürbend, aber kein Grund zur Verzweiflung, denn der aggressive Schüler rastet nicht zum ersten Mal aus. Die Rückfahrt nach Archsum, die anschließende Kaffeepause mit dem Ehemann, während der sie von dem Streit berichtet. Käsekuchen in der Küche, Korrekturen im Arbeitszimmer, Rückkehr zur Normalität. Dann die Abfahrt des Ehemannes. Er steigt in den Wagen eines Kollegen, sie winkt den beiden vom Fenster aus zu. Anschließend bricht sie irgendwann auf, vermutlich noch vor Sonnenuntergang. Ein Spaziergang zum Runterkommen. Nichts Aufregendes, nichts Ungewöhnliches, ein Weg, den Brith Bleiken schon hundertmal gegangen ist. Als sie beim Bahnübergang ankommt, passiert es. Jemand schlägt mehrmals mit einem harten, glatten Gegenstand auf ihren Schädel. Sie blutet kaum, muss aber sofort das Bewusstsein verloren haben. Die Todesursache waren innere Blutungen, das hat der Rechtsmediziner vorhin zweifelsfrei festgestellt.

»Subarachnoidalblutung«, murmelte Bernstein mit zufriedener Stimme. »Habe ich's mir doch gleich gedacht.«

»Bitte was?«, wagte Kreuzer nachzufragen, während Elsbeth und die Blanck einen ratlosen Blick wechselten.

»Wenn man einen kräftigen Schlag auf den Kopf bekommt, gibt es zwei Möglichkeiten. Entweder es platzt etwas auf, und das Blut quillt heraus, um es mal umgangssprachlich auszudrücken. Wenn diese Blutung nicht gestillt wird, stirbt man am Blutverlust. So ist es unserer ersten Toten ergangen. In diesem Fall aber …«, er deutete mit einer beiläufigen Geste auf Brith Bleikens Leichnam, »in diesem Fall hielt die Schädeldecke, und es wurden ausschließlich Blutgefäße im Schädelinneren verletzt. Dann laufen große Mengen Blut in den mit Flüssigkeit gefüllten Raum, der das Gehirn umgibt. Dadurch erhöht sich der Druck auf das Gehirn eklatant. Das kann unbehandelt sehr schnell zu Bewusstlosigkeit, Herzrhythmusstörungen und anschließendem Herzstillstand führen. Wenn nicht innerhalb kürzester Zeit professionelle Hilfe kommt, ist das der Exitus.«

Danach herrschte erst einmal Schweigen im Obduktionssaal. Alle starrten auf die geöffnete Hirnschale, deren Inneres tatsächlich voller geronnenem Blut war.

Bei dem Gedanken daran schüttelt es Elsbeth immer noch. Und obwohl sie ihr Badewasser ziemlich heiß liebt, läuft ihr ein Kälteschauer über den Rücken. Sie taucht tiefer in das heiße Wasser ein. Schaumberge umspielen ihre Knie und ihre Schultern. Trotzdem kann sie den Anblick der Toten auf der Metallliege nicht verdrängen.

Nach dem Öffnen des Gehirns vollzog Bernstein den großen Y-Schnitt und begann mit der Entnahme der Organe. Herz, Leber und Nieren wurden einzeln gewogen und seziert.

Alles war ohne Befund, Brith Bleiken war organisch kerngesund. Schließlich untersuchte Bernstein den Mageninhalt. Er würde einen wichtigen Anhaltspunkt zur Bestimmung der Todeszeit liefern, so hofften alle. Und als der Rechtsmediziner den fast unverdauten Käsekuchen entdeckte, ahnten alle Anwesenden, was er kurz darauf in Worte fasste.

»Ein Glücksfall. Die Tote hat bedauerlicherweise keine Zeit mehr gehabt, ihren Kuchen zu verdauen. Um 15 Uhr hat die letzte Mahlzeit stattgefunden, das ist doch richtig, oder?« Als Oberkommissarin Blanck bestätigend nickte, fuhr er fort: »Dann schätze ich mal, dass der Tod zwischen halb fünf und halb sechs eingetreten sein muss. Hier, sehen Sie selbst.« Mit diesen Worten hob er den Mageninhalt auf den Sektionstisch. Elsbeth wird den Anblick der trübgrauen Masse nicht so bald vergessen. Auch Silja Black wurde plötzlich ziemlich blass, und selbst der hartgesottene Kreuzer wandte sich ab.

Doch Bernstein ließ sich von den Reaktionen der Umstehenden nicht beeindrucken. »Hätte sie weitergelebt, wäre die Mahlzeit innerhalb weniger Stunden aus dem Magen verschwunden und komplett in den Zwölffingerdarm gewandert. Dieser Prozess hatte zum Todeszeitpunkt zwar schon eingesetzt, war aber noch lange nicht abgeschlossen. Daher kann ich ziemlich genau angeben, wann die Dame mit der Vorliebe für Käsekuchen gestorben ist. Das wollten Sie doch unbedingt.«

Der Rechtsmediziner schickte einen stolzen Blick in die Runde, der kurz auf dem Gesicht des Hauptkommissars verharrte. Als dessen Reaktion eher verhalten ausfiel, wandte er sich enttäuscht wieder der Leiche zu.

Es war Silja Blanck, die schließlich das Schweigen brach.

»Eines steht damit fest. Jasper Bleiken hat ein bombensicheres Alibi.«

»Warum sollte er auch seine Frau umbringen wollen«, murmelte Bernstein, während er bereits wieder beide Hände in den Darmwindungen der Toten hatte. Einen spöttischen Blick in Kreuzers Richtung konnte er sich nicht verkneifen.

»Hatten Sie ihn in Verdacht?«, hakte Elsbeth sofort nach. Alles, was zur schnellstmöglichen Aufklärung dieser widerlichen Morde beitragen konnte, war ihr hochwillkommen.

»Nicht wirklich«, wiegelte Kreuzer sofort ab. »Leider.«

Bis zum Ende der Obduktion konnte sich Elsbeth ihre übertrieben große Enttäuschung nicht so recht erklären. Doch als sie endlich in ihrem Wagen saß und die wenigen Kilometer zurück zu Fred Hübners Maisonette fuhr, schwante ihr langsam, dass diese Enttäuschung mehr mit Fred selbst zu tun hatte, als ihr lieb sein konnte.

Denn da waren die Bremsspuren von Fahrradreifen am Tatort, die von Leo Blums Truppe entdeckt worden waren. Da war die seltsame Übereinstimmung des Tatzeitpunktes mit Freds Radtour nach Keitum. Schon zum zweiten Mal ist er bei miesem Wetter und trotz der Dunkelheit aufgebrochen, obwohl er für sein Training durchaus auch tagsüber Zeit gehabt hätte. Elsbeth erinnert sich nur zu gut an ihre unangekündigte Ankunft in seiner Wohnung, seine späte Rückkehr bei diesem unwirtlichen Wetter und vor allem an Freds erst mit erheblicher Verzögerung einsetzende Freude über den Überraschungsbesuch seiner Liebsten.

Natürlich macht ihn das alles noch längst nicht verdächtig. Das wäre ja auch lächerlich, versucht Elsbeth sich zu beruhigen. *Selbst wenn er die Gelegenheit zu beiden Morden gehabt hätte, so fehlte und fehlt ihm doch das Motiv.*

Allerdings erinnert sich die Staatsanwältin ebenfalls noch ziemlich genau an den Abend, als sie allein in ihrer Flensburger Wohnung saß und sich den Auftritt ihres Liebsten in der NDR-Talkrunde angesehen hatte. Sie war wirklich überrascht von der Wucht, mit der sich Freds Wut entladen hat. Natürlich weiß Elsbeth schon lange, dass er ungeduldig sein kann, oft auch zynisch und dabei ungerecht. Aber diese geballte Aggression einer Frau gegenüber, mit der Fred ansonsten nichts zu schaffen hatte, war ihr doch sehr fremd und nachgerade unheimlich.

Entspann dich, sagt sich Elsbeth jetzt nicht zum ersten Mal an diesem Vormittag. Heute ist Fred immerhin tagsüber unterwegs, so dass sie seine Maisonette für sich allein hat. Und darüber ist sie sehr froh. Sie wird jetzt ihr Bad beenden, sich abfrottieren, ihre liebste Bodylotion benutzen und sich anziehen. Danach kann sie sich mit einem kleinen Imbiss an ihr Notebook setzen und dringend wartenden Bürokram erledigen.

Und wenn Fred irgendwann von seinem Training zurückkommt, wird er hoffentlich auf eine entspannte und gelassene Partnerin stoßen und nicht auf dieses peinlich aufgeschreckte Huhn, das ich seit heute früh bin und in dem ich mich selbst nicht wiedererkenne.

Dienstag, 4. November, 12.34 Uhr, Gymnasium Sylt, Westerland

Bibbernd steht Silja Blanck im Nieselregen vor dem Backsteinbau des Westerländer Gymnasiums. Die Morgensonne ist längst hinter dicken Wolken verschwunden, die seit einer halben Stunde einen feinen, aber fiesen Feuchtigkeitsschleier absondern. Die Kommissarin steckt die Hände tiefer in die Jackentaschen und blickt an der Glasfront hinauf bis zu der großen Uhr unter dem Giebel. Um halb eins war Silja mit Sören Schmiedinger verabredet. Pünktlich ist der Schüler schon mal nicht. Sie beschließt, noch fünf Minuten auszuharren, bevor sie hineingehen und damit gegen den ausdrücklichen Wunsch Schmiedingers verstoßen wird. »Was sollen denn die Kumpels denken, wenn ich plötzlich mitten im Unterricht von der Polizei vernommen werde«, hatte er wütend während ihres kurzen Telefonats gesagt. »Es reicht schon, dass ich für dieses Gespräch aus dem Unterricht geholt worden bin. Vielleicht können Sie sich das nicht vorstellen, Frau Kommissarin, aber ich habe hier echt schon Ärger genug.«

Um ihn vor der Vernehmung nicht noch mehr gegen sich aufzubringen, hatte Silja einem Termin in der Pause und außerhalb des Gebäudes zugestimmt. *Ganz schön entgegenkommend und gutgläubig*, wie sich jetzt angesichts der Verspätung zeigt.

Noch einmal blickt sie zur Uhr. In drei Minuten wird sie da drinnen ein Fass aufmachen, das sollte dem Schüler eine Lehre sein.

Während Silja mit festem Blick auf den Minutenzeiger und mit wachsender Ungeduld wartet, passiert genau das, wovor sie sich am meisten gefürchtet hat. Es steigen Erinnerungen an ihre eigene Schulzeit in diesem Gebäude in ihr auf, die sie gern verdrängen würde. Nicht, dass sie nicht gern zur Schule gegangen wäre, sie war sogar eine ziemlich gute Schülerin. Aber alles, was mit ihrer Schulzeit zu tun hat, zieht automatisch andere Erinnerungen nach sich: zunächst an den Wegzug der Familie von der Insel und wenig später an den schrecklichen Mord an ihrer kleinen Schwester. Und damit auch an den Fall, den sie und ihre beiden Kollegen im vergangenen Winter zu lösen hatten. Ein Cold Case, dessen Aufklärung lange unmöglich schien, bis es durch ein waghalsiges Manöver Siljas gelang, den Täter zu stellen. Sehr viele nur oberflächlich vernarbte Wunden sind dabei aufgerissen worden. Das war eine unglaublich schmerzhafte Erfahrung, die aber auch zu der Hoffnung Anlass gab, die Wunden würden nun dauerhaft verheilen. Jedenfalls soweit das bei einem Gewaltverbrechen in der Familie überhaupt möglich ist.

»Hey, sind Sie die Kommissarin, die mich so dringend sprechen wollte? Sorry übrigens, dass ich zu spät bin.«

Silja braucht einen Moment, um aus ihren furchtbaren Erinnerungen zurück in die Gegenwart zu finden.

»Jetzt sind Sie ja immerhin hier«, antwortet sie schmallippig, während sie den Schüler mustert. Er trägt eine Hose mit Tarnmuster und ein überweites Sweatshirt unterm Parka, ist nicht größer als sie selbst und eher schmächtig. Seine Haare sind sehr kurz geschnitten, der Nacken ist ausrasiert, und hinter dem linken Ohr befindet sich eine Spinnentätowierung. Schmiedingers Gesicht ist fein geschnitten, mit wachen hellblauen Augen und einem fast schon sinnlichen Mund.

Schwer einzuschätzen, der Junge, denkt Silja irritiert.

»Was gibt's denn so Dringendes? Und warum starren Sie mich so an?« In seiner Stimme schläft eine Aggression, die Silja geflissentlich ignoriert.

»Entschuldigung. Schön, dass Sie da sind. Wollen wir ein Stück gehen? Es ist ja ziemlich ungemütlich so im Stehen.«

Er zieht sein Handy aus der Hosentasche und checkt die

Uhrzeit. »In fünf Minuten muss ich wieder im Unterricht sein.«

»Ganz bestimmt nicht. Ich regele das mit der Schulleiterin.«

Sören Schmiedinger kneift seine unverschämt blauen Augen zusammen und mustert nun seinerseits die Kommissarin ausgiebig. »Sie haben so richtig Druck, stimmt's?«

Anstelle einer Antwort wendet sich Silja zum Gehen. Schmiedinger folgt ihr zögernd. Im Laufen dreht er sich eine Zigarette, die er dann allerdings Silja hinhält. »Wollen Sie auch?«

»Danke nein. Ist nicht so meins. Aber rauchen Sie nur.«

Er steckt sich die Zigarette an und nimmt einen langen ersten Zug. Dann fragt er direkt: »Wer hat mich jetzt wieder angeschwärzt?«

»Niemand. Aber Sie hatten Zoff mit einer ihrer Lehrerinnen.«

»Die Sache mit der Bleiken?« Er lacht höhnisch auf. »Die Tante ist so ein verdammter Gutmensch. Immer muss sie sich einmischen. Dabei geht sie meine kleine Kabbelei mit Elisa nun wirklich nichts an.«

»Sie haben gestern Ihre Mitschülerin geohrfeigt. Das ist keine kleine Kabbelei, sondern Körperverletzung, wenn man's genau nimmt.«

»Ich bitte Sie.« Er schickt Silja einen ironischen Blick. »Außerdem steht die kleine Bitch unter Garantie darauf, wenn man sie hart rannimmt. Ich habe ein Auge für so was.«

Silja muss sich sehr zurückhalten, um den jungen Mann nicht ordentlich zusammenzustauchen. Aber ihre Ermittlung hat Vorrang, und sie möchte ihn nicht schon im Vorfeld der Befragung verärgern.

»Vielleicht zügeln Sie sich mal ein bisschen«, mahnt sie eindringlich. »Angeblich haben Sie nämlich fast auch Ihre Lehrerin tätlich angegriffen.«

»Wer sagt das?«

»Frau Bleiken selbst. Sie hat nach der Stunde mit der Schulleiterin darüber gesprochen.«

»Typisch. Die Weiber haben mich alle beide auf dem Kieker. Ich bin so etwas wie ein Dreckfleck in der ansonsten ach so sauberen Klasse. Die wollen mich loswerden, das ist alles.«

»Herr Schmiedinger«, beginnt Silja eindringlich. »Ihre Lehrerin, Frau Bleiken, ist tot. Sie wurde ermordet. Gestern Nachmittag, nur wenige Stunden nach Ihrer Auseinandersetzung.«

Sören Schmiedinger bleibt abrupt stehen. Er wirft seine Zigarette in den Rinnstein und starrt Silja mit zusammengekniffenen Augen an. Plötzlich hat sein Gesicht alles Weiche verloren. »Sie denken, ich habe die Bleiken umgebracht?«

»Sie hätten ein Motiv«, antwortet Silja knapp.

Er lacht höhnisch auf. »Wenn ich jeden killen würde, der mir dusselig kommt, wäre ich längst ein Massenmörder.«

»Das ist nicht witzig.«

»Ach, wirklich? Darauf wäre ich jetzt echt nicht gekommen.«

Seine Augen funkeln vor unterdrückter Wut, der Mund ist ein einziger Strich.

»Herr Schmiedinger, bleiben wir doch mal bei der Sache«, beginnt Silja, wird aber sofort unterbrochen.

»Hören Sie einfach auf, mir Honig ums Maul zu schmieren, und sagen Sie, was Sie wirklich von mir wollen.«

»Sehr gern. Was haben Sie gestern Nachmittag und am Abend getan? Und gibt es Zeugen dafür?«

»Am Abend war ich bei einem Kumpel Billard spielen. Ansgar Klinker, geht in meine Klasse, Sie können ihn gern fragen.«

»Und wo haben Sie Billard gespielt?«

»In Ansgars Garage, beziehungsweise der seines Vaters. In Tinnum.«

»Hat Sie noch jemand dabei gesehen?«

»Klar doch. Zu unserem kleinen Turnier ist die halbe Schule angereist. Die Zuschauer sind völlig ausgeflippt, weil es so irrsinnig spannend war.«

»Unsere Unterhaltung hat einen außerordentlich ernsten Hintergrund, das scheint Ihnen immer noch nicht klar zu sein. Also die Wahrheit bitte.«

»Wir waren zu zweit. Ich glaube nicht, dass uns sonst noch jemand gesehen hat.« Seine Stimme klingt jetzt ruhiger, fast kleinlaut.

»Und am Nachmittag?«

»Keine Ahnung, da war ich zu Hause. Oder was man so zu Hause nennt. Bei meiner Alten, die natürlich nicht da war.«

»Natürlich?«

»Sie putzt jeden Nachmittag ab vier in einem Kinderladen.«

»Und Ihr Vater?«

»Ist abgehauen, ziemlich bald nach meiner Geburt. Ich habe ihn nie gesehen.«

»Das tut mir leid.« Eine unerwartete Welle der Zärtlichkeit für diesen jungen Mann durchfährt Silja. Sie ahnt, welche Verletzungen sich womöglich hinter der harten Schale verbergen.

»Muss es nicht. War mit Sicherheit besser so. Er hat meine Mutter regelmäßig grün und blau geprügelt.«

»Sollte das Ihnen nicht zu denken geben?«

»Warum?«

»Weil Sie selbst ganz gern mal austeilen, wenn ich das recht verstanden habe.«

»Machen Sie jetzt hier einen auf Sozialarbeiterin, oder wie? Als taffe Polizistin gefallen Sie mir besser.« Der Blick, den er Silja zuwirft, ist durchaus anzüglich.

Die Kommissarin lässt den Blick an sich abperlen und erklärt kühl: »Ich fasse zusammen: Sie waren am Nachmittag zu Hause ohne Zeugen und am Abend mit Ihrem Klassenkameraden Ansgar Klinker in Tinnum. Richtig?«

Er nickt knapp.

»Wo wohnen Sie eigentlich?«

»In Morsum, auf der Wattseite.«

»Und wie sind Sie nach Tinnum gekommen?«

»Mit dem Rad, das geht am schnellsten.«

»Könnten Sie mir die Strecke beschreiben?«

»Immer am Watt längs, dann rüber nach Tinnum. Hinterm Deich ist um diese Jahreszeit niemand, nur Vögel, ist ein cooler Weg.«

»Dauert aber ziemlich lange. Die kürzeste Strecke ist die über Archsum. Aber das wissen Sie sicher selbst.«

»Ich mag die andere Strecke lieber. Warum ist das wichtig?«

»Sie haben mich gar nicht gefragt, wo Ihre Lehrerin ums Leben gekommen ist. Überhaupt haben Sie kaum auf die Mitteilung reagiert, dass sie ermordet worden ist. Das finde ich höchst seltsam, um es mal ganz vorsichtig auszudrücken«, gibt Silja mit eisiger Stimme zurück.

»Echt? Das ist mir jetzt aber peinlich«, erklärt der Schüler, ohne im Geringsten betroffen auszusehen. »Ich mochte die Bleiken nicht, das ist nun wirklich kein Geheimnis. Aber dass jemand sie abgestochen hat, das ist irgendwie schon ein Ding.«

»Sagen Sie mal, wie kaltschnäuzig sind Sie eigentlich?«

»Sie provozieren mich aber auch ganz schön.« Jetzt klingt er fast weinerlich. Kopfschüttelnd mustert Silja den Schüler, der plötzlich stehen geblieben ist. Er schlägt die Augen nieder und murmelt: »Es ist einfacher so, wissen Sie. Aber klar, natürlich interessiert mich, was ihr passiert ist. Heute früh in den Nachrichten war nichts davon zu hören.«

»Wir haben die Leiche erst in den Morgenstunden gefunden. Am Bahnübergang zwischen Archsum und Keitum. Bestimmt kennen Sie den. Und wenn Sie gestern Nachmittag den kürzesten Weg nach Tinnum genommen hätten, wären Sie genau dort vorbeigeradelt.«

Plötzlich starrt er sie an. Sprachlos, wie es scheint, aber auch wütend.

»Sagen Sie das noch mal!«

»Es wäre der kürzeste Weg gewesen. Und das Wetter war nicht gerade einladend.«

»Sie unterstellen mir, dass ich meine Lehrerin umgebracht habe, verstehe ich das jetzt richtig?«

»Ich wundere mich nur über Ihren Weg und versuche, Ihre Aussage auf ihren Wahrheitsgehalt hin zu überprüfen«, antwortet Silja vorsichtig.

»Sie spinnen doch. Glauben Sie, ich steige einfach mal vom Rad und murkse meine Lehrerin ab, weil sie mir zufällig über den Weg gelaufen ist?« Sören Schmiedingers sehr blaue Augen funkeln die Kommissarin herausfordernd an, aber sie gewinnt das Blickduell.

Immer noch aggressiv fragt er weiter: »Wie ist sie überhaupt gestorben?«

»Das ist Täterwissen, das ich natürlich nicht weitergeben werde«, antwortet Silja schmallippig.

»Na toll. Und jetzt?« Er stellt sich in Positur, als gelte es, einen Ringkampf zu beginnen.

»Nichts. Zunächst jedenfalls nicht. Ich nehme Ihre Aussage zur Kenntnis, und wir ermitteln weiter. Sollten wir noch Nachfragen haben, werden Sie das rechtzeitig erfahren.«

Sören Schmiedinger zuckt die Achseln, wendet sich kommentarlos ab und geht ein paar Schritte auf seine Schule zu. Doch dann dreht er sich abrupt um. »Und übrigens. Also nur, falls es Sie interessiert. Die Bleiken war ziemlich unglücklich. Wir haben Mathe bei ihr immer montags in der ersten Stunde. Und ich fresse einen Besen, wenn sie nicht mehrmals komplett verheult vor uns gestanden hat. Und daran war ganz bestimmt nicht ich schuld. Schönen Tag noch!«

Dienstag, 4. November, 13.17 Uhr, Kriminalkommissariat Westerland

Hauptkommissar Bastian Kreuzer sitzt an seinem Schreibtisch und versucht, Ordnung in seine Gedanken zu bringen. Draußen nieselt es ausdauernd, und der Tag ist inzwischen so trüb, dass der Kommissar sogar das helle Deckenlicht anschalten musste. *Vielleicht hilft es ja, Klarheit in meine Ermittlungen zu bringen*, denkt Bastian frustriert.

Zwei Morde innerhalb von 48 Stunden. Die Opfer sind zwei gesunde Frauen in mittleren Jahren, die sich nicht kannten und sehr wahrscheinlich auch keine Verbindungen ins kriminelle Milieu hatten. Erste Überprüfungen des Handys und des Laptops haben auch bei Brith Bleiken nichts Verdächtiges ergeben. Eine genauere Analyse steht zwar noch aus, aber Bastian zweifelt sehr daran, dass sich an dem Befund noch viel ändert. Auch dies ist etwas, was die Bleiken mit Angela Ludwig gemeinsam hatte: Beide waren völlig unbescholtene Bürgerinnen. Und es gibt noch etwas Drittes, das beide Frauen gemeinsam hatten. Die NDR-Talkshow. Zwar war Brith Bleiken nicht dabei, jedoch hatte ihr Ehemann Jasper während der Aufzeichnung Kontakt zum ersten Opfer. Aber reicht das, um ein Motiv zu konstruieren? Es könnte ebenso gut einer dieser fiesen Zufälle sein, die ganze Ermittlungsteams locker in die Irre führen können. Oder ist es doch die eine wichtige Spur, der sie folgen müssen? Hat vielleicht der Mörder die Talkshow gesehen und seiner bisher ziellosen Wut so eine Richtung verpasst? Aber warum dann Brith Bleiken und nicht ihr Ehemann? Konnte der Täter Jasper Bleiken nicht erreichen und hat sich ersatzweise an seiner Frau vergangen? Oder war der Überfall auf einen kräftigen, gesunden jüngeren Mann vielleicht einfach zu riskant? Oder, dritte Möglichkeit, ist der Täter generell auf Frauen fixiert?

Plötzlich zuckt ein durch und durch aberwitziger Gedanke durch Bastians Hirn.

Ist vielleicht auch die Staatsanwältin in Gefahr? Schließlich ist sie mit Fred Hübner liiert, dem dritten Gast in der Talkshow-Runde.

Theoretisch könnte natürlich auch Hübner selbst etwas mit den Taten zu tun haben. Als dem Kommissar dieser Gedanke nun schon zum wiederholten Mal durch den Kopf schießt, ist er froh darüber, dass Silja noch nicht von der Vernehmung des Schülers zurück ist. Sie würde sofort widersprechen. Und wenn er ganz ehrlich zu sich selbst ist, überzeugen ihn ihre Argumente sogar.

Also gibt es vielleicht irgendjemand anderen, bei dem diese Talkshow einen enorm starken Aggressionsschub ausgelöst hat? *Aber wenn das zutrifft, dann können wir unseren Täter unter Tausenden von Fernsehzuschauern suchen.* Eine Horrorvorstellung für jeden Ermittler! Außerdem könnte das bedeuten, dass ein dritter Mord unmittelbar bevorsteht.

Wie wäre das zu verhindern?, fragt sich der Kommissar ebenso entsetzt wie ratlos. *Und wenn man diesen Gedanken weiterdenkt, wäre Fred Hübner keineswegs ein Verdächtiger, sondern ein Gefährdeter und bräuchte dringend Schutz.*

Andererseits ist durchaus nicht klar, dass es sich wirklich um denselben Täter handelt. Zwar deuten die Fesselung, die Verwendung der grünen Leine und die Schläge auf den Kopf zunächst darauf hin. Aber warum lässt der Täter beim ersten Mal sowohl die Tatwaffe als auch die Kleidung liegen und nimmt sie beim zweiten Mal mit? Handelt es sich nicht vielleicht doch um eine Nachahmungstat? Aber woher sollte der zweite Täter die Details der ersten Tat kennen?

Wir waren der Presse gegenüber sehr schmallippig, und Svens Eltern werden doch nichts ausgeplaudert haben. Oder doch?

Bastian erinnert sich gut an die beiden Senioren, die schon ewig in ihrem Reihenhaus leben. Er hat vor zwei Jahren selbst einige Zeit die Souterrainwohnung des Paares genutzt, weil er sich so heftig mit Silja überworfen hatte, dass sie ihn aus ihrer Wohnung warf. Es war mitten in der Hochsaison und alles komplett ausgebucht, da war das Angebot von Meret und Hannes Winterberg für Bastian, der keine eigene Wohnung auf der Insel hatte, die Rettung in der Not.

Während dieses Aufenthalts hat Bastian Svens Eltern etwas näher kennengelernt und weiß daher, dass die beiden ausgesprochen gut vernetzt, um nicht zu sagen, mit der halben Nachbarschaft befreundet sind. Bastian erinnert sich gut daran, dass immer wieder einer von ihnen fröhlich gestikulierend am Gartenzaun stand und mit den Nachbarn schnackte. Auf diese Weise könnten sie in aller Unschuld ermittlungswichtige Details verraten und damit einem Nachahmungstäter die Sache leicht gemacht haben.

Ebenso wäre es möglich, dass der zweite Täter lange vor Svens Vater zufällig am ersten Tatort war und sich selbst ein Bild von dem Verbrechen gemacht hat. *Das könnte unter Umständen sogar die Benutzung des gleichen Seils erklären*, geht es Bastian durch den Kopf. Vielleicht hat der erste Täter nicht nur die Tatwaffe und die Kleidung des Opfers, sondern auch Reste des grünen Seils dort liegen lassen, und der zweite Täter hat es einfach mitgenommen.

So viele Möglichkeiten und so wenige konkrete Spuren.

Frustriert steht der Kommissar auf und holt sich einen neuen Kaffee aus der Maschine. Er ist nur noch lauwarm und schmeckt scharf. *Vielleicht hilft er ja trotzdem beim Denken.* Mit dem Becher in der Hand geht Bastian zum Fenster und entriegelt es. *Frische Luft ist immer gut.* Kalt und feucht fährt ein Windstoß durch den Raum und reißt dem Kommissar den Fensterflügel aus der Hand. Die Sturmwarnung aus den Frühnachrichten fällt ihm ein. Doch plötzlich hört er Siljas Stimme hinter sich. Das Tosen des Windes hat ihn ihr Eintreten überhören lassen.

»Mach schnell die Tür zu, sonst fliegt hier alles weg«, ruft er mit einem besorgten Blick auf die Schreibtische, wo mehrere geöffnete Ordner und einzelne Zettelstapel liegen.

Silja will die Tür schließen, aber der Wind schlägt sie ihr aus der Hand und wirft sie eigenmächtig ins Schloss. Mit einem Achselzucken zieht die Kommissarin ihren Mantel aus und geht anschließend zu ihrem Schreibtisch. Alles, ohne Bastian anzusehen. Es wirkt, als sei sie tief in Gedanken.

»Was ist mit dir?«

»Mir geht immer noch das Gespräch mit Sören Schmiedinger durch den Kopf.«

»Schmiedinger? Ach so, der Schüler. Kommt er als Täter in Frage?«

»Wenn ich das wüsste. Ein Alibi hat er jedenfalls nicht. Er könnte sogar zur Tatzeit mit dem Fahrrad am Tatort gewesen sein.«

»Na, das ist doch schon mal was.«

»Er hat kein Motiv, Bastian«, wendet Silja ein. »Meiner Ansicht nach ist das ein überforderter junger Mann, der es zu Hause nicht leicht hat und mit seiner cholerischen Ader nicht klarkommt.«

»Ach, so nennt man das jetzt? Gilt aber für fast alle Gewalttäter, das ist dir ja wohl klar.«

»Ich habe doch gesagt, dass ich mir nicht sicher bin. Wenn du von vornherein alles besser weißt, hättest du lieber selbst mit ihm gesprochen.«

»Entschuldige. Das war nicht so gemeint.«

»Eines noch. Seiner Meinung nach war die Bleiken ziemlich unglücklich. Vor allem am Montagmorgen habe sie manchmal mit verweintem Gesicht vor der Klasse gestanden.«

»Und du glaubst das einfach so?«, fragt Bastian skeptisch. »Vielleicht will der Schüler nur von sich ablenken.«

»Vielleicht sind aber auch an den Wochenenden irgendwelche Krisen eskaliert. Ausschließen können wir das jedenfalls nicht. Ich spreche noch mal mit der Nachbarin, die sie gefunden hat. Vielleicht ist der ja was aufgefallen.«

»Tu das. Aber wir sollten Schmiedinger trotzdem nicht aus den Augen verlieren«, mahnt der Kommissar noch einmal. Fast entschuldigend fügt er hinzu: »Wenn ich dir erzähle, was mir gerade Erschreckendes durch den Kopf gegangen ist, dann verstehst du meine Sehnsucht nach einem eindeutigen Verdächtigen besser.«

»Okay, ich höre.«

Während Bastian ihr seine Überlegungen erläutert, brüht Silja sich einen Tee auf und trinkt ihn langsam. Dabei richtet sie ihren Blick nachdenklich nach draußen, wo der Wind kleine und inzwischen auch größere Äste durch die Luft wirbelt.

»Es gibt Sturm«, sagt sie leise, als Bastian fertig ist.

»Das ist aber nicht unser größtes Problem.«

»Nein, sorry, natürlich nicht.« Entschlossen stellt Silja ihren Teebecher auf den Tisch. »Wenn du mich fragst, gibt es zwei grobe Richtungen, in die wir ermitteln müssen. Erstens: Wir konzentrieren uns auf die Ein-Täter-Theorie. Dann sollten wir uns mit dessen psychologisch auffälliger Disposition beschäftigen.«

»Geht's etwas konkreter?«

»Warum reicht ihm das Töten nicht? Warum muss er seine Opfer ausziehen und fesseln, und das alles an öffentlichen Orten?«, fasst Silja zusammen.

»Und die zweite Richtung?«

»Die basiert auf deiner Hypothese, dass alles mit der Talkshow zusammenhängt. Da müssen wir uns fragen, welche sensiblen Punkte durch das TV-Gespräch getriggert worden sein könnten. Konkret gesagt«, fügt sie mit einem kleinen Lächeln hinzu, »bei welchem Personenkreis könnten durch das Thema oder das Verhalten der Gäste so starke Reaktionen ausgelöst worden sein, dass dies zur Planung eines Mordes geführt hat.«

»Zur Planung von zwei Morden«, korrigiert Bastian unwillkürlich und setzt dann hinzu: »Vielleicht sogar zur Planung eines dritten.«

»Diese Gefahr besteht aber bei einem psychisch auffälligen Täter auch. Niemand garantiert uns, dass die Mordserie schon vorbei ist.«

»Es sei denn, bei dem ersten Mord gab es ein Motiv, das wir noch nicht kennen, und der zweite Täter war der Schüler, mit dem du gerade gesprochen hast. Möglicherweise ist er der klassische Trittbrettfahrer und irgendwie an Informationen gekommen, die nicht für die Öffentlichkeit bestimmt waren.«

»Wir sollten auf jeden Fall noch einmal mit Brith Bleikens Ehemann sprechen. Ich bin ja sehr behutsam vorgegangen, als ich bei ihm war. Schließlich hatte ich ihm gerade eine Todesnachricht überbracht. Aber er wird uns sicher helfen, wenn wir das Leben seiner Frau ein wenig durchleuchten.«

»Kannst du das übernehmen? Ich würde gern noch einmal ins Fitnessstudio. Schließlich war das der Lebensmittelpunkt des ersten Opfers. Irgendetwas muss da doch noch zu erfahren sein.«

»Wie wäre es, wenn du mit Sven zusammen hingehst, er ist doch auch Mitglied, oder? Dabei könntest du ihn unauffällig nach seinen Eltern befragen.«

»*Hey Sven, wo würdest du deine Eltern auf der Plaudertaschen-Skala einordnen? Traust du ihnen vielleicht sogar zu, dass sie ermittlungsrelevante Details rumerzählen?* So etwa? Hältst du das wirklich für eine gute Idee?«

»Was ist denn los mit dir, Bastian? Willst du dich unbedingt mit mir streiten?«, erkundigt sich Silja genervt. »Frag ihn halt nach seiner Einschätzung. Er arbeitet lange genug bei der Kripo, um zu wissen, wie wichtig das ist.«

»Entschuldige. Ich weiß auch nicht, warum ich mich so anstelle, aber irgendwie machen mich diese Morde fertig. Mehr als üblich. Viel mehr sogar. Wir tappen völlig um Dunkeln, Leo hat uns auch nicht helfen können, bis auf die Reifenspuren, die allerdings von jedem beliebigen Radfahrer hätten kommen können, hat er nichts Wichtiges feststellen können. Und wir haben keinen wirklich Verdächtigen.«

»Außer dem Schüler vielleicht«, wirft Silja ein.

»Du hast selbst gesagt ...«, beginnt Bastian.

»Ja, ich weiß. Er ist ein armes Schwein, und er tut mir leid. Aber natürlich hast du recht, er ist der Erste mit einem handfesten Motiv.«

Dienstag, 4. November, 15.50 Uhr, Redaktion *Sylter Anzeiger*, Tinnum

»*Was* haben Sie für uns?«

Der Volontärin Asta Paulsen kippt fast die Stimme vor Aufregung. Die junge Frau spürt ganz deutlich, wie sich auf ihren Wangen rote Flecken bilden, und sie kann nicht verhindern, dass es auch die Kollegen in dem Großraumbüro bemerken. Plötzlich sind alle Blicke auf die stämmige blonde Frau gerichtet.

Asta schlägt die Augen nieder und versucht, sich auf das Telefonat zu konzentrieren. *Jetzt nur nichts falsch machen*, sagt sie sich hektisch, während sie sich gleichzeitig bemüht, ihre Stimme möglichst professionell klingen zu lassen.

»Ich bräuchte dann natürlich Ihren Namen und die Adresse.«

Das Lachen am anderen Ende der Leitung ist vermutlich noch zwei Schreibtische weiter zu hören.

»Ja, aber wie sollen wir Sie denn dann bezahlen?«, fragt sie hilflos und ärgert sich schon wieder über sich selbst. *Du bist so was von unprofessionell und peinlich*, schimpft sie innerlich. Doch der Mann am anderen Ende der Leitung scheint ihre Frage durchaus verständlich zu finden, vielleicht hat er sogar genau damit gerechnet.

»Wir benutzen einen toten Briefkasten«, raunt er ihr ins Ohr. »Sie deponieren die zweihundert Euro dort, und ich hinterlasse die Ware, sowie ich das Geld habe.«

Asta spürt, wie ihr der Schweiß ausbricht. Sie kommt sich vor wie in einem Spionagethriller. So aufregend hat sie sich das Redaktionsleben nun wirklich nicht vorgestellt. Ein anonymer Tippgeber im aktuellen Mordfall, der morgen die Titelseiten beherrschen wird – und ausgerechnet sie verhandelt mit ihm. Dabei ist sie doch erst in der sechsten Woche ihres Volontariats.

»Okaaay«, antwortet sie gedehnt und hofft, dass die Kollegen sich bald wieder ihren eigenen Belangen zuwenden. »An welchen Ort haben Sie denn gedacht?«

»Den Mülleimer neben dem Parkplatz vom Wenningstedter Gosch«, kommt es wie aus der Pistole geschossen.

»Und welche Garantien bekomme ich?«

»Keine. Sie müssen mir einfach vertrauen.«

»Dafür sind zweihundert Euro aber eine Menge Kies.«

»Ich kann auch zur Konkurrenz gehen.«

»Nein, warten Sie. So war das nicht gemeint.«

Asta überlegt hektisch, ob sie das Telefonat nicht doch an

den Chefredakteur weiterleiten sollte. Ganz sicher wäre das die richtige Vorgehensweise. Aber irgendetwas sagt ihr, dass sie kurz davor ist, ihren Gesprächspartner endgültig zu verschrecken. Und tatsächlich glaubt sie jetzt, ein Klicken in der Leitung zu hören. »So ein Mist«, murmelt sie.

»Was haben Sie gesagt?«

Gott sei Dank, er ist noch dran!

»Nichts, nichts. Wir machen es genauso, wie Sie vorgeschlagen haben. Um wie viel Uhr?«

»Heute Abend, Punkt sechs Uhr. Oder wann haben Sie Redaktionsschluss?«

»Sechs Uhr passt ganz knapp«, haucht Asta. *Wirklich wie im Film*, denkt sie aufgeregt. *Und ich bin die Hauptfigur.*

»Na prima. Sie kommen, deponieren das Geld, dann gehen Sie wieder. Ich werde Sie beobachten, um sicherzustellen, dass Sie auch wirklich abhauen. Innerhalb der nächsten Stunde platziere ich die Ware in dem Mülleimer. Um sieben können Sie wiederkommen und sich alles holen. Aber keine Sekunde früher, ist das klar?«

»Ja. Ist klar.«

»Ich lege es in eine Alditüte, dann erkennen Sie es sofort.«

»Aber dann muss ich ja in dem Abfalleimer rumwühlen«, entfährt es Asta. Wieder schauen die umsitzenden Kollegen irritiert. Einer steht jetzt sogar auf, kommt zu ihr und macht eine fragende Geste. Tonlos formulieren seine Lippe die Worte: *Soll ich übernehmen?*

Asta schüttelt vehement den Kopf. Dabei kriegt sie nicht mit, was der Typ am Telefon antwortet. *Mist!*

»Entschuldigung, was haben Sie gerade gesagt?«

»Ein guter Journalist muss sich auch mal die Pfoten dreckig machen. Obdachlose tun das schließlich jeden Tag.«

»Ist ja schon gut…«, lenkt Asta ein.

Aber da hat der anonyme Anrufer bereits aufgelegt. Und Asta beginnt, darüber nachzudenken, woher sie auf die Schnelle zweihundert Euro nehmen soll.

Dienstag, 4. November, 17.11 Uhr, Kriminalkommissariat Westerland

Verkehrssünder, Falschparker. Nächtliche Ruhestörung, Verstöße gegen das Betäubungsmittelgesetz. Sven Winterberg sitzt vor einem beachtlichen Stapel von Anzeigen, die alle auf ihre Bearbeitung warten. Ein Routinejob, den er auch im Halbschlaf erledigen könnte. Nichts, was einen fähigen Kommissar befriedigen würde. Nichts, was in irgendeiner Weise bei der laufenden Mordermittlung hilfreich wäre.

Es ist zum Verzweifeln, denkt Sven heute nicht zum ersten Mal. Während sich Silja und Bastian in der oberen Etage die Hirne zermartern, um dem Lassomörder, wie er ihn immer noch insgeheim nennt, auf die Spur zu kommen, sitzt er hier unten und ist von allen Ermittlungsergebnissen abgeschottet.

Natürlich hat Sven gemerkt, in welche Verlegenheit er Bastian bei seiner unangekündigten Stippvisite in seinem ehemaligen Büro gebracht hat. Als guter Freund hat Bastian ihn kurzzeitig in seine Überlegungen einbezogen, aber wohl war dem Ermittlungsleiter ganz offensichtlich nicht dabei. Kein Wunder, schließlich ist die Bispingen auf der Insel und anscheinend gewillt, die Einhaltung von Svens Degradierung auch zu kontrollieren. Das hat man ja gerade gestern gesehen.

Also weiter im Job.

Während Sven mechanisch den Anzeigenberg abarbeitet, kann er nicht verhindern, dass ihm die Schilderungen seines Vaters und der Anwohnerin aus Archsum von den jeweiligen Leichenfunden durch den Kopf gehen. Zwar durfte er beide Male nicht selbst zum Tatort, aber er ist der Einzige, der die ungefilterten ersten Reaktionen auf die grausigen Inszenierungen mitbekommen hat.

»Sie sah aus wie ein Opfer am Marterpfahl«, so hatte sich Hannes Winterberg ausgedrückt. Und die Formulierung, die Claudia Augustin verwendet hat, war ganz ähnlich. »Das Schlimmste ist dieses Seil. Jemand hat Brith Bleiken festgebunden, als wäre sie eine leblose Schaufensterpuppe«, hatte sie schluchzend gesagt und, nachdem sie sich etwas beruhigt hatte, hinzugefügt: »Was für ein Unmensch tut so etwas?«

Und genau das ist die Frage, über die Sven Winterberg seit dem Morgen nachdenkt.

Er ist ziemlich sicher, dass Bastian und Silja noch nicht besonders weit in ihren Ermittlungen gekommen sind. Sie befragen zwar mögliche Zeugen, wirken aber nach jeder Befragung niedergeschlagener als davor. Ein Durchbruch sieht anders aus. Auch die rechtsmedizinischen Erkenntnisse sind überaus dürftig. Es gibt weder Faserpuren noch solche, anhand derer sich ein Täter identifizieren ließe. Keine Haare, keine Fingerabdrücke, kein Sperma. Sven weiß das genau, weil er sich die Obduktionsbefunde beider Leichen im Intranet angesehen hat.

Wenn ich doch nur mithelfen dürfte, denkt er verzweifelt, doch dann wird ihm ziemlich schnell klar, dass er auch keine bahnbrechenden Ideen hat, wie weiter zu verfahren sein könnte. *Vielleicht bin ich doch kein so guter Ermittler, wie ich immer gedacht habe, und es ist ganz richtig, dass ich meinen Platz habe räumen müssen*, überlegt er gerade, als sich ein Schatten über seinen Schreibtisch legt.

Sven blickt auf, Bastian steht direkt neben ihm. Offenbar war er so mit seinen Selbstzweifeln beschäftigt, dass er den Kollegen gar nicht hat kommen hören.

»Na? Spannend, das Ganze?« Mit einem schiefen Lächeln zeigt Bastian auf Svens Anzeigenstapel.

»Du glaubst gar nicht, wie sehr«, seufzt Sven.

»Lass den Scheiß liegen und mach Feierabend.«

»Ich wollte mich eigentlich noch bis sechs hier durchwühlen. Anja ist mit den Lütten bei meinen Eltern, und da rechnen sie erst gegen halb sieben mit mir.«

»Umso besser. Was hältst du von einer kleinen Trainingseinheit bei Body Cult?«

»Damit sich mein Mitgliedsbeitrag endlich rentiert?«

»Auch das. Ganz nebenbei könnten wir ein bisschen plaudern.«

Der Blick, mit dem Bastian die uniformierten Kollegen streift und prüft, ob sie das Gespräch mithören, entgeht Sven nicht.

»Sehr gern. Ich räume das hier nur noch zusammen.« Augenzwinkernd fügt Sven hinzu: »Wir müssen ja unbedingt noch deine Hochzeitsfeier nachbesprechen.«

»Zum Beispiel. Ich warte draußen im Wagen auf dich.«

Sven nickt und kann nicht verhindern, dass ihn ein fast schon lächerlich starkes Glücksgefühl durchströmt. *Ich bin noch im Spiel, Bastian lässt mich nicht hängen*, denkt er triumphierend und muss sich tatsächlich zusammenreißen, um nicht vor Freude vor sich hin zu pfeifen.

Dienstag, 4. November, 17.25 Uhr, Norderende, Archsum

In Jasper Bleikens Haus riecht es nach Zigaretten und Alkohol. Silja zögert einen Moment, bevor sie den Fuß über die Schwelle setzt. Jasper Bleiken sieht schlecht aus. Hohlwangig und übernächtigt. Trotzdem begrüßt er die Kommissarin mit einem Lächeln und bittet sie umstandslos herein. Nachdem der Hausherr ihr einen Platz angeboten hat, räumt er schnell eine Rotweinflasche und einen vollen Aschenbecher beiseite. Auf dem Tisch liegen mehrere ungeöffnete Briefe und einige Werbebroschüren von Maklern, die er mit einem Handstreich zu Boden fegt.

»Sorry, aber ich konnte letzte Nacht nicht schlafen, da bin ich einfach versackt.«

»Sie müssen sich nicht entschuldigen. Es ist entsetzlich schwer, einen geliebten Menschen zu verlieren. Da reagiert jeder anders.«

»Wahrscheinlich. Möchten Sie was trinken? – Also ich meine Kaffee oder so«, fügt er mit einem schiefen Blick auf die Rotweinflasche hinzu.

»Ein Glas Wasser wäre schön. Und vielleicht können wir kurz mal lüften.«

»Ja klar. Wasser kommt sofort. Und machen Sie gern schon mal das Fenster auf.«

Während Jasper Bleiken in der Küche hantiert, öffnet Silja das Fenster und atmet tief durch. Der Wind fährt ihr ins Haar und lässt Regenperlen über ihr Gesicht rinnen.

»Gibt Sturm heute Nacht«, kommentiert Bleiken knapp, als er zurückkommt.

Silja nickt, wischt sich hastig übers Gesicht, schließt das Fenster wieder und setzt sich zu Bleiken an den Couchtisch.

Er schaut sie mit einer Mischung aus Neugier und Erwartung an. »Haben Sie schon erste Ergebnisse? Oder kann ich etwas für Sie tun?«

»Ich wüsste gern, ob es jemanden gibt, der mit Ihrer Frau Streit hatte. Irgendein alter Zwist oder auch eine aktuelle Sache. Verwandte, mit denen sie sich ums Erbe in die Wolle gekriegt hat. Nachbarn, die sich ständig über irgendetwas beschweren. Solche Dinge.«

Die Antwort Bleikens kommt schnell und ist eindeutig. »Nein, nichts von alldem. Brith war das einzige Kind ihrer Eltern, und zu den Nachbarn haben wir ausnahmslos ein gutes Verhältnis. Brith ist ja hier aufgewachsen und kennt die Leute in Archsum fast schon ihr Leben lang. Wenn überhaupt bin ich der Außenseiter.« Er legt den Kopf schief und versucht ein Lächeln, das schnell erstirbt. »Reingeheiratet und zugezogen, Sie wissen schon.«

»Kann ich mir vorstellen. Also keine Feinde weit und breit? Keine alten Streitereien oder offene Rechnungen?«

»Nichts, wovon ich wüsste. Nur in der Schule gab es ab und an mal Ärger. Also nicht mit den Kollegen oder der Schulleitung, sondern nur den üblichen Zoff zwischen Schülern und Lehrern. Und das auch eher selten.«

Silja nickt nachdenklich. »Ich habe heute Vormittag mit dem Schüler geredet, mit dem Ihre Frau aneinandergeraten ist, kurz bevor sie sterben musste. Sören Schmiedinger.«

»Ja richtig, jetzt erinnere ich mich wieder an den Namen. Und? War er's?«

Jasper Bleiken sieht Silja nicht an, sondern hält seinen Blick gesenkt. Es wirkt auf die Kommissarin, als fühle er sich noch nicht bereit für eine Konfrontation mit der Wahrheit.

»Sie meinen, ob Sören Schmiedinger Ihre Frau umgebracht hat? Um dazu etwas zu sagen, ist es noch zu früh«, wiegelt sie ab. »Sind Sie ihm mal begegnet?«

»Nie.« Er schüttelt energisch den Kopf und blickt die Kommissarin jetzt auch wieder an. »Die Schule war Briths Welt. Meine ist eher der Sport. Wir haben das immer getrennt gehalten. Sie war zum Beispiel auch nicht mit bei der Talkshow. Da bin ich allein hingefahren.«

»Hatte sie etwas anderes vor?«

»Sie fand, dass ich ohnehin zu viel über Fußball rede.«

»Ihre Frau hatte also wenig Interesse an Ihrem Beruf. Hat Sie das nicht gestört?«

Er zuckt die Achseln und lächelt leicht. »Eigentlich nicht. Wir hatten andere Gemeinsamkeiten.«

»Welche denn?« Silja fängt einen erstaunten Blick auf und fühlt sich genötigt, ihre Frage zu erklären. »Also ich meine, was hat Sie und Ihre Frau am meisten verbunden?«

»Sex«, ist die sofortige Antwort. »Sorry, aber das ist ja wichtig in einer Beziehung.« *Und für Außenstehende schlecht nachprüfbar*, schießt es Silja durch den Kopf. Aber da redet Bleiken schon weiter. »Und Reisen. Lehrer haben ja viele Ferien, da sind wir gern in die Ferne gejettet. Malediven, Thailand, so was eben.«

»Sie hatten ein schönes Leben in einem schönen Haus.« Silja weist auf die Diele, von der außer der Küchentür noch drei weitere Türen abgehen. »Das Haus ist ungewöhnlich groß für ein Paar ohne Kinder.«

»Ja schon. Aber Verkaufen kam für Brith nicht in Frage. Es ist ihr Elternhaus.«

»Und Sie?«

»Was ist mit mir?« Plötzlich wird Bleiken unruhig und sein Blick unstet.

»Werden Sie hier wohnen bleiben?«

»Meine Güte! Was weiß ich. Finden Sie Ihre Frage nicht etwas pietätlos, so kurz nach Briths Tod?«

»Ja natürlich. Entschuldigen Sie bitte. Ich dachte nur ... wegen der Prospekte.« Silja blickt auf den Papierstapel, der auf dem Fußboden gelandet ist.

»Das ist normal auf der Insel. Diese Makler sind wie Raubvögel. Sowie sie Aas wittern, stürzen sie sich auf einen. Was meinen Sie, was meine Frau durchzustehen hatte, als ihre Eltern gestorben sind. Die Makler haben uns fast die Bude eingerannt.«

»Verstehe. Da müssen Sie sich wohl auf einiges gefasst machen.«

Bleiken zuckt schweigend die Achseln, dann entsteht eine Pause im Gespräch, während der beide ihren Gedanken nachhängen. Schließlich ergreift die Kommissarin erneut das Wort.

»Ich habe noch eine kleine Bitte.«

»Ja?«

»Würden Sie uns gestatten, Ihre Fingerabdrücke zu nehmen?«

»Warum das denn? Ich war's nicht. Und Sie haben mein Alibi doch sicher überprüft.«

»Schon. Aber wir checken alles gern doppelt«, antwortet Silja vage.

»Also gibt es Fingerabdrücke am Tatort. Ist das ein gutes Zeichen?«

»Wie man's nimmt. Es gibt immer Fingerabdrücke, überall. Die Frage ist eher, ob sie von einer relevanten Person stammen.«

»Und ich bin relevant?«

»Sie sind der Ehemann des Opfers. Wenn wir also beispielsweise auf der Handtasche Ihrer Frau Ihre Abdrücke finden, muss das gar nichts sagen. Sie könnten die Tasche überall angefasst haben. Wenn wir aber Ihre Abdrücke nicht zum Abgleich haben, dann können wir die fraglichen Prints auch nicht als harmlos einstufen«, erklärt Silja.

»Verstehe. Wenn's also der Wahrheitsfindung dient«, seufzt Bleiken, steht auf und streckt ihr beide Hände entgegen.

»Moment noch«, sagt die Kommissarin lächelnd und holt das elektronische Gerät aus ihrer Tasche. Innerhalb weniger Sekunden ist die Prozedur beendet, und Jasper Bleikens Fingerabdrücke befinden sich auf dem Weg ins Flensburger Labor. Silje verstaut das Gerät wieder und setzt zu ihrer nächsten Frage an.

»Können wir kurz noch mal über den Abend der Talkshow reden?«

»Ich sagte doch schon, dass Brith nicht dabei war. Sie hat mich allerdings hinterher mit dem Wagen abgeholt.«

»Immerhin.« Silja lächelt verbindlich. »Ich wollte auch gar nicht so sehr über Ihre Frau sprechen, sondern über die restlichen Anwesenden. Es war ja auch Live-Publikum dort, oder irre ich mich?«

»Vielleicht dreißig oder vierzig Leute. Ich habe allerdings nichts Genaueres erkennen können, weil ja die Scheinwerfer auf uns gerichtet waren.«

»Schon klar. Trotzdem wüsste ich gern, ob es während des Talks irgendwelche Besonderheiten gab. Aggressionen vielleicht? Abschätzige Kommentare? Buhrufe?«

»Nein, gar nicht.«

»Und hinterher?«

»Die Gäste sind rausgegangen, wir hatten keinen direkten Kontakt zu ihnen.« Bleiken zuckt ratlos die Schultern. »Der Einzige, der sich danebenbenommen hat, war dieser Journalist. Fred Hübner. Der hielt sich wohl für was Besonderes.«

»Er ist mit dem ersten Opfer aneinandergeraten. Davon wissen wir bereits.«

»Das meine ich nicht.«

»Ach so?«

»Er muss an dem Abend echt auf Krawall gebürstet gewesen sein. Keine Ahnung, was ihn so wütend gemacht hat. Jedenfalls hat er hinterher auch noch meine Frau angezickt.«

»Sagten Sie nicht vorhin, sie sei gar nicht dabei gewesen?«

»Aber sie hat mich auf dem Platz vor dem Westerländer Rathaus erwartet und offenbar unseren Wagen zu nah an seinem heiligen Fahrrad geparkt.« Bleiken verdreht die Augen. »Oder er hat sich einfach nur aufgeregt, weil man dort eigentlich nicht stehen darf.« Wie ein ertappter Sünder blickt er die Kommissarin an. »Ich hoffe, Sie erstatten jetzt nicht noch nachträglich eine Anzeige.«

»Ihr Frau ist tot, bitte seien Sie nicht geschmacklos«, antwortet Silja kühl.

»Sorry, ich bin einfach total durcheinander.«

»Das verstehe ich. Trotzdem wäre es hilfreich, zu wissen, was genau zwischen Ihrer Frau und Fred Hübner vorgefallen ist.«

»Ich weiß es ehrlich gesagt nicht. Als ich rauskam, zofften sich die beiden jedenfalls ordentlich.«

»Wie haben Sie reagiert?«, fragt Silja mit betont neutraler Stimme, während sie fühlt, wie ihr Herz plötzlich schneller geht und sich alle Härchen auf ihren Unterarmen aufstellen. *Ist das der Durchbruch? Hat Bastian doch recht mit seiner Vermutung, dass Hübner hinter den Morden stecken könnte?*

»Ich habe ihm gesagt, er soll einfach mal runterkommen und sich wieder einkriegen. Dann bin ich ins Auto gestiegen und meine Frau auch. Als wir losfuhren, hat er uns noch den Stinkefinger gezeigt. Das war alles.«

»Gibt es Zeugen für die Szene?«

»Puh, Sie können Fragen stellen.« Nachdenklich kratzt sich Bleiken am Kopf und schüttelt ihn gleich darauf. »Also ich glaube, wir waren allein dort. Die Zuschauer waren alle schon weg, der Moderator und die Techniker noch drinnen.«

»Und Frau Ludwig?«

»Die Fitnesslady? Coole Frau, übrigens, wenn Sie mich fragen. Auch wenn dieser Journalist das offenbar anders gesehen hat. Ich glaube, die war auch schon weg. Ich hatte nach dem offiziellen Teil noch ein kleines Gespräch mit dem Moderator, wir hatten sogar einen Drink miteinander. Aber soweit ich mich erinnere, war Angela Ludwig da schon nicht mehr bei uns. Wahrscheinlich hatte sie genug von den Beleidigungen Hübners. Kann ich auch gut verstehen.«

Schweigend blickt die Kommissarin Jasper Bleiken an. Jetzt ist sie fast sicher. Das könnte der Durchbruch sein.

»Danke, Herr Bleiken, Sie haben uns wirklich sehr geholfen.«

»Würde mich freuen«, seufzt er. »Immerhin ist das das Einzige, was ich noch für meine Frau tun kann.«

Dienstag, 4. November, 17.52 Uhr, Fitnessstudio Body Cult, Westerland

Das Rauschen der Laufbänder sitzt als ständiger Grundton in Bastian Kreuzers Ohren. Ab und an kracht im Hintergrund ein Gewicht zu Boden, oder ein Trainer ruft seinem Trainee anfeuernde Kommentare zu. Über allem liegt die leise hämmernde Musik aus den Deckenlautsprechern, die vermutlich zum Training anspornen soll, aber nach Bastians Meinung einfach nur nervt. Schon mehrmals hat er sich in der Vergangenheit beim Clubmanager darüber beschwert, ist aber immer auf taube Ohren gestoßen. Also fügt er sich auch jetzt ins Unvermeidliche und passt seine Schritte dem Rhythmus an. Das Gleiche tut Sven, der auf dem Band neben Bastian trainiert. So laufen beide Kommissare im Gleichschritt, während ihnen der Schweiß über Gesicht und Nacken rinnt und anschließend in den Shirts versickert.

Als Sven dem Kollegen einen kurzen Blick zuwirft, den Daumen hebt und ruft: »Super, dass wir das zusammen machen«, entschließt sich Bastian, ihn ganz direkt auf die mögliche Weitergabe von Täterwissen durch Meret und Hannes Winterberg anzusprechen.

»Sag mal, deine Eltern wissen aber schon, dass sie keine ermittlungsrelevanten Details weitergeben dürfen, oder?«

Für Sekundenbruchteile kommt Sven aus dem Tritt, fängt sich aber schnell wieder. »Was glaubst du denn? Natürlich. Außerdem habe ich es meinem Vater gleich beim ersten Telefonat noch mal gründlich eingeschärft.«

»Klar doch. Entschuldige die Frage.«

»Ist schon okay. Aber warum wolltest du das wissen? Habt ihr eine Theorie, für die das wichtig wäre?«

Sven wirft dem Kollegen einen zaghaften Blick zu, dessen Botschaft Bastian sofort versteht. *Ich weiß, dass mich das nichts anzugehen hat und dass ich mit dieser Frage meine derzeitigen Kompetenzen überschreite.*

»Es gibt gewisse Abweichungen zwischen den Tathergängen, die wir uns nicht erklären können. Oder nur, falls wir es mit zwei Tätern zu tun haben sollten. Dann müsste der zweite aber über Täterwissen verfügt haben. Daher meine Frage.«

»Verstehe«, ist Svens knappe Antwort. Anschließend erhöht er die Geschwindigkeit seines Laufbandes deutlich und legt noch einmal einen Zahn zu.

Gern würde Bastian mitziehen, aber das lässt er lieber bleiben. Inzwischen geht seine Pumpe wie blöd, und er fragt sich nicht zum ersten Mal, ob in Winston Churchills berühmter Antwort auf die Frage nach seinem hohen Alter trotz erheblichen Alkohol- und Zigarrenkonsums nicht vielleicht mehr Wahrheit steckt, als man gemeinhin annimmt. *No sports* hatte der langjährige britische Premierminister dem fragenden Journalisten angeblich entgegengeschleudert. Und manchmal würde Bastian seiner um einiges jüngeren und fitteren Partnerin Silja diese Antwort auch gern präsentieren, wenn sie wieder einmal mit spöttischem Gesicht sein bescheidenes Wohlstandsbäuchlein beäugt. Aber natürlich würde sie alles auf seine Bequemlichkeit schieben und hätte vermutlich sogar recht damit.

Es ärgert ihn trotzdem, dass Sven das gemeinsame Laufen erheblich weniger anzustrengen scheint. Der Blick des Kollegen klebt nicht wie Bastians eigener am Display der Maschine, immer darum bemüht, jede verbrauchte Kalorie als Erfolg und dringend benötigten Motivationsbooster zu benutzen. Ganz im Gegenteil. Während Sven die Kilometer deutlich lockerer runterreißt als er selbst, scheint der Kollege auch noch genug Energie dafür zu haben, das Umfeld und den gesamten Trainingsraum zu scannen. Fortwährend lässt er seine Blicke über die anderen Sportler schweifen und mustert auch die Einrichtung mit größter Aufmerksamkeit.

»Hey, wenn dir irgendwas Besonderes hier auffällt, nur raus mit der Sprache«, keucht Bastian, während er sich bemüht, das Tempo zu halten. Er hatte schon vor Svens Spurt den Verdacht, dass dessen Band schneller läuft als sein eigenes, aber zum Glück ist ein Spionageblick aufs Nachbardisplay ihm ebenso wenig möglich wie umgekehrt Sven der Blick auf Bastians Tempoanzeige.

»Ich denke nur darüber nach, an welchen Geräten die Ludwig wohl trainiert hat und wem sie dabei begegnet sein könnte.«

»Die Clubleitung war bei meiner Befragung vorhin ja leider wieder mal wenig hilfreich.«

»Die haben einfach Angst um ihr Ansehen in der Öffentlichkeit und wollen sich lieber aus allem heraushalten, das kennen wir doch«, schimpft Sven.

»Wenn ihnen das mal nicht noch auf die Füße fällt.«

»Vielleicht stimmt aber auch, was alle sagen. Die Ludwig war eine Eigenbrötlerin und hatte zu niemandem Kontakt.«

»Dann wäre sie zufällig zum Opfer geworden, und wir müssten die Nadel im Heuhaufen suchen.«

Bei dieser Vorstellung geht Bastians Pumpe gleich noch mal so schnell. Ein Mörder, der seine Opfer ohne jedes Schema auswählt und der noch dazu kaum Spuren hinterlässt, ist die absolute Horrorvorstellung für jeden Ermittler.

Es bleibt dann meistens nichts anderes, als darauf zu warten, dass der Täter einen Fehler macht. Schon bei dem Gedanken daran wird Bastian ganz anders. Vermutlich ist er sogar blass geworden, denn plötzlich wendet sich Sven ihm zu und sagt aufmunternd:

»Weißt du eigentlich, dass es da hinten einen Kasten mit Karteikarten gibt, auf denen man seine Trainingszeiten und -ergebnisse notieren kann? Stammt wahrscheinlich noch aus der digitalen Steinzeit, aber ich sehe immer wieder Leute, die das Ding benutzen.«

»Wie das alles unter Datenschutzgesichtspunkten gesehen wird, will ich gar nicht wissen«, keucht Bastian und beobachtet ängstlich die Pulsanzeige, die gerade die 160 überschritten hat.

»Der Datenschutz sollte euch jetzt egal sein. Aber ihr könntet alle Karteikarten miteinander abgleichen. Vorausgesetzt natürlich, nicht nur die Ludwig, sondern auch alle anderen haben ihre Trainingszeiten regelmäßig aufgeschrieben.«

»Hast du das denn jemals getan?«

»Nö. Wozu auch?«

»Da hast du deine Antwort.« Bastian merkt, wie ihm plötzlich schwindlig wird. Er fährt die Geschwindigkeit seines Laufbands deutlich herunter und japst: »Ich muss mal ’ne kurze Pause machen. Dabei kann ich ja die Karteikarte der Ludwig kurz checken. Vorausgesetzt, es gibt eine.«

»Schaden kann es nichts. Ich leg inzwischen noch ’nen Zacken zu und gehe in den Endspurt. Wir sehen uns dann in der Umkleide?«

»Jepp.«

Erleichtert stoppt Bastian sein Band und steigt herunter. Bevor er sich zu dem Karteikartenschrank aufmacht, muss er erst mal gegen einen kräftigen Schwindelanfall ankämpfen. Er lässt sich auf das inzwischen stehende Band fallen und tut so, als binde er seinen Sportschuh neu. Dann atmet er dreimal tief durch, widersteht dem durchaus verführerischen Impuls, sich kurzerhand auf dem Laufband auszustrecken, und stemmt sich hoch.

»Ist was mit dir?«, erkundigt sich Sven mit einem besorgten Seitenblick.

»Nee, alles top. Ich geh dann mal.«

Auf seinem Weg zum Karteikasten schaut Bastian stur geradeaus. Er will gar nicht wissen, wer alles sein Schwanken beobachtet und Rückschlüsse auf die körperliche Fitness der Kriminalpolizei dabei zieht. Als er an dem Karteikartenschrank angekommen ist, kann er sich wenigstens unauffällig festhalten. Der Schrank ist brusthoch, etwa einen Meter breit und hat drei Reihen mit jeweils drei Schubladen, in denen die Karten alphabetisch geordnet stecken. Angela Ludwigs Karte ist schnell gefunden, aber eine Enttäuschung auf ganzer Linie. Außer ihrem Namen und dem Eintrittsdatum gibt es keinen einzigen Eintrag.

»Kann nicht ausnahmsweise mal was klappen?«, seufzt Bastian und schickt einen letzten neidvollen Blick hinüber zu Sven, der inzwischen beim Endspurt angelangt zu sein scheint.

Dann macht der Kommissar sich auf, um mit dem Schweiß hoffentlich auch den Frust unter der Dusche abzuspülen.

Dienstag, 4. November, 18.00 Uhr, Gosch Parkplatz, Wenningstedt

Asta Paulsen steigt vom Fahrrad und blickt sich suchend um. Es ist längst dunkel, und der Parkplatz ist fast leer, nur wenige Autos stehen nahe am Eingang zu der großen gläsernen Gosch-Halle mit dem Grasdach, die direkt an die Strandpromenade grenzt. Innen ist alles hell erleuchtet, und Asta merkt plötzlich, wie hungrig sie ist. Neidisch blickt sie auf die Schemen der Gäste, die sich hinter den Glasscheiben bewegen. Vor lauter Aufregung hat Asta ihren Nachmittagsimbiss ausgelassen und noch nicht einmal eine Tasse Kaffee getrunken, schließlich musste sie nach Feierabend ja noch bei ihrer Oma in Westerland vorbeifahren, um sich die zweihundert Euro zu leihen. Klar wäre es einfacher gewesen, sich direkt an den Chef zu wenden, aber wer weiß, ob er dann sie mit dieser heiklen Mission betraut hätte. Entweder der Chef hätte gleich abgewinkt, oder er hätte einen Kollegen geschickt. Und im Erfolgsfall hätte der dann die Lorbeeren geerntet. Nein, da arbeitet Asta schon lieber auf eigene Rechnung beziehungsweise auf die ihrer Großmutter.

»Kind, was hast du denn jetzt wieder angestellt?«, war die erste erschrockene Reaktion ihrer Omi.

Doch dann hat ihr Asta – natürlich unter dem Siegel strengster Geheimhaltung – von dem mysteriösen Anrufer in der Redaktion erzählt, und die Oma hat kopfschüttelnd ihre Geheimschublade geöffnet.

»Du bekommst das Geld ganz bestimmt wieder. Wahrscheinlich sogar morgen schon«, hat Asta versprochen. »Wenn unser Chefredakteur erst mal sieht, was ich da an Land gezogen habe, dann ist er bestimmt großzügig. Und vielleicht springt für mich sogar eine Festanstellung heraus. Stell dir vor, Omi, du könntest dann täglich Artikel von mir in der Zeitung lesen.«

»Hoffentlich war es dem Mann am Telefon auch wirklich ernst. Sonst sind die zweihundert Euro schneller weg, als wir beide *Sturmflut* sagen können.«

Für wenige Sekunden war auch Asta ins Zweifeln geraten, doch dann hat sie sich wieder an den drängenden Tonfall des Anrufers erinnert.

»Weißt du, Omi, manchmal muss man einfach auf seine innere Stimme hören, das sagst du doch auch immer.«

»Ja schon. Aber ob das auch noch gilt, wenn ein Wildfremder Geld von einem will, weiß ich ehrlich gesagt nicht.«

Asta hatte sich noch ein paar Minuten Zeit genommen, um ihre Omi zu beruhigen, dann war sie wieder auf ihr Fahrrad gestiegen.

»Ich muss los, sonst komme ich noch zu spät. Ich melde mich heute Abend bei dir, okay?«

»Natürlich. Viel Glück – und pass auf dich auf.«

Anschließend ist Asta so schnell nach Wenningstedt geradelt, dass sie den Nieselregen kaum gespürt hat. Jetzt lehnt sie ihr Fahrrad an eine niedrige Mauer und blickt auf die Uhr. Zwei nach sechs. Aber wo ist der Papierkorb? Suchend schaut sie sich um und bemüht sich gleichzeitig, sich die Anweisungen des Anrufers ins Gedächtnis zu rufen.

Sie kommen, deponieren das Geld, dann gehen Sie wieder. An diese Worte kann sie sich genau erinnern. Und danach? Sollte sie eine Stunde warten und erst dann nach einer Alditüte suchen. Im gleichen Papierkorb, oder täuscht sie sich? Nein, alles andere wäre ja unlogisch.

Also fasst Asta sich ein Herz und legt den Briefumschlag, in den ihre Oma das Geld getan hat, vorsichtig auf eine zusammengeknüllte Papiertüte. Aus dem Papierkorb riecht es nicht gut. Nach ranzigem Fett und altem Fisch. Fast hätte Asta das Geld wieder an sich genommen und die ganze Aktion abgeblasen. *Ich könnte zurück zur Omi fahren und einen ihrer leckeren Krapfen essen*, denkt sie verzagt. Doch dann siegt ihr Wagemut. Mit einem letzten Blick auf den Briefumschlag wendet sie sich von dem Papierkorb ab und steigt auf ihr Rad.

Aber wohin jetzt? Sie muss genau eine Stunde totschlagen, bevor sie wieder herkommen darf. Zurück zur Oma? Hier draußen in der Kälte warten?

Asta überlegt kurz, dann hat sie eine viel bessere Idee. Sie tritt ordentlich in die Pedale und radelt in eine der Querstraßen, die vom Meer wegführen. Der Anrufer hat gesagt, er würde sie beobachten. Dann soll er auch sehen, wie sie wegfährt. Nach kurzer Zeit nimmt Asta allerdings die nächste Abzweigung links und danach wieder die nächste links, so dass sie etwas oberhalb vom Gosch an der Strandpromenade herauskommt. Hier schließt sie ihr Rad an, geht ein Stück auf der Promenade zurück nach Süden und betritt den Gosch durch den anderen Eingang. Wenn der Anrufer tatsächlich den Papierkorb auf dem Parkplatz im Auge behalten hat, dann kann er sie hier unmöglich sehen.

Aber vielleicht kann ich ihn stattdessen beobachten, schießt es Asta durch den Kopf. Schnell geht sie auf einen unbesetzten Tisch mit Sicht auf den Parkplatz zu. Natürlich ist es nicht leicht, aus dem Hellen ins Dunkle zu schauen und trotzdem etwas zu erkennen, aber schleicht da nicht gerade eine Gestalt um den Papierkorb herum? Asta erkennt schwere Stiefel und einen dunklen Hoodie, dessen Kapuze tief über den Kopf gezogen ist. Und tatsächlich trägt die Gestalt eine unförmige Tüte in der Hand, deren blaue Streifen vermutlich das Aldilogo sind. Mit einer schnellen Bewegung greift der Mann in den Papierkorb, zieht etwas Kleines heraus und stopft anschließend die Tüte hinein.

Asta spürt, wie ihr Herz in ihrem Brustkorb hämmert. *Es klappt*, freut sie sich. *Es klappt tatsächlich!*

Am liebsten würde Asta aufspringen und sich sofort die Tüte sichern. Aber eine diffuse Angst hält sie zurück. Die Worte des Anrufers hallen in ihrem Kopf nach: *Um sieben können Sie wiederkommen und sich alles holen. Aber keine Sekunde früher, ist das klar?*

Ein Blick auf die Uhr sagt ihr, dass sie, sollte sie sich an die Warnung halten, noch geschlagene vierzig Minuten warten muss. Asta fragt sich ernsthaft, wie sie das aushalten soll. Natürlich könnte sie zum Tresen gehen und sich etwas zum Essen holen, Hunger genug hat sie. Aber dafür müsste sie den Papierkorb für Minuten aus den Augen lassen. Unmöglich!

Außerdem interessiert es sie brennend, was der anonyme Tippgeber jetzt wohl tun wird. Im Moment steht er noch völlig entspannt neben dem Papierkorb und zählt das Geld. Vier Fünfziger hat ihr die Omi gegeben, das geht also schnell. Und tatsächlich stopft er jetzt den Umschlag in seine hintere Hosentasche und verlässt mit hastigen Schritten den Parkplatz. Asta beugt sich vor, um den Mann nicht aus den Augen zu verlieren.

Er überquert die Straße und bleibt dann unter dem Lichtkegel einer Laterne stehen. Er blickt die Seitenstraße hinauf und wühlt anschließend in der Bauchtasche seines Hoodies. Sucht er vielleicht einen Autoschlüssel?

Doch bevor Asta mehr erkennen kann, rollt ein SUV langsam die Straße entlang, bremst, bleibt genau vor dem Fremden stehen und versperrt ihr die Sicht auf sein weiteres Tun. Aus dem Wagen steigt eine Gruppe junger Leute aus. Es dauert eine Weile, bis sie sich gestenreich von dem Fahrer verabschiedet haben. Und als das Auto endlich Platz macht, ist der Unbekannte aus Astas Blickfeld verschwunden.

Wo ist er hin? In einem der Häuser auf der anderen Seite verschwunden? Hat er sich durch die Seitenstraße davongemacht? Oder ist er vielleicht sogar in den SUV eingestiegen?

Plötzlich hält es sie nicht mehr auf ihrem Beobachtungsposten. Asta schlägt alle Warnungen in den Wind, springt auf und läuft aus dem Restaurant, die Treppe hinunter und die paar Schritte dem Papierkorb entgegen. Da ist auch schon die Alditüte. Mit fliegenden Fingern tastet Asta nach dem Inhalt.

Aber da ist nichts, die Tüte ist leer!

Enttäuschung flutet ihren Körper, sie beginnt zu zittern, und zugleich setzen heftige Selbstvorwürfe ein. Wie kann man auch so dumm sein, und jedem x-beliebigen Typen am Telefon trauen, der einfach nur mal so zweihundert Euro von einem will? *Omi hatte recht, natürlich, was habe ich mir bloß dabei gedacht?*, schießt es Asta durch den Kopf. *Was soll ich ihr jetzt sagen? Das Geld ist weg, und ich habe mich total blamiert.*

Während Asta sich in Scham und Selbstvorwürfen suhlt, ist ihr gar nicht bewusst, dass ihre Hände weiterhin das Innere der Tüte abtasten. Und plötzlich ist da etwas kleines Festes, das sich kühl anfühlt. Asta braucht einen Moment, bis sie realisiert, was sie gefunden hat.

Da ist ein Datenstick in der Tüte, erkennt sie beglückt. *Der Typ hat mich nicht betrogen, er hat geliefert!*

Jetzt geht ihr nichts mehr schnell genug. Sie rennt zu ihrem Fahrrad zurück und schließt es mit fliegenden Fingern auf. Dann steigt sie auf und tritt in die Pedale, als sei der Leibhaftige hinter ihr her. Wenn sie Glück hat, ist der Chefredakteur noch im Haus, und sie kann ihm direkt von ihrer heimlichen Transaktion berichten. Zwar weiß sie nicht, was sich auf dem Datenstick befindet, aber es muss mit Sicherheit etwas Wichtiges sein, denn warum sonst hätte der Überbringer diese ganzen Heimlichkeiten inszenieren sollen?

Astas Herz klopft bis zum Hals, als sie endlich vor der Redaktion ankommt. Und das Herzklopfen kommt ganz sicher nicht nur vom schnellen Radfahren.

Dienstag, 4. November, 19.20 Uhr, Pizzeria Toni, Westerland

»Na, ihr beiden Sportler«, begrüßt Silja Sven und Bastian, als sie die Pizzeria betreten. Die Kommissarin sitzt am Ende des Gastraums auf einer Eckbank. Hier ist es ruhig, man wird kaum gesehen und kann ungestört reden, daher ist dies auch seit Jahren der Lieblingsplatz der Kommissare. Immer wenn es knifflig wird, sitzen sie hier und tragen ihre Ergebnisse und Überlegungen zusammen. Und es wäre nicht das erste Mal, dass sie hier einen Durchbruch erzielen.

Als die Männer näher kommen, gleitet Siljas Blick über Svens Gesicht, das gut durchblutet, aber völlig entspannt ist. Anders sieht dagegen Bastian aus. Er hat hektische Flecken auf den Wangen, und in seinem rechten Auge scheint eine Ader geplatzt zu sein.

»Was hast du getan?«, fragt sie, als er sich neben sie auf die Bank fallen lässt.

»Ich habe mich sportlich betätigt, das willst du doch immer«, antwortet er grummelnd. »In meinem Alter ist das eben eine echte Herausforderung.«

»Aber dass es gleich solche Folgen hat …«, beginnt Silja, wird dann allerdings vom Kellner unterbrochen, der sich sichtlich freut, dass die Kommissare sich wieder einmal in ihrem Stammlokal treffen.

»Bier, Wein, Prosecco?«, erkundigt er sich und fügt lächelnd hinzu: »Das erste Getränk geht aufs Haus.«

»O wow, danke. Für mich ein großes Helles«, antwortet Bastian als Erster. »Silja? Sven?«

»Weißwein bitte«, sagen beide gleichzeitig und klatschen sich anschließend lachend ab.

»Wartest du schon lange?«, will Bastian wissen.

»Ein bisschen. Ist aber nicht schlimm. Mir sind ohnehin ein paar Dinge durch den Kopf gegangen, die ich erst mal für mich klarkriegen musste.«

»Weihst du uns ein?«

Silja lässt ihren Blick von Bastian zu Sven und wieder zurück wandern. Allen ist klar, was sie damit sagen will.

»Ich kann auch abhauen«, bietet Sven sofort an. »Ihr müsst euch meinetwegen nicht verbiegen.«

»Quatsch mit Soße«, erklärt Bastian bestimmt. »Wir sind nicht im Dienst, und mit wem wir unsere Freizeit verbringen, geht niemanden etwas an.«

»Super. Ich hätte ja selbst nicht damit gerechnet, dass mir Anja gewissermaßen für heute Abend frei gibt. Also habe ich mich einfach spontan Bastian angeschlossen«, fügt Sven an Silja gewandt hinzu.

»Wir haben uns viel zu lange nicht mehr privat getroffen«, sagt sie lächelnd. »Auch wenn ich leider noch mal auf unseren Fall zurückkommen muss.«

»Klar doch. Schieß los«, kürzt Bastian die Sache ab.

Silja räuspert sich und sucht sichtlich nach einem Punkt, mit dem sie beginnen kann. Schließlich sagt sie leise: »Wir haben zwei ermordete Frauen und keinen Täter. Wir haben noch nicht mal einen wirklich begründeten Verdacht. Also habe ich über die beiden Frauen nachgedacht.« Sie unterbricht sich kurz, weil der Kellner die Getränke auf den Tisch stellt. Dann nimmt sie einen Schluck von ihrem Weißwein und redet weiter. »Über Angela Ludwig wissen wir fast nichts. Sie ist wie eine geschlossene Muschel, schwer zu knacken. Niemand kann uns etwas über sie sagen, selbst ihre Nachbarin konnte uns nicht groß weiterhelfen, offenbar war auch dieser Kontakt nur sehr oberflächlich.«

»Immerhin hat sie uns erklärt, warum die Ludwig bei ihrer tödlich endenden Heimfahrt vermutlich den Umweg übers Südwäldchen genommen hat«, unterbricht Bastian.

»Richtig. Erinnerungen an glücklichere Zeiten auffrischen. Das ist zwar nicht mehr als eine Hypothese, klingt aber plausibel.«

Silja sieht Svens irritierten Blick und klärt ihn über den kürzlich erfolgten Wohnortwechsel des ersten Opfers auf.

»Sehr verständlich, dass es ihr schwergefallen ist, nach dem Tod des Ehemannes in dem gemeinsamen Haus weiterzuleben. Erinnerungen können heftig sein. Manchmal ist ein Neuanfang leichter. Hatte sie eigentlich Kinder. Oder andere Verwandte?«

»Soweit wir wissen nicht«, murmelt Bastian, der sein Bierglas schon fast geleert hat. »Das *Body Cult* muss für sie eine

Art zweite Heimat gewesen sein. Möglicherweise der einzige Halt in einer Welt, die für sie durch den Verlust ihres Ehemannes leer und sinnlos geworden ist.«

»Vielleicht war sie vom Typ her sowieso eine Einzelgängerin«, gibt Sven zu bedenken. »Immerhin hat sie auch im Fitnessstudio nicht wirklich um Kontakte geworben.«

»Etwas anders sieht es mit dem zweiten Opfer aus«, unterbricht Silja die beiden Männer. »Brith Bleiken war sowohl in ihrer Nachbarschaft als auch in ihrem beruflichen Umfeld fest verwurzelt.«

»Und außerdem verheiratet«, fügt Bastian hinzu.

Silja nickt. »Auf den ersten Blick wirkt hier alles ganz normal. Das Opfer arbeitet, hat vielfältige Kontakte und Bindungen. Aber trotzdem stimmt da etwas nicht.« Die Kommissarin runzelt die Stirn und greift unkonzentriert nach einer der Speisekarten, die der Kellner gerade herumreicht.

»Du willst uns jetzt aber nicht mitten in deiner Argumentation hängenlassen und dir in aller Ruhe eine Pizza aussuchen«, beschwert sich Bastian.

»Ich nehme keine Pizza, sondern einen Salat wie sonst auch.«

Er ignoriert ihren leicht spöttischen Blick und insistiert: »Jetzt sag schon: Was stimmt deiner Meinung nach nicht?«

»Sie war unglücklich«, platzt es aus Silja heraus.

»Und warum?«

»Der Schüler, den ich vernommen habe, Sören Schmiedinger, hat das angedeutet. Er sagte, sie sei montagmorgens oft verweint in den Unterricht gekommen.«

»Darüber haben wir doch schon gesprochen«, sagt Bastian achselzuckend. »Vielleicht will er sich bloß rausreden. Schließlich war er es doch, der Zoff mit ihr hatte. Da liegt es nahe, noch ein paar Nebelkerzen zu werfen, um sich selbst zu entlasten.«

»Eigentlich fand ich deinen Einwand einleuchtend, aber dann hatte ich vorhin dieses zweite Gespräch mit dem Ehemann. Er war völlig neben der Spur und hatte deutlich einen über den Durst getrunken.«

»Verständlich, wenn man gerade seine Frau verloren hat, findet ihr nicht?«, fällt Sven ein.

»Absolut«, nickt Silja. »Allerdings hat er irgendwie komisch reagiert, als ich ihn danach gefragt habe, was ihn und seine Frau am meisten verbunden hat. Seine Antwort war klar und eindeutig, sie bestand nur aus einem einzigen Wort, und sie kam wie aus der Pistole geschossen: *Sex*.« Als Silja die erstaunten Blicke von Bastian und Sven sieht, muss sie unwillkürlich lachen. »Ihr haltet mich jetzt für prüde, stimmt's?«

Sven grinst, und Bastian schüttelt energisch den Kopf.

»Ich war nicht wegen des Wortes irritiert, sondern weil die Reaktion so sonderbar war«, erklärt Silja. »Erstens: Ich kenne den Mann gar nicht. Zweitens: Seine Frau ist gerade umgebracht worden. Drittens: Ich habe nur nach dem Verbindenden gefragt. Da antwortet man doch etwas gefühlvoller, meint ihr nicht?«

»Schwer zu sagen. Wir waren nicht dabei.« Bastian klingt ratlos.

»Ich glaube, ich verstehe, was du meinst«, sagt Sven nachdenklich, während er auf seinem Handy herumscrollt. »Bei Instagram gibt's jede Menge Fotos von Jasper Bleiken. Er scheint also ziemlich eitel zu sein. Und klar, er sieht gut aus, ist sportlich und hat vermutlich jede Menge Chancen bei den Frauen. Dazu kommt, dass er zwanzig Jahre jünger als seine Ehefrau ist.«

»Ja und? Irgendwie scheine ich gerade auf dem Schlauch zu stehen.« Bastian zuckt entschuldigend mit den Schultern.

»Vermutlich hat er Angst, dass wir ihm unterstellen, er habe seine Frau aus dem Weg räumen wollen, um sich anderweitig umzusehen«, erklärt Sven.

»Aber es gibt gar keinen Grund für diese Angst. Bleiken hat ein Alibi, und das ist bombenfest. Ich hab's überprüft. Es muss noch etwas anderes dahinterstecken.«

»Selbst wenn wir noch nicht wissen, was das ist, können wir festhalten, dass er ein schlechtes Gewissen hat«, resümiert Bastian. »Und Leute, wir müssen gar nicht lange herumrätseln, weshalb er das hat. Wahrscheinlich ist die Erklärung ganz einfach – wie so oft. Er hat seine Frau zwar nicht auf dem Gewissen, ist aber vermutlich außerehelich tätig gewesen.«

»Das hast du aber sehr diplomatisch ausgedrückt«, wirft Silja schmunzelnd ein.

»Oh, ein Kompliment aus berufenem Munde.« Bastian klappt mit einem leisen Knall die Speisekarte zu und gibt dem Kellner ein Zeichen, der daraufhin herbeieilt. »Ich nehme ein Steak mit Fritten, nicht besonders italienisch, aber nahrhaft.«

Sven bestellt eine Calzone und Silja einen großen Salat.

»Dass ein möglicherweise sogar langjähriger Ehebruch Jasper Bleiken nach dem Tod seiner Frau in einem ganz schlechten Licht erscheinen lässt, ist klar«, fasst Silja zusammen. »Außerdem würde das natürlich auch Brith Bleikens verheulte Augen erklären, von denen der Schüler berichtet hat. Ehefrauen wissen ja meistens mehr über ihre Männer, als diese sich vorstellen können.«

»Was du nicht sagst.« Bastian zwinkert Sven zu, wird aber gleich wieder ernst. »Allerdings hilft uns diese Erkenntnis bei der Suche nach dem Lassomörder keinen Schritt weiter.«

»Lassomörder? Geht's noch? Du redest, als seist du von der Boulevardpresse«, fällt ihm Silja ins Wort.

»Dein Liebster scheint einen Narren an diesem Ausdruck gefressen zu haben. Ich habe mich auch schon gewundert«, sagt Sven achselzuckend.

»Regt euch ab, alle beide. Ihr seid doch nur neidisch auf meine Wortschöpfung. Und wisst ihr was? Wir nennen den Fall jetzt offiziell so.«

»Und wir sind dann die SoKo *Lassomörder*, oder wie? Dir ist wohl der letzte Tatort zu Kopf gestiegen.«

»Das wird nicht das Einzige sein, was mir heute zu Kopf steigt«, entgegnet Bastian, hebt die Hand, deutet auf sein leeres Glas und ordert ein weiteres Bier.

Mittwoch. 5. November, 06.45 Uhr, Braderuper Weg, Kampen

Anja Winterberg fährt aus dem Schlaf, weil sie ein Wimmern aus einem der Kinderzimmer hört. Ein Blick auf dem Wecker bestätigt ihr, dass es die Zeit für Mäxchens Morgenflasche ist. Doch schnell wird ihr klar, dass es nicht der kleine Max ist, der sich bemerkbar macht, sondern dass das Wimmern aus dem Zimmer seiner großen Schwester Mette kommt. Seit dem Wochenende träumt die Zwölfjährige wild und schreckt immer wieder weinend auf.

Anja bemüht sich, das Schlafzimmer leise zu verlassen, damit Sven weiterschlafen kann. Doch kaum hat sie die Tür vorsichtig geschlossen, geht das Wimmern in ein schrilles Kreischen über.

Anja stürzt hinüber in Mettes Zimmer.

Ihre Tochter liegt schweißgebadet im Bett. Mettes blonde Haare kleben an ihrem Gesicht, als habe sie gerade geduscht. Die Decke ist zu Boden gerutscht, und das Kissen wirkt zerwühlt.

»Mette, wach auf«, ruft Anja energisch und rüttelt gleichzeitig an Mettes Schultern.

Es dauert einige Sekunden, bis Mette reagiert. Zunächst schlägt sie die Hand ihrer Mutter weg, doch dann kommt sie langsam zur Besinnung und blickt sich schließlich ziemlich verwirrt in ihrem Zimmer um.

»Das Seil«, japst sie. »Da wollte mich einer mit seinem Seil festbinden.«

»Niemand bindet dich fest. Du hast geträumt.«

Langsam weicht die Angst aus Mettes Gesicht. Trotzdem klammert sie sich an ihre Mutter und beginnt jetzt sogar, leise zu weinen.

»Wann hört das denn endlich auf, Mami? Ich will nicht jede Nacht von diesem blöden Seil träumen. Immer kommt jemand und will mich fesseln. Und immer hab ich Angst, dass der mich dann auch gleich umbringen wird. Das ist so schrecklich!«

»Wir sind ja hier, und dir passiert ganz bestimmt nichts«, tröstet Anja ihre Tochter.

»Bleibst du da? Nur die paar Minuten, bis ich aufstehen muss. Bitte. Ich will nicht allein sein.«

»Pass auf, wir machen Folgendes: Ich gehe jetzt kurz raus, hole mir die Zeitung und mache mir einen Kaffee zum Wachwerden. Dann komme ich wieder hoch.«

»Aber beeil dich«, murmelt Mette, während sie sich die Bettdecke vom Boden angelt.

»Versprochen.«

Anja huscht aus dem Zimmer, lässt die Tür weit offen, läuft hinunter und dann durch die Diele aus dem Haus heraus zum Briefkasten. Der *Sylter Anzeiger* hat sich verklemmt, und Anja reißt die Zeitung ein wenig ein, als sie sie aus dem Kasten zieht. Im Gehen will Anja das Papier glatt streichen, als ihr Blick an dem Foto kleben bleibt, das fast die ganze Titelseite füllt.

»Um Gottes willen, was ist das denn?«

Sie rennt ins Haus, stürmt die Treppe hinauf und läuft direkt ins Schlafzimmer. Dort rüttelt sie ihren Mann wach und zeigt ihm das Titelbild.

Mittwoch, 5. November, 06.49 Uhr, Haus am Dorfteich, Wenningstedt

Langsam gleitet Fred Hübner vom Schlafen ins Wachen hinüber. Er hat jede Menge wirres Zeug geträumt und braucht eine Weile, bis er sich so weit gesammelt hat, dass er bereit ist für die Konfrontation mit einem neuen Tag. Schließlich gähnt er ausgiebig und wirft gleichzeitig einen Blick auf seine Liebste, die tief und selig neben ihm schläft. Ihre langen roten Locken haben sich wie Schlangen auf dem Kopfkissen ausgebreitet und umgeben ihr Gesicht mit einem fast schon sündigen Heiligenschein.

Fred steht vorsichtig auf und schleicht sich aus dem Zimmer. Er weiß, dass Elsbeths Handy sie um halb acht wecken wird, und will ihr gern die restlichen Minuten ungestörten

Schlafes gönnen. Inzwischen wird er schnell duschen und sich anziehen, dann Brötchen holen und eine *FAZ* besorgen, um anschließend den Frühstückstisch zu decken.

Irgendetwas ist Elsbeth gestern über die Leber gelaufen, da ist er ganz sicher, auch wenn sie das bisher beharrlich geleugnet hat. Überhaupt ist ihm dieser ganze Überraschungsbesuch suspekt. Er fühlt sich verfolgt und beobachtet, ohne sagen zu können, woher dieses Gefühl genau kommt. Dass Elsbeth ihn tatsächlich verdächtigt, erscheint ihm absolut lächerlich, doch es fällt ihm immer schwerer, den leisen Zweifel in ihrem Blick zu ignorieren.

Die Dusche tut Fred gut, sie klärt seinen Kopf. Die frische Luft, die ihm bei seinem kurzen Spurt zum Supermarkt entgegenweht, tut ein Übriges, um die miesen Gedanken zu vertreiben. Vor dem Brötchenstand herrscht gähnende Leere, was sowohl der frühen Stunde als auch dem für Feriengäste eher unattraktiven Monat zuzuschreiben ist. Fred klemmt sich die Brötchentüte unter den Arm und geht hinüber zum Zeitungsstand, wo der riesige Aufmacher des *Sylter Anzeigers* sofort seinen Blick fängt.

Wie angewurzelt bleibt Fred stehen. Wenn er sich noch vor kurzem darüber geärgert hat, dass die Kollegen es nicht geschafft haben, sich ordentliche Insiderinfos zu besorgen, so wird er jetzt eines Besseren belehrt.

Wow, denkt Fred beeindruckt, *da hat sich aber mal einer richtig reingehängt!*

Mittwoch, 5. November, 07.12 Uhr, Norderende, Archsum

Schweißgebadet liegt Jasper Bleiken in seinem Bett. Er kann sich kaum noch an die Details des Traumes erinnern, der ihn aus dem Schlaf gerissen hat, aber dass er verfolgt wurde und um sein Leben gerannt ist, weiß er noch. Doch jetzt ist er wach und kein Verfolger in Sicht. Erleichtert blinzelt Jasper in den neuen Tag. Dichte Wolken türmen sich am Himmel, aber wenigstens ist es trocken. Jasper wischt sich mit dem Ärmel seines Schlafanzuges den Schweiß von der Stirn und beschließt, erst mal einen Kaffee im Bett zu trinken.

Beim Aufstehen fällt sein Blick auf das kleine Foto von Brith, das auf seiner Kommode steht. Sie hat es ihm zum fünften Hochzeitstag geschenkt, und er hat das überschwänglich lachende Gesicht seiner Frau, die damals noch etwas taufrisch Jugendliches hatte, immer sehr gemocht. Doch jetzt kann er den Anblick dieses Fotos plötzlich nicht mehr ertragen. Schwungvoll zieht Jasper die oberste Schublade auf und stopft das Bild unter seine Pullover.

Überhaupt würde er am liebsten alles, was mit Brith zu tun hat, weit von sich wegschieben. Doch natürlich geht das nicht. Er muss sich den Erfordernissen stellen, er muss Traueranzeigen verfassen, er muss einen Sarg auswählen, er muss Briths Beerdigung organisieren. Und dabei wird sie noch einmal für ihn sterben, das weiß er jetzt schon.

Als Jasper die Treppe hinuntergeht, wird ihm schwindlig. Auch gestern Abend hat er wieder viel zu viel getrunken, anders ließ sich die Situation einfach nicht ertragen. Jetzt zittern seine Knie, und er hat Mühe, den Blick zu fokussieren.

Das muss aufhören, unbedingt, beschließt er innerlich. *Heute Abend gibt es nur Wasser oder Tee. Wenn ich mich nicht zusammenreiße, bin ich geliefert.*

In der Küche beruhigt ihn das stetige Tropfen der Kaffeemaschine. Er setzt sich auf einen Stuhl und atmet tief durch. *Brith ist tot*, sagt er sich. *Aber ich lebe noch, und es ändert gar nichts, wenn ich mich unnötig quäle.*

Als der Kaffee durchgelaufen ist, nimmt Jasper sich die Tasse und geht zur Eingangstür. Wenn es trocken ist, legt der Zeitungsbote den *Sylter Anzeiger* immer auf die Türschwelle, so dass Jasper nicht durch den Vorgarten laufen muss. Auch jetzt liegt die Gazette direkt vor seinen Füßen. Jasper bückt sich und will gerade zugreifen, als er das Titelbild sieht, das fast die ganze Vorderseite einnimmt. Klirrend fällt ihm die volle Tasse aus der Hand. Ein brauner Schwall ergießt sich über die Zeitung und seine nackten Füße.

DAS. KANN. NICHT. SEIN.

Jasper fühlt, wie der heiße Kaffee seine Zehen verbrennt, gleichzeitig kündigen seine Beine ihren Dienst auf. Zitternd hält er sich am Türrahmen fest, während er immer noch auf den *Sylter Anzeiger* hinunterstarrt.

Das riesige Foto zeigt Brith, die nackt und mit wehendem Haar senkrecht an der geöffneten Archsumer Bahnschranke hängt. Gefesselt mit einem giftgrünen Seil, das in hartem Kontrast zu dem verwaschenen Grün der Landschaft steht. *Es wirkt, als habe die Redaktion das Seil nachkoloriert*, schießt es Jasper durch den Kopf. Sofort schämt er sich für diesen Gedanken.

Und dann kann er nur noch auf das Gesicht seiner toten Frau starren. Ihr leerer Blick, der verzerrte Mund, der deformierte Kopf. Und über allem die wehenden Haare, die ihn an die glücklicheren Tage ihres Kennenlernens erinnern, in denen sie sich oft ganz bewusst in den Sturm stellte, den Kopf weit in den Nacken legte und ihre Haare dem Spiel des Windes überließ.

Jasper schafft es nicht, sich noch einmal zu bücken. Ihm ist, als würde er dann nie wieder aufrecht gehen können. Mit einem seiner kaffeebespritzten Füße schiebt er die Zeitung über die Schwelle bis in den Windfang.

Dann schließt er die Tür, um sich und seine tote Frau von der gesamten restlichen Welt zu trennen.

Mittwoch, 5. November, 07.50 Uhr, Kriminalkommissariat Westerland

Bastian Kreuzer tobt. Mehrmals hat er bereits den *Sylter Anzeiger* mit Schmackes auf seinen Schreibtisch geklatscht und dabei alle Flüche des heiligen Abendlandes ausgestoßen. Vor einer knappen Stunde hat ihn ein Anruf Sven Winterbergs aus dem Bett gerissen, schon zum zweiten Mal innerhalb weniger Tage. »Sag jetzt nicht, deine Tochter hat wieder eine Tote entdeckt«, hat Bastian zunächst verschlafen ins Telefon gemurmelt. Doch als Sven ihm dann von dem Aufmacher der Gazette berichtete, war er sofort hellwach. »Das gibt's doch nicht! Das verstößt eindeutig gegen jede Anstandsregel der freien Presse.«

»Ich bin genauso entsetzt wie du«, hat Sven geantwortet. »Aber noch viel verstörender finde ich die Vorstellung, dass da jemand ganz offensichtlich gestern am sehr frühen Morgen die Tote entdeckt und es nicht für nötig gehalten hat, uns zu benachrichtigen.«

»Stattdessen hatte er oder sie nichts Besseres zu tun, als die Journaille zu informieren.«

»Oder es war noch ganz anders«, hatte Sven mit ziemlich leiser Stimme hinzugefügt.

»Was meinst du?«

»Wir haben uns doch nach dem Motiv des Täters gefragt. Könnte es sein, dass es von Anfang an nur darum ging, Kohle zu machen?«

»Was denkst du denn, was der *Sylter Anzeiger* für diesen Aufmacher zahlen kann? So reich sind die nun auch wieder nicht.«

»Vielleicht ging es ja nicht um Geld«, formuliert Sven vorsichtig.

»Sondern?«

»Um einen Job. Bei der Zeitung. Als Journalist. Oder um das Geld, das eine Backgroundstory einbringt.«

»Du meinst ...« Bastian hat sich aus Gründen, die ihm selbst nicht so ganz klar sind, auszusprechen gescheut, worauf Sven vermutlich angespielt hat.

»Fred Hübner, ganz genau«, hat ihm Sven geholfen. »Wenn ich dich richtig verstanden habe, hat er für keinen der beiden Morde ein Alibi, und er kannte beide Frauen.«

»Er verdient sich seine Knete schon seit Jahren mit sogenannten Enthüllungsstorys. Dies hier könnte die Krönung seiner Karriere werden«, hat Bastian angewidert gemurmelt. »Andererseits bringt man allein aus diesem Grund ja wohl niemanden um. Bevor ich mich hier also wilden Verdächtigungen hingebe, gehe ich dem Ganzen erst mal nach. Der Chefredakteur vom *Anzeiger* kann sich jedenfalls warm anziehen. Wenn ich mit dem fertig bin, passt der in jede Streichholzschachtel. Und zwar ungefaltet.«

Und nun ist Bastian kurz davor, eben diesen Chefredakteur am Telefon zusammenzustauchen. Der Kommissar hat den Apparat bereits in der Hand und die Nummer der Zeitung auf einem Zettel notiert. Doch als sein Finger über den Telefontasten schwebt, überlegt er es sich anders und ruft stattdessen die Staatsanwältin an. Sie ist schon nach dem ersten Klingelton am Apparat, als habe sie bereits auf seinen Anruf gewartet.

»Kreuzer, endlich. Ich dachte schon, Sie merken's nie.«

»Sie haben die Zeitung also auch gesehen?«

»Selbstverständlich. Ich starre seit einer Stunde auf diesen unverschämten Aufmacher und zerlege in Gedanken den zuständigen Redakteur in kleinste Stücke.«

»Dann sind wir schon zu zweit. Ich hätte nicht übel Lust, deren Redaktionsräume zu durchsuchen, aber dafür brauche ich Ihre Genehmigung.«

»Halten Sie das nicht für etwas übertrieben?«

»Mag sein«, gibt Bastian zu. »Aber verdient hätten sie das. Was denken Sie?«

»Viel wichtiger ist es, zu erfahren, von wem das Foto ist. Und wann es gemacht worden ist.«

»Der Zeitpunkt ist nicht schwer zu erraten. Es ist halbwegs hell, gibt aber noch keine Schatten. Und es war ein wolkenloser Morgen. Es muss also ganz kurz vor Sonnenaufgang gewesen sein.«

»Okay, stimmt. Also war es vermutlich nicht der Täter, denn der Mord ist am frühen Abend geschehen.«

»Oder der Täter ist zurückgekommen, um sich an dem Anblick zu weiden. Das wäre der Klassiker.«

»Und dann macht er ein Foto und vertickt es an die Presse? Das kann ich mir nicht vorstellen.«

»Wir werden es erfahren. Ich glaube, ich setze mich gleich ins Auto und schlage direkt bei denen in der Redaktion auf. Präsenz ist besser als ein dämlicher Anruf.«

»In jedem Fall. Aber halten Sie sich zurück und benehmen Sie sich nicht wie der Elefant im Porzellanladen. *Wir* wollen was von *denen* und nicht umgekehrt, vergessen Sie das nicht. Und wenn die sich auf den Schutz ihres Informanten berufen, dann haben wir ein Problem.«

Mittwoch, 5. November, 08.15 Uhr, Redaktion *Sylter Anzeiger*, Tinnum

Stefan Molsheim würde am liebsten sein Telefon küssen. Der Chefredakteur des *Sylter Anzeigers* streicht sich selbstverliebt durch sein schütteres Haar, das jeden Morgen mehr Aufmerksamkeit erfordert. Der schlanke, aber nicht sehr große Mann, dessen Gesicht vielleicht nicht von Natur aus so glattgezogen aussieht, hat seit den frühen Morgenstunden schon fünf Anfragen wegen der Bildrechte an diesem sensationellen Shot entgegengenommen. Dreimal hat er die Rechte weiterverkauft. Außerdem ist die normale Auflage weg, und sie drucken gerade nach. *So fangen die richtig guten Tage an*, denkt er, als er aus seinem Glaskasten heraus sieht, wie am Eingang der Redaktion ein Tumult entsteht.

Ein Kerl wie ein Berg stürmt in den Raum und stapft direkt auf Stefans Büro zu. Alle Versuche der Kollegen, ihn aufzuhalten oder nach seinen Absichten zu fragen, pariert er mit unsanften Stößen. Stefan spürt, wie ihm plötzlich kalt wird. Er weiß genau, dass seine stillschweigende Annahme, die Rechte an dem spektakulären Foto gehörten der Redaktion, juristisch höchst zweifelhaft ist. Schließlich gibt es nichts Schriftliches über die Transaktion, die die Volontärin Asta Paulsen gestern Abend heimlich abgewickelt hat. Aber wenn man immer erst nach einer Erlaubnis fragt, kann man keine Zeitung betreiben. Manchmal gehört einfach ein bisschen Chuzpe dazu.

Stefan strafft also die Schultern, verlässt seinen Glaskasten und tritt dem Wutnickel beherzt entgegen.

»Guten Morgen. Kann ich Ihnen helfen?«

»Sind Sie der Chefredakteur?«

Stefan nickt. »Und Sie sind?«

»Bastian Kreuzer, Kriminalpolizei Westerland.«

»Oh, das ging aber schnell«, antwortet Stefan geistesgegenwärtig und bittet den Beamten in sein Büro. »Kaffee? Wasser?«

»Ich will nichts zu trinken, ich will nur eine Antwort.«

Erst jetzt realisiert Stefan, dass der Kommissar die aktuelle Ausgabe des *Anzeigers* in der Hand hat. Er hält das Blatt sehr dicht vor Stefans Augen und fragt mit bellender Stimme: »Wer hat dieses Foto gemacht?«

Stefan packt die Lust an der Provokation. Schließlich hat er nichts zu befürchten. »Wollen Sie sich nicht setzen?«

»Nein, ich will mich nicht setzen – und Ihren Scheißkaffee können Sie sich sonst wohin gießen. Ich will nur eine klare Antwort auf meine Frage, und das sofort. Von wem stammt dieses Foto?«

»Wir wissen es nicht«, sagt Stefan mit mildem Lächeln.

»Sie wissen es nicht«, höhnt der Kommissar. »Erzählen Sie das Ihrer Großmutter, aber nicht mir.«

»Es ist die Wahrheit. Das Material wurde unserer Volontärin anonym angeboten, sie hat es gekauft, ohne den Verkäufer identifizieren zu können. Wenn Sie möchten, kann ich sie gern rufen lassen.«

»Und ob ich das möchte.«

Wenige Minuten später betritt Asta Paulsen Stefans Büro. Bis vor kurzem wusste er noch nicht einmal von der Existenz dieser beherzten jungen Frau, doch seit gestern Abend sieht der Chefredakteur in ihr eine vielversprechende Mitarbeiterin. Risikobereit, einsatzfähig und in der Lage, selbständige Entscheidungen zu treffen. Stefan empfängt sie also mit einem beruhigenden Lächeln und bietet ihr sofort einen Platz auf dem Bürosofa an. Er selbst setzt sich neben sie und nimmt eine bewusst entspannte Pose ein. Soll der wütende Kommissar doch stehen bleiben, wenn ihm das besser gefällt.

»Also, raus mit der Sprache. Wie sind Sie an dieses skandalöse Foto gekommen?«, blafft der Kommissar ohne jedes einleitende Wort.

Asta Paulsen wirft Stefan einen verängstigten Blick zu, doch als sie sein beruhigendes Nicken sieht, erzählt sie in knappen Worten von dem anonymen Anruf und der Übergabe der Alditüte.

Der Kommissar quittiert ihren Bericht mit einem höhnischen Lachen. »Und diese Räuberpistole soll ich Ihnen abnehmen? Für wen halten Sie sich? Für die Märchentante aus dem Kinderprogramm?«

»Ich sage die Wahrheit«, entgegnet die junge Frau bockig.

»Lassen wir das mal dahingestellt. Was war noch in der Tüte?«

»Nur der Datenstick.«

»Und was war noch auf dem Datenstick?«

»Vier weitere Fotos. Wir haben das Beste ausgesucht«, mischt sich Stefan ein.

»Super, herzlichen Glückwunsch auch. Haben Sie auch nur eine Sekunde darüber nachgedacht, was es anrichtet, wenn alle Welt, auch Kinder oder der traumatisierte Ehemann der Verstorbenen, dieses Foto sehen? Ist Ihnen überhaupt klar, dass Sie hier in Ihrem Provinzblättchen gerade gegen jede Maxime des verantwortungsvollen Journalismus verstoßen?«

»Verantwortungsvoller Journalismus ist es, wenn wir der Öffentlichkeit die Informationen zukommen lassen, die Sie ihr ja offensichtlich verheimlichen wollen«, entgegnet Stefan hoheitsvoll. Endlich hat er wieder Oberwasser. »Oder sollten Sie nicht bemerkt haben, dass die Öffentlichkeit höchst beunruhigt wegen dieser beiden Morde ist und sich ausgesprochen schlecht informiert fühlt, weil die zuständigen Behörden, also vermutlich Sie und Ihre Kollegen, es nicht für nötig halten, relevante Details an die Medien weiterzugeben.«

»Was hier relevant ist und was nicht, können Sie getrost mir und meinen Kollegen überlassen«, kontert der Kommissar. »Anderes Thema: Haben Sie in Ihrer Selbstüberschätzung vielleicht mal darüber nachgedacht, dass der anonyme Anbieter dieser Fotos eventuell sehr gute Gründe hatte, anonym bleiben zu wollen?«

»Und die wären?«

»Der Kommissar fixiert Asta Paulsen jetzt mit einem finsteren Blick. »Es könnte sein, dass Ihre Volontärin gestern Abend direkt mit dem Täter verhandelt hat.«

»Das ist jetzt nicht Ihr Ernst«, flüstert Asta.

»O doch. Und ich will gern noch etwas hinzufügen. Wenn Sie, junge Frau, direkt ihren zuständigen Redakteur informiert hätten und der wiederum uns Beschied gegeben hätte, dann wäre der Lassomörder vielleicht schon gefasst.«

»Der *Lassomörder*«, wiederholt Stefan beeindruckt. »Das gäbe eine super Headline ab. Wieso ist mir das nicht eingefallen?«

Für Sekunden wirkt der Kommissar, als habe man ihn bei etwas Verbotenem ertappt. Doch schnell hat er sich wieder unter Kontrolle. »Unterstehen Sie sich, diesen Begriff zu benutzen.«

Stefan zuckt nur mit den Schultern und denkt sich seinen Teil. Viel interessanter findet er die Unterstellung des Kommissars, der Täter höchstselbst könne die Aufnahme, die heute auf ihrer Titelseite prangt, gemacht haben. Das wäre natürlich der absolute Megahammer!

»Warum glauben Sie, dass der Mörder seine Tat fotografiert haben könnte?«, fragt er mit schmuseweicher Stimme.

»Ich glaube gar nichts«, ätzt der Kommissar, dem vermutlich jetzt auch aufgeht, dass er sich verplappert hat. »Ich kann es nur nicht ausschließen. Und durch Ihr stümperhaftes Vorgehen ist uns jede Chance genommen worden, diese Hypothese zu überprüfen. Und übrigens, bevor ich es vergesse: Wo ist der Stick jetzt? Denn falls es tatsächlich der Mörder war, der ihn weitergegeben hat, wären natürlich mögliche Fingerabdrücke interessant. Oder haben Sie und Ihre Kollegen etwa nicht daran gedacht, dass es sich um ein wichtiges Beweismittel handeln könnte, und fröhlich darauf herumgetatscht?«

»Ausschließen kann ich das nicht«, antwortet Stefan jetzt doch etwas kleinlaut.

»Das wäre dann Behinderung von Ermittlungen. Super Sache, herzlichen Glückwunsch!«

Mittwoch, 5. November, 08.30 Uhr, Haus am Dorfteich, Wenningstedt

Fred Hübner sitzt auf seinem Bett und sieht Elsbeth von Bispingen beim Packen zu. Jedes einzelne Kleidungsstück wirft sie mit einer solchen Wucht in den Trolley, dass man meinen könnte, es habe ihr etwas angetan.

»Was ist los mit dir? Bist du wütend?«

»Ganz und gar nicht. Wie kommst du darauf?« Sie schaut ihn nicht an, und es ist klar, dass sie keine Antwort auf diese Frage erwartet.

Er antwortet trotzdem. »Du bist anders als sonst. Du warst es schon vorgestern, als du mich hier auf dem Sofa überrascht hast.«

»Inwiefern anders?« Immer noch kein Blickkontakt. Und ihre Stimme ist kühl und abweisend.

»Hör mal, Elsbeth. Irgendwas ist mit dir, das sehe ich genau.«

»Ich muss mich beeilen, um meinen Zug noch zu erwischen. In Flensburg wartet jede Menge Arbeit auf mich, und heute Mittag habe ich einen extrem wichtigen Termin.« Jetzt wirft sie ihm doch einen kurzen Blick zu. Aber er ist ohne jede Emotion, fast schon abschätzig. »Du kannst das natürlich nicht verstehen. Als freischaffender Lebenskünstler steht es dir ja offen, deine Zeit so einzuteilen, wie du willst.«

»Ich bin Journalist und Autor, ich arbeite für mein Geld genauso hart wie du«, kontert er gekränkt. »Und das weißt du auch.«

Als sie schweigend weiterpackt, platzt ihm der Kragen.

»Himmelherrgott, Elsbeth. Rede mit mir! Nachdem du

vorhin den Aufmacher des *Anzeigers* gesehen hast, warst du schon ziemlich schweigsam. Aber nach dem Telefonat mit Kreuzer, der Teufel soll ihn holen, bist du nachgerade passiv-aggressiv. Was hat der Kerl dir gesagt?«

»Ich spreche nicht über interne Angelegenheiten, das solltest dir mittlerweile klar sein.«

»Na schön, dann nicht.«

Jetzt ist auch Fred sauer. Er steht auf und geht nach unten, um sich einen Espresso zu machen. Es ist schon der dritte heute Morgen, und seine Pumpe geht bereits ziemlich heftig. Aber irgendwie gelingt es ihm immer noch nicht, Elsbeths prüfenden Blick einzuordnen, als er ihr beim Aufstehen den *Sylter Anzeiger* unter die Nase gehalten hat. Dass sie sich aufregen würde, hat er erwartet. Aber dass sich ihr Misstrauen gegen ihn richten würde, hat ihn nachhaltig verstört.

»Was willst du mir damit sagen?«, hatte sie gefragt, während sie ihm die Zeitung aus der Hand gerissen hat.

»Das ist investigativer Journalismus, wie er sein sollte«, war seine zugegebenermaßen provokante Antwort.

»Das ist eine absolut geschmacklose Sauerei«, hatte sie gefaucht.

Seitdem hängt der Haussegen bei ihnen schief, und Fred ist noch nicht einmal sicher, ob Elsbeths Abreise wirklich von vornherein geplant gewesen ist. Gesagt hatte sie vorher jedenfalls nichts davon.

Sie kann mich doch nicht für die unsauberen Methoden meines Berufsstandes verantwortlich machen, überlegt Fred gerade gekränkt, als ihn eine unglaubliche Idee kommt. *Oder denkt sie vielleicht, ich sei verantwortlich für dieses Foto? Nein, das ist unmöglich, und das weiß Elsbeth auch.*

Während Fred seinen dritten Espresso kippt, kommt die

Staatsanwältin die Treppe herunter und stellt ihren Trolley an der Tür ab.

Sie geht jetzt aber nicht, ohne sich zu verabschieden, schießt es Fred durch den Kopf.

Sekunden später dreht sich Elsbeth um und kommt auf ihn zu. Ihr Gesicht wirkt weicher, und sie streckt ihm entschuldigend beide Arme entgegen.

»Tut mir leid, dass ich so grob war, Fred. Aber diese Morde machen mich irgendwie fertig. Und ich will einfach nicht, dass du etwas damit zu tun hast. Kannst du mir versprechen …«

»Ich *habe* nichts damit tun. Was unterstellst du mir da?« Fred spürt, wie eine ziemlich kalte Wut in ihm aufsteigt.

»Nein, klar. Das weiß ich doch. Aber es ist alles so verwirrend«, murmelt sie.

»Moment mal. Was ist hier verwirrend?«

Sie seufzt und verdreht die Augen. Es wirkt, als hätten sie beide das alles schon zigmal durchgekaut. Doch offenbar sieht sie ein, dass dies nur in ihrem Kopf stattgefunden hat, und lässt sich immerhin zu einer Erklärung herab.

»Erstens: Du machst diese Radtouren zu so ungewöhnlichen Zeiten. Zweitens: Du legst dich mit zwei Frauen an, die kurz darauf umgebracht werden. Und drittens erscheint plötzlich ein absolut belastendes Foto auf der Titelseite einer Zeitung, für die du in der Vergangenheit schon gearbeitet hast. Wer sagt mir, dass du es nicht gerade wieder tust?«

»Dass ich was wieder tue?«

»Na, für die Zeitung arbeiten.«

Fred weiß nicht, auf welche dieser Unterstellungen er zuerst antworten soll. Er weiß noch nicht einmal, ob er überhaupt darauf antworten soll. Er steht da und schnappt nach Luft. Seine Pumpe geht irgendwie unrund, und plötzlich wird ihm klar, dass er kein Wort herausbringen kann, so ungeheuerlich ist Elsbeths Anschuldigung. Mit wenigen Sätzen hat sie das Vertrauensfundament ihrer Beziehung kräftig erschüttert.

Fred tritt einen Schritt zurück, um jede Berührung ihrer immer noch ausgestreckten Arme zu verhindern. Das könnte er jetzt wirklich nicht ertragen. Dann sagt er leise: »Es ist besser, du gehst jetzt. Lass uns morgen oder übermorgen mal telefonieren. Dann können wir das alles in Ruhe besprechen.«

»Fred, wirklich …«, beginnt sie von neuem.

»Lass mich, bitte. Du versäumst deinen Zug.«

Mittwoch, 5. November, 08.31 Uhr, Bahnübergang Reitkoog, Archsum

Silja Blanck parkt ihren Wagen auf der Keitumer Seite des Bahnübergangs und steigt aus. Minutenlang steht die Kommissarin im kalten Morgenwind und starrt die Schranke an. Es ist kaum vorstellbar, dass gestern um diese Zeit hier eine tote Frau geborgen worden ist, die vorher länger als zwölf Stunden unentdeckt an der Schranke festgebunden war.

Mittlerweile künden nur noch wenige verschmierte Kreidereste vom Einsatz des Spurensuchteams. Trotz aller Bemühungen konnten Leo Blum und seine Leute den Ermittlern kaum Anhaltspunkte liefern. Auch die Obduktion des Opfers half nicht wirklich weiter. *Aber es muss doch irgendeine Spur geben, die uns zu dem Täter führt,* denkt Silja verzweifelt. *Es kann und es darf nicht sein, dass jemand innerhalb weniger Tage zwei Frauen gewaltsam vom Leben zum Tode befördert und niemand etwas davon mitbekommen hat.*

Mit zusammengekniffenen Augen blickt die Kommissarin nach Archsum hinüber, wo hinter nicht wenigen Fenstern immer noch Licht brennt, denn der Morgen ist trüb und regnerisch. *Da sind überall Leute zu Hause, und ich werde sie zur Not alle einzeln befragen.* Mit diesem Vorsatz steigt Silja wieder in ihren Wagen und macht sich auf den kurzen Weg hinüber zu der Nachbarschaft, in der Brith Bleiken bis zu ihrem Tod fest verwurzelt war.

Als Erstes sucht sie die Frau auf, die den Leichenfund gestern früh gemeldet hat. Claudia Augustin wohnt im Obergeschoss eines alten Friesenhauses. Sie hat ein handgetöpfertes Namensschild an ihrem Klingelknopf und lässt die Kommissarin schon nach wenigen Sekunden ein. Silja steigt eine schmale Stiege hinauf, stellt sich kurz vor und betritt anschließend eine enge Diele mit einem tiefliegenden Deckenbalken.

»Passen Sie auf, dass Sie sich nicht den Kopf stoßen«, mahnt Claudia Augustin und bittet Silja in eine Küche, die ebenfalls winzig ist. An einem schmalen Klapptisch steht ein einzelner Hocker, neben dem ein ziemlich fetter Rauhaardackel liegt, der Silja müde anblinzelt.

»Das ist Kalle«, stellt die Augustin ihn vor. »Er hält gerade seinen Morgenschlaf. Bitte setzen Sie sich doch auf den Hocker, ich stehe gern. Möchten Sie vielleicht einen Kaffee? Oder ein Wasser?«

»Danke nein. Ich habe auch nur ein paar Fragen zu Brith Bleiken.«

»Es ist wirklich ein Jammer«, fällt ihr Claudia Augustin ins Wort. »Sie war so ein guter Mensch. Immer ein freundliches

Wort zu jedermann. Ich kann überhaupt nicht verstehen, dass ihr jemand so etwas Furchtbares angetan hat.«

»Das führt mich direkt zu meiner ersten Frage. Gab es irgendjemanden, mit dem Frau Bleiken mal Streit hatte? Eine Auseinandersetzung unter Nachbarn vielleicht? Oder irgendwelche entfernten Verwandten, mit denen sie sich nicht verstanden hat?«

Claudia Augustin schüttelt energisch den Kopf. »Davon habe ich nie etwas gehört. Und wir haben uns häufig unterhalten. Fast jeden Tag, wenn ich mit Kalle draußen war, bin ich ihr begegnet. Sie lief am späten Nachmittag oft bis rüber nach Keitum, das war ihr Entspannungsritual.«

»Vorgestern haben Sie sie aber nicht bei dem Spaziergang getroffen, oder doch?«

»Nein, ich war nachmittags mit Kalle beim Tierarzt in Westerland. Da haben wir unsere Runde gleich im Anschluss dort gedreht.«

Silja seufzt und blickt zu Boden. »Es gibt so merkwürdige Zufälle«, sagt sie leise und fast zu sich selbst. »Vielleicht könnte Frau Bleiken noch leben, wenn Sie vorgestern zu zweit unterwegs gewesen wären.«

»Hören Sie bloß auf. Darüber habe ich gestern schon den ganzen Tag lang nachgedacht.«

»Entschuldigen Sie, dass ich das überhaupt gesagt habe. Natürlich ist es nicht Ihre Schuld.«

»Sicher. Trotzdem ist es gruselig, von welchen Zufällen ein Menschenleben abhängen kann.«

Silja nickt bestätigend, dann richtet sie sich auf und schaut der Augustin direkt ins Gesicht. »Ich habe noch eine andere Frage, allerdings ist die etwas delikat«, beginnt sie zögernd.

»Ich helfe gern, falls es mir möglich ist.«

»Also … es geht um Jasper Bleiken. Ich habe ihm gestern früh die Todesnachricht überbracht und dann länger mit ihm gesprochen, zweimal sogar. Dabei ging es auch um den Zustand seiner Ehe.«

»Oje«, entfährt es der Augustin.

»Warum *oje*?«

»Ich will ja nicht tratschen, aber mit der Ehe der Bleikens stand es schon länger nicht mehr zum Besten, glaube ich. Verstehen Sie mich nicht falsch, Brith war sehr diskret und hat eigentlich nie schlecht über ihren Mann geredet. Aber man hört ja so einiges zwischen den Zeilen, nicht wahr?«

»Und was haben Sie da gehört?«

Claudia Augustin, die bisher an der Spüle gelehnt hat, dreht sich um, nimmt ein Glas aus dem Oberschrank und füllt es mit Wasser. Es wirkt auf Silja, als wolle sie Zeit gewinnen. Die Augustin trinkt einen großen Schluck, dann sieht sie die Kommissarin über den Glasrand hinweg an.

»Die beiden waren einfach nicht mehr glücklich miteinander«, sagt sie vorsichtig. »Ich will überhaupt niemandem die Schuld zuweisen, aber es schien mir so, als sei das mit dem Altersunterschied über die Jahre zu einem Problem geworden.«

»Inwiefern?«

»Briths Beruf war anstrengend, und sie steckte das alles nicht mehr so locker weg wie früher. Sie brauchte oft ihre Ruhe, und das machte ihrem Mann zu schaffen. Er wollte mehr Trubel in seinem Leben haben, er wollte reisen und ausgehen und öfter mal einen draufmachen. Ihr war das alles zu viel. Außerdem hing sie an ihrem Haus.«

»Das ist ja auch sehr schön. Sie hat schon als Kind darin gelebt, es gehörte ihren Eltern, nicht wahr?«

Claudia Augustin nickt. »Das war auch der Grund, weswegen sie sich nicht trennen wollte. Das Haus war ihre Heimat. Ihr Mann hat das allerdings etwas anders gesehen.«

»Davon hat er mir nichts gesagt.«

»Wundert Sie das? Jetzt kann er das Haus ja auch ungehindert verkaufen, er erbt sicher alles.«

»Daran wird ihn wohl niemand hindern können. Er hat übrigens ein wasserfestes Alibi und steht in keiner Weise unter Verdacht, mit dem Mord an seiner Frau etwas zu tun zu haben. Auch wenn er, nach allem, was Sie sagen, zweifellos von ihrem Tod profitiert.«

Mit einem bedauernden Schulterzucken steht Silja auf und bedankt sich für das Gespräch. Auf dem kurzen Weg zu ihrem Auto denkt sie noch einmal über Jasper Bleikens merkwürdige Reaktion auf ihre Frage nach dem Zustand seiner Ehe nach. Warum hat er gelogen? War es vielleicht Pietät? Oder schien ihm angesichts des furchtbaren Endes, das seine Frau genommen hat, die gemeinsame Zeit mit ihr doch rosiger, als sie in Wirklichkeit war?

Vermutlich werden wir das nie erfahren, denkt Silja resigniert und startet den Wagen. Auf ihren Rückweg nach Westerland geht sie in Gedanken noch einmal den gestrigen Wortwechsel mit Jasper Bleiken durch. Das so unpassend platzierte Wörtchen *Sex* war nicht das Einzige, was sie irritiert hat. Es dauert ein wenig, Silja ist schon fast wieder in Westerland, als ihr klar wird, dass sie dringend mit Fred Hübner reden muss. Denn wenn es stimmt, was Jasper Bleiken gesagt hat, dann hat der Journalist sich nicht nur während der Talkshow mit dem ersten Mordopfer angelegt, sondern zusätzlich nach der Talkshow auf dem Parkplatz einen Streit mit dem zweiten Mordopfer, nämlich Bleikens Ehefrau, vom Zaun gebrochen.

Inzwischen ist Silja am Kommissariat angelangt. Sie parkt den Wagen und zieht ihr Handy aus der Tasche. Wer weiß, was sie drinnen alles an neuen Informationen erwartet. Da erledigt sie den Anruf bei Fred Hübner lieber ungestört vom Auto aus.

Er hebt bereits nach dem zweiten Klingeln ab, seine Stimme klingt belegt und irgendwie unfroh.

»Silja Blank am Apparat. Habe ich Sie gestört?«

»Schöne Frauen stören nie, wenn ich das so sagen darf, ohne dass es mir gleich als Beamtenbeleidigung ausgelegt wird.«

»Ich sehe großzügig darüber hinweg.«

»Danke, das weiß ich zu schätzen. Was verschafft mir das Vergnügen Ihres Anrufs?«

»Ich möchte Sie gern etwas fragen, das mit unseren beiden Todesfällen zu tun hat. Mit meinem Kollegen Kreuzer haben Sie ja schon geredet.«

»Glaubt er wirklich, ich setze meine Existenz aufs Spiel, um eine Frau umzubringen, die mich während eines läppischen Gesprächs auf die Palme gebracht hat? Für so kurzsichtig hätte ich ihn echt nicht gehalten.«

»Herr Hübner, das ist nicht witzig. Allerdings führt es mich direkt zu dem Grund meines Anrufs …«

»Nicht Sie auch noch«, unterbricht er Siljas Satz. »Rauben Sie mir bitte nicht meinen Glauben daran, dass Schönheit und Intelligenz zusammengehen können.«

»Jetzt hören Sie aber mal auf mit Ihren Chauvisprüchen. Das ist ja unerträglich.«

»Sorry, ich wollte Sie ganz bestimmt nicht wütend machen. Also fragen Sie schon. Wie kann ich helfen?«

»Schildern Sie mir doch bitte mal die Stunde, nachdem

Sie die vielbesprochene Talkrunde verlassen haben. Also alles ab dem Verlassen des Studios bis zu Ihrer Ankunft in Wenningstedt.«

»Ich bin vor den anderen raus, jedenfalls vor dem Moderator und diesem Fußballtrainer. Ob Frau Ludwig noch dort war oder schon vor mir das Schlachtfeld verlassen hatte, kann ich ehrlicherweise nicht sagen. Ich habe mich nicht um sie gekümmert, weiß aber, dass ich sowohl dem Moderator als auch dem Fußballschönling einen guten Abend gewünscht habe. Vor dem Rathaus bin ich dann aufs Rad gestiegen und direkt nach Hause gefahren. Sie wissen, wo die Talkrunde aufgenommen worden ist?«

»Im alten Kursaal im Westerländer Rathaus.«

»Sehr richtig. Ich bin also auf mein Rad gestiegen und direkt und ohne Umwege nach Hause gefahren. Das war's schon.«

»Sie haben auf dem Platz vor dem Rathaus mit niemanden geredet?«

»Es war dunkel und kalt, nicht gerade ideal für ein lauschiges Pläuschchen. Außerdem war da niemand, mit dem ich hätte reden können.«

»Leider haben wir andere Informationen«, sagt Silja bedächtig.

»Da bin ich aber gespannt.« Immer noch hört sich Fred Hübner ruhig und selbstbewusst an, vielleicht sogar ein wenig spöttisch.

»Jasper Bleiken hat ausgesagt, dass Sie sich wortreich mit seiner Frau gestritten haben. Angeblich habe Brith Bleiken dort mit dem Auto auf ihren Mann gewartet, obwohl man vor dem Kursaal nun wirklich nicht parken darf.«

Fred Hübner lacht trocken. »Keine Ahnung, ob da noch ein

Wagen stand. Aber ich bin ja auch nicht die Polizei. Das fällt wohl eher in Ihren Zuständigkeitsbereich.«

»Nach unseren Informationen gab es jedenfalls einen heftigen Streit. Vielleicht hat Frau Bleiken ja mit ihrem Auto Ihr Fahrrad blockiert oder Ähnliches.«

Gespannt wartet Silja auf Fred Hübners Reaktion. Doch die Leitung bleibt still.

»Herr Hübner? Sind Sie noch da?«

»Ja, das schon. Allerdings bin ich gerade ein wenig sprachlos. Wie kommt der Kerl auf so einen Blödsinn?« Er scheint selbst zu merken, wie sich seine Stimme überschlägt, und macht einen Moment Pause, um sich wieder zu beruhigen. »Das ist wirklich absoluter Bullshit. Ich habe die Ehefrau von diesem Typen absolut nicht gekannt und sie nie gesehen. Überhaupt habe ich niemanden vor dem Rathaus getroffen, das sagte ich ja gerade. Und meinem Fahrrad ging's nach der Talkrunde auch gut. Jedenfalls besser als mir.«

»Würden Sie das zur Not auch unter Eid aussagen?«

»Was denn? Dass es meinem Fahrrad gut ging?«

»Sehr komisch, Herr Hübner. Sie wissen genau, was ich meine. Dass Sie Frau Bleiken niemals getroffen haben.«

»Was weiß ich schon, wen ich wann getroffen habe«, entgegnet er patzig. »Aber dass ich am Abend nach der Talkshow keinen Streit auf dem Rathausvorplatz hatte – weder mit dieser Dame noch mit jemand anderem –, kann ich Ihnen gern beeiden.«

»Ist Ihnen eigentlich klar, warum mich das so interessiert?«

»Frau Bleiken ist das zweite Mordopfer, nehme ich an«, antwortet der Journalist mit tonloser Stimme.

»Woher wissen Sie das?« Siljas formuliert diese Frage bewusst scharf. Soweit sie sich erinnert, hat die örtliche Presse zwar dieses grässliche Foto veröffentlicht, zum Namen der Toten aber geschwiegen.

»Ich wusste es bisher nicht, aber ich schließe es aus Ihrem merkwürdigen Frageverhalten. Ich bin nicht blöd und kann eins und eins zusammenzählen. Liege ich richtig?«

»Das tun Sie in der Tat«, antwortet Silja kühl. »Und das bringt mich auch gleich zu meiner letzten Frage: »Haben Sie bei der geschmacklosen Publikation des heutigen Titelbildes des *Sylter Anzeigers* Ihre Hände im Spiel?«

»Nicht Sie auch noch«, stöhnt der Journalist.

»Wie darf ich das verstehen?«

»Gar nicht. Und jetzt entschuldigen Sie mich bitte.« Mit diesen Worten unterbricht Fred Hübner die Verbindung und lässt eine Kommissarin zurück, die sich ihrer bisherigen Überzeugungen plötzlich gar nicht mehr so sicher ist.

Mittwoch, 5. November, 11.53 Uhr, Redaktion *Sylter Anzeiger*, Tinnum

Asta Paulsen sitzt an ihren winzigen Schreibtisch in der letzten Ecke des Großraumbüros und sonnt sich in ihrem Ruhm. Immer wieder blicken Kollegen zu ihr herüber und lächeln ihr anerkennend zu. Kollegen, die sie in den vergangenen Wochen komplett ignoriert oder höchstens mit einem knappen Kopfnicken zur Begrüßung bedacht haben. Asta ist plötzlich eine, mit der man rechnen muss. Der Chef hat sie vor allen anderen gelobt und ausdrücklich ihre Initiative und Spontaneität gutgeheißen. Und, was das Beste ist, sie hat gleich darauf ihren ersten richtigen Rechercheauftrag bekommen. Sie soll möglichst schnell zwei kurze Porträts der

Opfer verfassen, damit der *Sylter Anzeiger* gleich morgen nachlegen und das Bedürfnis seiner Leser und Leserinnen nach zusätzlichen Informationen bedienen kann.

Am liebsten würde Asta mit Brith Bleikens Ehemann oder einer Kollegin der Lehrerin reden. Im Fall des ersten Opfers wäre vielleicht irgendjemand beim Fitnessclub auskunftsbereit. Gerade greift Asta zum Telefon, um ihr Glück zu versuchen, als der Chef noch einmal an ihren Schreibtisch tritt.

»Ich hatte gerade einen Anruf von Fred Hübner. Sagt dir der Name was?«

»N...ein«, stammelt Asta und kommt sich plötzlich wieder ganz klein vor.

»Er hat manchmal als Freier für uns gearbeitet. Geht investigativ und ziemlich unkonventionell vor. Zuweilen auch rücksichtslos. Schreibt allerdings hauptsächlich auf eigene Rechnung größere Sachen. Skandalreportagen, Biographien, so was halt.«

Asta spürt, wie eine Welle der Enttäuschung sie überrollt. Dieser Hübner hat sich bestimmt ihren Auftrag geangelt, und sie geht jetzt leer aus. Aber sie täuscht sich.

»Hübner war eben ziemlich stinkig am Telefon. Offenbar hat die Kripo ihn im Verdacht, unser Informant zu sein und diese Hammer-Fotos gemacht zu haben, die du an Land gezogen hast. Und jetzt wollte er wissen, ob wir ihm das eingebrockt haben.«

»Natürlich nicht. Das weißt du doch.« Asta fühlt sich ein wenig unsicher dabei, den Chef zu duzen, aber er hat sie vorhin ausdrücklich dazu aufgefordert. »Ich habe den Mann nur von hinten gesehen«, verteidigt sie sich. »Er trug einen Hoodie und hatte die Kapuze über den Kopf gezogen. Das könnte jeder gewesen sein.« Sie versteht immer noch nicht, was Stefan Molsheim eigentlich von ihr will.

»Aber vorher hast du mit ihm telefoniert. Vielleicht hat er sich nur künstlich aufgeregt und war es wirklich. Wenn du seine Stimme wiedererkennen könntest, hätten wir einen weiteren Coup.«

»Okay, verstehe«, antwortet Asta langsam. »Soll ich ihn unter irgendeinem Vorwand anrufen?«

»Nicht nötig. Ich habe das Gespräch aufgenommen.«

Stefan Molsheim holt sein Handy aus der Tasche, drückt die Wiedergabefunktion und hält Asta das Handy ans Ohr. Sie schließt die Augen, um sich besser konzentrieren zu können. Der Anrufer gestern hat sehr bestimmt geklungen, vielleicht um eine tieferliegende Unsicherheit zu überdecken. Die Stimme, die sie hier hört, ist einfach nur wütend. Dieser Hübner redet zu laut und spart nicht mit Schimpfwörtern. Beide sprechen keinen Dialekt, und beide Stimmen sind weder besonders tief noch besonders hell. Asta bemüht sich wirklich sehr um eine eindeutige Aussage, aber es fällt ihr schwer, sich festzulegen.

»Kann ich das noch mal hören, bitte?«

»Klar, kein Problem.« Molsheim wiederholt das Abspielen.

»Nein, tut mir leid. Ich kann das nicht mit Bestimmtheit sagen«, muss Asta schließlich zugeben.

»Wäre ja auch zu schön gewesen«, erklärt der Chef, ohne seine Enttäuschung ganz verbergen zu können. »Dann bleibt es dabei, du recherchierst für uns die Bio der beiden Opfer. Fang mit der Fitnesstante an und beeil dich, damit wir den Artikel möglichst schon morgen bringen können.«

»Ich bin nicht sicher, ob ich das schaffe«, beginnt Asta verzagt. »Schließlich muss ich erst jemanden finden, der mit mir redet.«

»Das ist unser Business, meine Beste. Willkommen in der Realität«, antwortet Molsheim, dreht ab und lässt Asta mit ihren Zweifeln allein.

Mittwoch, 5. November, 15.37 Uhr, Kriminalkommissariat Westerland

Bastian Kreuzer und Silja Blanck sitzen sich an ihren Schreibtischen gegenüber und schauen sich ebenso wort- wie ratlos an. Die letzten Stunden haben die beiden damit verbracht, sämtliche Akten zu den Todesfällen der letzten Tage noch einmal gründlich durchzugehen. Zusätzlich hat Silja das Alibi Jasper Bleikens für den Abend, an dem seine Frau umgebracht worden ist, noch einmal gründlich gecheckt. Außerdem sind Bleikens Fingerabdrücke zum Vergleich mit den am Bahnübergang gefundenen nach Flensburg gemailt worden, ohne dass eine Übereinstimmung festgestellt werden konnte.

»Er war's nicht, Bastian«, seufzt Silja schließlich. »Das können wir drehen und wenden, wie wir wollen. Er hatte vielleicht ein Motiv für den Mord an seiner Frau, und er hat uns mit Sicherheit belogen oder zumindest die Wahrheit über seine Beziehung ziemlich geschönt. Aber nicht jeder, der in seiner Ehe unglücklich ist, bringt seine Partnerin gleich um.«

»Wahrscheinlich hat er dir genau deswegen etwas vorgegaukelt. Er hatte Angst, dass wir ihn verdächtigen, wenn wir erst mal von der Ehekrise erfahren haben.«

»Also, was bleibt uns? Was ist mit Hübner? Du weißt, ich

war strikt dagegen, ihn zu verdächtigen. Aber nachdem, was mir Jasper Bleiken über den Vorfall auf dem Parkplatz erzählt hat …«

»Ach, plötzlich bekommt Hübners Heldenfassade Risse«, grinst Bastian, wird aber schnell wieder ernst. »Ich denke, er hat jeden Streit geleugnet.«

»Mehr noch. Er hat bestritten, dass er überhaupt irgendjemanden beim Besteigen seines Rades getroffen hat.«

»Was soll er sonst auch sagen?«

Wieder verfallen beide in Schweigen. Nervös trommelt Bastian auf seine Tischplatte, während Silja Bahnschranken, Bäume und Seile auf den Rand ihrer Notizzettel malt. Ohne aufzusehen, erkundigt sie sich schließlich: »Ist die Bispingen noch auf der Insel?«

»Keine Ahnung. Warum fragst du?«

»Ich überlege, ob wir nicht Hübners Wohnung durchsuchen sollten.«

»Lass stecken. Dafür bekommen wir nie im Leben die Genehmigung. Und ehrlich gesagt, glaube ich auch nicht, dass das viel bringen würde.«

»Was ist mit der Reifenspur am Bahnübergang? Leo hat Proben von dem Gummi genommen. Wir sollten sie zumindest mit den Reifen von Hübners Fahrrad abgleichen.«

»Und mit denen von diesem Schüler auch«, fügt Bastian hinzu. »Auch wenn dessen Motiv irgendwie dürftig ist.«

»Immerhin lag der Tatort auf seiner Route.«

»Von der er behauptet, dass er sie nicht genommen hat.«

»Ja, ich weiß«, stöhnt Silja. »Aber wir können doch nicht hier sitzen und auf den nächsten Mord warten.«

»Denkst du, es gibt noch einen?«

Sie überlegt eine Weile und schlägt dann mit der flachen

Hand auf die Schreibtischplatte. Es wirkt, als habe sie nach langem Zögern einen Entschluss gefasst.

»Klare Antwort: Ja, das glaube ich.« Als sie Bastians überraschtes Gesicht sieht, führt sie aus: »Schau mal, es ist eine Frage simpler Logik. Wenn wir Hübner und den Schüler ausschließen, weil uns Ihre Motive nicht überzeugen, und Bleiken auch, weil er ein Alibi hat, dann bleibt als Auslöser für die Taten eigentlich nur Frauenhass oder irgendeine andere abwegige Veranlagung übrig. Da wir keinen Täter ermitteln konnten, läuft er ganz offenbar noch frei herum und wird vermutlich weitermorden.«

»Einspruch. Es könnte doch auch sein, dass er sich erst mal an seinen beiden Taten weidet. Wahrscheinlich hat er auch von seinem ersten Mord Fotos gemacht.«

»Du glaubst also weiterhin, dass der Typ, der dieser unbedarften Journalistin die Bilder verkauft hat, der Täter ist?«

»Wer sollte es sonst gewesen sein?«

»Hübner?«

»Jetzt komm mir nicht wieder mit dem, Silja. Wenn er die Fotos gemacht hat, hat er die Frauen auch umgebracht, und dagegen hast du bisher mit guten Gründen argumentiert.«

»Wir drehen uns im Kreis.«

Bastian nickt und springt dann auf. »Ich muss hier raus, sonst werde ich noch verrückt.« Schon greift er nach seiner Jacke.

»Warte mal. Eines haben wir noch nicht versucht«, hält Silja ihn auf.

»Und das wäre?«

»Was ist, wenn unter den Live-Zuschauern der Talkrunde jemand gewesen ist, der durch was auch immer getriggert wurde?«

»Wie sollen wir das überprüfen? Die paar Schwenks, die die Kameras über die Zuschauer gemacht haben, haben wir doch schon mehrmals und in Zeitlupe angesehen. Da war nichts Auffälliges. Außerdem hast du doch diesen Bleiken schon danach gefragt. Ihm ist auch nichts aufgefallen.«

»Für ihn war das auch eine außergewöhnliche Situation. Das Licht, die Kameras, die ungewohnte Atmosphäre, da wird er nicht so genau aufs Publikum geachtet haben. Für den Moderator war das alles dagegen Alltag. Sprich doch mal mit dem. Vielleicht hat er etwas bemerkt. Einen Zwischenruf, den sie rausgeschnitten haben, oder irgendein Transparent, das es auch nicht bis ins Fernsehen geschafft hat.«

»Das halte ich für sehr unwahrscheinlich. Meinst du nicht, der Sender hätte sich sonst schon bei uns gemeldet?«

»Willst du dich darauf verlassen?«

»Nein, du hast natürlich recht, wie meistens.« Bastian hängt seine Jacke wieder auf, geht zurück zum Schreibtisch, greift zum Telefon und lässt sich mit dem Sender verbinden.

Nachdem er erst von einer missmutigen und dann von einer flirtfreudigen Mitarbeiterin darüber belehrt worden ist, dass es quasi unmöglich sei, den Talkmaster Julian Carsten ans Telefon zu bekommen, und dass man selbstverständlich auch seine private Handynummer nicht weitergeben könne, platzt Bastian der Kragen.

»Wir könnten auch alles Material beschlagnahmen, das es im Zusammenhang mit der nämlichen Sendung gibt. Dann würde demnächst ein Polizeiaufgebot Ihren Sender heimsuchen. Wäre Ihnen das lieber?«

Die flirtfreudige Dame wird plötzlich ziemlich einsilbig

und stellt den Kommissar wieder zu ihrer missmutigen Kollegin durch. Diese knickt überraschend schnell ein und rückt die Handynummer des Moderators heraus.

»Geht doch«, murmelt Bastian befriedigt und wählt die Nummer. Er hat Glück, denn nach zweimaligem Klingeln meldet sich eine sonore Männerstimme.

»Carsten. Was gibt's?«

Bastian stellt sich vor, beschreibt kurz die Situation, in der sich die Ermittler befinden, und erkundigt sich dann danach, ob dem Moderator während der Aufzeichnung irgendetwas Ungewöhnliches aufgefallen sei. Die Antwort kommt schnell und präzise, sie ist ebenso klar wie ernüchternd.

»Es lief alles wie geschmiert. Das Publikum hat gemacht, was es sollte, pünktlich geklatscht und an den richtigen Stellen gelacht. Da ist niemand ausgeschert. Und Plakate habe ich auch keine gesehen. Sonst noch was?«

»Welchen Eindruck hat Fred Hübner auf Sie gemacht?«, will Bastian wissen.

»Ungehobelt und selbstgefällig. Kein angenehmer Talkgast, würde ich nicht wieder buchen.«

»Und Angela Ludwig?«

»Die Fitnesslady? Sie war ein wenig schüchtern, das könnte aber auch an den Attacken gelegen haben, die dieser Hübner von Anfang an gegen sie geritten hat.«

Obwohl es für die Ermittlungen unerheblich ist, fragt Bastian jetzt auch noch nach Jasper Bleiken.

»Der Fußballtrainer? Höflich, zurückhaltend, aber nicht ohne Mutterwitz. Der ideale Talkgast. Ohne ihn wäre ich ganz schön aufgeschmissen gewesen. Er hat die Runde durch seine angenehme Art quasi gerettet. Kann ich sonst noch was für Sie tun?«

»Wissen Sie vielleicht von irgendwelchen Beschwerdebriefen nach der Sendung? Hat sich jemand auf den Schlips getreten gefühlt, oder hat sich irgendeine Minderheit nicht ausreichend berücksichtigt gefühlt?«

»Gute Frage«, lacht der Moderator. »Irgendwelche Spinner gibt's ja immer. Aber diesmal sind wir unbescholten davongekommen. Ich weiß das deswegen so genau, weil wir im Sender uns fast schon darüber gewundert haben.«

»Okay, dann war's das auch schon. Danke für Ihre Kooperation«, beendet Bastian das Gespräch. Auf Siljas fragenden Blick hin, erklärt er enttäuscht: »Nichts. Keine Proteste, keine nachträglichen Beschwerden. Es sieht ganz so aus, als sei es ein riesengroßer, absolut unwahrscheinlicher Zufall, dass beide Mordopfer mit dieser verdammten Talkshow in Verbindung stehen.«

Mittwoch, 5. November, 21.02 Uhr, Weststrandhalle, List

Mit leicht schwankendem Gang und sichtlich angeheitert verlassen vier ältere Damen das Restaurant Wonnemeyer in den Lister Dünen. Es ist ihnen eine liebgewordene Tradition geworden, dass sie ihre monatliche Zusammenkunft hier oben abhalten. Zumindest dann, wenn der Touristenandrang nicht zu groß ist. Zwar ist das Restaurant recht abgelegen, dafür entschädigt aber der Blick über Dünen und Meer, der auch im Winter einfach atemberaubend ist. Im Sommer, wenn das Restaurant voller Badegäste ist, treffen sich die Freundinnen abwechselnd auf ihren Gartenterrassen oder in den heimischen Wohnzimmern.

Karla Schubert, Marie Hageberg, Lydia Nothhelfer und Gisela Manthey kennen sich noch aus der gemeinsamen Schulzeit. Alle vier sind eingefleischte Sylterinnen, die die Entwicklung der Insel in den letzten sechzig Jahren hautnah miterlebt und oft ziemlich bissig kommentiert haben. In den Jahren, in denen alle beruflich engagiert waren und Marie und Lydia außerdem ihre Kinder großgezogen haben, wurde der Kontakt etwas lockerer, aber abgerissen ist er nie. Inzwischen sind Marie, Lydia und Gisela verwitwet und schon länger Rentnerinnen. Auch Karla, die als Einzige unverheiratet geblieben ist und lange als Lehrerin gearbeitet hat, ist pensioniert.

Karla und Lydia, die sich schon vor Jahren für einen sportlichen Kurzhaarschnitt entschieden haben und auch sonst sehr pragmatisch sind, wohnen seit dem Tod ihrer Männer nicht weit voneinander entfernt im Wenningstedter Süden in zwei winzigen Wohnungen.

Marie dagegen, der der Verkauf des elterlichen Hofes einiges eingebacht hat, konnte sich vor zwanzig Jahren den Luxus leisten, ein Apartment am Lister Watt zu kaufen. Heute wäre eine solche Immobilie auch für sie unbezahlbar. Marie ist von kräftiger Statur und immer sehr gut angezogen, das monatliche Nachblondieren ihrer Haare muss ein Vermögen kosten, argwöhnen die Freundinnen schon lange.

Gisela Manthey, die Vierte im Bunde, ist kürzlich siebzig geworden und hat den runden Geburtstag zum Anlass genommen, einiges in ihrem Leben zu ändern. Als Erstes hat sie aufgehört, ihre braunen halblangen Haare tönen zu lassen, so dass sie nun mit einem grauen Ansatz herumläuft, der ihren Kopf leicht zebraartig wirken lässt. Gisela hat das Glück, immer noch das Lister Haus zu bewohnen, in dem ihr verstorbener Mann aufgewachsen ist. Da das Haus für eine einzelne Person viel zu groß ist, hat sie in der Vergangenheit ab und an Untermieter aufgenommen, sich aber mit dieser Lösung nie wirklich wohl gefühlt. Daher hat Gisela vor kurzem Karla und Lydia angeboten, demnächst zu ihr zu ziehen. Auch dies war ein Resultat des Nachdenkens anlässlich ihres Siebzigsten. Heute Abend haben die drei zum ersten Mal konkrete Pläne geschmiedet, und entsprechend aufgekratzt ist der Abend verlaufen.

Doch im Winter schließt das Lister Wonnemeyer schon um neun Uhr, und ihretwegen wollte man natürlich keine Ausnahme machen. Widerstrebend haben sich die vier Damen ihrem Schicksal gefügt und treten nun in den kalten Wind hinaus. Der Himmel ist sternenklar und überwältigend schön, so dass die Freundinnen alle vier auf ihrem Weg die Düne hinunter immer wieder stehen bleiben und hochblicken.

»Ich glaube, ich kann sogar die Milchstraße sehen«, flüstert Gisela nach einer Weile hingerissen.

»Wenn du dich da mal nicht täuschst«, entgegnet Marie skeptisch, während sie mit dem Schlüssel ihren Wagen auf dem Parkplatz entriegelt. »Soll ich dich wieder mitnehmen?«, bietet sie Gisela an, denn deren Haus liegt fast auf dem Weg zu Maries Apartment.

»Nee, lass mal, heute Abend laufe ich das Stück ganz gern zu Fuß. Mir geht gerade so viel durch den Kopf, da tut es gut, ihn noch ein wenig zu lüften. Außerdem hatte ich mindestens einen Grog zu viel«, fügt sie augenzwinkernd an.

»Zwanzig Minuten bist du aber mindestens unterwegs, und es ist wirklich kalt«, gibt Marie zu bedenken.

»Das macht mir nichts.« Gisela zieht die fellgefütterte Kapuze über den Kopf und vergräbt die Hände in den Taschen ihres Parkas.

»Na, dann macht's gut, bis zum nächsten Mal.« Mit einem letzten Winken steigt Marie in ihren schicken Kleinwagen und braust davon.

»Es würde ihr ja kein Zacken aus der Krone fallen, wenn sie *uns* mal nach Hause fahren würde«, murmelt Karla und schickt einen verschwörerischen Blick zu Lydia.

»Aber ganz bestimmt nicht heute«, gibt diese zurück. »Ich glaube, sie ist ein bisschen eifersüchtig auf unsere zukünftige Dreier-WG.«

»Den Eindruck hatte ich auch«, stimmt Gisela zu. »Bisher hat sie sich immer als heimliche Königin gefühlt und sich auch manchmal so aufgeführt, aber jetzt steht sie plötzlich allein da mit ihrem vielen Geld.«

Inzwischen haben die drei die nahe gelegene Bushaltestelle erreicht und festgestellt, dass es bis zur Ankunft des nächsten Busses noch eine gute Viertelstunde dauert.

»Soll ich mit euch warten?«, bietet Gisela an.

»Auf keinen Fall, wir sind ja zu zweit und außerdem dick eingemummelt«, wehrt Karla ab. »Aber pass du auf, dass dir nichts geschieht so allein hier mitten in der Nacht.«

»Was soll so einer alten Schachtel wie mir schon passieren? Außerdem müsst ihr beide ja noch ausknobeln, wer in welches Zimmer zieht. Da will ich mich mal nicht einmischen.«

Mit diesen Worten verabschiedet sich Gisela von ihren zukünftigen Mitbewohnerinnen und macht sich auf den Weg die Straße entlang in Richtung Lister Hafen. Zwar gäbe es eine Abkürzung durch die Dünen zu ihrem Haus im Möwengrund, aber abgesehen davon, dass ein Gang durchs Naturschutzgebiet streng verboten ist, möchte sie trotz des sagenhaft klaren Himmels nicht auf elektrische Beleuchtung verzichten.

Mit energischen Schritten stapft sie davon, ohne sich noch einmal umzusehen. Schon den ganzen Abend lang geht ihr einiges durch den Kopf. Denn bei aller vorgeblichen Begeisterung, mit der sie Karla und Lydia den Vorschlag unterbreitet hat, ist ihr doch etwas mulmig dabei zumute. Natürlich hat sie die Vor- und Nachteile eines zukünftigen gemeinsamen Haushalts gründlich abgewogen. Auf der einen Seite stehen Giselas Angst vor der täglichen Einsamkeit ebenso wie die nicht unerhebliche finanzielle Entlastung, die das Zusammenziehen bedeuten würde, doch andererseits liebt sie ihre Unabhängigkeit sehr, und wer weiß schon, was für heimliche Marotten die beiden haben?

Um diese Bedenken zu zerstreuen, hat sie in den letzten Stunden vermutlich mehr getrunken, als ihr guttut. Und der leichte Brechreiz, den sie bereits beim Verlassen des Restaurants gespürt hat, wird inzwischen immer stärker. Er ist auch der wahre Grund dafür, dass sie den von Marie angebotenen Shuttle abgelehnt hat. *Das fehlte gerade noch, dass ich ausgerechnet Maries immer blitzsauberen Wagen vollkotze*, denkt sie gerade, als ihr der Mageninhalt wirklich hochkommt. Mit einem kurzen Blick zurück überzeugt sich Gisela, dass die Freundinnen an der Bushaltestelle sie nicht beobachten, bückt sich aber sicherheitshalber hinter einen am Straßenrand geparkten SUV, um sich zu erleichtern.

Danach geht es ihr besser. Allerdings ist sie nun noch wackliger auf den Beinen. *Ich muss mich kurz mal hinsetzen, sonst kippe ich hier noch um.* Eine blaue Bank, die jenseits der Straße einen weiten Blick übers nächtliche Watt bietet, kommt Gisela gerade recht. Sie lässt sich auf das kalte Holz fallen und atmet erst einmal tief durch. Dabei versucht sie, sich auf den hellen Strich am Horizont zu konzentrieren, den der mondbeschienene Ellenbogen bildet. *Ganz ruhig jetzt, zur Not bleibe ich einfach eine halbe Stunde hier,* redet sich Gisela gut zu. *Niemand sieht mich und kann sich darüber wundern, was diese schrullige Alte hier wohl mitten in der Nacht macht. Und warm genug angezogen bin ich auch. Wenn es mir etwas besser geht, kann ich immer noch ein Taxi rufen, das wird mein Budget auch nicht sprengen.*

Gisela Manthey lenkt ihren Blick noch einmal zum Himmel hinauf. *Das da oben ist doch die Milchstraße, da kann Marie sagen, was sie will,* denkt sie triumphierend.

Mittwoch, 5. November, 23.37 Uhr, Möwenberg, List

Türenschlagend verlässt Lutz Hauptmann die Wohnung seiner Freundin Natalie Zupfmeister. Seit einigen Wochen nervt Natalie ihn mit ihrer beständigen Quengelei. Sie will zu ihm ziehen, sie will heiraten, sie will ein Kind von ihm. Möglichst alles gleichzeitig und sofort. Doch Lutz denkt gar nicht daran, Natalie ihre Wünsche zu erfüllen, denn er fühlt sich gerade so richtig wohl in seinem Leben.

Er hat einen sicheren Job als Filialleiter der örtlichen Bank und nach ewig langem Suchen endlich eine nette Wohnung in der Nähe gefunden, die allerdings deutlich zu klein für zwei oder gar drei Personen wäre. Und er hat gerade erst ein ziemlich vielversprechendes Techtelmechtel mit einer jungen Kollegin begonnen, von der Natalie natürlich nichts weiß. Während Lutz durch das muffig riechende Treppenhaus des heruntergekommenen Gebäudes geht, in dem Natalie eine winzige Bude bewohnt, überlegt er, ob er den zurückliegenden heftigen Streit nicht praktischerweise zum Anlass nehmen sollte, um die Beziehung gleich ganz aufzukündigen. Dann hätte er freie Bahn bei seiner Kollegin und – sollte aus dem Flirt tatsächlich etwas Ernstes werden – auch einen ordentlichen Zeitaufschub, bis die Neue ihm unweigerlich auch wieder mit Heirats- und Fortpflanzungsplänen kommen wird. Lutz kennt das längst. Er ist jetzt Ende dreißig, sieht ganz gut aus und verdient ordentlich. Passt damit also ideal ins durchschnittliche weibliche Beuteschema.

Die Tür, die vom Hausflur zur Straße führt, klemmt wie immer, und Lutz muss sich ernstlich dagegenstemmen, um sie überhaupt öffnen zu können. Aber dann ist er draußen und atmet erleichtert die frostige Nachtluft ein. Lutz checkt kurz sein Handy, grinst, als er das anzügliche Smiley sieht, das seine neue Flamme ihm geschickt hat, und stellt nebenbei fest, dass es in der Nacht Minusgrade geben wird. Kein Wunder, dass seine Finger jetzt schon eiskalt sind. Trotzdem zieht Lutz ein Päckchen Zigaretten aus der Tasche seines Parkas und fügt seiner ohnehin weißwolkigen Atemluft noch den dichteren Tabakqualm hinzu. Während er die Entspannung genießt, die die Zigarette ihm beschert, denkt er ernsthaft darüber nach, gleich wieder hochzugehen und Schluss zu machen. Dann hätte er es wenigstens hinter sich.

Andererseits sträuben sich ihm schon beim Gedanken an Natalies verheultes Gesicht und ihren vorwurfsvoll beleidigten Tonfall die Nackenhaare. Nein, diese Konfrontation wird er sich ersparen. Sogar Prominente machen jetzt schon per SMS Schluss, das hat ausgerechnet Natalie ihm doch letztens erzählt. Sie ist Friseurin und deshalb schon von Berufs wegen bestens über Klatsch und Tratsch aus diesem Milieu unterrichtet. Da sollte sie sich besser nicht wundern, wenn ihr das auch passiert Vielleicht fühlt sie sich den von ihr bewunderten Promis dadurch sogar noch näher.

Froh darüber, eine Entscheidung getroffen zu haben, löst sich Lutz von der Hauswand, an der er gelehnt hat, und geht die paar Schritte zu seinem Auto hinüber. Es ist ein gebrauchtes BMW-Cabrio, das zugegebenermaßen seine besten Tage bereits hinter sich hat, aber bei den meisten Frauen immer noch Eindruck schindet.

Lutz wirft die Kippe aufs Pflaster, kratzt die ersten Eisspuren von der Frontscheibe und lässt sich anschließend auf den Fahrersitz fallen. Das Leder ist so kalt, dass er es durch seine Hose spüren kann, aber ein Stoffsitz wäre nicht in Frage gekommen. Der Wagen springt zum Glück gleich an, keine Selbstverständlichkeit bei dieser arktischen Temperatur. Schwungvoll stößt Lutz zurück und verlässt den Parkplatz mit quietschenden Reifen. Bestimmt steht Natalie am Fenster und beobachtet ihn. Soll sie ruhig sehen, wie wütend er ist.

Am Ende der kurzen Stichstraße, die zu Natalies Wohnblock führt, müsste er eigentlich rechts abbiegen und mitten durch List fahren, um auf schnellstem Wege nach Westerland zu kommen. Aber er hat im Verlauf des Abends einiges getrunken und will lieber kein Risiko eingehen, daher entscheidet er sich für den Umweg durch die Dünen und blinkt links. Etwas zu schwungvoll nimmt Lutz die Kurve und gerät gleich anschließend irgendwie auf eine eisig glatte Fläche. Der Wagen rutscht zur Seite und schlingert heftig. Lutz will gegenlenken, aber das Auto gehorcht ihm nicht und bricht schließlich ganz aus. Lutz sieht sich chancenlos auf das Watt zurasen, er flucht laut und unflätig, da erscheint plötzlich mitten in der Drehung eine blau angestrichene Bank mit festem Betonfundament direkt vor ihm.

Millisekunden später knallt es.

Glas splittert, Metall verbiegt sich, Holz bricht.

Dann ist es still.

Der Airbag füllt Lutz' gesamtes Blickfeld aus, sein Brustkorb schmerzt. Trotzdem donnert er den Kopf absichtlich ein zweites Mal auf die erstaunlich unnachgiebige Glätte des Airbags und heult vor Wut laut auf. Sein erster Gedanke gilt weder dem Auto noch seiner körperlichen Unversehrtheit, sondern Natalie.

Hoffentlich hat sie das eben nicht gesehen, sonst steht sie womöglich gleich hier neben mir, und ich muss auch noch ihr Mitleid ertragen.

Vorsichtig richtet Lutz sich auf und blinzelt aus dem Seitenfenster, das wie durch ein Wunder heil geblieben ist, ins Licht einer nah stehenden Laterne. Noch ist die Straße leer, und Natalies Fenster sind nach wie vor hell erleuchtet. Am liebsten würde Lutz versuchen zurückzusetzen, um diesen ganzen Schlamassel möglichst unbemerkt zu entkommen. Aber der Airbag verhindert jede Aktion und im Übrigen auch den Blick nach vorn, so dass Lutz das Ausmaß der Zerstörung gar nicht abschätzen kann.

Er tastet nach dem Türgriff, um auszusteigen, doch irgendwie klemmt das Schloss, und die verdammte Tür geht nicht auf. Lutz stemmt sich mit aller Kraft dagegen, jedenfalls soweit der Airbag das zulässt, aber vergeblich. Dann hört er klappernde Schritte jenseits des Wagens, denkt an Natalies Gesundheitslatschen, die er schon immer gehasst hat, und hebt den Blick.

Ohne Mantel und Mütze nähert sich Natalie im Laufschritt dem Auto. Doch ihr Blick ist nicht auf den Wagen gerichtet. Als sie näher kommt, versucht sie auch nicht, Lutz mit der Tür zu helfen, sondern läuft um das Auto herum und bleibt irgendwo vor dem Wagen und außerhalb von Lutz' Blickfeld stehen.

Er kann sie nicht sehen, aber ihr gellender Schrei ist nicht zu überhören.

Donnerstag, 6. November, 00.22 Uhr, Möwenberg, List

»Jetzt beruhigen Sie sich erst mal, junge Frau«, versucht Bastian Kreuzer die Zeugin mit der blonden Lockenmähne und dem viel zu dünnen Kleid zu besänftigen. Doch ihr Blick bleibt unstet, Hände und Knie zittern so sehr, dass ihr jeden Moment die Tasse mit dem heißen Tee aus dem Fingern zu gleiten droht. Der Sanitäter, der ihr das Getränk gereicht und auch eine Wärmedecke um die Schultern gelegt hat, mustert sie mit besorgtem Blick, bevor er sich an den Einsatzleiter wendet.

»Wir könnten ihr etwas zur Beruhigung geben, was meinen Sie?«

»Wenn's irgend geht, würde ich vorher gern mit ihr reden. Sie hat ja alles mitangesehen, wenn ich das richtig verstanden habe. Aber zuerst muss ich hier noch ein paar Kleinigkeiten regeln«, erklärt Bastian und sieht sich um.

Die nächtliche Szenerie auf der nördlichsten Straße der Insel ist an Dramatik kaum zu übertreffen. Neben dem Krankenwagen, in dem der Unfallfahrer gerade erstbehandelt wird, blockiert je ein Einsatzfahrzeug der Polizei die Straße an beiden Enden. Niemand darf hindurch. Zum Glück ist zu dieser Uhrzeit ohnehin kaum Verkehr.

Aber der Hauptkommissar hat aus den Erfahrungen beim letzten Mordfall am Gleisübergang gelernt. Hier wird es ganz sicher niemandem gelingen, heimlich ein Foto vom Tatort zu schießen.

Und der hat es in sich.

Ein schrottreifer Unfallwagen, eine in ihre Einzelteile zerlegte blaue Holzbank, an deren ehemaliger Rückenlehne eine nackte Frau mit einem grellgrünen Seil gefesselt ist. Ganz offenbar ist die Frau nebst Holzlatte durch den Aufprall des Autos ein Stück durch die Luft geflogen und liegt nun verrenkt auf einem sumpfigen Grünstreifen, der die Straße vom Watt trennt. Ihr Hinterkopf ist von verkrustetem Blut bedeckt, und auch die Bank hat etliche Spritzer abbekommen. Neben dem Betonsockel der Bank, der unverändert an seinem Platz steht, befindet sich säuberlich aufgeschichtet ein Stapel von Kleidungsstücken, die vermutlich der Toten gehört haben.

Noch ist der Rechtsmediziner nicht eingetroffen, aber Bastian würde einiges darauf verwetten, dass die nackte Frau nicht durch den Aufprall zu Tode gekommen ist, sondern dass sie es hier mit einem dritten Opfer des Lassomörders zu tun haben, das nur durch einen zynischen Coup des Schicksals post mortem in diesen Auffahrunfall verwickelt worden ist.

Zwei starke Scheinwerfer beleuchten die grausige Szenerie, die bereits von einem Polizeifotografen aus allen erdenklichen Blickwinkeln festgehalten wird.

»Ist der Fahrer schon vernehmungsfähig?«, wendet sich Bastian jetzt an einen zweiten Sanitäter.

»Er steht noch unter Schock, ist aber nicht ernstlich verletzt. Der Airbag hat das Schlimmste verhindert.«

»Was sagt der Alkoholtest?«

»Er hat ordentlich gepichelt, so viel steht schon mal fest. Die Blutabnahme wird euch Genaueres sagen können. Aber fahrtüchtig war der auf keinen Fall mehr.«

»Danke, ich kümmere mich später um ihn, jetzt muss ich mir erst mal einen Eindruck vom Tatort verschaffen.«

Bastian macht einen weiten Bogen um die direkte Linie zwischen dem ursprünglichen Standort der Bank und dem Fundort der Leiche, um mögliche Schleifspuren nicht zu zerstören. Aber insgeheim ist er sicher, dass der Lassomörder auch sein drittes Opfer wieder nach dem Mord ausgezogen und fixiert hat. Nach dem Baum im Südwäldchen und der einsamen Bahnschranke jetzt eben auf dieser isoliert stehenden Bank im Niemandsland an der Nordseite der Insel.

Es wirkt, als wolle er ganz bewusst Zeichen überall auf der Insel setzen. Vielleicht waren wir die ganze Zeit auf dem Holzweg, und es geht gar nicht um die Frauen, schießt es Bastian durch den Kopf. *Vielleicht geht es stattdessen um die Orte.*

Doch noch ist keine Zeit, über diese These länger nachzudenken. Als Bastian bei der Leiche angekommen ist, fällt ihm als Erstes auf, dass sie schlecht riecht. Natürlich ist da der metallische Geruch des Blutes, gedämpft durch die Kälte. Doch es kommt noch etwas anderes dazu. Bastian bückt sich tief über die Tote und bringt seine Nase dicht an deren Mund, der offen steht und ein Gebiss voller Jacketkronen enthüllt. Kein Zweifel, sie riecht nach Alkohol und nach Erbrochenem. Kann es sich bei dem Opfer vielleicht um eine Obdachlose handeln, die sich zur falschen Zeit am falschen Ort aufgehalten hat? Andererseits liegt ganz oben auf dem

Kleidungsstapel ein fellgefütterter Parka, der nicht wirklich danach aussieht, als stamme er aus einer Altkleidersammlung. Eine nähere Untersuchung der Kleidung wird mit etwas Glück auch einen Ausweis zutage fördern, der ihnen die Identität des Opfers verraten wird, hofft Bastian.

Vorsichtig verlässt er den Liegeplatz der Leiche, der ganz sicher nicht der Tatort ist. Eher kommt dafür schon der ursprüngliche Standplatz der Bank in Frage, allerdings dürfte dort die Spurensicherung schwierig werden, denn der Unfallwagen hat eine ziemliche Verwüstung angerichtet.

Da werden Leo Blums Leute ordentlich was zu tun bekommen, denkt Bastian gerade, als er in der Ferne Silja ausmachen kann, die schon geschlafen hat, als der Anruf vom Revier kam. Sie brauchte einen Moment, um sich anzuziehen, und ist deshalb mit ihrem Privatwagen nachgekommen, während Bastian direkt in eines der Polizeifahrzeuge gesprungen ist, die auf ihrer Fahrt zum Tatort bei ihnen vorbeigekommen sind und ihn abgeholt haben.

Mit schnellen Schritten geht der Kommissar auf Silja zu. Ihr entsetzter Gesichtsausdruck spricht Bände.

»Ist ein ziemliches Chaos hier«, begrüßt er sie. »Kommst du mit zu der Frau dort drüben am Sanitätswagen? Sie war sofort nach dem Unfall am Tatort und hat die Kollegen alarmiert.«

Die Blonde zittert immer noch, ist aber inzwischen in der Lage, halbwegs vernünftige Sätze herauszubringen.

»Ich habe aus dem Fenster gesehen, Lutz ist mein Freund, wir haben uns gestritten, und irgendwann ist er einfach abgehauen«, sprudelt es aus ihr heraus. »Ich dachte, vielleicht überlegt er es sich noch mal und kommt zurück. Aber stattdessen ist er wie ein Wilder losgedüst und hat wohl irgendwie die Kontrolle über sein Auto verloren. Es schlingerte kurz, und dann gab es auch schon diesen enormen Knall, und er ist gegen die Bank gerauscht.«

»Wann sind Sie denn genau aus der Wohnung gelaufen?«, will Silja wissen.

»Direkt nach dem Crash. Eigentlich wollte ich zu ihm und helfen, aber als ich näher kam, da sah ich das da.« Sie unterbricht sich kurz, um sich zu sammeln. Nachdem sie einen Schluck von ihrem Tee getrunken hat, redet sie weiter. »Also da sah ich dann das ganze Blut und diese nackte Frau da hinten liegen. Ich dachte wirklich, ich drehe durch. Also ich meine, das gibt's doch gar nicht.«

»Sie haben von den anderen beiden Morden gehört?«, erkundigt sich Bastian.

»Ja klar, wer hat das nicht? Aber ich meine, was ist das für ein unglaublicher Zufall?«

»Was meinen Sie genau mit *Zufall*?«

»Na ja, dass Lutz ausgerechnet auf die Tote draufgebraust ist.«

»Glauben Sie, er hat die Frau gekannt?«

»Keine Ahnung.« Sie stockt und überlegt kurz. »Sie halten ihn jetzt aber nicht für einen Mörder, oder?«

»Wir sind noch ganz am Anfang unserer Ermittlungen«, erwidert Bastian vorsichtig. »Halten Sie Ihren Freund denn für einen Mörder?«

»Was? Nein, natürlich nicht.«

»War er den ganzen Abend lang bei Ihnen?«

»Seit acht etwa. Warum fragen Sie?«

Ihr Blick ist jetzt ängstlich. Bastian kann ihr deutlich ansehen, dass sie fürchtet, entweder zu viel oder das Falsche gesagt zu haben.

»Keine Sorge, Ihr Freund ist im Moment nicht unser Hauptproblem. Haben Sie eigentlich hier irgendetwas angefasst?«

»Nein«, stammelt sie, immer noch verunsichert. »Also ich glaube jedenfalls nicht.«

»Sicherheitshalber würden wir Sie um Ihre Fingerabdrücke bitten.«

»Wirklich? Also ich weiß nicht.« Unschlüssig mustert sie ihre immer noch zitternden Hände.

»Nur zum Abgleich, damit die Kollegen von der Spurensicherung relevante von unwichtigen Spuren unterscheiden können.«

»Okay, ja, wenn es hilft«, stimmt sie schließlich zu.

Bastian und Silja bedanken sich und gehen hinüber zu dem Fahrer des Unfallwagens, der wie betäubt neben dem Sanitätsauto auf einem Klappstuhl sitzt. Die Kommissare stellen sich vor und bitten auch ihn um eine Schilderung des Unfallhergangs. Doch er schüttelt nur hilflos den Kopf.

»Ich kann mich nicht erinnern, tut mir echt leid. Also nicht an dem Aufprall oder was auch immer das war. Nachdem ich Natalies Haus verlassen habe, habe ich vor der Tür noch eine Zigarette geraucht, dann bin ich ins Auto, und danach … ist alles weg. Sorry, wirklich.«

»Sie hatten ganz schön gebechert, habe ich gehört, und dann haben Sie offensichtlich die Kontrolle über ihren Wagen verloren«, versucht Bastian seiner Erinnerung auf die Sprünge zu helfen.

Aber er zuckt nur die Schultern. »Tut mir leid, echt. Die Pappe ist wohl erst mal weg. Und mein Wagen ist auch hinüber. Aber ich wollte doch niemanden umbringen.« Mit Entsetzen im Blick schaut er hinüber zu der nackten Leiche, die wie eine obszöne Inszenierung im Scheinwerferlicht liegt.

»Wir nehmen Sie mit aufs Revier. Zur Blutabnahme und Ausnüchterung«, erklärt Bastian. »Aber so, wie es im Moment aussieht, hält niemand Sie für einen Mörder.«

Donnerstag, 6. November, 07.10 Uhr, Kriminalkommissariat Westerland

Als Bastian Kreuzer und Silja Blanck am nächsten Morgen auf der Dienststelle ankommen, werden sie schon von Leo Blum erwartet.

»Na ihr Schlafmützen«, begrüßt der Chef der Spurensicherung die beiden grinsend.

»Wir waren letzte Nacht bis halb drei im Einsatz«, gibt Bastian grummelnd zurück. »Wenn du nachrechnen möchtest, macht das gerade mal vier Stunden Schlaf.«

»Mein Beileid. Hat Bernstein die Leiche schon angesehen?«

»Klar. Von halb eins bis halb zwei war er am Tatort. Seine Laune kannst du dir ja ungefähr vorstellen. Kommst du auf einen Kaffee mit hoch?«

»Ich bin ganz bestimmt nicht um fünf aufgestanden und habe den allerersten Autozug genommen, um jetzt mit euch Kaffee zu trinken. Außerdem sind meine Jungs schon am Tatort, ich wollte nur noch kurz mit euch reden. Aber wenn ich gewusst hätte, dass ich mir hier die Beine in den Bauch stehen muss …«

»Hört doch auf, euch anzuzicken«, unterbricht Silja das Wortgefecht. »Wir sind alle nicht begeistert davon, dass es wieder eine Frau erwischt hat, und wir schlafen auch alle gern länger, als es die letzte Nacht erlaubt hat. Aber wenn wir jetzt anfangen, uns gegenseitig fertigzumachen, können wir gleich einpacken.«

»Apropos *einpacken*«, hakt Leo Blum nach. »Ich mache mich jetzt wirklich auf die Socken. Habt ihr irgendwelche Sonderwünsche?«

»Wenn du die Tatwaffe auftreiben könntest, wäre das unheimlich nett«, witzelt Bastian, aber Leo bleibt ernst.

»Ist Bernstein da schon konkreter geworden?«

»Glatter harter Gegenstand, vielleicht eine Keule oder ein Baseballschläger. Also ähnlich wie bei dem Mord am Bahndamm, nur dass der Täter diesmal erheblich kräftiger zugeschlagen hat, so dass die Haut gerissen und die Schädelplatten geborsten sind. Ist blutmäßig eine ziemliche Schlacht gewesen, allerdings steht immer noch der Unfallwagen direkt über dem vermutlichen Tatort.«

»Hab schon gehört. Die blaue Bank am Watt. Klingt fast schon idyllisch.«

»Warte, bis du da bist, dann wird dir jeder Gedanke an Idylle vergehen«, widerspricht Silja.

»So schlimm? Ist die Leiche noch vor Ort?«

»Zweimal ja. Es ist ein echtes Gemetzel gewesen, und die Tote liegt noch dort. Wir haben sie nicht angerührt. Ich hoffe, die Kollegen bewachen sie wie Fort Knox.«

»Habt ihr schon die Identität feststellen können?«

Silja nickt. »Gisela Manthey, siebzig Jahre alt, kinderlos und verwitwet. Hat in List gewohnt. Ihre Handtasche mit Geld, Kreditkarten und allen Papieren lag bei den Kleidungsstücken.«

»Also kein Raubmord. Der Typ hat's einfach nur auf kinderlose Frauen angesehen, ist euch das auch schon aufgefallen?« Leo Blums Stimme klingt ein wenig sarkastisch.

»Sehr komisch. Vielen Dank für diesen außerordentlich konkreten Hinweis. Vor allem, weil uns jetzt eine unserer Hauptthesen weggebrochen ist.«

»Wie meinst du das?«

Bastian verzieht das Gesicht. »Das dritte Opfer hat nachweislich absolut nichts mit der Talkrunde zu tun. Sie war nicht dabei, auch nicht als Gast, und so richtig sportlich sieht sie auch nicht aus.«

»Also alles auf Anfang. Na dann, viel Erfolg euch. Sehen wir uns nachher?«

»In etwa ein, zwei Stunden schauen wir noch mal am Tatort vorbei«, antwortet Bastian. »Aber erst mal wollen wir zum Wohnhaus der Toten. Irgendjemand muss sie identifizieren. Vielleicht finden wir Hinweise auf entfernte Verwandte.«

»Oder auf den Mörder«, fügt Silja hinzu. »Nicht, dass ich wirklich daran glaube, dafür war er bisher zu schlau. Aber die Hoffnung stirbt zuletzt.«

Donnerstag, 6. November, 07.54 Uhr, Möwengrund, List

Die Straße mit den schlichten Einzel- und Doppelhäusern liegt beschaulich im Morgennebel. Es ist trüb und feucht, kein besonders einladendes Wetter für Spaziergänger. Ein alter Mann, der seinen Hund ausführt, mustert den Wagen der Kommissare kurz mit einem misstrauischen Blick, entschließt sich dann aber, weiterzugehen. Sie parken ein paar Häuser von Gisela Mantheys Adresse entfernt, um die Nachbarn nicht auf sich aufmerksam zu machen. Als der alte Herr um die nächste Ecke gebogen ist, verlassen sie das Auto und gehen schnell zum Haus, einem schlichten Bau aus den Sechzigerjahren des vorigen Jahrhunderts. Schmal aber zweistöckig klemmt es zwischen anderen ähnlich gestalteten Häusern. Waschbetonplatten und stark gestutzte Rosenbüsche dominieren den Vorgarten. Die Gartenpforte ist unverschlossen, die Haustür dafür aber mit zwei Zusatzschlössern gesichert.

»Mal sehen, welcher hier passt«, murmelt Silja und probiert nacheinander alle Schlüssel des ziemlich umfangreichen Schlüsselbundes aus, den sie in der Handtasche des Opfers gefunden haben. Es dauert eine Weile, aber schließlich gelingt es ihr, die Tür zu öffnen. Beide Kommissare betreten schnell das Haus.

»Bisher hat uns niemand gesehen«, wendet sich Silja an Bastian. »Das ist gut, dann sind wir erst mal vor neugierigen Nachbarn sicher.«

Als er nicht antwortet, dreht sie sich zu ihm um. »Was ist los? Sollen wir anfangen?«

Er schweigt mit gerunzelter Stirn.

»Wir teilen uns auf, wie immer, oder?«, fragt sie und will gerade das Licht anmachen, denn im Haus ist es ziemlich dunkel.

»Warte mal«, ist alles, was der Kommissar antwortet.

»Bastian? Alles in Ordnung?«

»Nein, gar nicht.«

»Wie meinst du das? Mach mir keine Angst. Geht's dir nicht gut?«

Anstelle einer Antwort durchquert Bastian mit ein paar Schritten die Diele und öffnet die Tür zu einem kleinen vollgestellten Wohnzimmer, das er angespannt mustert.

»Jetzt sag schon, was los ist.«

Mit Schwung dreht sich Bastian zu Silja um. Als sie sein Gesicht im Dämmerlicht sieht, bekommt sie einen Schreck. Es ist bleich und vor Anspannung fast verzerrt.

»Mayday«, ruft er mit einer Mischung aus Überraschung und Begeisterung aus.

»Wieso? Was meinst du damit?«

»Ich kenne dieses Haus, Silja. Ich war hier schon einmal. Und zwar bei meiner ersten Ermittlung auf der Insel.«

»Als die drei blonden Mädchen verschwunden sind und wir uns kennengelernt haben?«

»Ganz genau.«

Aber den Fall haben wir doch damals aufgeklärt. Es kann also keinen Zusammenhang zwischen den verschwundenen Mädchen und den toten Frauen geben. Auch wenn es jedes Mal drei waren.«

»Darum geht es nicht. Lass mich erst mal ausreden. Weißt du, wer damals hier gewohnt hat?«

Silja zuckt die Schultern. »Wahrscheinlich auch schon Frau Manthey, im Einwohnermelderegister steht jedenfalls …«

»Fred Hübner«, unterbricht Bastian sie hart. »Hier hat niemand anderes als Fred Hübner zur Untermiete gewohnt. Und zwar bei Frau Manthey höchstpersönlich. Ich erinnere mich daran, dass Sven und ich die Manthey über ihn ausgefragt haben. Er gehörte ja damals zu den Verdächtigen.«

»Moment mal. Nur damit ich das richtig verstehe. Du hattest schon einmal Kontakt zu unserer Toten?«

»Sag ich doch gerade. Ich hätte die Manthey gleich letzte Nacht erkennen sollen, aber sie war so entstellt, und das Ganze ist auch schon ein paar Jahre her. Aber selbst nachdem wir ihren Namen wussten, hat es noch nicht geklingelt. Nur als ich eben in der Diele stand, da war plötzlich alles wieder da.«

»Bist du dir sicher? Ich kann mir nicht vorstellen, dass sie ihn hier beherbergt haben soll. Der war damals doch völlig heruntergekommen und ständig betrunken.«

Bastian nickt nachdenklich. »Wohl wahr. Aber es gibt ein Gartenhaus hinten auf dem Grundstück. Jedenfalls gab es das früher. Und das war mindestens so verwahrlost wie Fred Hübner selbst. Komm, lass uns nachsehen.«

Er hastet durchs Wohnzimmer, entriegelt die Terrassentür und sprintet über die Waschbetonplatten, die auch hier verlegt sind. Während Silja hinterherläuft, versucht sie zu begreifen, was diese Wendung für ihre Ermittlung bedeuten könnte. Aber Bastian lässt ihr keine Zeit zum Nachdenken.

»Hast du den Schlüsselbund noch bei dir?«, fragt er ungeduldig, während er schon an der Tür zu dem heruntergekommenen Gebäude am Ende des Grundstücks rüttelt.

Silja mustert die windschiefen Wände und das löchrige Dach. »Hier soll jemand gelebt haben? Das kann ich mir schwer vorstellen.«

Sie reicht Bastian die Schlüssel und tippt auf ein angerostetes Exemplar. »Versuch den mal, den habe ich zumindest für die Vordertür nicht gebraucht.«

»Passt genau.« Bastian sperrt auf. Mit lautem Knarren öffnet sich die Tür. Sofort schlägt den Kommissaren ein strenger Geruch nach Moder und Tierexkrementen entgegen. Neugierig sehen sie sich um.

Ein rostiges Bettgestell mit einer angeschimmelten Matratze und ein uralter Korbstuhl, dessen Geflecht löchrig ist, stehen in einer Ecke. Auf der anderen Seite des Raumes befinden sich ein Rasenmäher, eine Schubkarre, ein Laubbläser und diverse andere Gartengeräte. An der Hinterwand sind etliche Pappkartons zu windschiefen Türmen gestapelt.

»Sieht eigentlich nach einem normalen Gartenschuppen aus«, sagt Silja. »Ich kann immer noch nicht glauben, dass hier jemand gewohnt haben soll. Du bist dir wirklich sicher?«

»Hundertpro. Das Ganze ist, wie gesagt, Jahre her, und weil wahrscheinlich nicht mehr geheizt worden ist, haben Kälte und Feuchtigkeit sich hier so richtig schön festgesetzt.« Er schiebt ein paar Geräte beiseite und zeigt dann auf einen uralten Elektroheizkörper, der hinter einem Karton mit alten Einweckgläsern verborgen war. »Siehst du den hier? Und dort drüben ist eine Steckdose, es gibt also Strom. Und außerdem …« Er schlängelt sich an einigen Kisten vorbei und weist hinüber zu einer niedrigen Tür. »Jede Wette, dass dahinter das Klo ist.«

»Lass uns nachsehen.«

Bastian öffnet die Tür. Tatsächlich stößt er auf eine primitive Nasszelle. »Glaubst du mir jetzt? Wir haben Hübner in genau diesem Schuppen vernommen. Ich erinnere mich sogar noch an den widerwärtigen Alkoholdunst, der im ganzen Raum stand. Wir mussten erst mal das Fenster aufreißen.«

»Wer ist wir?«

»Na, Sven und ich. Kannst ihn gern fragen.«

»Sei nicht albern. Natürlich glaube ich dir. Die Frage ist nur: Was heißt das für unsere Ermittlungen?«

»Du bist doch sonst nicht so begriffsstutzig. Fred Hübner hat das erste Opfer in aller Öffentlichkeit beleidigt und das zweite Opfer nach Aussage des Ehemannes auch. Das dritte Opfer kannte er persönlich, und vermutlich war er damals nicht besonders gut auf die Frau zu sprechen.«

»Das ist jetzt aber eine Unterstellung. Oder wie kommst du darauf?«

»Frau Manthey hat eine ziemlich schlechte Meinung von ihrem Untermieter gehabt und damit auch nicht hinter dem Berg gehalten. Das dürfte Hübner wohl kaum verborgen geblieben sein.«

»Aber das Ganze ist ewig her. Inzwischen hat er sich berappelt und eine ehrbare Existenz aufgebaut. Warum sollte er sich jetzt noch an der Manthey rächen wollen?«

»Ich weiß es nicht. Manche Kränkungen sitzen tief. Fragen wir ihn doch selbst.«

»Bastian«, entgegnet Silja in plötzlich äußerst ernstem Tonfall, »lass uns jetzt bitte nicht vorschnell handeln. Wir gucken uns erst mal drüben im Haus um, vielleicht finden wir ja noch andere Hinweise. Und bevor wir dann Kontakt zu Hübner aufnehmen, sollten wir uns auf jeden Fall mit der Bispingen abstimmen. Die reißt uns sonst in Stücke.«

»Der Typ hängt irgendwie in diesen Verbrechen mit drin, das sagt mir meine Nase schon die ganze Zeit«, murmelt Bastian aufgebracht. »Und das wird auch unsere geschätzte Staatsanwältin einsehen müssen, ob es ihr nun gefällt oder nicht.« Mit grimmigem Gesicht holt er das Handy aus der Tasche. »Ich rufe sie sofort an. Danach können wir uns immer noch im Haus umsehen.«

Donnerstag, 6. November, 08.28 Uhr, Staatsanwaltschaft, Flensburg

Elsbeth von Bispingen sitzt schon seit sieben Uhr morgens an ihrem Schreibtisch. Und gestern Abend hat sie erst um elf das Büro verlassen. Sie arbeitet systematisch, um nicht zu sagen manisch, alles Liegengebliebene ab. Mit Erfolg. So aufgeräumt sah es in ihrem Büro schon lange nicht mehr aus.

In verbissener Konzentration auf ihre Akten verbietet sich die Staatsanwältin jeden Gedanken an Fred Hübner. Sie weiß, es ist unfair, aber dieses Verfahren hat sich in ihrer Vergangenheit schon oft bewährt. Wenn sie im Privaten nicht weiterkommt, stürzt sie sich auf die Arbeit. Für ihre Karriere ist das immer förderlich gewesen, für ihre privaten Beziehungen eher nicht. Elsbeth ist nicht bindungsunwillig, im Gegenteil. Sie ist außerordentlich flirtfreudig, und sie kann auch sehr verbindlich sein. Aber bei einem bestimmten Level an emotionaler Komplikation schaltet sie in den Reservegang, und das bedeutet Rückzug in die Arbeit und im schlimmsten Fall Abbruch der privaten Beziehung.

Doch so weit ist Elsbeth diesmal noch nicht. Die Liste ihrer vergangenen Partnerschaften ist lang, und nur wenige davon hat nicht sie selbst beendet. Elsbeth weiß also ziemlich genau, dass sie mit ihrem Verhalten stetig dafür sorgt, bestimmte Probleme ungeklärt hinter sich zu lassen. Und natürlich weiß sie auch, um welche Sorte von Problemen es sich in der Vergangenheit dabei gehandelt hat. Eine Kollision von beruflichen und privaten Interessen ist bisher noch nie dabei gewesen.

Das verunsichert sie und bringt sie gleichzeitig dazu, an der Wirksamkeit ihres eingeübten Verhaltensmusters zu zweifeln. Die Flucht in die bewährte Schutzhaltung ist diesmal wenig hilfreich, es muss eine Aussprache geben. Elsbeth wird nicht umhinkommen, das ganze Ausmaß ihrer Befürchtungen offenzulegen, auch wenn es Fred verletzt.

Denn immer wieder hat sie diese Anwandlungen von Verdacht, Leugnen hilft gar nichts. Fred muss diesen Verdacht entkräften, das ist etwas, was sie ihm bei aller Liebe nicht ersparen kann und was er bisher nicht ausreichend geschafft hat. Elsbeth versteht gut, dass ihr Verhalten für Fred verletzend ist, aber es kann auch keine Lösung sein, jegliche Bedenken herunterzuschlucken und so zu tun, als sei alles in bester Ordnung.

Heute Nachmittag, beschließt die Staatsanwältin gerade, *oder besser noch heute Abend*, korrigiert sie sich sofort, *heute Abend rufe ich ihn an. Ich nehme mir Zeit für ein echtes Gespräch und vor allem: Ich nehme mir vor, ruhig und gelassen zu bleiben und mich nicht von meinen Emotionen treiben zu lassen. Aber jetzt verbiete ich mir erst einmal jeden weiteren Gedanken an dieses Problem und konzentriere mich voll auf die Arbeit.*

Sie greift nach der nächsten Akte und schlägt sie auf. Der Fall hat vor zwei Monaten landesweit Schlagzeilen gemacht. Eine Flensburger Familie mit Migrationshintergrund. Der Vater streng islamgläubig und sehr traditionell, die Tochter liberal sozialisiert und entschlossen, sich gegen eine Zwangsheirat zu wehren und zu ihrem deutschen Freund zu ziehen. Der Bruder fühlte sich verpflichtet, die Familienehre zu bewahren, lauerte seiner Schwester auf und schoss ihr mitten ins Gesicht. Die junge Frau überlebte knapp, bleibt aber für den Rest ihres Lebens entstellt. Elsbeth kann die Fotos, die vor ihr liegen, kaum ansehen und blättert schnell weiter. Die Beweisaufnahme ist mittlerweile abgeschlossen, in einer Woche beginnt der Prozess. Er wird hässlich und langwierig werden.

Als Elsbeths Handy klingelt, ist die Staatsanwältin fast froh.

»Kreuzer hier. Wo erwische ich Sie denn, Frau von Bispingen? Sind Sie noch auf der Insel?«

»Nein, längst nicht mehr. Ich sitze in Flensburg an meinem Schreibtisch. Und ich hoffe, Sie haben einen guten Grund, mich zu stören«, antwortet Elsbeth schnippisch.

»Auf jeden Fall.«

»Wie schön. Haben Sie die Mordfälle endlich aufgeklärt?«

»Leider sind wir noch nicht so weit. Und um ehrlich zu sein, sind wir sogar weiter von einer Aufklärung entfernt, als bisher angenommen. Wir haben nämlich eine dritte Tote. Es handelt sich um eine ältere Einwohnerin aus List, die erschlagen, entkleidet und mit dem grünen Seil, das wir schon kennen, an eine blaue Bank gefesselt war.«

»Gibt es diesmal wenigstens irgendwelche belastbaren Spuren?«, erkundigt sich Elsbeth fast mechanisch. Denn ihr erster Gedanke gilt nicht dem grausigen Mordfall, sondern ausschließlich Fred Hübner. *Hoffentlich hat er diesmal ein Alibi, hoffentlich ist er endlich raus aus dieser Verdachtsschlinge.*

Doch schon Kreuzers nächste Sätze machen alle Hoffnungen der Staatsanwältin zunichte.

»Das Ganze ist gestern Abend passiert. Es gibt momentan erhebliche Schwierigkeiten bei der Spurensicherung, weil es zusätzlich am Tatort einen Unfall gegeben hat. Ist kompliziert und ziemlich absurd. Details liefere ich nach. Aber erst mal ist der Grund meines Anrufes ein anderer. Das Opfer heißt Gisela Manthey und ist für uns keine ganz Unbekannte.«

»Mir sagt der Name nichts.«

»Das glaube ich gern. Fred Hübner hat die Tote allerdings ziemlich gut gekannt.«

Der Kommissar bricht ab und lässt seine Worte wirken.

»Wie meinen Sie das?«, fragt Elsbeth leise, während sich ein außerordentlich mulmiges Gefühl in ihr breitmacht.

»Er hat jahrelang im Gartenhaus auf Gisela Mantheys Grundstück gewohnt.«

Nein, denkt sie, *nein, das darf jetzt einfach nicht wahr sein!* Und dann, ganz plötzlich, verschlägt es Elsbeth von Bispingen die Sprache. Sie hat so etwas noch nie erlebt, aber sie ist buchstäblich unfähig, auch nur ein einziges Wort herauszubringen.

»Frau von Bispingen, sind Sie noch da?«

»Ja, schon. Ich …«, beginnt sie, merkt aber sofort, dass sie nur unzusammenhängendes Zeug stammeln würde.

»Ich verstehe gut, dass das für Sie eine schwierige Situation ist«, hilft ihr der Kommissar, und sie ist ihm tatsächlich dankbar dafür. »Frau Blanck und ich sind uns bewusst, in was für einem Konflikt Sie sich befinden müssen. Aber wir sollten den Tatsachen ins Auge sehen. Herr Hübner hatte Kontakt zu allen drei Mordopfern, und soweit wir wissen, ist er bisher der Einzige, über den sich das sagen lässt. Wir werden also zunächst sein Alibi überprüfen.«

»Natürlich. Tun Sie das«, bringt Elsbeth mit Mühe heraus, wobei ihre Stimme gefährlich kippt.

»Zusätzlich würden wir gern Herrn Hübners Wohnung durchsuchen. Dafür bräuchten wir allerdings Ihre Erlaubnis.«

Das ist jetzt wirklich der Super-GAU. Wenn ich dem zustimme, ist es definitiv aus mit unserer Beziehung. Elsbeth zögert. Was soll sie sagen?

»Herr Kreuzer, darüber muss ich nachdenken. Geben Sie mir etwas Zeit, dann melde ich mich mit einer Entscheidung wieder bei Ihnen.«

»Ja … okay. Nur, die Sache ist die …«

Jetzt ist es an Kreuzer zu zögern. Elsbeth weiß, da kommt gleich noch etwas, und sie wappnet sich innerlich.

»Spucken Sie's aus. Es ist für uns alle schwierig, wie Sie schon sagten.«

»Ich versteh, dass die Entscheidung für Sie nicht einfach ist, aber ich möchte Sie doch bitten, sich zu beeilen. Zurzeit sind wir noch auf dem Grundstück der Toten und werden uns erst mal in ihrem Haus umsehen. Aber danach wäre es schön, wenn wir mit allen Vollmachten bei Herrn Hübner aufkreuzen könnten. Bisher ist es uns gelungen, dass keine Details des Verbrechens an die Öffentlichkeit dringen, aber lange wird das nicht funktionieren. Sie kennen das ja, irgendein Leck gibt es immer. Aber bis dahin möchte ich Sie dringend um eines bitten: Warnen Sie Fred Hübner nicht. Es ist für uns ungeheuer wichtig, bei der Vernehmung seine spontane Reaktion zu sehen.«

»Kreuzer, jetzt hören Sie mir mal gut zu«, sagt die Staatsanwältin schärfer als nötig. »Ihre letzte Bemerkung werde ich ausnahmsweise gleich vergessen. Dass ich so pflichtvergessen sein könnte, ist eine fast schon beleidigende Unterstellung.«

»Frau von Bispingen, bitte verstehen Sie doch …«, beginnt der Kommissar.

Aber Elsbeth unterbricht ihn sofort. »Ich melde mich baldmöglichst mit einer Entscheidung. Bis dahin machen Sie einfach Ihre Arbeit und lassen mich die meine tun. Adieu.«

Donnerstag, 6. November, 08.39 Uhr, Möwengrund, List

»Wenn sich die Bispingen in die Ecke getrieben fühlt, schlägt sie um sich«, murmelt Bastian Kreuzer und steckt sein Handy zurück in die Jackentasche.

»Was hast du denn erwartet?« Silja zuckt mit den Schultern. »Dass sie begeistert einer Hausdurchsuchung bei ihrem Lover zustimmt?«

»Apropos Hausdurchsuchung.« Bastian sieht sich in dem verlassenen Schuppen um, in dem sie immer noch stehen, und zeigt dann hinüber zu dem Wohnhaus Gisela Mantheys, das still und dunkel am anderen Ende des Gartens liegt. »Hier sind wir ja so weit durch, lass uns rübergehen und sehen, ob wir irgendwelche Hinweise auf den Täter finden können.«

»Gute Idee.«

Inzwischen hat es angefangen zu regnen, graue Wolken hängen tief über der Insel. Silja stößt die Tür auf und tritt in den Regen. Die Kommissarin wartet, bis auch Bastian das Gartenhaus verlassen hat, und will gerade abschließen, als er sie überraschend an der Schulter fasst.

»Warte kurz«, wispert er direkt in ihr Ohr. »Nicht bewegen jetzt.«

»Was ist los?«

»Dreh dich mal vorsichtig um. Bei der Manthey ist plötzlich Licht im Obergeschoss. Da war doch eben noch alles dunkel, oder spinne ich?«

Silja linst über die Schulter und sieht sofort den hellen Lichtschein hinter einem der beiden rückwärtigen Fenster.

»Das Licht ist neu«, bestätigt sie. »Irgendjemand muss

gerade angekommen und direkt nach oben gegangen sein. Sonst hätte er ja wohl die offene Terrassentür bemerkt und wäre nachsehen gegangen, was hier hinten los ist.«

»Na, dann schnappen wir uns den doch mal. Ein bisschen Bewegung in diesem Fall ist genau das, was wir jetzt brauchen.«

»Hoffentlich ist es nicht wieder die Putzfrau«, flüstert Silja, als sie den Garten durchqueren. Dann schlüpfen die Kommissare durch die Terrassentür ins Haus. Von oben sind verhaltene Geräusche zu hören. Ein leises Quietschen, anschließend ein Knarren.

»Na los, worauf warten wir noch«, flüstert Bastian, zieht die Waffe, entsichert sie und geht vorsichtig die Treppe hinauf. Silja folgt ihm mit einigem Abstand.

Oben angekommen, sieht Bastian sich um. Zwei Türen links, zwei rechts. Die rechten beiden führen offenbar zu Zimmern, die zur Straße hin liegen, und sind geschlossen. Die beiden linken Türen stehen offen. Hinter der ersten liegt im Dämmerlicht des trüben Tages ein Badezimmer, aus dem Raum dahinter kommen die Geräusche.

Bastian überprüft zunächst das Bad. »Sauber«, flüstert er und geht dann mit vorgehaltener Waffe weiter in den hell erleuchteten Raum, der von einem Ehebett mit gepolstertem Kopfteil dominiert wird. Gegenüber vom Bett stehen ein Schleiflackschrank und eine dazu passende Kommode, deren oberste Schublade herausgezogen ist. Ein dürrer Mann in Jeans, dicker Jacke und abgetragenen Sneakers beugt sich über die Schublade und wühlt darin herum. Seine dunklen Haare wirken, als hätten sie dringend eine Wäsche nötig. Der Eindringling ist so intensiv in seine Suche vertieft, dass er die Kommissare immer noch nicht bemerkt hat.

Bastian lässt die Waffe sinken. »Darf ich fragen, was Sie hier suchen?«

Der Dürre fährt herum und starrt die beiden Kommissare an. Er wirkt durchaus überrascht, aber nicht besonders ängstlich.

»Das Gleiche könnte ich Sie fragen.«

Bastian steckt die Waffe weg und hält dem anderen seinen Dienstausweis unter die Nase. »Bastian Kreuzer, Kriminalpolizei Westerland, meine Kollegin Silja Blanck«, stellt er knapp vor.

»Hat meine Tante etwas ausgefressen? Oder was macht die Kripo sonst hier?«

»Sie sind Gisela Mantheys Neffe?«

»Marvin Schöne. Ganz recht. Und bevor Sie weiterfragen. Ich habe einen Schlüssel zu diesem Haus. Wollen Sie meinen Ausweis sehen?«

»Fürs Erste nicht. Vielmehr interessiert uns, was Sie hier suchen.«

»Ich, äh, nichts Bestimmtes.« Seine Augen irren durch den Raum, als stünde die Antwort auf die Frage des Kommissars in irgendeiner Ecke herum. Doch plötzlich straffen sich seine Schultern, und er erklärt energisch: »Um genau zu sein, suche ich nach Fotos aus meiner Kindheit. Gisela, also meine Tante, wollte sie mir immer schon mal zeigen, aber sie konnte die Kiste mit den Fotos nie finden. Und da dachte ich, ich sehe selbst mal nach.«

»Wissen Sie, wo sich Ihre Tante gerade aufhält?«, erkundigt sich Bastian lauernd.

»Äh, nein. Nicht direkt.« Marvin Schöne senkt die Augen. »Ich habe vorhin versucht, sie zu erreichen, aber sie ist nicht ans Handy gegangen. Ich war ein bisschen besorgt, und da ich in der Nähe war, bin ich kurz nachschauen gefahren, ob ihr vielleicht was zugestoßen ist. Aber wie Sie sehen können, ist sie gar nicht zu Hause, vielleicht ist sie ja beim Arzt oder einkaufen oder so.«

»Und da haben Sie die Abwesenheit Ihrer Tante genutzt, um kurz mal ihre Unterwäsche zu durchwühlen?« Mit einem ironischen Heben der Augenbrauen zeigt Silja auf den Inhalt der Schublade.

»Na ja, die Fotos, wie gesagt«, beginnt Schöne noch einmal.

»Schluss mit der Märchenstunde«, unterbricht ihn Bastian mit scharfer Stimme. »Fotos, dass ich nicht lache. Diesen Blödsinn können Sie Ihrer Großmutter erzählen. Ihre Tante ist gestern Abend Opfer eines tödlichen Überfalls geworden, und vermutlich haben Sie davon gewusst. Was suchen Sie also wirklich?«

Marvin Schöne reagiert nicht ganz so, wie Bastian es sich vorgestellt hat. Er wird sehr blass, schwankt ein wenig, droht fast umzukippen und kann sich knapp auf die Bettkante retten.

»Sie ist tot?«, flüstert er.

Sein Entsetzen wirkt ziemlich echt, findet Bastian. Trotzdem setzt er nach. »Darf ich erfahren, was Sie gestern Abend von acht Uhr abends bis Mitternacht gemacht haben?«

»Erinnern Sie mich nicht daran«, seufzt Schöne.

»Hauptsache Sie erinnern sich«, kontert Bastian humorlos.

»Ich war zocken. In Westerland. Von acht bis zwei Uhr nachts etwa.« Er vergräbt das Gesicht in den Händen und lässt ziemlich viel Zeit verstreichen. Als Bastian stumm abwartet, murmelt Schöne schließlich zwischen seinen Fingern hindurch: »Ich habe eine echte Pechsträhne gehabt und ziemlich viel Geld verloren, das können Sie gern nachprüfen.

Und als Gisela vorhin nicht ans Telefon gegangen ist, wollte ich kurz mal nachsehen, ob sie nicht hier irgendwo ein bisschen Kohle gebunkert hat.« Überraschend reißt er den Kopf nach oben und blickt den Kommissar aus geröteten Augen an. »Dass Gisela nicht mehr am Leben ist, konnte ich doch nicht ahnen. Stimmt das überhaupt, oder haben Sie das nur behauptet, um mich zu provozieren?«

»Es stimmt, leider«, sagt Silja leise.

»Und wie? Also ich meine, wann? Was ist passiert?«

Die Kommissare setzen Marvin Schöne ins Bild, ohne ermittlungsrelevante Details zu verraten. Mit keinem Wort erwähnen sie die Todesursache, das grüne Seil, die blaue Bank oder die Tatsache, dass Gisela Manthey nackt war. Der Neffe der Toten hört zu, ohne die Kommissare auch nur einmal zu unterbrechen. Erst als sie ihren Bericht beendet haben, sagt er mit heiserer Stimme:

»Meine Tante war gestern Abend mit drei Freundinnen verabredet, das hat sie mir vor ein paar Tagen erzählt. Ihre alte Clique aus Schulzeiten, zu der sie immer noch Kontakt hatte. Sie muss auf dem Rückweg nach Hause gewesen sein, als man sie erwischt hat. Hat sie sehr leiden müssen?«

»Sie ist infolge eines außerordentlich heftigen Schlages auf den Kopf gestorben, vermutlich hat sie sehr schnell das Bewusstsein verloren«, antwortet Silja.

»Haben Sie vielleicht die Kontaktdaten dieser drei Freundinnen Ihrer Tante, die Sie erwähnt haben?«, setzt Bastian hinzu. »Außerdem wüssten wir natürlich gern, wo genau Sie gestern gezockt haben. Schließlich müssen wir Ihr Alibi überprüfen.«

Marvin Schöne wirkt wenige Sekunden lang so, als wolle er sich über den rüden Ton des Kommissars beschweren.

Er stemmt die Hände in die Seiten und holt tief Luft. Dann nickt er nur ergeben. »Kein Problem. Ich bin Stammgast in *Elkes Spielhalle* in Westerland. Die Chefin kennt mich und kann Ihnen das bestimmt bestätigen.«

»Und die Freundinnen Ihrer Tante? Können Sie uns deren Namen auch sagen?«, beharrt Bastian.

»Eine von denen war meine Lehrerin. Frau Schubert, Karla mit Vornamen, soviel ich weiß. War ganz schön unangenehm, die Vorstellung, dass meine Tante immer genau wusste, was ich so im Unterricht angestellt habe. Von den anderen beiden weiß ich die Namen leider nicht, obwohl, doch, eine heißt Marie, glaube ich.«

»Karla Schubert, das ist doch schon mal was«, bedankt sich Silja und notiert den Namen. Anschließend bittet sie den Neffen der Toten noch um seine Kontaktdaten und die genaue Adresse der Spielhalle, in der er sich gestern zur Tatzeit aufgehalten haben will. Als das erledigt ist, fordert Bastian ihn auf, das Haus zu verlassen und den Schlüssel abzugeben. Schöne reagiert überrascht.

»Warum das denn?«

»Herr Schöne, das liegt doch auf der Hand«, erklärt Bastian geduldig. »Sie haben hier irgendetwas gesucht. Fotos? Geld? Vielleicht auch noch etwas ganz anderes. Wir wissen es nicht, und Sie waren mit Ihren Aussagen nicht sehr hilfreich. Daher sollten Sie das Durchsuchen dieses Hauses bis auf weiteres der Polizei überlassen. Selbstverständlich bekommen Sie den Schlüssel zurück, wenn wir damit fertig sind.«

»Aber …«, will Schöne einwenden, wird allerdings von Silja unterbrochen.

»Eine letzte Frage noch. Hatte Ihre Tante vielleicht ein Testament?«

Schöne zögert einen Moment zu lange, doch dann zuckt er die Achseln. »Keine Ahnung. Finden Sie es raus.«

Donnerstag, 6. November, 09.22 Uhr, Fisch Blum, Wenningstedt

Fred Hübner springt von seinem Rennrad und stellt es auf dem Parkplatz neben dem niedrigen Gebäude ab, in dem sich das Fischgeschäft befindet. Kein Auto blockiert den Weg, auch im Laden ist er der einzige Kunde, ganz anders als im Sommer, wenn hier schon vormittags Hochbetrieb herrscht. Fred begrüßt den beleibten grauhaarigen Verkäufer, den er schon seit Jahren kennt, und mustert die Auslage. Jakobsmuscheln, frischer Lachs, Scholle, Seezunge, Nordseekrabben, dazu natürlich diverse Räucherfische sowie verschiedene Matjesspezialitäten. Der Journalist hat bereits ein ausgiebiges Morgentraining hinter sich und beabsichtigt eine zweite Runde am Nachmittag zu fahren. Und danach wird er sich ein einfaches, aber köstliches Abendessen gönnen. Frischer Thunfisch mit Honig-Senf-Marinade auf Scheiben von diesem kleinen runden Haselnussbrot vom Bäcker gegenüber.

»Moin, ist der frische Thun schon da?«

»Gerade gekommen.« Der Fischverkäufer weist auf ein rot glänzendes, fast unsichtbar gemasertes Stück Fisch.

»Sashimiqualität? Ich ess den immer roh«, fragt Fred nach.

»Heute ja. Gestern hätte ich dir den nicht verkauft.«

»Ich nehme fünf Scheiben, möglichst dünn geschnitten.«

Während er zusieht, wie das Thunfischfilet sorgsam in hauchdünne Scheiben zerteilt wird, läuft Fred bereits das

Wasser im Mund zusammen. Er beschließt, zusätzlich noch ein paar Garnelen zu kaufen, die er sich zum Mittag mit etwas Knoblauch in der Pfanne braten wird. Doch bevor er seine Bestellung aufgeben kann, ergreift der Verkäufer das Wort.

»Schon von der Schweinerei in List gehört?«

»Nein? Was meinst du?«

»Der Fiete, der vorhin den Thun gebracht hat, der hat von bannig viel Polizei im Norden erzählt. Der Fiete wohnt ja am Brünk direkt hinterm Lister Urwald.«

»Ja und?«

»In Richtung Weststrand haben die die Möwenbergstraße komplett abgesperrt, kommt keiner mehr durch.«

»Warum das denn?«

»Also der Manni, das ist ein Kumpel vom Fiete, der ist da frühmorgens noch mit seinem kleinen Mops längs, und der hat erzählt, dass es einen Unfall gegeben hat, ist wohl ein Suffkopp gegen eine von diesen blauen Bänken gerast. Alter BMW, Totalschaden, meint der Manni. Aber da muss noch mehr passiert sein.«

»Vielleicht sollte ich mal gucken fahren«, murmelt Fred mehr zu sich selbst.

»Kannst du gleich vergessen. Die haben ein paar Meter von dem Schrottwagen entfernt ein Zelt aufgebaut, drumrum jede Menge Einsatzwagen und eben die Beamten, die niemanden mehr durchlassen. Manni war der Letzte, der überhaupt noch was hat sehen können. Und in den Nachrichten haben sie auch noch nichts gebracht.«

Der Verkäufer klatscht die Thunfischscheiben auf Fettpapier und sieht Fred fragend an. »War's das?«

»Fünf von den großen Garnelen nehme ich noch«, antwortet Fred geistesabwesend.

»Isst du die auch roh?«

»Spar dir deine Witze für die Badegäste auf.«

»Von denen gibt's aber grad keine. Auch mal ganz schön, ne?«

»Allerdings. Von mir aus könnten die immer wegbleiben. Stören doch nur.«

»Seh ich anders. Wenn die nicht wären, wär ich meinen Job schneller los, als mein kleiner Enkel *Paw Patrol* sagen kann. Und du müsstest dir deinen frischen Fisch sonst wo herholen. Die meisten Sylter kaufen doch lieber das abgepackte Zeug bei Lidl oder Aldi in Tinnum.«

Er schüttelt sich kurz bei dem Gedanken an den Supermarktfisch und wiegt anschließend die Garnelen ab.

»Und noch ein kleines Näpfchen von der Honig-Senf-Sauce«, sagt Fred unkonzentriert, während er darüber nachdenkt, ob er Elsbeth anrufen soll. *Blöd, dass wir uns ausgerechnet jetzt so gestritten haben. Eigentlich müsste sie sich melden, schließlich war sie es auch, die einfach so abgehauen ist.*

Immer noch in Gedanken zahlt Fred den Fisch, lässt sich die Tüte über den Tresen reichen und verabschiedet sich. Draußen besteigt er sein Rad und fährt rüber zu seiner Maisonette am Dorfteich, wo ein paar Enten lustlos im Wasser planschen. Während Fred seinen Wohnungsschlüssel aus der Bauchtasche fummelt, beschließt er, den Anruf bei Elsbeth von der Zahl der Enten abhängig zu machen. Gerade bedeutet *ja*, ungerade *nein*. Als hätten sie seine Gedanken erraten, steigen die Enten aus dem Wasser und watscheln auf ihn zu. Fred zählt: eins, zwei, drei, vier, fünf, sechs, sieben, acht, neun. Also ungerade. *Mist. Das kommt davon, wenn man sich vor einer Entscheidung drückt*, ärgert er sich. Doch plötzlich kommt eine zehnte Ente hinter einem Schilfbüschel hervor.

Schon besser! Schnell schließt Fred die Haustür auf und verschwindet im Flur. *Wer weiß, wie viele Enten sich sonst noch im Schilf versteckt haben.*

In der Wohnung verstaut Fred seinen Einkauf im Kühlschrank und schält sich aus seinen Klamotten. Ein bisschen bange ist ihm schon vor dem Anruf bei Elsbeth. Wenn sie seine Absicht durchschauen sollte, wird sie unausstehlich werden, so viel ist sicher. Fred steigt erst mal unter die Dusche. Vielleicht haben sich die Enten doch geirrt, und er sollte sich besser auf seinen Instinkt verlassen. Und der sagt ihm eindeutig: *Warte ab.*

Aber Fred war schon immer ein ungeduldiger Mensch. Bereits beim Abtrocknen steht sein Entschluss fest. Er wirft sich nackt aufs Bett und greift zum Handy.

Elsbeth nimmt den Anruf schon beim zweiten Klingeln an.

»Mit dir hätte ich jetzt am allerwenigsten gerechnet«, begrüßt sie ihn. *Klingt ihre Stimme nun erfreut oder doch eher genervt? Oder ist es reine Überraschung?*

»Ich wollte das so zwischen uns nicht stehen lassen«, beginnt Fred vorsichtig.

»Lieb von dir.«

Er wartet darauf, dass sie weiterredet, aber es kommt nichts mehr.

»Wir sollten uns aussprechen«, sagt er sanft.

»Gerade ist es schlecht. Hier laufen alle Leitungen heiß.«

»Warum? Was ist los?« *Geht doch.* Fast ist Fred überrascht von der Steilvorlage, die sie ihm liefert.

»Das weißt du vielleicht besser als ich.«

»Wieso das denn? Ist irgendwas hier auf der Insel passiert?«

Sie lässt mich auflaufen, denkt Fred enttäuscht. Aber nun

ist er schon mal auf der richtigen Fährte, da wird er nicht mehr lockerlassen.

»Fred, ehrlich mal, das ist doch kein Zufall, dass du mich ausgerechnet jetzt anrufst. Beschaff dir deine Informationen gefälligst von woanders. Ich kann im Augenblick wirklich nichts für dich tun. Lass uns später noch mal in Ruhe reden, ich könnte dich heute Abend anrufen – falls du das dann überhaupt noch willst.«

»Also Elsbeth, hör mal, das hast du jetzt alles völlig falsch verstanden«, setzt Fred an, aber Elsbeth hat das Gespräch bereits unterbrochen.

Fluchend steht er auf und beginnt, sich frische Sachen anzuziehen. Als er gerade ein Sweatshirt überstreift, das verwirrend nach Elsbeths Parfüm riecht, geht unten die Klingel. Fred steigt die Treppe herunter und öffnet die Tür.

Draußen steht Kommissar Bastian Kreuzer.

Donnerstag, 6. November, 09.49 Uhr, Im Gaadt, Wenningstedt

Als es klingelt, ist Karla Schubert noch im Bademantel. Seit ihrer Pensionierung genießt es die ehemalige Lehrerin, morgens so lange zu trödeln, wie es ihr passt. Und wer weiß, ob das noch so ungestört möglich ist, wenn sie und Lydia erst einmal bei Gisela eingezogen sind. Überhaupt steht Karla diesem Plan etwas skeptischer gegenüber als Lydia. *Was ist, wenn wir drei uns nicht vertragen? Was ist, wenn Gisela irgendwann die Nase voll von uns hat?* Dann stehen sie möglicherweise auf der Straße und müssen sich von neuem auf dem angespannten Sylter Wohnungsmarkt umsehen.

Die stressige Wohnungssuche hat Karla schon vor drei Jahren fast in den Wahnsinn getrieben. Überhöhte Preise und ein so enger Markt, dass man sich quasi schon bei der ersten Besichtigung entscheiden muss, sonst ist die Wohnung weg. Als Karla letztens ihre Bedenken vortrug, hat Gisela sie allerdings beruhigt und ihnen eine umfassende Garantie versprochen, die sie sogar notariell festlegen lassen wollte. Aber würde das wirklich gegen Abneigungen helfen, die beim engen Zusammenwohnen doch entstehen können?

Immer noch ganz in Gedanken öffnet Karla die Tür. Sie erwartet, den Paketboten vor sich zu sehen, denn sie hat sich neue Stiefel bestellt. Aber die zierliche Frau mit den dunklen Haaren, die freundlich lächelnd im Treppenhaus steht, hat sie noch nie gesehen.

Karla wird sich plötzlich ihrer unzureichenden Bekleidung bewusst und nestelt verlegen am Gürtel des Bademantels. Die Fremde hält ihr eine laminierte Karte entgegen.

»Guten Tag, Silja Blanck ist mein Name. Ich komme von der Kripo Westerland. Kann ich kurz reinkommen?«

Verdutzt mustert Karla erst den Dienstausweis, dann die Fremde. Das Foto zeigt eindeutig die Frau, die vor ihr steht, aber das heißt heutzutage ja gar nichts.

»Ihnen ist schon klar, dass sich jeder Depp so einen Ausweis herstellen kann. Glauben Sie bloß nicht, dass ich darauf reinfalle.«

Das ist doch irgendein blöder Trick, um sich Zugang zu meiner Wohnung zu verschaffen, weiß sie sofort. *Aber nicht mit mir.* Energisch will Karla der Fremden die Tür vor der Nase zuknallen. Doch die blockiert mit ihrem Fuß die Schwelle.

Karla bekommt Panik. »Lassen Sie das, sonst rufe ich die Polizei.«

Zu ihrer nicht geringen Überraschung lächelt die junge Frau sie an. »Tun Sie das doch bitte. Ich warte solange hier draußen. Ich kann Ihr Misstrauen gut verstehen und mache Ihnen folgenden Vorschlag. Sie nehmen meinen Dienstausweis mit rein und suchen sich die Nummer des Westerländer Kriminalkommissariats heraus. Dort wird man Ihnen meine Echtheit gern bestätigen.«

Zum Glück nimmt sie jetzt auch den Fuß aus der Tür.

Karla reißt der Fremden die Plastikkarte aus der Hand und schlägt die Tür ins Schloss. Drinnen muss sie sich erst mal setzen, weil ihr Herz ziemlich heftig klopft. *Kriminaloberkommissarin Silja Blanck*, liest sie. *Dafür war die doch viel zu jung. Bestimmt haut sie jetzt gerade ab.* Trotzdem entscheidet sich Karla, bei der Kripo anzurufen. Entweder die bestätigen die Echtheit der Kommissarin, was sie nie im Leben glaubt, oder sie kann gleich den Betrugsversuch melden.

Drei Minuten später ist Karla in eine Jogginghose und einen Sweater geschlüpft und öffnet der Kommissarin die Wohnungstür.

»Entschuldigen Sie bitte, aber ich dachte wirklich …«, beginnt sie zerknirscht.

»Kein Problem. Es ist immer gut, vorsichtig zu sein. Darf ich jetzt reinkommen?«

»Bitte.« Karla tritt zur Seite. Während sie ins Wohnzimmer vorangeht, murmelt sie erklärend: »Ich bin kinderlos und unverheiratet, meine Eltern sind seit einigen Jahren tot. Ich habe also keine Verwandten mehr, denen etwas zugestoßen sein könnte. Und ausgefressen habe ich auch nichts. Daher wüsste ich wirklich nicht, was die Kriminalpolizei bei mir will.« Karla lässt sich auf ihren Lieblingssessel fallen und weist auf das Sofa. »Aber bitte setzen Sie sich doch erst mal.«

Die Kommissarin klemmt sich auf die Kante, legt beide Hände in den Schoß und blickt Karla ernst an. »Sie sind eine Freundin von Gisela Manthey, stimmt's?«

Karla nickt. Sofort steht die nächtliche Abschiedsszene vor ihrem inneren Auge. Sie und Lydia an der Bushaltestelle, Gisela, die allein nach Hause gehen wollte.

»Ihr ist aber nichts zugestoßen, oder?«

»Leider doch.« In knappen Worten schildert die Kommissarin etwas, das Karla sonst nur aus dem Fernsehen kennt. Sie spricht von Gewalt, Blut und Tod.

Entsetzt blickt Karla die Kommissarin an. »Das glaube ich jetzt einfach nicht.« Sie braucht einen Moment, um sich zu sammeln. Schließlich fragt sie leise: »Ist das der gleiche Kerl gewesen, der schon in Westerland und Archsum zugeschlagen hat? Ich habe gestern den Aufmacher im *Sylter Anzeiger* gesehen. Schrecklich!«

»Dazu kann ich noch nichts sagen. Wir stehen ganz am Anfang unserer Ermittlungen.«

»Wir haben gestern Abend noch fröhlich beieinandergesessen und Pläne gemacht«, murmelt Karla fassungslos.

»Pläne wofür?«

Karla erzählt von der Senioren-WG, die sie aufziehen wollten. Erst als sie es ausspricht, wird ihr klar, dass das gesamte Projekt mit Giselas Tod gescheitert ist. *Oder doch nicht?*

»Gisela, also ich meine Frau Manthey, wollte uns sogar in ihrem Testament bedenken«, erklärt sie leise. »Damit wir nicht wohnungslos dastehen, wenn sie vor uns sterben sollte. Sie hatte ja keine Kinder, also sollten wir ein lebenslanges Wohnrecht in ihrem Haus bekommen. Von ihrem nichtsnutzigen Neffen hat sie ohnehin nicht viel gehalten. *Der erbt das Haus noch früh genug*, hat sie immer gesagt.«

»Marvin Schöne. Auf den wollte ich ohnehin zu sprechen kommen. Kennen Sie ihn?«

Karla streicht sich unschlüssig durch ihr kurzgeschnittenes graues Haar. »Kennen ist eindeutig zu viel gesagt. Ich bin ihm zwei- oder dreimal begegnet. An Giselas Geburtstagen. Sie hat dann immer ein kleines Kuchenbüfett vorbereitet, und jeder konnte vorbeikommen und gratulieren, wann er wollte. Da ist manchmal auch dieser Marvin aufgetaucht. Nur für ein paar Minuten allerdings. Natürlich ohne vernünftiges Geschenk, stattdessen mit Blumen, die aussahen, als habe er sie im nächsten Vorgarten abgerissen. Wahrscheinlich war es auch so.«

»Frau Manthey hatte kein gutes Verhältnis zu ihrem Neffen? Er war ja offenbar ihr einziger Verwandter.«

»Das war sein Glück. Sonst hätte sie ihn mit dem Arsch nicht angeschaut. Entschuldigung, aber ist doch wahr.« Empört rümpft Karla die Nase. »Der Kerl ist ein Nichtsnutz und Tunichtgut. Immer wollte er Geld abstauben. Und jetzt erbt er alles.«

Karla unterbricht sich erschrocken, weil ihr plötzlich ein ziemlich logischer Gedanke in den Sinn kommt. Sie packt mit beiden Händen die Lehnen ihres Sessels und drückt zu, als wolle sie jemandem die Luft abdrehen. Dann heftet sie ihre Augen eindringlich auf das Gesicht der Kommissarin. »Er war's. Stimmt's? Er wollte verhindern, dass wir ins Testament kommen.«

»Das wissen wir nicht. Aber ganz sicher werden wir sein Alibi genau unter die Lupe nehmen. Auf jeden Fall danke ich Ihnen schon mal für den Hinweis. Und um noch einmal auf das Testament zurückzukommen. Gefunden haben wir in Frau Mantheys Haus bisher nichts dergleichen.«

»Das sollte ja auch erst noch aufgesetzt werden. Nächste Woche hatte Gisela, glaube ich, einen Termin beim Notar.«

»Wissen Sie, ob es vorher schon ein anderes Testament gegeben hat, das vielleicht auch beim Notar liegt?«

»Eben nicht. Es wäre alles automatisch an Marvin Schöne gefallen. Er ist ja Giselas einziger Verwandter.«

»Okay, danke. Das war's erst mal. Ich muss jetzt weiter, wir haben noch einiges zu tun.«

Mit diesen Worten steht die Kommissarin auf und hält Karla die offene Handfläche entgegen. Verwirrt starrt Karla darauf.

»Mein Dienstausweis«, erklärt die Kommissarin lächelnd. »Den hätte ich jetzt doch ganz gern zurück.«

Donnerstag, 6. November, 09.50 Uhr, Haus am Dorfteich, Wenningstedt

»Hatten wir eine Verabredung zum Frühstück?«, witzelt Fred Hübner und winkt den Hauptkommissar in seine Wohnung. »Irgendwie kann ich mich gar nicht daran erinnern.«

»Sehr komisch. Leider ist mir im Moment nicht nach Scherzen zumute.«

Fred zuckt die Schultern, wendet dem Kommissar den Rücken zu, platziert eine Kapsel in seiner Kaffeemaschine und stellt eine Tasse unter den Auslauf. *Ich werde mich auf keinen Fall aus der Ruhe bringen lassen. Komme, was da wolle.*

»Herr Hübner, vermutlich wissen Sie, warum ich hier bin?« Die Frage hat einen unguten Unterton.

»Absolut nicht.« Fred drückt den Hebel der Maschine herunter und lauscht auf das beruhigende Summen, das sofort einsetzt. Er fühlt, wie gleichzeitig Wut in ihm aufsteigt, und hält es für klüger, dem Kommissar nicht ins Gesicht zu sehen.

»Hübner, ich rede mit Ihnen!«

Fred fährt herum. »Ja, verdammt nochmal, das ist mir nicht entgangen. Aber vielleicht können Sie sich vorstellen, dass ich langsam die Nase voll davon habe, dass Sie jedes Mal bei mir auftauchen, wenn es irgendwo ein Verbrechen gegeben hat.«

»Wovon sprechen Sie?«

»Was sonst sollte der Grund Ihres Besuchs sein?« Fred reicht es jetzt. »Sie glauben, bloß weil Sie da oben in List alles abschirmen, fette Zelte aufstellen und die Pressefreiheit mit Füßen treten, können Sie verhindern, dass sich solche Dinge auf der Insel rumsprechen? Weit gefehlt. Der Inselfunk funktioniert immer noch, da kommen Sie nie gegen an.«

»Was wissen Sie?«

»Es hat einen Unfall und irgendeine andere Schweinerei zusätzlich gegeben.« Fred baut sich vor dem Kommissar auf und funkelt ihn kampfbereit an. »Und bevor Sie jetzt fragen, woher ich das habe: Erkundigen Sie sich einfach mal drüben bei Fisch Blum in der Westerlandstraße. Ich kann Ihnen versprechen, dass innerhalb von wenigen Stunden die ganze Insel Bescheid weiß.«

Der Kommissar macht sich gar nicht erst die Mühe, auf Freds Provokation einzugehen. »Was haben Sie gestern Abend zwischen acht und Mitternacht gemacht?«, fragt er mit undurchdringlicher Miene.

Obwohl er etwas Ähnliches fast erwartet hat, nimmt ihm die Dreistigkeit des Kommissars kurz den Atem. Er schnappt nach Luft, dann kontert er: »Sie wollen mich anscheinend für jedes einzelne dämliche Verbrechen haftbar machen, was? Nur zu Ihrer Information: Ich habe weder einen Führerschein noch ein Auto.«

Bastian Kreuzer hebt die Augenbrauen. »Es geht nicht um den Unfall, Herr Hübner. Es geht um Mord. Leider. Und zwar das dritte Mal in Folge.«

»Lassen Sie mich in Ruhe!«

»Sie haben meine Frage nicht beantwortet. Wo waren Sie gestern Abend?«

»Hier.« Achselzuckend weist Fred auf seine Ledercouch. »Fauler Abend mit Glotze und Chips. Sonst noch Fragen?«

»Jede Menge.« Der Kommissar lässt sich auf die besagte Ledercouch fallen und klopft leutselig auf den Platz neben sich. »Sie sollten sich auch setzen. Unser Gespräch könnte durchaus länger dauern.«

»Leck mich doch«, murmelt Fred, geht zum Küchentresen, greift sich die Kaffeetasse und setzt sie auf eine Untertasse. Auf dem Weg zurück zum Sofa zittert seine Hand so stark, dass das Porzellan leise klirrt. Fred stellt beides vorsichtshalber auf dem Esstisch ab und lässt sich in einen der Freischwinger fallen, die den Tisch umgeben. Auf keinen Fall wird er dem Kommissar näher als nötig kommen. Er funkelt ihn böse an und erklärt zickig: »Wenn Sie jetzt alle Sylter verdächtigen möchten, die gestern Abend allein vor der Glotze gesessen haben, dann kann ich nur gratulieren.«

»Ich verdächtige nur die Sylter, die jahrelang auf dem Grundstück des Opfers gewohnt haben und nicht das beste Verhältnis zu ihm hatten«, sagt Kreuzer mit gefährlich ruhiger Stimme.

Fred braucht einen Moment, um den Inhalt des Gesagten zu verarbeiten.

»Frau Manthey ist tot?«

»An Ihrer schnellen Auffassungsgabe habe ich noch nie gezweifelt«, antwortet der Kommissar mit außerordentlich zufriedenem Gesichtsausdruck. »Vielleicht können Sie unser Interesse an Ihnen jetzt etwas besser verstehen. Gisela Manthey ist schon das dritte Mordopfer innerhalb weniger Tage, das wir mit Ihnen in Verbindung bringen können.«

Fred nimmt einen großen Schluck von seinem Kaffee und stellt mit Erleichterung fest, dass seine Hand aufgehört hat zu zittern. »Hören Sie Kreuzer. Lassen Sie uns jetzt mal vernünftig miteinander reden, okay?«

Der Kommissar hebt die Hände in einer Geste stummer Zustimmung.

»Es ist ewig her, dass ich bei der Manthey gewohnt habe«, beginnt Fred. »Ich mochte sie nicht, das ist wahr. Sie hat mich verachtet, das hat mich natürlich gekränkt. Rückblickend würde ich allerdings sagen, dass sie dazu jeden Grund hatte. Ich war ein selbstmitleidiges versoffenes Stück Scheiße. Aber das ist lange vorbei, das müssten Sie eigentlich am besten wissen. Warum sollte ich mir also mit so einer bescheuerten Tat das Leben ruinieren?«

»Tja, genau das fragen wir uns auch. Manche Kränkungen sitzen eben tief.«

»Diese nicht.«

»Herr Hübner, machen wir es kurz: Wir benötigen Ihre Fingerabdrücke, und wir würden gern Ihre Wohnung durchsuchen.«

»Was? Das ist nicht Ihr Ernst?«

Fred springt auf, dabei wird ihm plötzlich schwindlig. Er stößt gegen den Tisch, so dass die Tasse umkippt. Ein Schwall Kaffee ergießt sich über seine Jeans.

»Das ist sogar mein voller Ernst«, erklärt der Kommissar ungerührt, steht auf, zieht einen Durchsuchungsbeschluss aus der Tasche und hält ihn Fred unter die Nase.

»Frau von Bispingen hat den unterzeichnet?«, keucht Fred und greift sich an die Brust. Seit der heftigen Herzattacke am Rantumbecken vor ein paar Jahren hat seine Pumpe immer verlässlich gearbeitet. Aber plötzlich fühlt es sich an, als sei da drinnen etwas ganz und gar nicht in Ordnung. Er macht ein paar Schritte zum Sofa hin und sackt dort zusammen.

»Was ist mit Ihnen?« Die Stimme des Kommissars klingt, als käme sie von sehr weit weg.

»Nichts, gar nichts. Alles in bester Ordnung«, bringt Fred mit größter Mühe heraus. Dann schließt er die Augen und versucht, sich zu beruhigen. *Das fehlte gerade noch, dass ich diesem bescheuerten Kommissar die Gelegenheit gebe, mich in ein Krankenhaus zu verfrachten, während er hier meine Wohnung auf den Kopf stellt.*

»Sie melden sich aber bitte, wenn ich helfen soll«, sagt Kreuzer mit besorgter Stimme.

Fred nickt matt, worauf der Kommissar seine Kollegen hereinwinkt und sie anweist, seine Bleibe zu verwüsten.

Donnerstag, 6. November, 10.24 Uhr, Elkes Spielhalle, Westerland

Als Kommissarin Silja Blanck vor der Spielhalle aus dem Wagen steigt, um Marvin Schönes Alibi zu überprüfen, schlägt ihr der eisig kalte Wind ins Gesicht. Trotzdem bleibt Silja kurz stehen und mustert das Ladengeschäft auf der anderen Straßenseite.

Die Schaufensterscheibe ist mit bunten Streifen und einem stilisierten Roulette beklebt, so dass man nicht ins Innere sehen kann. Alles wirkt leblos, wie ausgestorben. *Vielleicht ist die Spielhalle noch geschlossen*, überlegt Silja gerade, als sie einen schmächtigen jungen Mann die Tür aufstoßen und herauskommen sieht. Er sieht aus wie sechzehn, und Siljas erster Impuls ist es, ihn tatsächlich nach seinem Ausweis zu fragen, um zu überprüfen, ob die Spielhallenbesitzerin sich an die Vorschriften hält. Aber dann entscheidet sich die Kommissarin dagegen, schließlich ist sie auf die Kooperation der Geschäftsführerin angewiesen. Der junge Mann wirft ihr einen abschätzigen Blick zu, stülpt sich dann die Kapuze seines Anoraks über den Kopf und geht mit hastigen Schritten davon.

Silja überquert die Straße und zieht die Tür der Spielhalle auf. Zigarettenrauch und der Geruch nach kaltem Schweiß nehmen ihr fast den Atem. Silja muss husten und kneift die Augen zusammen, um sie vor dem beißenden Qualm zu schützen.

»Ich hab heute noch nicht gelüftet, ist so ein verdammter Sturm da draußen, der reißt mir sonst noch die Tür aus den Angeln«, hört sie eine heisere Stimme sagen. Die hochgewachsene vollschlanke Frau, zu der die Stimme gehört, kommt aus der Tiefe des Raums auf Silja zu. Sie ist nicht mehr jung, Silja schätzt sie auf Ende fünfzig, trotzdem trägt sie eine rosafarbene Jogginghose und ein Barbie-Glitzer-T-Shirt. Die Haare der Spielhallenbetreiberin sind vom Blondieren ausgelaugt, aber makellos frisiert. »Was kann ich für dich tun, Kleine?«

Anstatt zu antworten, sieht sich die Kommissarin erst einmal um. Der junge Mann scheint der einzige Kunde zu dieser frühen Stunde gewesen zu sein, denn der Laden ist bis auf die Betreiberin leer. Längs der Wände stehen unterschiedliche Spielautomaten, deren Bildschirme flackern und hektisch blinken. *Spätestens nach einer halben Stunde bekäme ich in diesem Raum einen epileptischen Anfall*, denkt Silja mit einem leichten Anflug von Panik.

»Ich komme nicht, um zu spielen«, stellt sie sofort klar, doch die Blonde lässt sie nicht ausreden.

»Musst dich doch nicht schämen, Püppi. Wir haben alle unsere heimlichen Laster. Komm mal mit, ich spendier dir 'ne Proberunde.«

»Nein, wirklich nicht. Ich bin von der Kripo.«

»Ach du heilige Scheiße.« Die Blonde wirkt trotz des Schimpfworts ziemlich unbeeindruckt. »Hoher Besuch also. Aber ich muss dich enttäuschen. Bei mir ist alles in Ordnung, Konzession, Schankgenehmigung, alles vollkommen legal. Kannste gern überprüfen.«

Silja beschließt, sich alle Formalitäten zu schenken und auf den kumpelhaften Ton der Spielhallenbetreiberin einzugehen.

»Ja sicher. Glaube ich sofort. Aber darum geht's gar nicht. Ich habe nur ein paar Fragen an Sie, nichts Persönliches. Es geht um einen ihrer Kunden.«

»Klar doch. Komm mit nach hinten, da ist es gemütlicher. Kannst übrigens Elke zu mir sagen, das machen hier alle.«

Silja muss sich das Schmunzeln verkneifen. Eine so zutrauliche Zeugin hat sie wirklich selten erlebt. Etwas skeptisch folgt sie der Blonden in den hinteren Bereich. Hier steht ein Sofa, das sicher bessere Tage gesehen hat und ganz auf einen riesigen Plasmafernseher ausgerichtet ist, der an der gegenüberliegenden Wand befestigt ist. Außerdem befindet sich auf einem kleinen Schreibtisch aus Furnierholz ein Bildschirm, auf dem man das Geschehen im vorderen Raum verfolgen kann.

»Trinkst du einen Kaffee mit?«

Der Blick auf die uralte Maschine mit etlichen angetrockneten Kaffeerändern lässt Silja sofort ablehnen.

»Danke nein. Ich habe auch wirklich nur ein paar Fragen.«

»Ja, klar. Schieß los.«

Am liebsten würde Silja die Blonde als Erstes fragen, ob sie jeden Menschen duzt und sich immer so umstandslos bereit erklärt, über ihre Kunden zu plaudern. Aber natürlich ist das jetzt wenig zielführend.

»Ich interessiere mich für einen Ihrer Stammkunden. Marvin Schöne.«

»Ach, der Marvin«, kommt die prompte Antwort. »Das ist ein ganz Lieber, weißt du? Der hängt richtig an mir, nennt mich manchmal sogar Muttchen, ist das nicht rührend?«

»Wie oft ist der denn so bei Ihnen im Laden?«

»Na ja, wenn er mal einen Tag lang nicht auftaucht, fange ich an, mir Sorgen zu machen.«

»Und gestern? War er da hier?«

»Gestern? Ja, klar. Er kam so um fünf, kann auch sechs gewesen sein, aber auf keinen Fall später, weil da meine Lieblingsserie anfing«, sie weist auf den riesigen Fernsehbildschirm, »und die hat er mit mir geguckt. Total süß, wirklich.«

»Und nach der Serie?«

»Da habe ich ihn zu ein paar Gratisrunden eingeladen, weil ich eben so gerührt war. Außerdem ist Marvin immer klamm. Wenn ich den nicht so gern mögen würde, hätte ich ihn mir schon längst mal ernsthaft zur Brust genommen.«

»Warum das denn?«

Sie lacht ein raues, heiseres Lachen und deutet nach vorn in ihren Laden. »Weil er seit Monaten bei mir in der Kreide steht. Der kann einfach die Finger nicht von meinen Automaten lassen. Das ist langsam wirklich nicht mehr feierlich. Also ich rede sonst ja nicht so über meine Kunden, aber dir kann ich es ja sagen. Du bist doch wirklich von der Polizei, oder?«

Silja nickt. »Ich zeige Ihnen auch gern meinen Ausweis.«

»Ach, lass mal stecken, Kleine, ich glaube dir auch so.«

»Also Marvin Schöne hat Schulden bei Ihnen, das habe ich doch richtig verstanden?«

»Aber hallo.«

»Können Sie ungefähr sagen, wie hoch die sind?«

»So an die fünfzehntausend Mäuse sind da in den letzten Jahren locker zusammengekommen. Wahrscheinlich eher zwanzig.«

»Moment mal. Nur damit ich das richtig verstehe. Sie lassen es zu, dass einer ihrer Kunden sich so hoch bei Ihnen verschuldet? Haben Sie denn gar keine Angst, dass Sie das Geld nie wiedersehen?«

Wieder lacht die Spielhallenbesitzerin ihr heiseres Lachen. Dann steckt sie sich eine Zigarette an, nicht ohne Silja anbietend die Packung hinzuhalten.

»Danke, ich rauche nicht.«

»Sehr vernünftig«, sagt die Spielhallenbetreiberin ohne echte Überzeugung und gönnt sich erst mal einen tiefen Zug.

»Es ging um Marvin Schönes Schulden bei Ihnen«, erinnert Silja.

Die blonde Elke winkt ab. »Also normalerweise hätte ich längst die Reißleine gezogen, ich bin ja nicht blöd. Aber beim Marvin mache ich eine Ausnahme.« Sie beugt sich dicht an Siljas Gesicht heran und pustet ihr dabei den ganzen Zigarettenatem in die Augen. »Er erbt mal kräftig, weißt du. Und dann vergolde ich mir meine ganzen Investitionen. Ich habe nämlich Schuldscheine von ihm. Am Anfang hat er die immer noch genau gelesen und ein bisschen rumverhandelt. Aber inzwischen – was soll er machen? Wir sind bei zwei Prozent monatlich angekommen, das sind vierundzwanzig Prozent im Jahr. Fast ein Viertel der Gesamtsumme. Wenn Marvin also eines Tages die Hütte von seiner Tante erbt, die hat nämlich oben in List ein Haus mit Grundstück, das ganz bestimmt die eine oder andere Million wert ist, dann hole ich die Schuldscheine alle aus der Schublade und bin mit einem Schlag saniert. Clever, oder? Und völlig legal«, fügt sie mit einem kleinen Seitenblick hinzu, der verrät, dass sie möglicherweise doch nicht so naiv ist, wie sie tut, und vielleicht befürchtet, zu viel verraten zu haben.

»Verstehe.« Silja überlegt kurz, dann entschließt sie sich, alles auf eine Karte zu setzen. »Möglicherweise habe ich eine erfreuliche Nachricht für Sie«, erklärt die Kommissarin nicht ohne Ironie in der Stimme.

»Echt jetzt? Na, dann mal raus damit.« Die Ironie scheint irgendwo zwischen den beiden Frauen gestrandet zu sein, jedenfalls ist sie definitiv nicht bei der blonden Elke angekommen.

»Frau Manthey ist tot. Sie wurde gestern Nacht ermordet.«

»Frau wer? Ach so, Manthey. Stimmt, so heißt die Tante vom Marvin. Längst nicht mehr Schöne. Ist ja die Schwester seines Vaters und hat einen Manthey geheiratet«, plappert die Spielhallenbesitzerin. Dann hält sie plötzlich inne. »Tot, sagten Sie? Ermordet? O Gott, das ist ja schrecklich.« Mit einem Schlag ist alle Natürlichkeit weg. Sie wirkt wie eine schlecht vorbereitete Schauspielerin.

»Warum siezen Sie mich plötzlich?«, fragt Silja kühl.

»Ich? Ach so, ja, ist mir gar nicht aufgefallen.«

»Aber mir. Also lassen Sie uns jetzt bitte mal ganz ernsthaft miteinander reden. Frau …, wie war noch mal Ihr Nachname?«

»Krämer, wie der Fernseh-Krömer, nur mit ä«, antwortet sie mit einem verschwörerischen Lächeln.

Aber Silja Blanck ist nicht nach Späßen zumute. »Okay, Frau Krämer. Dann noch einmal ganz ernsthaft: Marvin Schöne war gestern Abend hier bei Ihnen in der Spielhalle?«

»Genau.«

»Ab sechs Uhr ganz sicher?«

»Genau.«

»Und bis wann ungefähr?«

Die Blonde atmet ganz tief ein und lässt dann die Luft geräuschvoll entweichen. »Also bis zwei mindestens. Kann auch drei gewesen sein.«

»Zwei Uhr nachts?«

»Ja, oder drei. Dann habe ich sie alle vor die Tür gesetzt. Irgendwann muss auch ich mal in die Falle.«

»Wer ist *sie alle*?«

»Na, der Marvin war ja nicht allein bei mir in der Bude.« Elke Krämer kratzt sich nachdenklich am Kopf, dann zupft sie an ihrem Glitzer-T-Shirt herum. »Der Hinnerk war noch da, außerdem Manni von gegenüber. Und Lars, richtig, den hätte ich fast vergessen. Die vier sind ’ne eingespielte Runde, treffen sich bei mir bestimmt einmal die Woche, wenn das reicht.«

»Und die können alle drei beschwören, dass Marvin Schöne ohne Pause von sechs Uhr abends bis um zwei Uhr nachts hier gezockt hat?«

Elke Krämer nickt entschlossen. »Nicht nur er, die haben alle vier gezockt, bis ihnen fast die Griffel abgefallen sind. Hab ganz schön Umsatz gemacht gestern«, fügt sie außerordentlich zufrieden hinzu.

»Sagen Sie mal, diese Kamera hier«, Silja zeigt auf den kleinen Bildschirm, der das Geschehen im vorderen Raum wiedergibt, »zeichnet die das eigentlich alles auf?«

»Warum fragen Sie?«

»Es wäre wichtig für uns, um überprüfen zu können, ob Ihre Aussage der Wahrheit entspricht.«

»Also echt jetzt. Ich werde doch die Polizei nicht anlügen«, empört sich die Spielhallenbetreiberin.

»Zeichnet sie es auf oder nicht?«

»Aber sicher.« Mit beleidigter Miene kramt Elke in einer der Schubladen des Schreibtischs. »Ist ein altes Modell, deswegen ist das alles noch auf Videokassetten. Ich lösche die natürlich alle paar Tage. Immer schön der Reihe nach. Und die von gestern habe ich ganz sicher noch nicht gelöscht. Warten Sie mal … da, das muss sie sein!« Mit einem triumphierenden Blick hält sie eine abgestoßene Kassette hoch. »Sie können die gern mitnehmen, um meine Aussage zu überprüfen, auch wenn es mich ein bisschen kränkt, dass Sie mir nicht einfach so glauben wollen, wo wir uns doch so gut verstanden haben.«

»Ich bin Ihnen jedenfalls sehr dankbar für Ihre Offenheit«, sagt Silja diplomatisch, während sie die Kassette an sich nimmt. »Und noch ein kleiner Tipp zum Abschied: Der Junge, der kurz vor mir hier rausgegangen ist, war mit Sicherheit noch keine achtzehn. Beim nächsten Mal sollten Sie ihn einfach wieder nach Hause schicken.«

Verdattert starrt die Spielhallenbetreiberin Silja an.

»Nichts für ungut und danke für Ihre Hilfe«, verabschiedet sich die Kommissarin, durchquert hastig den Raum mit den immer noch hektisch blinkenden Automaten und ist aufrichtig froh, als sie wieder draußen an der frischen Nordseeluft steht.

Donnerstag, 6. November, 13.03 Uhr, Braderuper Straße, Kampen

Bastian Kreuzer sitzt mit Silja Blanck im Gästezimmer des Winterberg'schen Hauses vor einem altmodischen Videorecorder, der an einen ebenfalls nicht ganz neuen Fernseher angeschlossen ist. Nachdem Silja vergeblich versucht hat, ein Gerät aufzutreiben, das die Aufnahmen der Spielhallenbesitzerin wiedergeben kann, hat sie bei den Kollegen unten in der Dienststelle rumgefragt. Als auch von denen niemand helfen konnte, ist ihr der alte Apparat im Winterberg'schen Gästezimmer eingefallen, auf dem sie schon mal mit Anja einen alten französischen Film gesehen hat, während die Männer unten Fußball geguckt haben. Also ist sie kurzerhand zu Anja nach Kampen gefahren, um sich das Video anzusehen. Vor einer Weile ist dann auch Bastian zu ihr gestoßen.

Gerade ist die Videokassette bis zum Ende durchgelaufen. Bastian schaltet das Gerät mit einem tiefen Seufzer aus und sieht Silja ratlos an.

»Eines ist sonnenklar. Marvin Schöne hat seine Tante nicht

umgebracht. Da kann er noch so ein fettes Motiv haben, sein Alibi ist bombenfest. Der war insgesamt zwar dreimal auf dem Klo, aber nie länger als zehn Minuten aus dem Bild verschwunden. Selbst mit einem Helikopter hätte das nicht gereicht, um nach List und wieder zurück zu kommen.«

Bevor Silja antworten kann, klopft es zaghaft an die Tür.

»Komm ruhig rein, wir sind fertig«, ruft die Kommissarin.

Anja Winterberg öffnet die Tür mit einem Ellenbogen. In den Händen hält sie ein Tablett mit Kaffee und Keksen.

»Du bist ein Schatz!« Bastian greift sich einen Keks und steckt ihn sich in den Mund.

»Und du bist ein ungehobelter Kerl«, schimpft Silja und nimmt Anja das Tablett ab. »Bedienst dich, anstatt mal zu helfen.«

»Sorry, soll nicht wieder vorkommen. Aber nach der Enttäuschung eben habe ich ein bisschen Nervennahrung echt nötig.«

»Ihr kommt nicht voran?«, fragt Anja zurückhaltend.

»Wenn es nur das wäre. Aber Fakt ist doch, dass hier alle paar Tage eine Frau bestialisch umgebracht wird und wir hilflos zusehen müssen«, erklärt Bastian kauend. »Wir warten jetzt auf das Resultat einer Hausdurchsuchung. Drück uns mal die Daumen, dass wir was Belastbares finden.« Bastian greift sich den nächsten Keks und nimmt einen großen Schluck aus seinem Kaffeepott. »Köstlich, beides«, nuschelt er mit vollem Mund. »Wir sollten endlich unsere olle Maschine im Kommissariat ersetzen.«

»Wer macht denn die Hausdurchsuchung, wenn ihr hier seid?«

»Ich habe die Operation am Anfang koordiniert und sie dann an die uniformierten Kollegen delegiert«, antwortet

Bastian augenzwinkernd. »Die werden ja zurzeit von deinem Göttergatten unterstützt. Da kann also gar nichts schiefgehen.«

»Seit wann sind die Kollegen eigentlich da zugange?«, will Silja jetzt wissen.

Bastian blickt auf seine Armbanduhr. »Knapp drei Stunden sind es jetzt auch schon. Aber so was kann dauern. Du weißt ja, wie das ist. Die kriechen in jeden Winkel, und den Keller müssen sie sich auch noch vornehmen.«

Wenige Sekunden später meldet sich Bastians Handy. Nach einem Blick aufs Display, murmelt er erstaunt: »Wenn man vom Teufel spricht.«

»Ist das Sven?«

Bastian nickt und nimmt den Anruf entgegen.

»Und? Seid ihr fertig?«

Die aufgeregte Stimme am anderen Ende der Leitung ist auch für Silja und Anja gut zu hören.

»Warum schreit er denn so?«, fragt Silja gerade, als Bastian triumphierend mit der flachen Hand auf den Tisch schlägt, auf dem die Kaffeebecher stehen und plötzlich gefährlich wackeln.

»Warte einen Moment, okay«, fordert er den Kollegen auf, stellt den Lautsprecher an und bedenkt Anja mit einem entschuldigenden Blick.

Sie versteht sofort. »Kein Problem. Ich bin schon weg. Ich muss sowieso wieder runter zu Mäxchen. Aber super, dass ihr endlich weiterkommt.«

Als Anja den Raum verlassen hat, ruft Bastian ins Handy: »So, und jetzt Butter bei die Fische!«

»Kannst du haben«, antwortet Sven. »In Hübners Keller gibt es stapelweise alte Zeitschriften. Die sind schon halb vermodert und sicher seit vielen Jahren nicht mehr angeguckt worden. Und nein, es sind keine Pornos, wie ihr vielleicht jetzt denkt, vielmehr handelt es sich um echt historische Ausgaben vom *Stern* und vom *Spiegel*«, fügt er leicht ironisch hinzu. »Aber das wirklich Interessante sind gar nicht die Zeitschriften, sondern das Seil, mit dem sie zu Bündeln geschnürt worden sind. Das ist nämlich – und jetzt haltet euch mal gut fest – grellgrün und aus hundert Pro Kunstfaser.« Er macht eine Pause, in der er tief Luft holt. Dann redet er weiter. »Leute, jetzt mal im Ernst: Ich fresse einen Besen, wenn das nicht genau dasselbe Seil ist, mit dem die Leichen festgebunden worden sind.«

»Woher weiß Sven davon? Das ist Täterwissen und steht in keiner Zeitung. Eigentlich sollten wir ihn doch aus den Ermittlungen heraushalten«, flüstert Silja Bastian zu.

Aber Sven, der ihre Worte offensichtlich gehört hat, lässt sich nicht aus der Ruhe bringen. »Hey, Silja, beruhige dich mal wieder. Die erste Leiche hat Mette gefunden, schon vergessen? Und mit der Zeugin, die die zweite Leiche entdeckt hat, habe ich als Erster telefoniert. Sowohl Mette als auch diese Zeugin haben völlig geschockt von der grellgrünen Leine gesprochen. Und vorhin bin ich kurz am dritten Tatort vorbeigefahren. Das wird ja wohl noch erlaubt sein.«

»Entschuldige, ja natürlich. Ich wollte dich nicht kompromittieren. Ist mir nur so rausgerutscht.«

»Seid ihr fertig mit eurem nutzlosen Geplänkel?«, geht Bastian dazwischen. »Also doch Hübner. Hätte ich nicht unbedingt drauf gewettet. Den Kerl schnappen wir uns jetzt endgültig.«

»Da musst du wahrscheinlich noch ein bisschen warten, denn er ist weg.«

»Was meinst du damit?«

»Hübner ist nach seinem kleinen Zusammenbruch, den ich ehrlich gesagt für vorgetäuscht halte, erstaunlich schnell wieder genesen. Und dann ist er uns die ganze Zeit auf die Nerven gegangen mit seinem Genöle, wir würden vollkommen grundlos seine Wohnung auf den Kopf stellen. Doch ausgerechnet, als wir damit fertig waren und uns den Keller vornehmen wollten, ist er abgedampft. Aufs Rad gestiegen und davongeradelt.«

»Wo wollte er hin?«

»Frag mich was Leichteres.«

»Irgendwann wird er schon wieder auftauchen, und dann war's das für ihn«, erklärt Bastian unbeeindruckt.

»Kannst du in der Zwischenzeit Leo vorbeischicken? Der müsste doch demnächst am Tatort fertig sein. Dann könnte er sich das grüne Seil gleich mal ansehen. Und ich hab auch noch was anderes, das ich mit ihm besprechen wollte.« Den letzten Satz sagt Sven mehr zu sich selbst als zu den beiden anderen. Silja und Bastian wechseln zwar einen irritierten Blick, aber keiner von beiden fragt nach.

»Ich ruf Leo gleich mal an«, erklärt Bastian stattdessen. »Solange bleibst du vor Ort. Und falls Hübner wieder auftaucht, bringst du ihn ins Kommissariat. Ich habe eine Menge Fragen an den Kerl.«

Donnerstag, 6. November, 13.29 Uhr, Listlandstraße, List

Fred Hübner tritt in die Pedale, als sei der Teufel hinter ihm her. Auf sein immer noch hart hämmerndes

Herz kann er jetzt unmöglich Rücksicht nehmen. Viel wichtiger ist es für ihn, sich endlich persönlich ein Bild von der Situation zu machen.

Er könnte sich selbst in den Allerwertesten treten dafür, dass er so lange abgewartet hat, ohne sich in diese Mordermittlungen einzumischen. Wie das Kaninchen vor der Schlange hat er vor den stümperhaften Ermittlungen der Kommissare gehockt und darauf gewartet, dass sie endlich zu Potte kommen. Und das hat er nur Elsbeth zu verdanken, die ihn gleich zu Beginn beschworen hatte, sich ruhig zu verhalten. Und was hat er jetzt davon? Die Bullen durchwühlen seine Wohnung, weil ausgerechnet Elsbeth das angeordnet hat.

Mit dieser Verräterin bin ich durch, sagt er sich ein ums andere Mal, während er im Höllentempo die lange gerade Strecke hinauf nach List radelt. Immer wieder peitschen ihm Regenschauer ins Gesicht, und der scharfe Nordwind lässt seine Haut vereisen.

Aber all das wird ihn nicht abhalten. Bisher wusste er nur das Wenige, was in der Presse stand. Und natürlich hat er das Foto vom zweiten Tatort genau studiert. Irgendetwas daran war ihm von Anfang an merkwürdig vorgekommen, aber es ist ihm einfach nicht gelungen herauszufinden, was genau es war.

Aber dafür hat er jetzt brandheiße Informationen über den dritten Mord. Denn während die Polizisten in seiner Maisonette zugange waren, hat Fred so einiges aus deren Unterhaltungen aufgeschnappt. Zwar hatte er AirPods in den Ohren und mehr oder weniger rhythmisch mit dem Kopf genickt, doch war das nur Tarnung, damit die Beamten dachten, er würde nichts mitkriegen. Jetzt weiß er, dass der dritte Mord direkt an der Grenze zum Lister Naturschutzgebiet geschehen ist. Und von seiner Zeit im Gartenhaus der alten Manthey kennt er sich dort noch exzellent aus. Wäre doch gelacht, wenn er es nicht schaffen würde, bis zum Tatort vorzudringen, Absperrung hin oder her.

Gerade hat Fred den Lister Ortseingang erreicht. Doch anstatt nun für den Endspurt noch heftiger in die Pedale zu treten, verlangsamt er fast gegen seinen Willen die Fahrt. Sein Herzmuskel wird es ihm vermutlich danken. Doch es ist nicht die Rücksichtnahme auf seine Gesundheit, vielmehr geht es dort vorn links in den Möwengrund hinein, wo sich das Grundstück von Gisela Manthey befindet, auf dem er die absolut unrühmlichsten und grässlichsten Jahre seines Lebens verbracht hat.

Die Alkoholsucht hatte ihn voll im Griff, manchmal konnte er den Morgen nicht vom Abend unterscheiden, und dauerpleite war er sowieso. Obwohl Etliches aus dieser Zeit in seiner Erinnerung verschwommen und unklar ist, weiß er noch recht genau, wie es war, als die beiden Kommissare zum ersten Mal vor ihm gestanden haben.

Er schlief gerade einen mächtigen Rausch aus, als es heftig gegen die Tür hämmerte. Und dann kamen sie rein. Der Bulle und die halbe Portion. *Das Walross* und *der Schönling* hat er sie später getauft, und es hat ewig gedauert, bis er sich widerwillig ihre Namen merken konnte. Kreuzer und Winterberg, seine ewigen Sparringspartner. Fred Hübner könnte wirklich nicht sagen, wie oft er mit denen in den letzten Jahren aneinandergerasselt ist.

Und als er jetzt die Straße erreicht, in der sich diese folgenreiche erste Begegnung abgespielt hat, biegt Fred kurzentschlossen in den Möwengrund ein. Langsam radelt er bis zum Manthey'schen Haus, wo er stoppt und die Fassade ebenso neugierig wie misstrauisch mustert. Neugierig, weil er sehen will, ob sich etwas geändert hat. Hat es nicht. Misstrauisch, weil er auf keinen Fall den Bullen in die Arme laufen will. Doch im Moment scheint alles ruhig zu sein. Entweder die Polizei war schon hier, oder sie hat es erst noch vor.

Obwohl es sicher nicht ratsam ist, ausgerechnet jetzt hier einzudringen, kann Fred dem Impuls nicht widerstehen. Er schiebt das Rad durch die offenstehende Gartenpforte, umrundet das Haus und stellt es sichtgeschützt auf dem hinteren Grundstück ab. Dann geht er wieder nach vorn und drückt gegen die Eingangstür. Selbstverständlich ist sie abgeschlossen, was hat er denn gedacht?

Aber eigentlich interessiert ihn das Wohnhaus der Manthey viel weniger als das baufällige Gartenhaus, seine ehemalige verhasste Wohnstätte. Seit seinem Auszug vor sechs Jahren ist Fred nicht wieder hier gewesen. Auf dem Manthey'schen Grundstück ohnehin nicht, aber selbst den Ort List hat er seither gemieden wie eine verseuchte Gegend.

Und jetzt steht er hier, vor dem Ort seiner größten Erniedrigung, und drückt vorsichtig die Türklinke zum Gartenhaus herunter. Es ist noch nicht mal abgeschlossen, so dass Fred ungehindert eintreten kann.

Drinnen herrscht Chaos. Möbel, Kisten und Gartengeräte stehen wild durcheinander. Fred erkennt sein altes Bett und den Korbstuhl wieder, er meint plötzlich sogar, die beim Hinsetzen unangenehm drückenden Korbstreben unter seinem mageren Hintern zu fühlen. Mit so einer Erinnerungsflut hat er nicht gerechnet, im Gegenteil. Eigentlich dachte er, durch das bürgerliche Leben der letzten Jahre genügend

Distanz zu seiner Vergangenheit aufgebaut zu haben, um sich von ihr nicht mehr vereinnahmen zu lassen.

Aber weit gefehlt. Plötzlich ist alles wieder da. Die Verzweiflung ebenso wie der ständige Gedanke an die tröstenden Versprechungen des Alkohols. Sogar den Wunsch, seinem Leben ein Ende zu machen, den er damals fast täglich verspürte, kann er plötzlich nachvollziehen.

Krass, denkt Fred. *Obwohl mir das nicht wirklich bewusst war, muss es irgendwo in meinem Hirn eine Schaltstelle gegeben haben, die bisher zuverlässig verhindert hat, dass mich diese Erinnerungen wieder einholen.*

Und jetzt stehe ich hier, konfrontiert mit der schwärzesten Etappe meines Lebens. Und was ist der Grund dafür?

Ich stehe unter Mordverdacht.

Wenn das nicht der Brüller ist.

Unwillkürlich lässt sich Fred auf den klapprigen Korbstuhl sinken, dessen Beine sofort nachgeben. Inmitten einer Wolke aus Staub und dem Geruch nach Fäulnis und Moder kracht Fred zu Boden. Als er sich wieder aufrappelt, ist ihm, als habe er hinter sich ein Geräusch gehört. Schritte vielleicht? Oder doch eher …

Bevor Fred über Alternativen nachdenken kann und während er sich noch vom Boden hochstemmt, spürt er einen heftigen Schlag auf den Schädel. Ihm wird schlecht, und er fällt zur Seite. *Eine Herzattacke ist das aber nicht*, ist sein erster Gedanke. Also blickt er auf, um zu sehen, wer ihn angegriffen hat, doch über seine Augen läuft Blut, alles verschwimmt … und dann erwischt ihn ein zweiter Schlag im Nacken.

Donnerstag, 6. November, 16.11 Uhr, Kriminalkommissariat Westerland

»Und – ist er immer noch nicht zurück?«, erkundigt sich Silja, wobei sie nur kurz von ihrem Rechner aufschaut. Aber es genügt, um wahrzunehmen, dass Bastian ziemlich alarmiert aussieht.

»Nope«, ist alles, was er sagt.

»Dabei ist da draußen absolutes Sauwetter. Wenn du in diesem Regen mehrere Stunden mit dem Fahrrad unterwegs bist, musst du pitschnass sein.«

»Das musst du mir nicht erklären«, murmelt er. »Ich hoffe nur, der ist nicht irgendwo in der Pampa vom Rad gekippt und kämpft da jetzt gegen einen Infarkt an.«

»Sven hat das Ganze ja für vorgetäuscht gehalten.«

»Überzeugt mich nicht. Sah ziemlich echt aus, fand ich.«

»Aber wie lange wollen wir dann noch warten?«

»Worauf warten?« Bastians Stimme klingt gefährlich aggressiv.

»Bis wir ihn suchen lassen? Bis wir die Staatsanwältin verständigen?« Silja formuliert die Antworten absichtlich als Fragen, um ihn nicht noch mehr zu reizen.

»Du fragst mich doch jetzt nicht im Ernst, wann ich meine eigene Hinrichtung ansetzen möchte, oder?«, fährt Bastian sie an. »Glaubst du, mir gefällt diese ganze verfahrene Situation?«

»Bastian, jetzt mal ganz ruhig. Ich bin nicht schuld an dem Schlamassel, ebenso wenig wie du oder Sven. Es scheint einfach blöd zu laufen bei dieser Ermittlung. Aber wenn du deinen Frust jetzt an mir auslässt, hilft das niemandem.«

Er seufzt, dann steht er auf. Es wirkt so schwerfällig, als erhebe sich ein sehr alter Mann von seinem Stuhl. Silja muss unwillkürlich lachen, was ihr sofort einen außerordentlich missbilligenden Blick einträgt.

»Hör mal, meine Süße. Ich gebe zu, dass ich meinen Frust an dir ausgelassen habe. Und ich entschuldige mich dafür. Aber ich werde mich nicht von dir auslachen lassen«, mosert er.

»Bastian, jetzt komm mal wieder runter. Dieses nutzlose Warten zerrt an den Nerven, nicht nur an deinen übrigens. Aber ich habe folgenden Vorschlag: Wir setzen uns zusammen und rekapitulieren noch einmal die ganze Geschichte. Es ist ganz bestimmt nicht so, dass wir beide plötzlich zu lausig schlechten Ermittlern mutiert sind. Wir waren vermutlich nur ein bisschen betriebsblind und haben irgendetwas Wichtiges übersehen. Und wenn wir uns anstrengen, dann finden wir auch raus, was das ist.«

»Okay, gleich. Vorher rufe ich noch mal bei Sven durch. Sicherheitshalber.«

»Lass das doch, er hat gesagt, er meldet sich bei dir, sobald Hübner bei sich zu Hause auftaucht. Er wartet schließlich dort auf ihn. Was ist eigentlich mit Leo? Ist der noch am Tatort?«

»Längst nicht mehr. Er hat sich inzwischen auch Hübners Bude vorgeknöpft. Aber wegen der Spuren da draußen in List hat er mir keine großen Hoffnungen gemacht. Zuerst der Unfall und dann der Regen, da ist nicht besonders viel Verwertbares übrig geblieben.«

»Außer dem grünen Seil.«

»Korrekt. Die genaue Analyse steht natürlich noch aus, aber Leo hat die Teile aus Hübners Keller mit denen vom

Tatort verglichen. Und wenn ich ihn mal zitieren darf: *Ich fresse einen Besen, wenn das nicht von derselben Rolle stammt.*«

»Hat er das so ausgedrückt, ja?« Silja beobachtet unkonzentriert, wie Bastian durch den Raum tigert. Dabei spürt sie, wie sich tief in ihr etwas regt. Eine Erinnerung. Da ist ein Puzzleteil, das wichtig sein könnte. Etwas, das gesagt worden ist, aber schon vor einer ganzen Weile.

»Wie war das mit Leo? Was hat er genau gesagt?«

»Er frisst einen Besen«, antwortet Bastian ungeduldig.

»Nein, danach.«

»Wenn das nicht von derselben Lieferung stammt.«

»Nein, warte. Du hast das eben anders ausgedrückt. *Von derselben Rolle*, hast du gesagt. Und ja, jetzt fällt es mir wieder ein. Das Ehepaar Groterjahn, die älteren Leutchen aus Tinnum, denen schon seit Jahrzehnten der Laden gehört, in dem man diese Seile kaufen konnte.«

»Du hast mit ihnen Tee getrunken, während ich mich hier von der Bispingen zur Schnecke machen lassen musste«, brummelt Bastian.

»Ganz genau, du Ärmster«, antwortet Silja lächelnd. »Und dabei habe ich erfahren, wer die letzte Rolle mit dem Seil gekauft hat.« Sie bemüht sich, den präzisen Wortlaut der Aussage zu erinnern. »Frau Groterjahn sprach von einer älteren Gartenbesitzerin aus List, die vor mehr als sieben Jahren ihren schiefen Apfelbaum mit diesem Seil fixieren wollte. Das könnte doch auf unser drittes Opfer passen.«

»Du meinst, Frau Manthey hat das Seil, mit dem ihr toter Körper an diese Bank gefesselt worden ist, selbst gekauft?«

Silja nickt. Fast erwartet sie heftigen Widerspruch von Bastian, aber er wiegt nachdenklich den Kopf.

»Das könnte bedeuten, dass der Mörder Zutritt zu ihrem

Haus hatte. Oder zu ihrem Gartenhaus. Dass er sich dort das Seil besorgt hat. Es könnte aber genauso gut sein, dass das Seil aus einem anderen Kauf stammt.«

»Und es könnte Hübner entlasten.«

»Theoretisch schon, aber er benimmt sich jetzt schon zu lange zu auffällig«, kontert Bastian.

»Geschenkt. Lass uns erst mal über das Nächstliegende nachdenken. Es gibt zwei Richtungen, in die wir ermitteln. Erstens: Ein gestörter Täter, der sich auf perverse Weise an beliebigen Frauen rächt.«

»Und keine Spuren hinterlässt, weshalb wir ihm nicht näher kommen.«

»Genau. Oder aber wir haben es mit jemandem, vielleicht auch mit mehreren Tätern zu tun, die das Ausziehen und Fesseln der Opfer nur benutzen, um ihre wahren Absichten zu verschleiern.«

»Was die Frage nach den wahren Absichten aufwirft.«

»Es gibt im ersten Fall keine diesbezüglichen Hinweise, aber beim zweiten und dritten Mord schon.«

»Habgier, ganz genau.«

»Eine der sieben Todsünden, das sagt doch schon alles«, erklärt Silja bedeutungsvoll.

»Lass mich jetzt mal mit deinem Bildungsbürgerwissen in Frieden, okay?«

Silja verdreht die Augen, sagt aber nichts, um Bastian nicht noch weiter zu provozieren.

»Also Habgier«, überlegt er. »Jasper Bleiken hat zwar keine Schulden, aber das Haus seiner Frau will er trotzdem versilbern. Von dem Erlös kann er sicher prima leben. Vielleicht auch glücklicher, denn mit seiner Ehe schien es ja nicht zum Besten zu stehen.«

»Die Nachbarin hatte ja schon im Gespräch ein paar Andeutungen gemacht. Ich habe sie vorhin noch einmal angerufen. Und sie wusste tatsächlich mehr, als sie bisher verraten hat. Offenbar hat Brith Bleiken ihren Mann finanziell ziemlich knapp gehalten. Er war ihr angeblich ab und an untreu, wollte sie wohl auch schon mal verlassen, aber den Lebensstandard, den sie ihm geboten hat, hätte er sich allein niemals leisten können.«

»Hört, hört«, kommentiert Bastian zufrieden. »Da kommen wir den Motiven doch schon viel näher. Denn bei Marvin Schöne brennt eindeutig die Hütte. Er ist spielsüchtig und steht bei dieser Spielhallen-Elke tief in der Kreide.«

»Beide könnten vielleicht mehr über den ersten Mord wissen, als wir vermuten. Mette Winterberg muss ja nicht die Erste gewesen sein, die die tote Frau am Baum gesehen hat.«

»Wo wohnt dieser Schöne eigentlich?«, unterbricht sie Bastian.

»Warte, lass mich nachsehen.« Silja blättert in den Akten, die vor ihr liegen. »Zur Miete bei einem Herrn Spieker. Im Fischerweg.«

»Ist das nicht …?«, beginnt Bastian alarmiert.

»Im Süden Westerlands, ganz dicht am Südwäldchen.« Silja schlägt die Akte zu und kneift in höchster Konzentration die Augen zusammen. »Wäre es denkbar, dass das Video, das seine Anwesenheit in der Spielhalle zeigt, manipuliert worden ist? Vielleicht ist es an einem ganz anderen Tag aufgenommen worden.«

»Traust du das der Spielhallenbesitzerin zu?«

»Eigentlich nicht. Aber vielleicht steckt sie in anderer Hinsicht mit drin. Sie ist nicht besonders oft auf dem Video zu sehen«, sagt Silja nachdenklich.

»Na dann müssen wir doch gar nicht so kompliziert werden. Ein Motiv hätte sie. Sie will an Schönes Kohle kommen, die gibt's aber nur, wenn er erbt.«

»Sie könnte tatsächlich mit ihm unter einer Decke stecken. Vielleicht ist sie die Mörderin, die wir suchen.« Silja springt auf und greift nach ihrer Jacke.

»Nicht so schnell jetzt«, bremst sie Bastian. »Lass uns das Ganze noch mal von Anfang an durchgehen. Mal angenommen, Schöne hat die erste Tote gesehen, dann stellt sich immer noch die Frage, wer sie umgebracht hat.«

»Hübner? Er hatte diesen Streit mit ihr in der Talkshow, er hat kein Alibi, und er hatte Zugriff auf das Seil, oder zumindest auf Teile davon, weil die Zeitschriften in seinem Keller damit zugeschnürt waren. Es muss schon im Manthey'schen Gartenhaus gewesen sein, als er dort gewohnt hat. Das war in dem Jahr, als wir uns kennengelernt haben, ist also sechs Jahre her. Der Kauf des Seils hat vermutlich vor sieben Jahren stattgefunden, vielleicht früher, aber auf jeden Fall nicht später.«

»Okay, sein Motiv ist zwar nicht so ganz überzeugend, aber nehmen wir mal an, Hübner begeht den ersten Mord«, resümiert Bastian. »Marvin Schöne entdeckt die Tote und wittert eine einmalige Chance. Er verabredet mit Spielhallen-Elke einen Folgemord, in dem sie das Vorgehen des ersten Mörders eins zu eins kopieren. Elke wird ihm ein Alibi geben und selbst zur Tat schreiten, er wird fein raus sein und seine Tante aus dem Weg geräumt haben, bevor sie ihr Testament zugunsten ihrer Freundinnen ändern kann.«

»Doch bevor sie ihren Plan in die Tat umsetzen können, geschieht ein weiterer Mord«, unterbricht ihn Silja. »Wie bauen wir den in unsere Theorie ein?«

Nachdenklich versinken beide Kommissare in Schweigen. Immer wieder setzt einer von ihnen an, etwas zu sagen, aber unterbricht sich sofort selbst.

»Vielleicht war es irgendein Irrer, der anschließend das Foto an die Presse verkaufen wollte«, murmelt Bastian unschlüssig.

»Bisschen viel Aufwand für ein recht unsicheres Ergebnis, findest du nicht?«, erklärt Silja. »Andererseits lässt sich dieser Jasper Bleiken einfach nicht ins Schema einfügen, obwohl er natürlich ein schönes Motiv hat.«

»Leider aber auch ein wasserfestes Alibi.«

»Überhaupt bleibt das Ganze ziemlich unübersichtlich«, seufzt Silja. »Unterschiedliche Täter würden vor allem die kleinen Abweichungen erklären, die wir beobachtet haben. Das Verschwinden der Kleidung beim zweiten Mord. Die Tatwaffe, die beim ersten Mord wie zufällig aus dem Schuttcontainer gegriffen worden ist – im Gegensatz zu den beiden späteren Taten, wo ein glatter schwerer Gegenstand benutzt wurde, den wir beide Male nicht sicherstellen konnten.«

»Nach einer kaltblütig kalkulierten Planung aller drei Morde durch eine einzige Person sieht das nicht gerade aus.«

»Andererseits scheint irgendwo irgendwas zusammenzuhängen, von dem wir noch nichts wissen. Es waren Frauen, sie waren nackt, sie waren gefesselt.«

Bastian nickt. »Pass auf, ich schlage Folgendes vor. Wir konzentrieren uns auf die Verdächtigen mit dem stärksten Motiv beziehungsweise dem schwächsten Alibi und beschatten alle drei. Sowohl Schöne und Spielhallen-Elke als auch unseren alten Freund Hübner. Vielleicht fällt uns dann etwas auf, das uns weiterbringt.«

»Könnte theoretisch sein. Allerdings muss Hübner dafür erst einmal wieder auftauchen.« Silja sieht auf ihre Uhr und stellt bestürzt fest: »Fast fünf. Und draußen ist es stockdunkel. Hübner ist gegen eins abgedüst. Langsam wird es wirklich merkwürdig.«

»Es hilft alles nichts, ich rufe jetzt die Bispingen an«, entscheidet Bastian.

»Sollen wir nicht lieber nach Hübner suchen?«

»Und wenn der die ganze Zeit fröhlich in irgendeiner Kneipe sitzt und sich heimlich ins Fäustchen lacht? Dann blamieren wir uns bis auf die Knochen. Nein, lass mal gut sein. Ich informiere die Bispingen, und die soll dann entscheiden, wie wir weiter vorgehen.«

Donnerstag, 6. November, 18.23 Uhr, Twedter Feld, Flensburg

Elsbeth von Bispingen hat es zu Hause einfach nicht mehr ausgehalten. Ohne Handschuhe und Mütze stapft sie in Parka und alten Gummistiefeln über den schlammigen Weg ins Twedter Feld. Flensburgs einziges Naturschutzgebiet liegt nur wenige Minuten von ihrer schicken Dachgeschosswohnung entfernt und war einer der Gründe für den Kauf der Immobilie. Immer wenn sich die Staatsanwältin über etwas geärgert hat, wenn sie sich Luft machen muss oder wenn sie ein kniffliges Problem lösen will, hilft ihr ein strammer Marsch zwischen Wald und Wiesen.

Und seit ihrem Telefonat mit Bastian Kreuzer weiß sie überhaupt nicht mehr, wo ihr der Kopf steht. Da ist es völlig egal, dass die Wege durchgeweicht sind, es stockdunkel ist und die Reste vom letzten Regenschauer von den Ästen tropfen. Hauptsache sie ist allein, sie kann sich bewegen und so ihren Ängsten und ihrer Wut ein Ventil bieten.

Wie bei jedem Telefonat hat sie auch während des Gesprächs mit Bastian Kreuzer die wichtigsten Punkte mitgeschrieben. Der Zettel steckt in ihrer Faust, die fest geballt und überdies tief in der Tasche ihres Parkas versenkt ist.

Welche Frau will schon schwarz auf weiß lesen, dass im Keller ihres Liebhabers das gleiche Seil entdeckt wurde, das irgendjemand zum Festbinden von drei Mordopfern benutzt hat? Dass er auch für den dritten Mord kein Alibi vorweisen kann? Dass ausgerechnet der Zeitung, für die Fred ehemals gearbeitet hat, deftige Tatortfotos zugespielt wurden? Dazu kommt natürlich noch, dass Fred sich seit dem Beginn der Mordserie extrem komisch benimmt, dass er ziemlich gekränkt auf Elsbeths vorsichtige Fragen reagiert, anschließend sogar den Kontakt zu ihr abbricht und sich dann nur wieder meldet, um sie auszuhorchen?

Und jetzt scheint er sogar ganz abgetaucht zu sein.

Freds plötzliches Verschwinden verstört Elsbeth am meisten.

Wo ist er? Was hat er vor? Und was hat er schon getan?

All diese Fragen schwirren in ihrem Kopf herum, während sie im Sturmschritt durch die Dunkelheit läuft, vorbei an matschigen Wiesen und entlaubten Waldstücken, die nur schemenhaft zu ahnen sind.

Sollte ich mich in den letzten zwei Jahren so fundamental in ihm getäuscht haben? Oder, schlimmer noch, war vielleicht sein Interesse an mir immer nur vorgetäuscht? Hat Fred Hübner einen lang vorbereiteten Plan verfolgt, der genau darin gipfeln sollte, wo wir jetzt stehen?

Elsbeth muss sich zwingen, diesen Plan in konkrete Worte zu fassen, um ihn sich überhaupt vorstellen zu können: Die verantwortliche Staatsanwältin stellt sich schützend vor einen des Mordes Verdächtigen und behindert so die Ermittlungen.

Hat Fred immer nur dieses eine Ziel im Sinn gehabt, während ich selbst an eine romantische Liebesgeschichte geglaubt habe? War möglichweise jede Geste, jede Zärtlichkeit, jedes Kompliment, jeder Blick nur Show? Bin ich dumme eitle Kuh einfach nur auf einen gewöhnlichen Schwindler und Mörder reingefallen? Auf jemanden, der seine Rachephantasien über lange Zeit sehr gut verbergen konnte und nun mit voller Härte zuschlägt?

Elsbeth bleibt abrupt stehen. Sie kann diesen Gedanken unmöglich zu Ende denken, ohne dass sich ihr mit Wucht alle Konsequenzen aufdrängen. Sie wäre in jeder Hinsicht erledigt. Beruflich ohnehin, aber auch privat würde es ihr kaum gelingen, nach einer solch grundlegenden Enttäuschung noch einmal Zutrauen zu einem Menschen zu haben, sich noch einmal fallenzulassen.

Natürlich könnte sie sich weiterhin an den Glauben an Freds Unschuld klammern, aber das wäre inzwischen nur noch lächerlich. Daher hat sie auch einer Überwachung von Freds nächsten Schritten zugestimmt – immer vorausgesetzt, er taucht wieder auf.

Aber was, wenn nicht? Vielleicht ist er schon im Ausland? Argentinien liefert nicht aus. Es wäre nicht unmöglich, dass er sich abgesetzt hat. Mit dem Fahrrad zum Bahnhof, mit dem Zug nach Hamburg, dort zum Flughafen und dann …

Stopp, sagt sich Elsbeth jetzt mit aller gebotenen Strenge. *Sofort aufhören!*

Es bringt überhaupt nichts, plötzlich in Panik zu geraten.

Wenn ich in dieser Situation keinen klaren Kopf behalte, kann ich mich gleich vergessen. Und zwar beruflich wie privat.

Elsbeth beschwört sich, jetzt vor allem anderen den Ermittlern zu vertrauen. Natürlich hat sie in der Vergangenheit gern gegen die drei von der Insel gestänkert. Nie hätte sie zugelassen, dass sich auf dem Festland ein so intim eingespieltes Team weiter betätigen darf. Aber für Sylt gelten andere Gesetze, das ist ihr schon lange klar. Und vielleicht ist es in diesem Fall sogar von Vorteil, dass sich alle Beteiligten so gut kennen. Denn auch Fred ist für die Ermittler kein unbeschriebenes Blatt. Sie sind schon häufiger mit ihm aneinandergeraten, sie können ihn einschätzen, vielleicht sogar besser, als Elsbeth selbst es kann.

Wenn Kreuzer und seine Leute also eine Überwachung von Fred für sinnvoll halten, dann wird sie die Letzte sein, die sich dagegenstemmt. *Neutralität und Professionalität*, sagt sich Elsbeth von Bispingen ein ums andere Mal, *das ist jetzt alles, was mich vielleicht noch retten kann.*

Donnerstag, 6. November, 19.04 Uhr, Haus am Dorfteich, Wenningstedt

Sven Winterberg wechselt zum gefühlt hundertsten Mal die Position auf seinem Autositz. Es wird nicht bequemer. Dafür nehmen seine Zweifel daran, dass er hier einer sinnvollen Tätigkeit nachgeht, immer mehr zu. Fred Hübner wird nicht mehr auftauchen, davon ist der Kommissar mittlerweile fest überzeugt. Was macht er also noch hier?

Anja sitzt zu Hause und wartet auf ihn. Mäxchen muss ins Bett gebracht werden und quengelt sicher, wenn er auf das Abendritual mit seinem Papa verzichten muss. Die erzwungene Degradierung nach seiner peinlichen Verfehlung hat nämlich auch Vorteile. Geregeltere Arbeitszeiten gehören unbedingt dazu – dieser Meinung ist nicht nur Mäxchen.

Schon hat Sven das Handy aus der Tasche geholt, um Bastian zu kontaktieren. Er wirft noch einen letzten Blick auf den Eingang zum Haus von Fred Hübner. Aber da tut sich weiterhin nichts.

Dafür ist Bastian sofort am Telefon.

»Wie läuft's?«

»Hier läuft gar nichts. Der Vogel ist ausgeflogen, und wenn du mich fragst, wird sich daran auch nichts ändern.«

»Mist. Dann haben wir es wohl vergeigt«, schimpft Bastian hörbar angefressen.

»Und was heißt das jetzt für mich?«

Sven meint, eine rhetorische Frage gestellt zu haben. Schließlich ist sonnenklar, dass er hier nicht mehr gebraucht wird und endlich nach Hause kann. Aber Bastians Antwort macht Svens Hoffnungen sofort zunichte.

»Wir ändern dein Einsatzgebiet. Ab sofort bleibst du an Marvin Schöne dran. Silja und ich haben ein paar erstaunliche Erkenntnisse gewonnen. Schöne könnte wichtige Details des ersten Mordes beobachtet haben und dann mit der Spielhallenbesitzerin einen perfiden Plan ausgeheckt haben, um seine eigene Tante aus dem Weg zu räumen, bevor sie ihr Testament ändern kann. Schöne hat erhebliche Schulden bei der Spielhallenbesitzerin, und nur der Erlös aus dem Verkauf des Lister Hauses wird ihn retten.«

»Ihr glaubt, dass die beiden den Mord an Gisela Manthey zusammen geplant haben?«

»Ganz genau. Schöne hat am Morgen nach dem Tod seiner Tante in deren Haus irgendetwas gesucht. Vermutlich ein Testament. Und die Spielhallenbesitzerin hat ein löchriges Alibi. Wir beschatten auch sie. Da sie mich nicht kennt, werde ich ihr ab sofort auf den Fersen bleiben. Du müsstest dann Schöne übernehmen, denn der hat sowohl mich als auch Silja gesehen.«

»Und Hübner?«

»Der ist auf und davon. Hast du doch eben noch selbst gesagt.«

»Lassen wir den nicht suchen?«

»Ich habe sicherheitshalber eine Meldung an den Autoshuttle, die Fähre, den Flughafen und die Bahn rausgegeben, aber wahrscheinlich hat er längst die Insel verlassen. Und die Verdachtsmomente reichen nicht aus, um ihn deutschlandweit zur Fahndung auszuschreiben.«

»Okay«, antwortet Sven resigniert. »Dann also Schöne. Wisst ihr, wo er sich zurzeit aufhält?«

»In der Spielhalle ist er nicht. Ich stehe nämlich direkt davor und bin drauf und dran, mich die nächsten Stunden dort unters Volk zu mischen, um die Betreiberin im Auge zu behalten. Dich würde ich bitten, runter nach Westerland zu fahren. Schöne bewohnt ein Zimmer ganz nah am Südwäldchen. Ich schicke dir gleich die Adresse und den Namen des Vermieters. Vor einer knappen Stunde haben wir bei seinem Vermieter angerufen und Schöne unter einem Vorwand ans Telefon holen lassen. Die Wahrscheinlichkeit ist also groß, dass du ihn noch dort erwischst. Den Feldstecher hast du ja dabei, oder?«

»Jepp. Und dunkel genug ist es auch. Ohne Licht im Zimmer ist der aufgeschmissen.«

»Okay, gut. Du prüfst also, ob er immer noch zu Hause ist. Sollte er dort nicht sein, kontaktierst du mich wieder. Eventuell musst du dann hoch nach List, um das Haus der Manthey zu checken. Aber ich glaube nicht, dass er sich da noch mal hinwagt, auch wenn wir ihm die Schlüssel inzwischen zurückgeben mussten.«

Sven überlegt kurz, dann fragt er zaghaft: »Dir ist schon klar, dass wir mit meinem Einsatz jetzt deutlich gegen die Vorschriften verstoßen? Schreibtischarbeit sieht ja etwas anders aus.«

»Kommt drauf an. Wenn du nicht verfügbar wärst, würde ich auch einen der üblicherweise uniformierten Kollegen bitten, uns in Zivil zu unterstützen. So ist es nur praktischer.«

»Das ist natürlich auch eine Sichtweise«, muss Sven zugeben. Dann fügt er sich in sein Schicksal, beendet das Telefonat und ruft Anja an, um ihr viel Spaß mit Mäxchen und dessen Gutenachtgeschichte zu wünschen.

Donnerstag, 6. November, 21.19 Uhr, Norderstraße, Westerland

Silja Blanck hasst es, zur Untätigkeit verdammt zu sein. Seit zwei Stunden tigert sie durch die Wohnung und fragt sich, wie sie den Abend verbringen soll. Immer wieder greift sie nach den Autoschlüsseln, um zurück ins Kommissariat zu fahren und ein weiteres Mal alle Akten durchzusehen und alle Informationen, die sie bisher gesammelt haben, zu checken. Aber das hat sie gefühlt schon hundertmal getan und stets ohne Ergebnis. Dabei brauchen sie dringend eine neue heiße Spur, um weiterzukommen und diesen vertrackten Fall endlich zu lösen.

Haben wir wirklich alle Verdachtslinien genau verfolgt?, fragt sich die Kommissarin nicht zum ersten Mal. *Kann es nicht doch sein, dass ein total durchgeknallter Einzeltäter jedes der drei Verbrechen begangen hat und einfach nur unkonzentriert war oder durch irgendetwas abgelenkt wurde, so dass dadurch die Abweichungen in den drei Fällen entstanden sind?*

Vielleicht haben wir uns bisher zu sehr auf die Verbindungen der Opfer zum möglichen Täter konzentriert. Was wäre, wenn die Frauen mehr oder weniger zufällig zum Opfer geworden sind und stattdessen die Auswahl der Tatorte im Vordergrund stand? Darüber haben wir nie weiter nachgedacht. Andererseits wäre es schon ziemlich unwahrscheinlich, dass drei getötete Frauen eine zufällige Verbindung zu Fred Hübner haben.

Mist, ich drehe mich im Kreis, muss Silja sich frustriert eingestehen.

Also bleibt vernünftigerweise nur die Spur, die Bastian und Sven gerade verfolgen: Fred Hübner als Einzeltäter im ersten Fall, Marvin Schöne in Zusammenarbeit mit Elke aus der Spielhalle im dritten Fall. Und der mittlere Mord ist und bleibt ein Rätsel.

Wir haben irgendetwas Fundamentales übersehen, und das werde ich jetzt, verdammt nochmal, rauskriegen, ermutigt sich die Kommissarin, geht zum Kühlschrank, findet eine offene Flasche und gießt sich ein großes Glas Weißwein ein. Normalerweise ist Silja eine strickte Verfechterin des nüchternen, logischen Denkens. Aber sie hat es in den letzten Tagen schon zu oft versucht, sie ist zu oft gescheitert, um nicht inzwischen offen für andere Ansätze zu sein.

Ich lasse jetzt meine Phantasie spielen, gehe von keinen groß-

artigen Voraussetzungen aus, sondern versuche einfach einmal, frei zu assoziieren, ermuntert sie sich, setzt sich mit dem Glas auf die Couch und nimmt einen kräftigen Schluck von dem Wein. Er schmeckt kühl und fruchtig und hinterlässt im Abgang einen klaren, fast schon reinigenden Geschmack im Mund.

Silja konzentriert sich auf den zweiten Mordfall und führt sich noch einmal den Hergang vor Augen.

Brith Bleiken geht am Nachmittag spazieren, sie hatte Stress in der Schule und will sich beruhigen. Sie nimmt ihren Lieblingsweg zu dem einsamen Bahnübergang, wo sie am späten Nachmittag zu Tode kommt. Was dort genau geschehen ist, weiß niemand. Erst am nächsten Morgen findet eine Nachbarin Brith Bleiken nackt und tot an die Bahnschranke gefesselt. Irgendjemand muss die Leiche aber vorher entdeckt haben, denn am Folgetag erscheint ein Foto im *Sylter Anzeiger*. Für diese Zeitung hat Fred Hübner schon verschiedentlich gearbeitet. Auch hier gibt es also eine Verbindung zu dem Journalisten. Aber bringt er wirklich eine Frau um, damit er das Foto der Leiche verkaufen kann? Dazu noch anonym? Wohl kaum.

Silja nimmt den nächsten Schluck Weißwein und grübelt weiter.

Was ist mit dem zweiten Verdächtigen, dem Schüler Sören Schmiedinger, dessen Aggressionen Auslöser des vormittäglichen Ärgers waren? Die Kommissarin erinnert sich sehr deutlich an die Vernehmung Schmiedingers. Er hatte zwar kein Alibi, er hätte sogar zur Tatzeit am Tatort sein können, doch ist sein Motiv ebenso wenig überzeugend wie das von Hübner. Außerdem spricht die zeitliche Nähe zum ersten Mord deutlich dafür, dass es einen Zusammenhang zwischen den Taten gegeben hat. Niemand ist in der Lage, innerhalb von zwei Tagen einen solch ausgefeilten Mord zu kopieren. Und ein achtzehn Jahre alter Schüler, dessen Motiv erst wenige Stunden vor der Tat entstanden ist, schon gar nicht.

Silja nimmt den nächsten Schluck und überlegt weiter.

Bleibt nur noch Brith Bleikens Ehemann Jasper. Seine Trauer schien echt zu sein, trotzdem ist er der Kommissarin irgendwie suspekt. Als sie versucht zu ergründen, woher ihr Misstrauen stammt, erinnert sie sich an die Maklerprospekte auf Bleikens Couchtisch. Das war gerade mal vierundzwanzig Stunden nach dem Tod seiner Frau. Silja sieht die beiläufige Geste deutlich vor sich, mit der Bleiken die Prospekte vom Tisch gewischt hat. *Was hat er noch mal dazu gesagt?* Silja nippt wieder an dem Wein, dann weiß sie es wieder.

»Diese Makler sind wie Raubvögel.«

Dann hatte Jasper Bleiken auf den Tod von Briths Eltern verwiesen und erklärt, dass seine Frau und er damals auch von ihnen belagert worden seien.

Silja spürt, dass hier etwas nicht stimmt, dass sie vielleicht gerade dabei ist, einen fundamentalen Widerspruch zu entdecken. Sie nimmt einen weiteren Schluck Wein, schließt die Augen und legt den Kopf zurück aufs Sofapolster.

Wie kommen die Werbebriefe diverser Makler vierundzwanzig Stunden nach einem Mord, von dem sogar wir erst zwölf Stunden vorher erfahren haben, auf den Couchtisch von Jasper Bleiken? Selbst das furchtbare Tatortfoto war erst am nächsten Morgen in der Zeitung.

Darauf gibt es nur eine Antwort: Irgendjemand hat sich schon vor dem Mord mit den Maklern in Verbindung gesetzt und Interesse am Verkauf des Hauses signalisiert. Brith Bleiken war das sicher nicht.

Aber ihr Mann hat für die Tatzeit ein lückenloses Alibi, das sowohl von seinen Sportkameraden als auch von einem Barkeeper bestätigt worden ist.

Es muss ein Missing Link zwischen den Fällen geben, da ist sich Silja inzwischen sicher. Und dann weiß sie es plötzlich.

Fred Hübner hat kein Alibi für den Abend des zweiten Mordes, und er hat Bleiken bei der Talkshow kennengelernt. Ist es denkbar, dass beide sich danach noch weitere Male getroffen haben? Dass sie einen Plan ausgeheckt haben, der es auch Hübner ermöglichen würde, seine sicher nicht ganz billige Eigentumswohnung am Dorfteich abzuzahlen? Hat Hübner vielleicht tatsächlich die beiden ersten Morde begangen, und nur der dritte ist eine Nachahmungstat?

Für einige Augenblicke erscheint diese Lösung Silja durchaus plausibel, doch dann muss sie sich eingestehen, dass Fred Hübner alles andere als ein Dummkopf ist. Vielleicht könnte er die erste Tote aus Wut ermordet haben, vielleicht könnte er sich sogar für die auffällige Inszenierung entschieden haben, um den Verdacht auf ein triebgesteuertes Motiv zu lenken. Doch wenn es in Wahrheit nur um den zweiten Mord gegangen und der erste lediglich als Ablenkung inszeniert worden ist, dann hätte Hübner sich doch ein Opfer ausgesucht, das man auf keinen Fall mit ihm in Verbindung bringen kann. Und ganz sicher nicht eine Frau, mit der er sich im Fernsehen öffentlich gezofft hat. Außerdem hätte Bleiken Hübner nicht belastet, indem er ungefragt von einem Streit nach der Talkshow erzählt.

Noch eine Sackgasse mehr, denkt Silja enttäuscht. Dann leert sie ihr Weinglas und greift zum Handy, um Bastian anzurufen.

Nach dem dritten Klingeln, nimmt er das Gespräch an. Seine Stimme ist heiser, und er meldet sich nur mit einem leisen »Hallo«.

»Bist du in der Spielhalle?« Auch Silja flüstert jetzt.

»Ist cool hier«, antwortet Bastian jetzt lauter und mit gespielter Begeisterung. »Schatzi, denk dir, ich habe gewonnen. Ich bleib noch ein bisschen.«

»Ist die Krämer da?«

»Die ganze Zeit. Megastimmung hier.«

»Verstehe. Und Marvin Schöne?«

»Außer mir sind nur noch zwei sehr nette junge Türken hier, aber die verlieren leider, habe sie schon zu einer Extrarunde eingeladen«, erklärt Bastian mit seiner falschen Stimme. »Und von Elke muss ich dir nachher unbedingt erzählen, Schatzi, die ist so was von großzügig. Ganz toll, die Frau!«

»Hört sie dich?«

»Ja klar, was denkst du denn?«

»Ich rufe jetzt bei Sven an, und wenn es dort etwas Neues gibt, sage ich dir sofort Bescheid, okay?«

»Mach das. Und schlaf gut. Ich liebe dich auch.«

Mit diesen Worten unterbricht Bastian das Gespräch.

Silja muss in sich hineinlächeln. Sie wusste bisher gar nicht, dass ihr Mann ein so guter Schauspieler ist. Bei der Vorstellung, wie er in der Spielhalle den leutseligen Gamer gibt, wird ihr fast wieder etwas leichter ums Herz, auch wenn sie tatsächlich keinen Schritt weitergekommen sind. Aber vielleicht kann Sven ja etwas Neues berichten.

Es dauert ziemlich lange, bis er am Apparat ist.

»Bist du unterwegs, oder bist du etwa eingeschlafen?«, rutscht es Silja heraus.

»Was du immer denkst«, antwortet Sven empört. »Ich

musste erst mal das Fernglas weglegen und das Handy aus der Tasche kramen.«

»Du sitzt also immer noch vor Marvin Schönes Haus im Wagen?«

»Ist totlangweilig hier, das kannst du mir glauben. Aber andererseits auch wieder komisch. Manchmal denke ich, dieser Schöne ahnt, dass wir ihn beschatten. Er läuft die ganze Zeit vor dem hell erleuchteten Fenster herum, trinkt Bier, telefoniert oder redet wild gestikulierend hinüber ins Nebenzimmer.«

»Echt jetzt? So benimmt sich doch kein normaler Mensch.«

»Sage ich ja. Erst dachte ich, der wartet auf jemanden und steht deshalb am Fenster. Aber er schaut nie heraus. Es wirkt, als wolle er auf keinen Fall den Eindruck erwecken, dass er von uns weiß, uns aber trotzdem wissen lassen, wie brav er ist.«

»Wäre natürlich interessant zu wissen, mit wem er telefoniert.«

»Leider hat uns die Bispingen die Telefonüberwachung nicht erlaubt.«

Silja nickt zustimmend, obwohl Sven das nicht sehen kann, dann entsteht eine Pause im Gespräch. Schließlich sagt sie müde: »Vielleicht sollten wir einfach so tun, als habe uns das überzeugt, um ihn in Sicherheit zu wiegen.«

»Das ist aber ziemlich riskant«, gibt Sven zurück. »Vielleicht wartet er nur genau darauf und macht sich sofort auf die Socken, wenn ich weg bin.«

»Dann fahr doch weg und behalte das Haus aus einem Versteck im Auge.«

»Versteck? Du bist gut. Das gibt's hier nicht. Ich kann mich natürlich im Südwäldchen verkriechen, aber dann bin ich nicht schnell genug, um ihn zu verfolgen. Dafür müssten wir mindestens zu zweit sein.«

»Soll ich vorbeikommen?«, bietet Silja an.

»Ich glaube kaum, dass das eine gute Idee ist. Er hat dich schließlich bei der Manthey im Haus gesehen.«

»Ach stimmt. Aber weißt du was? Ich rufe die Bispingen noch einmal an. Wenn ich ihr erzähle, was du beobachtet hast, dann können wir vielleicht wenigstens die Telefonüberwachung durchkriegen.«

»Okay, tu das. Aber lass dich nicht auffressen, hörst du. Soweit ich weiß, schafft die Bispingen das auch fernmündlich«, scherzt Sven, bevor er das Gespräch beendet.

Donnerstag, 6. November, 22.42 Uhr, Twedter Feld, Flensburg

Als das Handy klingelt, schließt Elsbeth von Bispingen gerade die Wohnungstür auf. Wenn sie nur wüsste, was sie sich eigentlich wünschen soll. Dass man Fred gefunden und er sich tatsächlich vor den Ermittlern versteckt hat? Das hieße, dass er etwas mit den Morden zu tun haben müsste. Oder dass er unschuldig ist und ihm etwas zugestoßen ist? Keine gute Alternative. Aber alles ist besser als diese Unsicherheit.

»Bispingen, hallo?«

»Guten Abend, Frau von Bispingen. Hier ist Silja Blanck. Ich rufe in Vertretung von Hauptkommissar Kreuzer an …«

»Reden Sie nicht lange drumherum. Es ist kurz vor elf am Abend, Sie werden gute Gründe für Ihren Anruf haben.«

»Wie man's nimmt«, antwortet die Kommissarin zögernd.

»Fred Hübner ist weiterhin unauffindbar. Da gibt es also keine Neuigkeiten. Aber wir haben …«

Ungehalten unterbricht Elsbeth die Kommissarin. »Warum können Sie ihn nicht endlich aufstöbern? So groß ist die Insel doch wahrlich nicht. Was ist, wenn ihm etwas geschehen ist?«

»Davon gehen wir zunächst einmal nicht aus. Wahrscheinlicher ist es, dass Herr Hübner einfach nicht gefunden werden will. Und wenn sich jemand verstecken will, dann gibt es auch auf Sylt viele Möglichkeiten.« Die Kommissarin macht eine kleine Pause, die Elsbeth nichts Gutes ahnen lässt. »Und selbstverständlich können wir nicht ausschließen, dass Herr Hübner die Insel im Lauf des Tages verlassen hat.«

Na toll, schießt es ihr durch den Kopf. *Das wäre dann ja wohl ein echtes Schuldeingeständnis.* Für Sekunden ist Elsbeth unfähig zu jeder Erwiderung. Doch dann siegt ihr Pragmatismus.

»Sie haben doch seine Wohnung durchsucht. Falls er – aus welchen Gründen auch immer – die Insel verlassen haben sollte, müsste man das ja erkennen können. Waren denn die Koffer noch da?«

Die Kommissarin schweigt einen Moment, dann beginnt sie vorsichtig: »Herr Hübner ist ganz sicher nicht mit einem Koffer unterwegs. Er war am Anfang der Hausdurchsuchung noch anwesend und ist erst in dem Moment auf sein Fahrrad gestiegen, als die Kollegen sich seinen Keller vornehmen wollten. Dort haben wir ja dann auch das grüne Seil gefunden.«

»Ja, ja, das weiß ich alles. Entschuldigen Sie, das mit dem Koffer war eine blöde Idee. Aber wenn Fred tatsächlich mit dem Zug die Insel verlassen hätte, dann stünde sein Fahrrad am Bahnhof. Haben Sie das überprüft?«

»Nein, stimmt, daran haben wir nicht gedacht. Ich schicke sofort einen Kollegen aus dem Revier zum Bahnhof. Und am besten auch einen zum Flughafen.«

»Und zum Fähranleger oben in List«, fügt Elsbeth ungeduldig hinzu. »Meine Güte, was machen Sie eigentlich?«

»Frau von Bispingen, wir tun, was wir können, wirklich. Gerade sind sowohl der Kollege Kreuzer als auch Kommissar Winterberg an zwei Tatverdächtigen dran. Und bevor Sie mir jetzt fernmündlich den Kopf abreißen – wir sind personell nicht wirklich gut ausgestattet, wie Sie wissen. Sven Winterberg macht das in seiner Freizeit, um uns zu unterstützen.«

Elsbeth atmet tief durch. Sie weiß genau, eigentlich müsste sie jetzt ein ernstes Wörtchen mit der Kommissarin reden, aber es ist ihr im Moment völlig egal, wer gegen welche Dienstvorschriften verstößt, wenn es nur andere Verdächtige gibt, wenn es nur irgendwie vorangeht, wenn es nur die kleinste Hoffnung darauf gibt, dass Fred vielleicht doch unschuldig ist.

»Was ist mit dem grünen Seil, das Sie in Herrn Hübners Keller gefunden haben?«

»Es entspricht dem Seil, mit dem die Opfer gefesselt wurden. Das belastet Herrn Hübner natürlich. Trotzdem gibt es, wie gesagt, noch ein paar andere Theorien, die wir zurzeit verfolgen.«

Während die Kommissarin mit Einzelheiten aufwartet, hört Elsbeth nur noch halbherzig zu. Erst als das Wort *Telefonüberwachung* fällt, weiß sie plötzlich, was zu tun ist.

»Wenn es der Wahrheitsfindung dient, sollten Sie auf jeden Fall den Apparat von diesem Neffen des dritten Opfers überwachen. Wie hieß er gleich?«

»Marvin Schöne«, hilft die Kommissarin und erklärt dann noch einmal: »Er telefoniert schon den ganzen Abend ziemlich aufgeregt herum. Wir wüssten wirklich gern, mit wem er spricht.«

»Dann finden Sie das raus. Und eines noch, bitte. Versuchen Sie, Fred Hübners Handy zu orten. Sollte ihm etwas zugestoßen sein, so ist es höchste Zeit, zu helfen. Und falls Sie es nicht orten können …« Elsbeth verstummt, weil ihr die Schlussfolgerung einfach nicht über die Lippen kommen will.

Doch die Kommissarin hat sie schon verstanden.

»Das haben wir versucht, allerdings erfolglos. Und wenn das Handy nicht zu orten ist, dann gibt es dafür eigentlich nur eine einzige Erklärung: Er hat es abgeschaltet, weil er nicht gefunden werden will.«

»Leider muss ich Ihnen zustimmen«, seufzt Elsbeth und hat plötzlich das starke Bedürfnis, der Kommissarin ihr Herz auszuschütten. Alle Ängste, alle Befürchtungen der letzten Tage steigen in ihr auf, klumpen sich zu einem beängstigenden Haufen an Fragen und Verdächtigungen zusammen und verlangen danach, endlich ausgesprochen zu werden.

Und als ahne sie etwas von den Nöten der Staatsanwältin, sagt Silja Blanck jetzt auch noch in mitfühlendem Tonfall: »Frau von Bispingen, bitte glauben Sie mir, dass wir alles tun werden, um den Fall möglichst schnell aufzuklären. Und bitte nehmen Sie zur Kenntnis, dass wir alle hier außerordentlich froh darüber sind, dass Sie sich in dieser für Sie sicher nicht einfachen Situation so wunderbar professionell verhalten. Das hilft uns allen sehr.«

»Danke, ja, ich bemühe mich«, seufzt Elsbeth und weiß gleichzeitig eines ganz genau. *Wenn ich ihr jetzt mein Herz ausschütte, dann tue ich genau das Gegenteil von dem, wofür sie mich gerade gelobt hat.*

Also erklärt sie nur knapp: »Sie können mich immer anrufen. Egal, zu welcher Tages- oder Nachtzeit.«

Freitag, 7. November, 06.17 Uhr, Norderstraße, Westerland

Bastian Kreuzer wirft sich ein letztes Mal im Bett herum, dann schlägt er endgültig die Augen auf. Seit zwei Stunden liegt er wach, dabei ist er letzte Nacht erst gegen halb eins ins Bett gekommen. Das sind maximal vier Stunden Schlaf, wie er mürrisch nachrechnet. Und wofür das Ganze? Für nichts und wieder nichts.

Die Spielhallenbesitzerin wirkte weder nervös noch angespannt. Es tauchten keine verdächtigen Typen im Laden auf, und mit wem auch immer Marvin Schöne gestern Abend telefoniert hat, Elke Krämer war es jedenfalls nicht. Inzwischen läuft die Telefonüberwachung, allerdings steht zurzeit kein Kollege vor Schönes Haus. Sven ist gegen Mitternacht abgehauen, eine gute Stunde nachdem alle Lampen in Schönes Zimmer ausgegangen waren. Solange wird er wohl kaum im Dunklen gehockt und darauf gewartet haben, dass die Polizei sich verzieht. Nimmt Bastian jedenfalls an, oder besser gesagt: hofft Bastian.

Ale er eine leichte Bewegung neben sich spürt, dreht Bastian sich zu Silja um. Sie scheint gerade aufzuwachen und räkelt sich ausgesprochen verführerisch. Aber die Hoffnung auf ein bisschen Sex am Morgen kann er sich gleich abschminken. Silja und er werden schon froh sein müssen, wenn sie wenigstens Zeit für ein kurzes gemeinsames Frühstück erübrigen können.

Das war also die Woche nach unserer Hochzeit, denkt Bastian verbittert. Doch dann gewinnt die Sorge wegen der drei ungeklärten Mordfälle die Oberhand.

»Wie war dein Abend?«, erkundigt er sich leise, während er Silja zärtlich über den Arm streicht.

»Mein Mann war zocken, und ich habe allein zu Hause gesessen«, antwortet sie augenzwinkernd. »Offenbar ist das das Schicksal aller Ehefrauen.«

»Die blonde Elke ist wirklich eine echte Konkurrenz für dich.« Bastian beschließt, sich das Frühstück zu schenken und stattdessen noch ein wenig bei seiner Liebsten im Bett zu bleiben.

»Es gibt da so einen Spruch, weißt du«, murmelt Silja, während sie sich wohlig unter seinen Liebkosungen windet. »Wenn es zu Hause immer Kalbsfilet gibt, ist Erbsensuppe zur Abwechslung auch mal ganz nett.«

»Fünf Tage nach der Hochzeit? Das wäre mir neu.«

»Stimmt, du hast ja Erfahrung. Es ist schließlich deine dritte Ehe«, antwortet Silja immer noch scherzhaft. Aber Bastian ist sich nicht sicher, ob sich nicht doch eine Spur von Ernst hinter ihrer Bemerkung verbirgt.

»Wer eine Frau wie dich betrügt, dem ist nicht mehr zu helfen.«

Er lässt seine Hände tiefer wandern, aber Silja hält sie auf.

»Lass uns erst diesen Fall abschließen, der Gedanke daran, dass es noch weitere Morde geben könnte, macht mich ganz fertig.« Sie küsst Bastian auf den Mund, dann richtet sie sich auf und streicht sich die langen dunklen Haare aus dem Gesicht. Nachdenklich blickt sie zum Fenster, hinter dem ein heftiger Regenschauer in der Dunkelheit niedergeht. »Die Bispingen scheint übrigens auch mit ihren Nerven am Ende zu sein.«

»Hast du lange mit ihr telefoniert?«

»Das nicht. Aber sie war definitiv anders als sonst. Angefasst irgendwie. Ich hatte das Gefühl, dass sie kurz davor war, mir ihr Herz auszuschütten.«

»Echt jetzt? Das kann ich mir schwer vorstellen.«

»War aber so, glaub mir. Ich konnte es gerade noch abwenden.«

»Im Abwenden bist du gut, das wissen wir ja«, murmelt Bastian und startet einen zweiten Eroberungsversuch.

Doch Silja angelt schon nach ihrem Handy auf dem Nachttisch, um ihre dienstlichen Mails zu checken.

»Leo schreibt hier irgendetwas über interessante Fingerabdrücke, die er auf einer Karteikarte identifizieren konnte«, liest sie verwundert vor. »Haben wir irgendwo eine Karteikarte gefunden?«

»Lass mich nachdenken.« Bastian runzelt in gespielter Anspannung die Stirn. »Im Südwäldchen nicht, am Bahnübergang nicht und an der Bank am Watt auch nicht. Sah ja auch nirgendwo wirklich nach Büro aus.«

Bevor die beiden in ihren Überlegungen weiterkommen, klingelt Bastians Handy.

»Morgen, Sven, auch schon wach?«

»Mäxchen ist Frühaufsteher. Habe ich das nicht schon mal erwähnt?« Sven macht eine kurze Pause, die gerade lang genug ist, um Bastian auf etwas Wichtiges einzustimmen. »Aber ich rufe wegen etwas anderem an.«

»Schieß los.«

»Erinnerst du dich an unseren Besuch im Fitnessstudio?«

»Ja. Wieso?«

»Da waren doch diese Karteikarten mit den Trainingsdaten der Mitglieder. Wir haben uns noch über den Datenschutz unterhalten.«

»Ich erinnere mich. Und weiter?«

»Nachdem du schon zum Duschen abgedampft warst, bin ich auch noch mal zu dem Karteikasten.«

»Hast du mir nicht getraut, oder was?«, fragt Bastian grantig. Er ist wirklich dankbar für Svens freiwillige Unterstützung, aber irgendwelche sinnlosen Alleingänge kann er jetzt echt nicht gebrauchen.

»Ich habe die Karte des ersten Opfers an mich genommen und Leo um einen Gefallen gebeten.«

»Ich verstehe immer noch nicht.«

»Gerade kam eine Mail von Leo. Die Fingerabdrücke von Jasper Bleiken sind auf der Karteikarte von Angela Ludwig.«

»Ach *das* war damit gemeint«, murmelt Bastian immer noch verwirrt. »Aber was will der Ehemann des zweiten Opfers mit der Karteikarte des ersten Opfers? Und ist er überhaupt Mitglied bei Body Cult?«

»Ich habe gerade da angerufen. Ist er nicht.«

»Und wie soll er dann an die Karteikarte gekommen sein?«

»Sie haben Schnupperkurse für Interessierte. Und nachdem ich ein bisschen Druck gemacht habe, hat der junge Mann, mit dem ich telefoniert habe, die Namenslisten durchgesehen. Und siehe da: Vor knapp vier Wochen war Jasper Bleiken dabei. Das Datum liegt ziemlich genau zwischen der Talkshow und dem ersten Mord.«

»Okay, das ist zwar merkwürdig, aber es sagt noch gar nichts. Wäre doch möglich, dass ein Trainer im Zuge einer Führung durch den Club auch diese Karteikästen erklärt hat. Und Bleiken kannte Angela Ludwig ja immerhin von der Podiumsdiskussion. Er wusste natürlich auch von ihrer Mitgliedschaft bei Body Cult. Vielleicht wollte er mal spicken, was sie so draufhat.«

»Das ist durchaus möglich. Aber es kommt noch besser. Denn jetzt darfst du raten, wer noch an diesem Schnupperkurs teilgenommen hat.«

»Fred Hübner«, antwortet Bastian wie aus der Pistole geschossen und spürt gleichzeitig, wie sein Adrenalinspiegel steigt.

»Falsch.« Svens Stimme klingt trotz des negativen Bescheids triumphierend.

»Was? Wer sollte denn sonst noch …«, beginnt Bastian, doch dann kommt ihm eine absurde Idee. Zögernd fragt er: »Marvin Schöne vielleicht?«

»Ganz genau.«

»Nicht dein Ernst, oder?«

»Absolut. Und jetzt kommt der Hammer: Seine Fingerabdrücke sind auch auf bewusster Karte. Leo ist sich ganz sicher. Zum Glück habt ihr sowohl Bleiken als auch Schöne die Fingerprints abgenommen. Und du weißt ja, wie gründlich Leo ist.«

»Er ist der Beste, völlig klar. Aber was bedeutet diese Entdeckung jetzt für uns? Hast du einen Moment Zeit?«

»Für dich immer.«

»Dann lass uns mal gemeinsam überlegen.« Bastian lässt sich wieder aufs Bett fallen und stopft sich ein Kissen in den Rücken. Aus dem Bad dringen die Geräusche der Dusche, unter der Silja inzwischen steht. *Nicht das schlechteste, so ein kleines Gehirntraining am frühen Morgen, wenn es schon mit dem Sex nicht geklappt hat*, denkt der Kommissar belustigt.

»Wir müssen davon ausgehen, dass sich Bleiken und Schöne bei der Proberunde im Fitnessclub kennengelernt haben. Schließlich wissen wir nichts über frühere Verbindungen zwischen den beiden.«

»Vielleicht hat Schöne Bleiken angesprochen, schließlich war der kurz davor im Fernsehen.«

»Wie auch immer, es ist möglich, dass sie nach dem Training noch ein Bier trinken gegangen sind und sich dabei näher kennengelernt haben.«

»So nahe, dass sie gleich einen Mord planen? Das glaubst du doch selbst nicht«, widerspricht Bastian.

»Dann bleibt nur die Möglichkeit, dass der gemeinsame Besuch bei Body Cult kein Zufall war.«

»Klingt schon besser. Sie sind gezielt dahin gegangen, um die Ludwig auszuspionieren.«

»Aber woher kennen sie sich dann?«, überlegt Sven am anderen Ende der Leitung.

»Soweit ich mich erinnere, ist Bleiken nicht von der Insel, ein gemeinsamer Schulbesuch entfällt also, obwohl sie annähernd gleich alt sein dürften.«

»Aber Jasper Bleiken arbeitet schon ziemlich lange als Trainer im Fußballverein. Vielleicht hat Schöne da auch mal gekickt.«

»Wir prüfen das sofort«, erklärt Bastian entschieden. »Und du bleibst weiter an Schöne dran. Fahr am besten gleich hin und sieh zu, dass er keinen Verdacht schöpft. Ich setze Silja auf die Fußballsache an und übernehme in der Zwischenzeit selbst Bleiken.«

»Kann aber sein, dass die beiden jetzt sehr vorsichtig sind.«

»Klar, das Risiko müssen wir eingehen. Aber haben wir eine Wahl?«

»Nicht, solange Hübner abgetaucht bleibt. Und irgendwie hängt der ja auch mit drin. Vielleicht meldet er sich sogar bei Bleiken oder Schöne.«

»Wir zapfen auch Bleikens Anschlüsse an, dafür kriege ich sicher grünes Licht von der Bispingen.«

»Dann mache ich mich jetzt wohl mal auf die Socken. Und wir beide bleiben in engem Kontakt?«

»Worauf du dich verlassen kannst, Kumpel.«

Freitag, 7. November, 09.33 Uhr, Möwengrund, List

Fred Hübner schreckt hoch. Er hängt in einer Ecke seiner früheren Behausung, eingeklemmt zwischen dem maroden Korbsessel und einem schrottreifen Rasenmäher. Trotz der Fesseln an seinen Beinen und der Handschelle, mit der die rechte Hand an einen Eisenring gekettet ist, der in einem fetten Betonklotz steckt, hat er eine halbwegs erträgliche Position gefunden und in der Nacht wenigstens eine Weile schlafen können. Aber jetzt ist er plötzlich hellwach. Hat da nicht eben etwas geknackt? Wurde ein Schlüssel im Schloss gedreht? Oder hat ein Tier an der morschen Wand genagt?

Fred bemüht sich, genauer hinzuhören. Denn sehen kann er wenig. Draußen wird es erst langsam hell, und hier drinnen lässt sich der ganze Plunder nur schemenhaft erkennen. *Vielleicht ist auch mit meinen Augen etwas nicht in Ordnung*, denkt Fred plötzlich. Denn es geht ihm gar nicht gut. *Eigentlich ist das sogar die Untertreibung des Jahrhunderts*, muss er sich eingestehen. *Es geht mir so beschissen wie selten in meinem Leben.*

Nachdem er niedergeschlagen worden war, muss er für längere Zeit das Bewusstsein verloren haben. Als er wieder zu sich kam, war es jedenfalls schon dunkel. *Oder wieder dunkel*, schießt es ihm durch den Kopf. *Denn wer garantiert mir, dass ich nicht länger als nur ein paar Stunden bewusstlos war?*

Sein enormer Durst würde dafürsprechen. Fred fühlt sich innerlich völlig ausgetrocknet, er meint förmlich zu spüren, wie seine Gefäße sich zusammenziehen, um die letzten Reste von Flüssigkeit zu bewahren. Gegen dieses extrem fiese Gefühl ist der Hunger, den er hat, absolut zweitrangig. Aber das alles wird überdeckt von dem harten Druck in seiner Brust. Schon als er gestern Mittag – oder war es vorgestern? – in seiner Wohnung zusammengeklappt ist, war ihm klar, dass irgendwas mit seinem Herzen nicht in Ordnung sein kann. Doch der Hass auf diese Idioten von der Kripo, die seine ganze Bude durchkämmt haben, war noch größer als sein Schmerz. Die Wut hat ihm geholfen, sich zusammenzureißen, jede ärztliche Behandlung abzulehnen und alle Kräfte zu mobilisieren. Dabei muss ordentlich Adrenalin am Werk gewesen sein, denn als er erst mal auf dem Fahrrad saß, ging es ihm tatsächlich etwas besser.

Doch dann kam der Überfall und diese ungewisse Zeitspanne, in der er bewusstlos gewesen sein muss. Jemand hat ihn hier angekettet, sein Handy ist weg, seine Uhr natürlich auch und der gesamte Schlüsselbund. Merkwürdigerweise hat man ihm auch die Schuhe ausgezogen. Geblieben sind ihm nur seine Jeans, das Funktionsshirt und vermutlich die Boxershorts darunter. Nichts also, mit dem er auch nur die geringste Chance hätte, die fette Kette zu lösen, die schmerzhaft eng um seine Knöchel gewickelt und mit einem extrem stabil wirkenden Schloss gesichert ist. Auch die Handschelle an seiner rechten Hand ist alles andere als ein Leichtgewicht.

Warum er ausgerechnet die linke Hand frei bewegen kann, ist Fred vollkommen schleierhaft. Doch er ist sich sicher, dass es einen Grund dafür gibt. Und vielleicht hilft ihm dieser Grund, wenn er ihn denn entdecken könnte, etwas über die Absichten seines Peinigers zu erfahren.

Gerade wiederholt sich das kratzende Geräusch von draußen, und jetzt ist Fred auch wach genug, um ausschließen zu können, dass sich da ein Schlüssel im Schloss dreht. Eher wird wohl ein kleines Tier am Fundament des Gartenhauses nagen. Die großzügig um ihn herum verteilten Mäusekötel bestätigen ihn in dieser Annahme.

Freds Blick gleitet über die Kötel hinweg und nimmt ins Visier, was noch in seiner Reichweite herumsteht. Verrostete Gartengeräte, eine Kiste mit Einweckgläsern, ein halb gefüllter Laubsack, eine Ansammlung von extrem hässlichen Blumenvasen. *Sieht ganz so aus, als habe die alte Manthey nach meinem Auszug ihren gesamten Plunder hier ins Gartenhaus geschafft*, denkt Fred gerade, als ihm etwas auffällt, das vermutlich nicht von seiner ehemaligen Vermieterin stammt.

Halb versteckt hinter dem Laubsack steht links von ihm eine Wodkaflasche. Eine ziemliche volle Wodkaflasche.

Habe ich die bei meinem Auszug hier vergessen und die Manthey hat sie aus Sentimentalität die ganzen Jahre über aufgehoben? Wohl kaum. Aber was macht die Flasche sonst hier?

Fred macht sich so lang wie möglich. Die Handschelle zerrt an seiner Haut, fast verliert er das Gleichgewicht, aber er gibt nicht auf. Jetzt muss er nur noch den Laubsack wegzerren, sich anschließend ein klein wenig mehr strecken, und dann kann er die Flasche greifen.

Geschafft.

Es ist unerwartet mühsam, zurück in die Ursprungsposition zu kommen, zweimal kippt Fred zur Seite, die Haut an dem gefesselten Handgelenk reißt auf, und Blut sickert über die Handschelle. *War das jetzt vielleicht meine Schlagader? Muss ich hier verbluten?*

Freds Herz, das die ganze Zeit schon alarmierend ungleichmäßig geschlagen hat, setzt zu einem äußerst unangenehmen Stolpern an. Sein Brustkorb zieht sich zusammen, alles schmerzt. Aber nach einer Weile beruhigt sich sein Puls wieder, und Fred mustert nachdenklich den Betonklotz mit dem eingelassenen Eisenring.

Wo kommt der eigentlich her? Das ist doch nichts, was man üblicherweise zur Hand hat.

Fred merkt, dass ihm das strukturierte Denken schwerfällt. Entweder fordert sein holperndes Herz alle Aufmerksamkeit, oder sein Verstand vernebelt sich plötzlich, und das auf eine Weise, die noch nicht einmal unangenehm ist.

Ich muss mich verdammt nochmal jetzt zusammenreißen, beschwört er sich selbst, *sonst kriege ich nie raus, was das hier eigentlich soll.*

Doch Freds Blick klebt immer wieder an der Wodkaflasche in seiner linken Hand. *Ich habe Durst, ganz entsetzlichen Durst sogar, und hier ist etwas zu trinken*, begreift er. Was wäre also naheliegender, als die Flasche anzusetzen und sich einen kräftigen Schluck zu genehmigen? *Klar bin ich schon länger trocken, aber es ist eindeutig besser, besoffen zu sein, als zu verdursten. Oder steckt irgendein abgefeimtes Kalkül hinter der Flasche? Ist meine linke Hand nur deshalb nicht gefesselt worden, damit ich mir die Flasche angeln kann?*

Aber was gäbe das für einen Sinn?

Bedächtig schraubt Fred die Flasche auf. *Vielleicht ist gar kein Wodka da drin, sondern Gift.* Er steckt seine ausgetrocknete Zunge in den Flaschenhals und benetzt sie mit der Flüssigkeit. Ein köstliches Brennen überzeugt ihn davon, dass der Inhalt dem Etikett entspricht. Sekunden später füllt reinster Wodka seine gesamte Mundhöhle. Fred kann gar nicht mehr aufhören zu schlucken, er stillt seinen Durst und lässt den hochprozentigen Alkohol wie Wasser durch seine Kehle rinnen.

Als er die Flasche zur Hälfte geleert hat, sinkt er zurück und gibt sich willig dem überwältigenden Glücksgefühl hin, das ihn plötzlich erfüllt.

Freitag, 7. November, 10.19 Uhr, 1. FC Sylt, Westerland

Das Büro des Sylter Fußballclubs besteht aus einem niedrigen Bungalow mit Glasvorbau. Innen stehen zwei Ikea-Schreibtische und ein paar Plastikstühle, wie Silja durch die bodentiefen Scheiben sehen kann. Ohne anzuklopfen, betritt die Kommissarin den Raum. Silja weiß, dass sie jetzt keine Zeit mehr zu verlieren haben. Sollte es gelingen, eine Verbindung zwischen Jasper Bleiken und Marvin Schöne herzustellen, müssen alle Theorien neu überdacht werden.

Seit dem Morgen beobachten Bastian und Sven die Wohnorte der beiden, und wenn Silja nun das letzte Puzzlestückchen liefern könnte, dann kämen sie vielleicht auch endlich in ihrer Ermittlung weiter.

Die junge Frau hinter dem linken Schreibtisch sitzt vor einem altmodischen Rechner und scheint in ein Computerspiel vertieft zu sein. Sie trägt einen schwarz gefärbten Bob und hat die Lippen rot geschminkt. Auf Silja wirkt sie nicht besonders sportlich, sondern eher wie eine Parfümverkäuferin. Ein kleines Schild auf ihrem Schreibtisch weist sie als Melanie Lorenz aus.

»Moin, moin, entschuldigen Sie bitte, dass ich störe.«

Sehr langsam wendet sich Melanie von ihrem Computerspiel ab und blickt Silja gelangweilt an. Auch ihre Stimme klingt desinteressiert.

»Moin. Kann ich Ihnen helfen?«

Silja hält ihr den Dienstausweis unter die Nase und erklärt: »Ich brauche ein paar Auskünfte zu Ihren Mitgliedern.«

»Also ich weiß nicht. Da gibt es doch diesen Datenschutz.«

»Können Sie nicht lesen? Ich bin von der Kriminalpolizei.«

»Ach so, ja. Na dann. Was wollen Sie denn wissen?« Widerwillig klinkt sie sich aus dem Spiel aus.

»Herr Bleiken arbeitet bei Ihnen als Trainer?«

Melanie nickt, der schwarze Bob wippt. »Jasper coacht die alten Herren. Das läuft alles prima, und Jasper ist so ein toller Typ, also wirklich, er …«

»Danke, das kann ich mir alles denken.«

Mit leichter Verzögerung klappt der rote Mund zu.

»Ich interessiere mich für einen weiteren Herrn. Marvin Schöne. War der mal bei Ihnen Mitglied?«

»Der Name sagt mir nichts. Oder doch. Marvin war mal kurz in meinem Kegelclub Mitglied. Glaube ich jedenfalls.«

»Ums Kegeln geht es jetzt aber weniger. Wie lange machen Sie den Job hier schon?«

»Seit ein paar Jahren. Warum?«

Silja verdreht die Augen und schickt insgeheim ein Stoßgebet zum Himmel. *Lieber Gott, gib mir Geduld mit diesem begriffsstutzigen Menschenkind.*

»Sicher gibt es Listen, in denen auch ehemalige Mitglieder aufgeführt sind. Also Mitglieder, die vor Beginn Ihrer Tätigkeit hier gekickt haben.«

Melanie Lorenz runzelt die Stirn. Dann kratzt sie sich ziemlich undamenhaft am Hinterkopf. Schließlich murmelt sie: »Die sind alle im Keller.«

Silja atmet einmal tief durch und bemüht sich darum, ihre Stimme ruhig zu halten. »Dann gehen Sie doch bitte und holen die Listen.«

»Da ist es aber sehr staubig. Außerdem ist das alles nicht richtig sortiert. Also nur nach Jahreszahlen und so …«

Jetzt reißt Silja endgültig der Geduldsfaden. »Lesen können Sie aber schon, oder?«

»Natürlich!« Empört erhebt sich Melanie Lorenz von ihrem Platz und schickt sich an, den Raum zu verlassen. Doch dann kehrt sie noch einmal um und zieht mit provozierender Langsamkeit ihre Schreibtischschublade auf. »Ist alles abgeschlossen da unten«, erklärt sie und hält einen Sicherheitsschlüssel hoch, an dem ein kleiner Anhänger mit einem ledernen Fußball befestigt ist.

»Wissen Sie was? Ich komme mit in den Keller und helfe Ihnen suchen.« *Sonst bist du morgen noch nicht fertig*, setzt Silja genervt in Gedanken hinzu.

»Also ich weiß nicht …«

»Kripo. Schon vergessen?«

»Ach so, ja. Na, wenn Sie meinen.«

»Unbedingt.«

Unten ist es weniger staubig, als Silja befürchtet hatte. Und die Platzierung der Ordner mit den Mitgliederlisten erweist sich als durchaus durchdacht. Bevor Melanie überhaupt den Anschein erweckt, das System zu durchschauen, erkennt Silja bereits, dass es für jede Dekade eine Kladde gibt. Da sie Marvin Schöne auf nicht älter als vierzig schätzt, eher sogar um die dreißig, und da die Wahrscheinlichkeit am größten ist, dass er als junger Mann mal gekickt hat, greift Silja zielstrebig nach der Kladde, die die Ein- und Austritte von vor zwanzig Jahren dokumentiert. Unter den erstaunten Blicken Melanies überfliegt sie die Liste. Nichts. Auch in der nächsten Kladde wird sie nicht fündig.

»Sind die Jugendmannschaften vielleicht irgendwo separat aufgeführt?«

»Da hinten.« Mit einer matten Geste zeigt Melanie zu einem anderen Regal.

»Danke für Ihr ungebremstes Engagement«, zischt Silja und geht hinüber. Auch hier ist alles ordentlich beschriftet. Silja beginnt mit dem Ordner *A-Jugend.* Zwanzig Sekunden später stößt die Kommissarin einen leisen Triumphruf aus. Sie hat tatsächlich das Gesuchte gefunden. Marvin Schöne ist 2009 in den FC Sylt eingetreten. Offenbar hat er danach jahrelang in der Mannschaft gespielt, bis man ihn schließlich 2015 unrühmlich vor die Tür gesetzt hat, weil er seit einem Jahr seine Mitgliedsbeiträge nicht bezahlen konnte.

»Wissen Sie zufällig, seit wann Jasper Bleiken bei Ihnen im Club aktiv ist?«

Ein Strahlen geht über Melanies Gesicht. »Er hat gerade letztes Jahr seine zehnjährige Mitgliedschaft groß gefeiert.«

»Interessant. Wie groß war die Party denn? Ich meine, waren auch alle diejenigen eingeladen, die früher mal mit ihm in einer Mannschaft gespielt haben?«

»Nicht nur die. Der ganze Club war eingeladen.«

»Sie haben nicht zufällig auch von dieser Veranstaltung eine Liste?«

»Doch, habe ich. Ich habe schließlich die Einladungen verschickt.«

»Wunderbar. Könnte ich die Liste mal sehen?«

»Da müssen wir aber wieder nach oben gehen.«

»Ach, wissen Sie, ich wollte ohnehin nicht hier unten übernachten.«

Melanies Irritation dauert nur wenige Sekunden, dann versteht sogar sie. »Haha, ja witzig.«

Silja nickt gottergeben und folgt dem dunklen Bob die Treppe hinauf. In den Ordnern ihres Rechners kann sich Melanie deutlich schneller orientieren als im Keller, sie findet die Einladungsliste fast sofort.

»Darf ich mal?« Ungeduldig beugt sich Silja zum Bildschirm hinunter, greift nach der Maus und scrollt durch die Namen. *Rosental, Rudnick, Salten, Schöne*, liest die Kommissarin und kann einen freudigen Ausruf nicht unterdrücken.

»Na bitte, wer sagt's denn! Sie haben mir wirklich sehr geholfen. Vielen Dank.«

Freitag, 7. November, 10.42 Uhr, Norderende, Archsum

Bastian Kreuzer zweifelt an allem. Eine gefühlte Ewigkeit sitzt er jetzt schon hier in seinem Wagen und lässt das Haus der Bleikens nicht aus den Augen. Zweimal ist Jasper Bleiken bereits vor die Tür getreten. Einmal, um die Zeitung zu holen, und ein zweites Mal, um den Müll in die Tonne zu werfen. Er trug Jogginghosen und ein ausgeblichenes T-Shirt und sah nicht so aus, als habe er vor, demnächst seine Bleibe zu verlassen.

Was tue ich hier?, fragt sich der Kommissar nicht zum ersten Mal an diesem regnerischen Morgen. Auch von Sven, der längst seinen Beobachtungsposten vor dem Wohnhaus Marvin Schönes wieder bezogen hat, sind keine Neuigkeiten zu erwarten. Wäre nicht gerade der Anruf von Silja eingetroffen, in dem sie bestätigt hat, dass beide Verdächtige sich kennen, hätte Bastian die gesamte Aktion vielleicht abgeblasen. Doch so gibt er sich und dem Kollegen noch einen Tag Zeit.

Es wäre hilfreich, wenn wir die beiden irgendwie unter Handlungsdruck setzen könnten, überlegt er gerade, *am besten wäre es natürlich, wenn wir Fred Hübner aufspüren würden*, setzt er innerlich hinzu. Aber der Journalist bleibt verschwunden, auch die Staatsanwältin, mit der Bastian vor einer Stunde telefoniert hat, konnte nichts Neues berichten.

Als plötzlich sein Telefon klingelt, hofft er natürlich auf einen Anruf von Sven, doch die Nummer ist die des Westerländer Polizeireviers.

»Leute, was gibt's?«

»Wir haben vermutlich eine vierte Leiche«, antwortet ein Kollege ziemlich atemlos.

»Oh, nein, bitte nicht das auch noch. Wer hat den Fund gemeldet, und wo ist sie?«

»Das war ein wenig mysteriös. Der Anruf kam von einem Prepaid-Handy, und der Anrufer hat nicht viel gesagt. Willst du den Wortlaut?«

»Ich bitte darum.«

»Warte einen Moment, ich hole die Notiz.« Es raschelt im Handy, Bastian hört Schritte und aufgeregtes Gemurmel im Hintergrund. Dann ist der Kollege wieder da. »Hörst du mich?«

»Schieß los.«

»Ich zitiere: *Kommen Sie schnell, da liegt eine tote Frau neben der Straße. Hier oben am Ellenbogen in der Privatstraße. Sie ist gefesselt und bestimmt schon länger tot.*«

»Das war alles?«

»Jepp.«

»Keine Name, keine nähere Beschreibung?«

»Nope. Als der Kollege nach dem Namen fragte, wurde aufgelegt.«

»Wisst ihr, von wo der Anruf kam?«

»Leider nein, dazu war die Gesprächszeit zu kurz.«

»Und die Stimme? Gibt's da irgendwelche Besonderheiten?«

»Sie war nicht künstlich verzerrt, falls du das meinst. Ansonsten könnte es jeder gewesen sein. Männlich, wie gesagt, und jetzt nicht gerade eine Greisenstimme. Und auch niemand im Stimmbruch.«

»Mist, verdammter!« Bastian überlegt kurz, dann setzt er hinzu: »Hältst du es für möglich, dass der Anruf ein Fake war. Dass jemand sich einfach wichtig machen wollte?«

»Ausschließen würde ich das nicht. Zumal die Ortsangabe ja sehr ungenau ist.«

Vielleicht wollte jemand Sven und mich aber auch nur von unseren Beobachtungsposten weglocken, überlegt Bastian. *Dann werden wir ihm den Gefallen doch einfach tun.*

Laut sagt er: »Greif dir einen Kollegen und fahrt nachsehen, ob ihr was findet. Immerhin müsst ihr nicht durch die Dünen, sondern könnt erst mal die Straßenränder checken. Falls ihr fündig werdet, sagt ihr sofort Bescheid, dann komme ich nach. Und noch was: Macht ruhig ein bisschen Wirbel. Also Blaulicht, Sirene und das ganze Spektakel. Ihr solltet auffallen, damit der Anrufer sieht, dass ihr den Tipp ernst nehmt. Und falls es wirklich eine Tote gibt, ist das Ganze ja auch nicht verkehrt.«

»Okay, wird gemacht.«

»Und ich will sofort benachrichtigt werden, falls der Typ sich noch mal meldet, verstanden?«

»Ja sicher.«

Nachdem Bastian das Gespräch beendet hat, wägt er kurz die Chancen ab. Echter Leichenfund oder Fake-Anruf? Aber wie soll man das entscheiden? Das Einzige, was sie jetzt wirklich tun können, außer dem Tipp nachzugehen natürlich, ist, zumindest den Anschein zu erwecken, als würden sie dem Anrufer glauben. Und zwar alle beide.

Entschlossen klingelt Bastian bei Sven durch, der zum Glück sofort am Apparat ist.

»Hi. Hier gibt es immer noch keine Bewegung«, meldet der Kollege sich frustriert.

Bastian setzt ihn knapp über die neueste Entwicklung in Kenntnis, dann ordnet er an: »Pass auf, wir machen Folgendes. Wir rauschen jetzt beide ab. Mit quietschenden Reifen, möglichst noch einmal krachend wenden und dann raus aus der Sichtschneise unserer Zielpersonen.«

»Echt jetzt?«

»Ja klar. Das wollen die doch. Hoffentlich jedenfalls. Wir parken beide die Wagen ein ganzes Stück entfernt. Das ist wichtig, hörst du? Zwar laufen wir damit Gefahr, dass sie uns entwischen, aber vielleicht brauchen die auch erst noch eine Weile, bis sie daran glauben, dass ihr Kalkül aufgeht.«

»Falls es ein Kalkül war.«

»Wenn die Kollegen oben am Ellenbogen wirklich eine Tote finden, erfahren wir es schon noch rechtzeitig. Bis dahin halten wir uns an die andere These, hauen erst mal ab und kehren dann ganz vorsichtig zu Fuß zurück. Wichtig ist, dass wir nicht entdeckt werden. Lass dir also was einfallen. Im Südwäldchen gibt's ja genug Bäume, hinter denen du dich verstecken kannst.«

»Hier beginnt es gerade zu schütten«, fällt Sven ihm ins Wort. »Das ist natürlich super für eine Outdoor-Überwachung.«

»Du hast Angst vor Regen? Jetzt? Dein Ernst?«

»Nee, schon gut. War nur so ein Gedanke.«

»Das will ich auch stark hoffen.«

Bastian beendet das Telefonat und startet umgehend seinen Wagen. Er lässt den Motor aufheulen, fährt die paar Meter bis zu Jasper Bleikens Einfahrt, wendet dort mit quietschenden Reifen und verlässt mit Vollgas die Straße in Richtung Westerland. Erst nach fünfhundert Metern parkt er den Wagen seitlich in einer Privateinfahrt, klemmt ein Polizeischild hinters Fenster und springt heraus. Wenn er sprintet, wird er in zwei, drei Minuten zurück sein können. Und er weiß auch schon, bei welchem Nachbarn er klingeln kann, um von einem Fenster aus die Überwachung fortzusetzen. Das Haus hat einen Hintereingang, der von Jasper Bleiken nicht eingesehen werden kann, wie Bastian gestern schon eruiert hat.

Bleibt nur zu hoffen, dass Bleiken nicht in der Zwischenzeit entwischt ist.

Freitag, 7. November, 11.37 Uhr, Südwäldchen, Westerland

Obwohl der Regen immer stärker wird, harrt Sven Winterberg geduldig in seinem Versteck aus. Der Kommissar ist mittlerweile triefend nass, aus seinen Haaren tropft es beständig auf die gefütterte Barbourjacke, die immerhin wasserfest ist. Für Svens Winterboots gilt das nur bedingt, er kann bereits fühlen, wie die Nässe nach und nach seine Socken durchdringt.

Es war gar nicht so einfach, einen geeigneten Unterschlupf zu finden, denn im östlichen Teil des Südwäldchens stehen fast nur Laubbäume und Sträucher, deren Kronen jetzt natürlich kahl sind und die daher wenig Sichtschutz bieten. Aber zum Glück trägt Sven dunkle Kleidung, so dass er hoffen kann, im trüben Winterlicht unentdeckt zu bleiben. Sein Fernstecher ist von höchster Qualität und liefert ein ausreichend vergrößertes Bild des Wohnhauses von Marvin Schöne. Weder hinter dessen Fenstern noch am Hauseingang hat sich in der letzten halben Stunde irgendetwas geregt. Auch Bastian hat sich noch nicht mit Neuigkeiten von der Leichensuche gemeldet, so dass Sven nicht weiß, ob ihre Operation überhaupt einen Sinn ergibt.

Es macht ihm allerdings Sorgen, dass keines der Schöne'schen Fenster beleuchtet ist. Alle drei Fenster sind nicht besonders groß, und bei diesem Dauerregen muss es in den dahinterliegenden Räumen doch ziemlich dunkel sein, überlegt er gerade. Bevor der Kommissar seinen auffälligen Rückzug hingelegt hat, brannte drinnen sehr wohl Licht. Sollte Schöne also die Abwesenheit des Kommissars blitzschnell ausgenutzt und sofort das Weite gesucht haben? Aber hätte er dann nicht gerade sein Licht angelassen, um einen eventuell zurückkehrenden Beobachter zu täuschen?

Sven ist unschlüssig. Seufzend beschließt er, auf weitere Anweisungen von Bastian zu warten, auch wenn ihm bei der erzwungenen Untätigkeit immer unwohler wird. Wieder und wieder blickt er auf die Uhr. Falls am Ellenbogen tatsächlich eine vierte Leiche liegen sollte, müssten die Kollegen sie doch längst entdeckt haben. Und falls der von Bastian beobachtete Jasper Bleiken sein Haus verlassen haben sollte, hätte er es auch erfahren.

Ungeduldig tritt Sven von einem Fuß auf den anderen, aber selbst bei dieser Bewegung wird ihm nicht wärmer, im Gegenteil, die Nässe in seinen Boots wird ihm nur noch deutlicher bewusst.

Noch einmal blickt er auf seine Uhr. Es ist jetzt eine knappe Stunde her, dass Bastians neue Anweisungen kamen, und seit einer guten halben Stunde hat er die Fensterfront von Marvin Schöne wieder im Blick, ohne dass es dahinter auch nur die geringste Bewegung gegeben hätte.

Da stimmt was nicht!

Plötzlich ist es für Sven ganz klar. Der Vogel ist ausgeflogen, und er selbst hat es vergeigt. Hat nicht Schöne schon gestern Abend Verdacht geschöpft, als er sich so auffallend häufig am erleuchteten Fenster aufhielt? Was läge näher, als dass ihr Verdächtiger selbst es war, der vorhin den ominösen Anruf fingiert hat, um sie aufzuscheuchen?

Und wir sind ihm voll auf den Leim gegangen. Aber nicht mit mir. Nicht mehr!

Entschlossen verlässt Sven Winterberg das Südwäldchen und marschiert direkt auf den Eingang von Schönes Wohnhaus zu. Er klingelt bei dessen Vermieter, der fast sofort öffnet. Sven stürmt die Treppe hinauf und sieht sich einem älteren Herrn gegenüber, der eine Schachfigur in der Hand hält und verwirrt fragt: »Kennen wir uns?«

Ohne sich mit einer Vorstellung aufzuhalten, entgegnet der Kommissar: »Ist Ihr Untermieter zu Hause?«

»Ist vorhin raus. Vor einer guten halben Stunde etwa. Wohin er bei diesem Schietwetter wollte, weiß ich auch nicht.«

»Und mit wem spielen Sie dann Schach?«, erkundigt sich Sven streng.

»*Gegen* wen, nicht *mit* wem«, wird Sven sofort verbessert.

»Also *gegen* wen?«, wiederholt er ungeduldig.

»Gegen mich selbst. Ich mache das jeden Vormittag, meist spiele ich alte Partien nach. Heute ist Karpow gegen Kasparow dran. Der Moskauer Klassiker von 1985. Die elfte Partie mit der Nimzowitsch-Indischen Verteidigung. Interessiert Sie das? Dann können Sie gern reinkommen und zuschauen.«

»Ich komme tatsächlich gern hinein, allerdings nur, um nachzusehen, ob Ihr Untermieter wirklich nicht zu Hause ist.«

»Also Moment mal, Sie können mir ruhig glauben, und außerdem dürfen Sie gar nicht …«

»Kommissar Winterberg, Kriminalpolizei Westerland«, unterbricht ihn Sven mit seiner eindringlichsten Stimme, während er denkt: *Wenn der jetzt meinen Dienstausweis sehen will, bin ich geliefert. Denn den musste ich ja leider letzten Sommer abgeben.* Aber der Kommissar hat Glück. Eingeschüchtert tritt der Hausherr beiseite.

»Sie können sich gern selbst überzeugen. Ich lüge doch niemanden an. Das habe ich gar nicht nötig. Warum suchen Sie eigentlich nach Herrn Schöne? Sind Sie vielleicht von der Finanzfahndung? Dann kann ich Ihnen verraten, dass er auch bei mir im Rückstand ist. Seit drei Monaten hat Schöne die Miete nicht mehr bezahlt. Wenn ich nicht so gutmütig wäre …«

Sven hört die Worte nur mit einem halben Ohr, längst hat er in jeden Raum gespäht. Im Wohnraum steht tatsächlich ein Schachbrett auf einem niedrigen Tisch, daneben eine einsame Teetasse. Eines der Schlafzimmer ist sorgfältig aufgeräumt und wirkt blitzsauber. Das zweite, dessen Fenster zur Straße hinausgehen, weist größere Staubflocken auf dem Boden auf und ist ziemlich unordentlich.

»Herr Schöne ist wahrscheinlich nicht zum Aufräumen gekommen«, entschuldigt der Hausherr beschämt seinen schlampigen Untermieter.

»Das ist mir völlig egal. Wichtig ist für mich nur, dass er tatsächlich nicht hier ist. Können Sie mir wirklich nicht sagen, wo er hinwollte? Oder zumindest was er anhatte, als er ging?«

»Keine Ahnung. Ich war gerade bei der Eröffnung, wie gesagt«, entgegnet der Hausherr fast entschuldigend und weist hinüber ins Wohnzimmer, wo sein begonnenes Schachspiel auf ihn wartet.

»Haben Sie was zum Schreiben?«

»Ja natürlich.« Umständlich kramt er in einer Schublade seines Dielenschränkchens und fördert endlich einen Bleistift und einen kleinen Block zutage. Hastig kritzelt Sven seine Handynummer auf den Block.

»Sollte Ihr Untermieter zurückkommen, sagen Sie ihm auf keinen Fall etwas von meinem Besuch, aber rufen mich bitte sofort an.« Er blickt sein Gegenüber eindringlich an. »Kann ich mich auf Sie verlassen?«

Eingeschüchtert nickt der Hausherr, und als er nach einer Schrecksekunde noch eine Frage stellen will, ist Sven bereits mit eiligen Schritten die Treppe hinuntergestürmt.

Freitag, 7. November, 11.55 Uhr, Möwengrund, List

Hiermit melde ich mich ab.

Fred Hübner wundert sich selbst darüber, was er für krudes Zeug denkt. Wenn er denn überhaupt so weit an die Oberfläche kommt, um über irgendetwas nachzudenken. Eigentlich schwimmt er nur. Oder ist es Fliegen? Der harte Boden, auf dem er sitzt, die Kälte um ihn herum, die schmerzhaften Fesseln an Hand und Knöcheln, all dies dringt kaum noch in sein Bewusstsein. Am ehesten sind es noch der Durst und der Hunger, die er wahrnimmt, durch alle Schleier hindurch.

Längst ist die Wodkaflasche leer, sie liegt dicht neben Freds linker Hand, der freien, mit der er die Flasche ab und an tätschelt wie ein liebgewordenes Haustier. Für Fred fühlt sie sich warm an, warm und tröstlich, trotz ihrer Leere. Hat sie ihm doch die letzten Glücksmomente in diesem insgesamt eher betrüblichen Leben beschert.

Wilde Szenen jagen an Freds innerem Auge vorbei, Nächte am Strand mit langhaarigen Blondinen, die den jungen Fred über Gebühr anhimmeln, gefolgt von trüben Erinnerungen an endlose Tage voller Gram und Trunkenheit, die er genau hier in dieser gottverlassenen Hütte verbracht hat. Der Alkohol war sein einziger Freund und Gefährte auf einem Weg, der ihn fast ins Nirwana geführt hätte, also genau dorthin, wohin er jetzt auch wieder unterwegs ist. *Prost, mein Freund, du bist doch der allerbeste,* schießt es Fred in einem Moment trügerischer Klarheit durch den Kopf. In einer Anwandlung von zärtlicher Zuneigung versucht er, die leere Flasche an seiner Seite anzuheben, um vielleicht noch einen letzten Tropfen herauszusaugen. Doch sein Arm versagt den Dienst, die Flasche erweist sich als unendlich schwer. Wie festgeklebt liegt sie am Boden. Fred unternimmt einen zweiten Versuch, aber die Flasche macht sich selbständig und rollt über den rissigen Boden, sie rollt und rollt, das scheppernde Geräusch, das sie dabei macht, beleidigt Freds Ohren. Erst als sie schließlich sehr weit weg, am anderen Ende der Welt, am Rad des alten Rasenmähers strandet, verhallt das Geräusch, und Fred muss erkennen, dass er seinen letzten Freund für immer verloren hat. Er überlässt sich einer Trauer, die endlos scheint, ihn wegschwemmt, aber dann zu anderen tröstlichen Ufern spült. Schon spürt Fred den Sog des Nichts, seine Glieder werden schwerelos, Buntes vermischt sich mit Warmem und Kaltem. Er wird leicht wie ein großer gelber Ball auf dem Wasser und durchlässig wie ein Netz im Meer, das von den Wellen gewiegt wird.

Fred weiß plötzlich: *Das ist das Ende, ich habe es mir weniger einfach vorgestellt, vielleicht nur ein bisschen spektakulärer.*

Als Freds Kopf schwer auf dem Boden aufschlägt, kommt er für einen Moment wieder zu sich, der Schmerz durchfährt seinen Körper und aktiviert letzte Impulse. Tastend fährt seine linke Hand übers Gesicht, wo es überall feucht ist vom Wasser des großen Flusses, den er sich zu überqueren anschickt. Fred küsst den Boden, der ganz nah an seinen elendig trockenen Lippen ist, doch dort ist nichts Nasses, dort sind nur Staub und eklige Krümel. *Der Tod ist auch nicht mehr das, war er mal war,* schießt es Fred durch den Kopf. Dann hört er ein Geräusch an der Tür und blickt auf. *Ob er wohl die Sense trägt, wie auf den unzähligen Bildern?,* fragt sich Fred fast schon amüsiert, während es ihm immer schwerer fällt, die Augen offen zu halten. *Aber diesen letzten Blick darf ich keinesfalls verpassen, er ist ganz sicher alle Anstrengungen wert.*

Dann fällt ein schmaler Lichtstrahl durch den Türspalt, und plötzlich weiß Fred sehr genau, wer eintreten wird, nämlich eine stattliche Frau mit üppigen Rundungen und feuerrotem Haar. *Ich habe sie immer für die Erlösung gehalten, dabei ist sie das ganze Gegenteil gewesen, von Anfang an, die Haarfarbe hätte mich warnen sollen. Der Tanz mit dem Teufel wird stets mit dem Leben bezahlt, man muss nicht Heinrich heißen, um das zu begreifen.*

Die Gestalt kommt näher und beugt sich über ihn, Fred wartet auf das sanfte Streicheln der weichen Locken, er will noch einmal den leichten Duft riechen, der stets in ihnen wohnte. *Das ist der schönste Augenblick, den ich bitten werde zu verweilen,* denkt Fred ergriffen und ist plötzlich sehr gespannt auf das, was kommen wird. *Himmel oder Hölle? Das ist hier die Frage.*

Der Schlag ins Gesicht trifft ihn völlig unvorbereitet und schmerzt unerwartet heftig. *Ich kann doch längst nichts mehr spüren,* denkt Fred empört, *wer wagt es jetzt noch, meinen Weg aufzuhalten?*

Als er hochgerissen wird, unsanft und grob, will er protestieren, doch kein Wort kommt über seine rissigen Lippen, nur gurgelnde Geräusche kann er noch aus der trockenen Kehle pressen. Auch seine Augen haben ihren Dienst aufgekündigt, Fred sieht einen Schatten, der sich über ihn beugt, *doch ist das jetzt der Kerl mit der Sichel, die Frau mit den*

Locken oder irgendein anderer ungebetener Gast? Wer weiß das schon, und wen interessiert es überhaupt?

Fred spürt noch, wie sein ganzer Körper geschüttelt, wie er hochgerissen und wieder fallen gelassen wird. Ein Brüllen dringt an sein Ohr, *die Frau mit den Locken ist das eher nicht*, denkt Fred mit letztem Bedauern, dann gibt er sich auf und gibt sich hin.

Ich bin erlöst, wer hätte gedacht, dass der alte Goethe doch noch recht behält. Das ganze Theater hier unten kann mich mal, ich fliege jetzt.

Freitag, 7. November, 12.11 Uhr, Lister Straße, Kampen

Wie ein Irrer rast Sven Winterberg die Lister Straße hoch. Gerade hat er Kampen hinter sich gelassen, jetzt liegt rechts von ihm die Blidselbucht im Nebel. Der große Parkplatz an der Buhne 16 ist ebenso verlassen wie sein viel kleineres Pendant an der Vogelkoje. Aus der Einfahrt zum Klappholttal tuckert ein Pick-up und hupt empört, als Sven in letzter Sekunde vorbeirauscht. *Ich habe Vorfahrt, du Idiot*, schimpft Sven leise, obwohl er weiß, dass niemand in dieser Jahreszeit und in diesem Nebel mit einem wildgewordenen Autofahrer rechnet, der hier mit über hundert Sachen die Straße entlangbraust.

Doch es kann ihm plötzlich alles nicht schnell genug gehen.

Denn die Geschehnisse der letzten Stunde können keine Zufälle sein, davon ist Sven inzwischen überzeugt. Irgendwie muss alles zusammenhängen. Der anonyme Anruf wegen eines angeblichen Leichenfundes und Marvin Schönes fluchtartiger Aufbruch, kaum dass Sven seinen Beobachtungsposten verlassen hat. *Ich hab's vergeigt*, war Svens erste Reaktion, als er sich eingestehen musste, dass das Objekt seiner Observation ihm entwischt war. Doch man konnte das natürlich auch ganz anders sehen.

Schöne stand so unter Druck, dass er alle Vorsicht fahren ließ, um möglichst schnell der Beobachtung zu entkommen. Fragt sich natürlich, was er vorhat. Und wo er überhaupt hinwill.

Dies zu beantworten, fiel Sven nicht leicht. Schnell war ihm klar, dass Schöne nicht so blöd sein würde, Jasper Bleiken oder Fred Hübner aufzusuchen, immer vorausgesetzt, dass er tatsächlich mit einem der beiden oder sogar mit beiden unter einer Decke steckt. Auch die Spielhalle schien Sven kein geeigneter Unterschlupf zu sein. Trotzdem ist er dort vorbeigefahren und hat den Laden gecheckt. Außer einer entrüsteten Betreiberin und zwei unhöflichen Zockern waren nur noch schlechte Luft, Tabaksqualm und der Geruch nach einem billigen After Shave im Raum. Auch ins Hinterzimmer hatte sich Schöne nicht geflüchtet.

Was blieb also? Marvin Schöne würde sich wohl kaum auf der Privatstraße, die zum Ellenbogen führt und an der angeblich eine Leiche liegt, von den Kollegen erwischen lassen. Vielmehr wird er sich verstecken wollen, um fürs Erste den Ermittlern zu entgehen und möglicherweise weitere Aktionen planen zu können. Aber wo soll er hin?

Es gibt nur eine vernünftige Antwort auf diese Frage.

Das Haus von Schönes Tante im Möwengrund steht leer, und die Polizei hat es bereits durchsucht. Das weiß Schöne genau, denn schließlich haben Bastian und Silja ihm den Schlüssel wieder ausgehändigt. Dort kann er sich halbwegs sicher fühlen und gleichzeitig die Aktionen der Kripo im Auge behalten. Schließlich kennt er Bastian und Silja inzwischen und scheint mittlerweile auch Sven als Überwacher identifiziert zu haben. *Wie wird er also reagieren, wenn er meinen Wagen plötzlich vor dem Haus seiner Tante auftauchen sieht?*

Sven, der inzwischen am Lister Ortseingang angekommen ist, beschließt, alles auf eine Karte zu setzen. Die Zeit für Versteckspiele ist definitiv vorbei, und zwar unabhängig davon, ob sich der Tipp mit dem Leichenfund als wahr erweisen sollte oder nicht. Die Entfernung zwischen dem Möwengrund und der Privatstraße ist gering genug, damit das Haus des dritten Mordopfers als Operationsbasis für einen vierten Mord in Frage käme. Ein Grund mehr, dort nach dem Rechten zu sehen.

Schwungvoll biegt Sven in die schmale Straße ein und erreicht wenige Sekunden später das Haus Gisela Mantheys. Er parkt direkt davor und stellt ein wenig enttäuscht fest, dass hier keine anderen Wagen auf der Straße stehen. Auch die Manthey'sche Einfahrt ist leer. Überhaupt wirkt das ganze Haus total verlassen. Kein Licht hinter den Fenstern, und auch sonst nichts, was auf die Anwesenheit Marvin Schönes hindeuten könnte.

Sven versucht, seine Enttäuschung niederzuringen und sich zu sagen, dass schließlich noch nichts verloren ist. Er steigt aus dem Wagen und geht langsam auf das Haus zu. Stille umgibt ihn. Die Gartenpforte knarrt leise, die Haustür ist abgeschlossen. Na klar, was hat er denn erwartet? Vorsichtig umrundet Sven das Gebäude. Auch auf der hinteren Terrasse kann er zunächst nichts Auffälliges entdecken. Aufmerksam mustert Sven die Fassade. Kein Licht, kein geöffnetes Fenster, alles ist nach wie vor still. *Ich hätte mir einen Schlüssel besorgen sollen*, ärgert er sich, *bestimmt liegt der noch bei den anderen Sachen des Mordopfers im Kommissariat.*

Doch jetzt ist es zu spät. Während Sven die Terrassentür mustert und darüber nachdenkt, ob es vertretbar ist, das Haus gewaltsam zu betreten, klingelt sein Handy. Es dauert eine Weile, bis er das Teil mit klammen Fingern aus seiner gefütterten Jacke hervorgefummelt hat. Derweil läutet Big Ben, Svens Klingelton, durch den verlassenen Garten.

»Wobei habe ich dich gestört?«, will Bastian wissen.

»Ich bin immer noch pitschnass und völlig durchgefroren von meinem Beobachtungsposten im Südwäldchen. Daher hat es etwas gedauert, bis ich ans Handy kam.«

»Du bist nicht mehr am Südwäldchen?«

»Nein, ich …«, beginnt Sven, wird aber von Bastian unterbrochen.

»Warte, zuerst noch die aktuellste Info: Der Anruf wegen des Leichenfundes war mit großer Wahrscheinlichkeit ein Fake.« In Bastians Stimme halten sich Enttäuschung und Erleichterung die Waage.

»Dafür hat mein Aufbruch am Südwäldchen für Bewegung gesorgt.«

»Bei mir nicht. Bleiken scheint sich in seinem Haus verschanzen zu wollen. Der geht noch nicht mal einkaufen.«

»Aber Marvin Schöne habe ich aufgescheucht. Er ist sofort abgehauen. Leider war er so schnell, dass er mir entwischt ist«, muss Sven gestehen.

»Mist. Und wo bist du jetzt?«

»Im Möwengrund. Ich dachte, dass er vielleicht zum Haus seiner Tante ist, aber hier scheint niemand zu sein.«

Sven dreht sich zum Garten um und erstarrt mitten in der

Bewegung. Er ist nicht allein, und er kennt seinen Angreifer nur zu gut. Sekundenbruchteile später knicken die Beine unter Sven weg wie dürre Äste, er strauchelt, knallt mit dem Kopf auf die Terrassenplatten und verliert sofort das Bewusstsein.

Freitag, 7. November, 12.20 Uhr, Kriminalkommissariat Westerland

Silja Blanck steht am Fenster ihres Büros und blickt hinaus in den trüben Sylter Vormittag. Wieder einmal tropft Regen von den kahlen Ästen der Bäume, die wenigen Menschen auf den Straßen bewegen sich hastig und geduckt. Ab und an wirbeln Windstöße allerletzte Blätter durch die Luft, in den Rinnsteinen sammeln sich Abfall und Schmutz. Und ebenso trüb wie draußen sieht es auch in Siljas Innerem aus.

Bastian und sie kommen mit dem aktuellen Fall viel zu langsam voran, trotz ihrer Entdeckung, dass Bleiken und Schöne sich schon länger kennen. Aber wo ist Fred Hübner, und was hat es mit dem angeblichen Leichenfund am Ellenbogen auf sich?

Als plötzlich ihr Handy klingelt, ist Silja froh über die Ablenkung. Bastians Stimme klingt heiser, er spricht viel zu schnell, so dass sie Mühe hat, ihn überhaupt zu verstehen.

»Du musst sofort runter in den Wagen. Ich komme auch, aber bei mir dauert es länger, weil ich noch in Archsum sitze.«

»Halt, Moment, wohin soll ich fahren?«

»Nach List, Möwengrund, zum Haus von Gisela Manthey.«

Während Silja ihre Jacke vom Garderobenständer reißt und die Dienstwaffe aus dem Waffenschrank holt, fragt sie nach: »Was erwartet mich da?«

»Keine Ahnung. Ich weiß nur, dass Sven dorthin gefahren ist, weil er dachte, Schöne habe sich da verkrochen. Angeblich hat Sven niemanden angetroffen, aber während wir sprachen, muss er niedergeschlagen worden sein. Ich hörte noch einen Aufprall und ein Stöhnen, dann wurde die Verbindung unterbrochen.«

»Um Gottes willen, wie lange ist das her?«

»War gerade eben. Ich habe dich sofort angerufen. Und jetzt informiere ich die Beamten am Ellenbogen. Sie werden auf jeden Fall vor dir dort sein, um dich zu unterstützen.«

»Okay, ich bin schon unterwegs«, keucht Silja, während sie das Büro verlässt, die Treppe hinunterhastet, im Laufschritt den Parkplatz überquert und gleichzeitig das Auto mit der Fernbedienung entriegelt.

»Sei vorsichtig, hörst du? Hast du deine Waffe dabei?«

»Habe ich. Mach dir keine Sorgen, ich passe auf mich auf.«

Silja setzt das Blaulicht aufs Autodach und startet den Wagen. Sie spürt, wie ihr Puls rast und das Adrenalin durch ihren Körper schießt. Ihr Kopf wird von nur zwei Gedanken beherrscht:

Endlich geht es voran! Und hoffentlich ist Sven nicht Schlimmes passiert!

Hochkonzentriert fädelt Silja sich durch den Westerländer Verkehr, wobei sie reichlich Gebrauch von Blaulicht und Martinshorn macht. Verschreckt springen Passanten zur Seite, und Autofahrer würgen ihre Wagen ab, während Silja alle Streckenrekorde bricht. Als sie endlich im Möwengrund ankommt, ist Bastians Anruf gerade dreizehn Minuten her.

Silja legt eine Vollbremsung vor dem Manthey'schen Haus hin und stellt erleichtert fest, dass bereits zwei Streifenwagen vor Ort sind. Die Kommissarin springt aus dem Auto und rennt zum Haus. Ein kurzes Rütteln an der verschlossenen Vordertür, dann eilt sie weiter auf die Terrasse, wo sich vier uniformierte Kollegen gerade über eine am Boden liegende Person beugen. Im Näherkommen erkennt Silja Sven Winterberg, der aus einer Kopfwunde blutet.

»Ist er bei Bewusstsein? Habt ihr schon die Rettung alarmiert?«

»Haben wir. Und es scheint, dass er gerade zu sich kommt.«

Auch Silja beugt sich jetzt über den Kollegen, dessen Augenlider zucken und flattern, ohne dass er allerdings die Augen öffnen würde.

»Wer hat ihn niedergeschlagen? War noch jemand hier, als ihr angekommen seid?«, erkundigt sich Silja hastig.

»Wir haben uns erst mal nur um ihn gekümmert«, kommt die entschuldigende Antwort.

»Okay, einer bleibt bei ihm, die anderen kommen mit mir.«

Kurz orientiert sich Silja. Sven liegt mit dem Kopf zum Wohnhaus gewandt, was darauf hindeutet, dass sein Angreifer mit einiger Wahrscheinlichkeit aus dem Garten gekommen ist.

»Wart ihr schon im Gartenhaus?«

Kopfschütteln antwortet ihr.

»Dann los.«

Im Laufschritt legen die Kommissarin und ihre drei Kollegen den kurzen Weg ans Grundstücksende zurück. Die Tür zum Gartenhaus ist nur angelehnt, und Silja stößt sie vorsichtig auf, wobei sie ihre Waffe bereithält.

Im Inneren des heruntergekommenen Gebäudes ist es

dämmrig, ein übler Geruch aus Alkohol, Schweiß und Exkrementen verschlägt der Kommissarin fast den Atem. Im ersten Moment sieht sie nur alten Plunder. Kaputte Korbstühle, angeschimmelte Pappkartons, ausrangierte Gartengeräte. Doch dann entdeckt sie den leblosen Körper hinter dem Rasenmäher. Nackte Füße, Jeans, ein T-Shirt. Eine leere Schnapsflasche in einer Ecke. Silja meint, einen erfrorenen Landstreicher vor sich zu haben und tritt mit einem Ausruf des Entsetzens näher.

Sekunden später erkennt sie Fred Hübner. Das Gesicht ist bleich, die Augen sind bizarr verdreht, er ist an einer Hand und beiden Knöcheln gefesselt.

Silja beugt sich über den reglosen Körper und tastet nach seiner Halsschlagader.

»Der Puls ist weg, oder fast, ich kann jedenfalls nichts fühlen. Wir müssen sehen, dass wir ihn zurückholen. Außerdem brauchen wir einen zweiten Krankenwagen, aber schnell!«

Während ein Kollege telefoniert und die anderen beiden hektisch mit der Herzdruckmassage beginnen, sieht Silja sich um. Als Erstes fällt ihr das leicht beschmutzte Blatt Papier ins Auge, das dicht beschrieben ist und direkt neben Fred Hübner liegt.

Silja zieht ein paar Latexhandschuhe aus der Tasche und streift sie über. Dann hebt sie das Blatt auf und überfliegt den Text.

Mit blassen Buchstaben, die nur vom Farbband einer sehr alten Schreibmaschine stammen können, ist hier ein komplettes Geständnis formuliert. Datum, Unterschrift, alles ist da.

Fred Hübner bekennt sich schuldig.

Er habe den Mord an Angela Ludwig aus Wut über ihr

anmaßendes Verhalten während der Talkshow begangen. Dann habe er Brith Bleiken, mit der er sich nach der Talkshow gestritten habe, aufgelauert und auch sie ermordet. Gisela Manthey wurde zum Opfer, weil Hübner sich für die frühere schlechte Behandlung rächen wollte. Von Mal zu Mal habe er mehr Freude am Töten und an der Zurschaustellung der getöteten Frauen gefunden, was ihn letztendlich selbst so abgestoßen habe, dass er beschlossen habe, sich selbst zu richten, und zwar genau hier an der Stätte seiner ehemaligen Schande. Er habe sich angekettet und die Schlüssel weit weggeworfen, um es sich nicht im letzten Moment noch anders zu überlegen. Er werde einfach verhungern und verdursten, ein letzter Alkoholrausch solle ihm den Abgang erleichtern.

Unter dem getippten Text findet sich eine derart verkrakelte Unterschrift, dass selbst ein Graphologe Schwierigkeiten haben dürfte, sie einwandfrei Fred Hübner zuzuordnen.

Silja steht wie erstarrt. Immer wieder überfliegt sie den Text. *Soll das also die Auflösung dieser drei furchtbaren Verbrechen sein? Ein durchgeknallter Journalist, der mit seiner eigenen Wut ebenso wenig zurechtgekommen ist wie mit seiner Alkoholvergangenheit?*

Nach einigem Suchen entdeckt Silja tatsächlich zwei kleine Schlüssel, die kurz vor der Eingangstür am Boden liegen, weit genug von Hübners Körper entfernt, um unerreichbar für ihn gewesen zu sein. Silja greift sich die Schlüssel, und während die Kollegen eine Pause mit der Herzdruckmassage machen, schafft sie es auf Anhieb, Fußfesseln und Handschelle zu lösen. Verblüfft tritt sie einen Schritt zurück und überlässt den Kollegen den immer noch reglosen Körper. Während diese erneut Hübners Brustkorb bearbeiten, liest

Silja das Geständnis ein zweites Mal. *Vielleicht ist es tatsächlich echt.* Die leere Wodkaflasche in der Ecke scheint jedenfalls seine letzte Botschaft zu bestätigen.

Aber wer hat Sven niedergeschlagen, wenn Hübner doch hier drinnen angekettet war?

Bevor Silja weiterdenken kann, hört sie von draußen das erlösende Geräusch der Krankenwagen-Martinshörner und eilt zurück auf die Straße, wo wenige Sekunden später die Wagen zum Stehen kommen und die Sanitäter herausspringen.

»Hinters Haus, schnell«, ruft die Kommissarin. »Ein Mann liegt auf der Terrasse und einer im Gartenhaus. Zumindest der im Gartenhaus muss wiederbelebt werden.«

Freitag, 7. November, 12.43 Uhr, Möwengrund, List

Während Bastian Kreuzer von der Listlandstraße abbiegt, versucht er intensiv, sich an die letzten Äußerungen von Sven Winterberg zu erinnern. *Hier scheint niemand zu sein*, hat er gesagt, kurz bevor er niedergeschlagen wurde.

Sekunden später war klar, dass Sven sich fatal geirrt hatte.

Doch das ist es nicht, was Bastian beschäftigt, sondern die Überlegung, dass es Sven ganz sicher aufgefallen wäre, wenn ein Auto vor dem Haus oder in der Einfahrt geparkt hätte. Und hat Marvin Schöne überhaupt einen Wagen?

Er könnte mit einem Taxi oder sogar mit dem Bus aus Westerland gekommen sein, aber würde er es auch riskieren, den Ort auf diesem Weg wieder zu verlassen, nachdem er einen

Mann niedergeschlagen hat, der gerade telefonierte? Wohl kaum.

Er wird sich hier irgendwo versteckt halten und abwarten, bis die Aufregung sich legt. Der Möwengrund grenzt an die Lister Dünenlandschaft, das größte Naturschutzgebiet der Insel. Das umliegende Terrain ist also unübersichtlich genug für einen Mann auf der Flucht. Leider auch unübersichtlich genug, um allen Suchenden erhebliche Probleme zu bereiten.

Bevor Bastian seine Schlussfolgerungen aus dieser Überlegung ziehen kann, entdeckt er die beiden Krankenwagen, die Polizeifahrzeuge und auch Siljas Auto vor dem Manthey'schen Haus. Die Hecktüren der Krankenwagen stehen offen, aber es ist weder auf der Straße noch vor dem Haus jemand zu sehen.

Ist das ein gutes oder ein schlechtes Zeichen? Und warum sind es gleich zwei?

Bastian bremst, springt aus dem Wagen und läuft seitlich am Haus vorbei. Fast prallt er mit einer Trage zusammen, auf der ein spärlich bekleideter Mann unter einer Sauerstoffmaske liegt. Erst auf den zweiten Blick erkennt der Kommissar Fred Hübner.

Bevor Bastian eine Frage stellen kann, ruft ihm einer der Sanitäter zu: »Er ist schon fast weg, aber mit viel Glück können wir ihn vielleicht zurückholen.«

Verwirrt bleibt Bastian stehen. »Aber es war doch mein Kollege, der niedergeschlagen worden ist.«

»Liegt hinterm Haus«, ist die knappe Antwort, dann sind die Sanitäter mit der Trage auch schon weitergelaufen.

Als Bastian sich umdreht, steht Silja vor ihm. »Gut, dass du kommst. Sven ist gerade zu sich gekommen.«

»Wie geht es ihm?«

»Hat jede Menge Blut verloren, was vermutlich sein Glück war. Der Angreifer wird ihn für tot gehalten haben, sonst hätte er wohl kaum von ihm abgelassen.«

»Aber du hast doch gerade gesagt …«

»Die Wunden waren weniger übel, als es aussah. Sven ist bei Bewusstsein und sogar redefähig.«

Bastian atmet tief durch. *Jetzt klärt sich alles auf*, wagt er zu hoffen.

Sven liegt auf der hinteren Terrasse am Boden, sein Kopf ist höher gelagert und von einem fetten Verband umschlungen. Der Kollege hat trotz seiner Blässe ein leichtes Grinsen aufgesetzt. »Unkraut vergeht nicht«, murmelt er, als Bastian sich über ihn beugt.

»War es Schöne? Hat er dich angegriffen?«, fragt der Kommissar als Erstes.

Sven nickt.

»Wir müssen alle Zufahrtswege nach List und zum Ellenbogen sperren, dann kriegen wir ihn vielleicht noch«, ruft Bastian in die Runde.

Doch Sven hebt die Hand und winkt ihn noch einmal zu sich herunter. »Ich bin nicht ganz sicher«, flüstert er, »aber ich glaube, als er auf mich zustürmte, habe ich ein Fahrrad neben dem Schuppen lehnen sehen.«

»Links oder rechts?«

»Links, glaube ich. Kann sein, Schöne ist damit geflohen.«

»War das vielleicht Fred Hübners Fahrrad?«

»Wieso Fred Hübner?« Auf Svens Gesicht steht Unverständnis.

»Egal. Erhol du dich erst mal. Ich kümmere mich drum.«

Während Bastian und Silja zum Gartenhaus laufen, berichtet Silja in knappen Sätzen, was sie dort vorgefunden hat. Dann zeigt sie ihm den Abschiedsbrief Hübners mit dem Geständnis.

Bastian überfliegt den Text und entscheidet: »Das prüfen wir später. Erst mal ist Schöne wichtiger, Hübner läuft uns schließlich nicht weg.«

Neben dem Gartenhaus lehnt kein Fahrrad, auch nicht auf dem restlichen Grundstück, aber sie finden Reifenspuren im feuchten Gras.

»Wir müssen wissen, wie das Rad ausgesehen hat, und ich weiß auch schon, wer uns das sagen kann. Ich rufe gleich die Bispingen an.«

»Warte mal, Bastian.« Silja, die immer noch die Handschuhe trägt, bückt sich und angelt vorsichtig eine hölzerne Keule aus einem Rhododendronbusch. Sofort ist der Kommissar neben ihr.

»Frisches Blut«, stellt er fest. »Wahrscheinlich von Sven, oder was meinst du?«

»Hübner hat jedenfalls nur ein wenig unter der Handschelle geblutet. Aber guck mal hier.« Silja dreht die Keule und weist auf winzige rostrote Spuren, die sich in haarfeinen Rissen in der Lackierung abgesetzt haben. »Das könnte durchaus älteres, längst getrocknetes Blut sein.«

»Vielleicht ist das die Mordwaffe. Das wäre der Jackpot! Aber was ist das überhaupt für ein Teil?«

»Ein Kegel, würde ich sagen. So einer, wie man ihn auf Kegelbahnen benutzt«, erwidert Silja. »Siehst du den kleinen Haken hier oben? Daran war das Teil vermutlich befestigt, damit man es nach dem Spiel hochziehen konnte.«

»Woher weiß du so was?« Während Bastian sie noch verblüfft ansieht, regt sich etwas in Siljas Erinnerung. irgendwann vor nicht allzu langer Zeit war vom Kegeln die Rede.

Plötzlich hat sie es. Das Gespräch mit Fußball-Melanie. Die hat behauptet, dass Marvin Schöne Mitglied in ihrem Kegelclub war.

Es kommt Silja vor, als bewegten sich mit einem Mal verschiedenste Puzzleteile fast automatisch an ihren Platz. Und sie weiß ganz genau, dass jetzt keine Zeit für lange Erklärungen ist.

»Wir müssen so schnell wie möglich Schöne finden. Und Bleiken festnehmen. Die stecken unter einer Decke, ich schwör's dir.«

»Hübner auch?«, fragt Bastian verblüfft.

»Keine Ahnung. Aber der läuft uns ja nicht weg.«

Freitag, 7. November, 13.09 Uhr, Staatsanwaltschaft, Flensburg

Als das Telefon klingelt und Elsbeth die Nummer von Hauptkommissar Kreuzer erkennt, ahnt sie sofort, dass etwas Entscheidendes geschehen sein muss. Doch Kreuzers erste Worte scheinen ihre Ahnung zunächst zu widerlegen.

»Wir haben Herrn Hübners Fahrrad immer noch nicht gefunden«, beginnt der Kommissar vorsichtig, »aber wir haben ihn selbst entdecken können.«

»Wo war er? Geht es ihm gut?«

»Er befand sich in dem Gartenhaus in List, in dem er früher gewohnt hat.«

»Bei dieser Manthey? Dem dritten Opfer?«

»Genau. Und Frau von Bispingen, es tut mir sehr leid, was ich Ihnen jetzt sagen muss, aber Herr Hübner ringt zurzeit mit dem Tod. So wie es aussieht, hat er versucht, sich umzubringen.«

»Was? Das kann nicht sein.«

Fred mag sehr vieles sein, davon ist Elsbeth inzwischen überzeugt, *möglicherweise sogar ein Mörder, aber ein Selbstmörder ist er ganz gewiss nicht.* Doch Kreuzers nächste Sätze sind geeignet, Elsbeths innersten Glauben zu erschüttern.

»Es sieht momentan danach aus, als habe er sich selbst angekettet, die Schlüssel weggeworfen und sich anschließend ins Koma getrunken. Außerdem haben wir ein Geständnis von ihm gefunden. Getippt auf seiner alten Schreibmaschine, die wir ganz hinten im Gartenhaus entdeckt haben.«

Elsbeth fehlen die Worte. Und nicht nur das. Sie hat das Gefühl, nicht mehr atmen zu können. Ihr ist, als habe sich ein eiserner Ring um ihre Brust gelegt, der alles abschnürt.

»Frau von Bispingen? Sind Sie noch dran?«

»Ja, ich …«, beginnt Elsbeth. Mühsam presst sie heraus: »Wo ist er jetzt? Kümmert man sich um ihn?«

»Er ist in der Nordseeklinik. Herrn Hübners Vitalfunktionen waren bereits sehr schwach, als wir ihn gefunden haben. Wir müssen einfach die Daumen drücken.«

Elsbeth spürt, wie auch ihre Vitalfunktionen einem extremen Stresstest unterzogen werden. Für Sekunden wird ihr schwarz vor Augen, zum Reden ist sie nicht mehr fähig.

»Das ist aber noch nicht alles«, fährt der Kommissar fort. »Beziehungsweise nur die eine Seite der Medaille. Wir haben Herrn Hübner nur entdeckt, weil Sven Winterberg den Neffen des letzten Opfers, Marvin Schöne, verfolgt hat. Mein Kollege ist im Garten des Manthey'schen Hauses niedergeschlagen worden. Von Schöne, der daraufhin vermutlich mit Herrn Hübners Fahrrad geflohen ist.«

»Die beiden stecken unter einer Decke?«, fragt die Staatsanwältin fassungslos.

»Das kann eigentlich nicht sein, aus unterschiedlichen Gründen, die zu erläutern mir jetzt die Zeit fehlt. Nur so viel: Mit etwas Glück haben wir auf diesem Grundstück die Tatwaffe der letzten beiden Morde entdeckt. Mit ihr ist auch Sven Winterberg niedergeschlagen worden. Herr Hübner war zu diesem Zeitpunkt mit größter Wahrscheinlichkeit bereits bewusstlos. Und das belastet eindeutig Marvin Schöne.«

»Ich verstehe das alles nicht.«

»Wir sind sehr in Eile, Frau von Bispingen. Daher möchte Sie zunächst nur darum bitten, mir das Fahrrad von Herrn Hübner zu beschreiben. Wir müssen Schöne finden, möglichst bevor er die Insel verlässt.«

Elsbeth reißt sich zusammen und liefert eine genaue Beschreibung beider Räder, die Fred besitzt.

»Danke, das hilft uns sehr«, sagt Kommissar Kreuzer, dann unterbricht er die Verbindung, ohne sich zu verabschieden.

Elsbeth starrt noch sekundenlang auf das plötzlich verstummte Handy, das wie ein kleiner schwarzer Sarg in ihrer Hand hängt, und versucht, das eben Gehörte zu begreifen.

Freitag, 7. November, 13.36 Uhr, Fährhafen List

Aufmerksam mustert Bastian Kreuzer jeden einzelnen Passagier, der die Fähre nach Rømø betritt. Der Andrang ist nicht besonders groß. Es sind einige wenige Reisende ohne Gepäck, die sich vielleicht einen Tagesausflug nach Dänemark gönnen, aber vor allem Autofahrer mit deutschem Kennzeichen, die die billigere Route zurück in die Heimat nehmen. Bisher ist nicht ein einziger Radfahrer aufgetaucht, und keiner der anderen Passagiere hatte auch nur entfernt Ähnlichkeit mit Marvin Schöne.

Bastian Kreuzer ist dankbar für die wenigen Minuten der vergleichsweisen Ruhe, die er hier am Fähranleger hat, denn in den letzten zwanzig Minuten hat er Schwerstarbeit geleistet.

Jede einzelne verfügbare Seele auf der Insel wurde für die Fahndung nach dem Flüchtigen aktiviert, die Beschreibung Schönes und des Fahrrades herumgeschickt und eine großflächige Suchaktion auf dem Ellenbogen sowie eine enge Überwachung des Westerländer Bahnhofs angeordnet. Inselweit sind alle Bus- und Taxifahrer informiert, die Autoverleihfirmen natürlich auch. Eine schnelle Überprüfung hat ergeben, dass Schöne zwar einen gültigen Führerschein, aber seit Jahren keinen angemeldeten Wagen mehr hat. Wenn er sich also fortbewegen will, hat er kaum noch Möglichkeiten, unentdeckt zu bleiben.

Die Überwachung des Lister Hafens hat Bastian selbst übernommen, da er hier am ehesten mit dem Flüchtigen rechnet. Silja ist unterwegs zu Jasper Bleiken, und die mutmaßliche Tatwaffe, der blutbesudelte Kegel, befindet sich auf dem Weg nach Flensburg, um dort gründlich von Leo Blum unter die Lupe genommen zu werden.

Jetzt heißt es also warten. Warten darauf, dass sie Schöne schnappen, und natürlich hoffen, dass sich ihre Hypothesen als richtig erweisen.

Während sich der Kommissar aufmerksam umschaut, redet er insgeheim Schöne gut zu. *Na komm schon, dein Spiel ist aus. Auf der Insel wirst du gesucht wie ein bunter Hund, das wird dir doch wohl klar sein. Du musst hier weg, und da du ohnehin schon in List bist, ist die Fähre nach Rømø doch eigentlich die einzige Möglichkeit, die sich dir noch bietet.*

Sieh es endlich ein und lauf mir über den Weg!

Aber Marvin Schöne tut dem Kommissar nicht den Gefallen, aufzutauchen. Schon tutet das Horn der Fähre, letzte Passagiere hasten aufs Schiff, dann wird die Brücke zurückgezogen, und das Schiff legt ab.

Mist, jetzt bin ich mit meinem Latein am Ende, denkt Kreuzer frustriert. Und als im gleichen Moment sein Handy klingelt, erwartet er eigentlich eine besorgte Nachfrage Elsbeth von Bispingens und überlegt bereits fieberhaft, wie er seine Fehleinschätzung am besten rechtfertigen kann. Zum Glück ist aber nicht die Staatsanwältin, sondern ein Kollege von der Wache am anderen Ende.

»Wir haben Neuigkeiten von der Telefonüberwachung Bleiken. Der Anruf kam von einem Prepaid-Handy«, beginnt der Kollege.

»Nicht schon wieder«, stöhnt Bastian, wird aber gleich unterbrochen.

»Nee, alles gut. Also erstens: Es ist das gleiche Handy, das auch schon den Fehlalarm wegen der vierten Leiche ausgelöst hat.«

»Was will der Typ denn von Bleiken?«

»Gerettet werden, ganz einfach. Er hört sich ziemlich jämmerlich an, redet davon, dass alles nicht ganz nach Plan gelaufen sei, und fragt, ob er heute Nacht bei Bleiken unterschlüpfen könne.«

»Habt ihr die Stimme erkannt?«

»Wie denn? Wir haben ja mit keinem der Verdächtigen Kontakt gehabt.«

»Ja, klar. Entschuldige. Weiß Silja schon Bescheid? Sie steht ja vor Bleikens Haus.«

»Wir haben dich als Ersten kontaktiert.«

»Es wäre aber besser gewesen …«, beginnt Bastian.

»Lass mich jetzt mal ausreden, bitte. Der Anrufer war aufgeregt, er hat mehrmals betont, welchen Schiss er habe, dass er sich noch bis abends verstecken wolle, um sich dann irgendwie nach Archsum durchzuschlagen.«

»Dann müssen wir also nur abwarten.«

»Nicht ganz.«

»Warum? Was hat Bleiken dazu gesagt?«

»Na was wohl? Er hat ihm jede Unterstützung verweigert. Wusste aber anscheinend ziemlich genau über die ganze Operation Bescheid.«

»Sind Namen gefallen? Irgendwas Belastbares?«

»Nichts davon. Anspielungen haben offenbar genügt. Oder die beiden haben einen Code vereinbart.«

»Mist.«

»Nicht ganz.« Der Kollege holt tief Luft und fügt triumphierend hinzu. »Das Telefonat hat lange genug gedauert, dass wir den Standort des Geräts ermitteln konnten.«

»Und das sagst du jetzt erst?«

»Du unterbrichst mich ja dauernd.«

»Jetzt nicht mehr.«

»Doch. Schon wieder.«

»Herrgott nochmal, jetzt sag schon.«

»Der Anruf kam vom Lister Hafen. Der Typ muss sich also irgendwo ganz in deiner Nähe versteckt halten.«

»Wow, das ist doch mal was! Wenn wir die Nordspitze der Insel abriegeln und die Fähre überwachen, schnappen wir ihn früher oder später.«

»Es sei denn, er hat ein Boot«, kontert der Kollege kühl.

»Das Risiko können wir eingehen. Falls der Anrufer Marvin Schöne war, wovon ich fest ausgehe, hat er garantiert keine Kohle für ein Boot.«

»Soll ich dir das Telefonat vorspielen?«

»Das bietest du jetzt erst an?«

»Du lässt mich ja nicht zu Wort kommen.«

»Jetzt mach schon!«

Bastian braucht nur Sekunden zuzuhören, um bestätigt zu finden, was er geahnt hat. Marvin Schönes Stimme bebt vor Angst, er ist hörbar mit den Nerven fertig und fleht Bleiken an, bei ihm unterschlüpfen zu dürfen.

»Okay, das reicht. Ich mache mich hier sofort auf die Suche.«

»Soll ich Verstärkung schicken?«

»Erst mal nicht. Wir können nicht ganz ausschließen, dass auch dieser Anruf uns auf eine falsche Fährte locken sollte. Nicht dass sich hier alle Einsatzkräfte klumpen und Schöne schon bald fröhlich irgendwo anders über die Insel spaziert. Man soll seine Gegner nie unterschätzen.«

»Ganz wie du meinst. Du bist der Boss.« Der Stimme des Kollegen ist deutlich anzuhören, dass er nicht überzeugt von Bastians Plan ist. Aber das kümmert den Kommissar gerade wenig.

»Könnt ihr das Prepaid-Handy weiterhin orten?«

»Negativ, leider.«

»Wäre ja auch zu schön gewesen. Eines noch: Sagt Silja bitte sofort Bescheid. Sie muss auf jeden Fall an Bleiken dranbleiben, nicht dass der doch noch abhaut.«

»Wird gemacht.«

Während Bastian sein Handy wegsteckt, verlässt die Fähre

den Hafen. Der Platz vor dem Kai liegt nun leer vor ihm im Nieselregen. *Was ist, wenn ich Schöne übersehen habe und er jetzt frohgemut auf der Fähre sitzt?*, schießt es dem Kommissar durch den Kopf. Doch anstatt solch destruktiven Gedanken nachzuhängen, wird Bastian aktiv.

Er beginnt damit, systematisch alle Fahrradständer am Hafen und bei den Geschäften und Restaurants in der Nähe zu kontrollieren. Da es schon seit dem Morgen immer wieder regnet, stehen nicht viele Räder hier. Und als Bastian bereits nach wenigen Minuten direkt vor der großen Tonnenhalle fündig wird, kann er sein Glück kaum fassen. Das knallgelbe Rennrad entspricht exakt Elsbeth von Bispingens Beschreibung, und bei näherem Hinsehen erkennt Bastian, dass das Rad, obwohl es sicher wertvoll ist, nicht angeschlossen worden ist.

Bastian holt das Rad aus dem Ständer, setzt sich drauf und fährt die paar Meter zurück zum Fähranleger, wo er es dem Hafenmeister mit einer knappen Erklärung zur Verwahrung übergibt.

Wenn alle Bus- und Taxifahrer auf Zack sind, kommt unser Freund hier nicht mehr weg, überlegt Bastian, während er mit schnellen Schritten zurück zur Tonnenhalle geht, um dort mit seiner Suche zu beginnen.

Aus dem Inneren des Gebäudes schlägt dem Kommissar ebenso warme wie feuchte Luft entgegen. An den Süßigkeiten- und Andenkenständen herrscht weniger Betrieb als im Hochsommer, doch leer ist es deswegen noch lange nicht. Familien mit quengelnden Kindern, übergewichtige Paare in wetterfester Bekleidung und einige Trüppchen von Jugendlichen, die vermutlich gerade aus der Schule gekommen sind, bevölkern die Stände. Die Stimmen der Leute scheinen sich unter der hohen Decke zu einem ohrenbetäubenden Klangwirrwarr zu vereinigen. Bastian durchkämmt die Halle dreimal, bis er das Gefühl hat, jedem Einzelnen mehrmals ins Gesicht geschaut zu haben. Marvin Schöne ist nicht dabei. Enttäuscht steigt Bastian die Treppe ins Obergeschoss hinauf und durchsucht den Buchladen, ohne Erfolg. Unschlüssig blickt er sich um. *Wo könnte man sich sonst noch verstecken?*

Freitag, 7. November, 14.18 Uhr, Große Tonnenhalle, List

Marvin Schöne sitzt im Obergeschoss der Großen Tonnenhalle in einer engen Toilettenkabine und hat seinen Darm nicht unter Kontrolle. Überhaupt läuft seit einer Stunde alles schief.

Dabei hatte der Tag so vielversprechend angefangen. Endlich schien der große Plan aufzugehen. Gestern schon hatte Fred Hübner ihm einen unverhofften Joker in die Hände gespielt, indem er ganz freiwillig in den Möwengrund nach List gekommen war.

Marvin Schöne war gerade dabei gewesen, das Haus seiner Tante auf der Suche nach Bargeld oder zumindest Schmuck, der sich schnell zu Geld würde machen lassen, zu durchkämmen, als er mitbekam, dass ausgerechnet der neugierige Journalist sich unten im Garten rumtrieb. Ursprünglich war geplant gewesen, Hübner erst einige Tage später unter einem Vorwand hierherzulocken, um ihn zu überwältigen. Doch nun war er schon früher hier aufgetaucht.

Diese einmalige Gelegenheit konnte Schöne sich nicht

entgehen lassen. Zum Glück lag alles bereit. Das Bekennerschreiben hatte Schöne schon Tage vorher auf Hübners alter Schreibmaschine getippt, die seit Jahren in einer Ecke des Gartenhauses vor sich hin rostete. Und der schwere Kegel, den er ebenfalls schon vor einiger Zeit aus der Kegelhalle hatte mitgehen lassen, war seit dem letzten Mord im Garten des benachbarten Ferienhauses griffbereit deponiert.

Marvin Schöne holte also den Kegel aus seinem Versteck und schlich sich im Gartenhaus an Hübner heran. Er fand es unerwartet leicht, den Journalisten zu überwältigen. Nach den großen Tönen, die er noch während der Talkshow gespuckt hatte, hätte er ihn für fitter gehalten. Auch der Rest war fast ein Kinderspiel gewesen. Im Handumdrehen war der immer noch bewusstlose Journalist gefesselt und angekettet. Die Werkzeuge zur Vollendung des teuflischen Plans waren der Polizei unter dem ganzen Plunder, der das Gartenhaus anfüllte, nicht aufgefallen: eine Eisenkette, Handschellen und ein schwerer Betonklotz mit einem eingelassenen Ring an der Oberseite. Und die Wodkaflasche hatte Schöne rechtzeitig im Vitrinenschrank seiner Tante deponiert und dann in Greifweite des bewusstlosen Hübner platziert.

So weit ging alles glatt.

Blöd nur, dass am Abend nach Hübners Verschwinden ein Kripo-Wachhund vor Schönes Haus Aufstellung genommen hatte. Zum Glück war er selbst inzwischen zurückgekehrt und konnte den Unschuldigen mimen. Allerdings musste er sein Werk im Möwengrund ja noch vollenden. Aber erfinderisch, wie er sein konnte, war er auf die Idee mit dem fingierten vierten Mordfall gekommen. Das Prepaid-Handy steckte sicherheitshalber schon seit Tagen in seiner Jackentasche.

Mit dem hatte er sich auch schnell ein Taxi gerufen, kaum dass sein Schatten abgedreht war, vermutlich, um am Ellenbogen nach der vierten Leiche zu suchen, die natürlich gar nicht existierte.

Als Schöne im Möwengrund ankam, wollte er sein Vorhaben zügig in die Tat umsetzen und anschließend möglichst unauffällig verschwinden und sich um ein Alibi kümmern.

Dass Hübner in der einsamen Nacht, die er angekettet verbringen musste, den Verlockungen des Alkohols nicht würde widerstehen können, war zu erwarten gewesen. Allerdings hätte sich Schöne gewünscht, dass der Journalist eine etwas bessere Kondition aufweisen würde. Zu einer vernünftigen Unterschrift war Hübner am Vormittag leider nicht mehr fähig. Doch die Indizienkette würde auch so reichen, davon war Schöne fest überzeugt, als er dem Journalisten die Hand führte. Die nächsten vierundzwanzig Stunden konnte Hübner unmöglich überleben, und mit seinem schriftlichen Geständnis stünde einer Aufklärung aller drei Morde nichts mehr im Wege.

Schöne wäre frei und könnte endlich über das Erbe verfügen.

Nur schnell weg jetzt, war sein einziger Gedanke, als er das Gartenhaus verließ. Er trug den schweren Kegel in der Hand, die Mordwaffe, die er nun nicht mehr brauchte und unauffällig im Lister Hafenbecken versenken wollte.

Doch kaum war er ins Freie getreten, begann alles schiefzulaufen. Auf der Terrasse stand ausgerechnet sein Kripo-Schatten und telefonierte. Jedes Wort, das er sprach, konnte das eine zu viel sein, das war Marvin Schöne sofort klar. Ihm blieb gar nichts anderes übrig, als noch einmal zuzuschlagen. Der andere ging sofort zu Boden und blieb reglos liegen.

Wenn nicht schon der Schlag es war, dann würde der Blutverlust tödlich sein, davon war Schöne überzeugt.

Er musste fliehen, und zwar so schnell wie möglich. Allerdings kam ein Taxi jetzt nicht mehr in Frage, er würde stattdessen das Fahrrad Hübners nehmen müssen, das am Gartenhaus lehnte und zum Glück nicht angeschlossen war. Schöne stieg aufs Rad und trat wie wild in die Pedale. Die Kollegen des Erschlagenen konnten schließlich jeden Augenblick um die Ecke kommen.

Und dann passierte die nächste Panne. Als Marvin Schöne am Hafenbecken angekommen war, stellte er fest, dass er den Kegel im Möwengrund zurückgelassen hatte. Er hatte ihn gleich nach dem Schlag auf seinen Beschatter unter einen Rhododendronbusch geworfen, um sich nach einer Fluchtmöglichkeit umzusehen. Nach der Entdeckung des Hübner'schen Rades, war er so versessen darauf, möglichst schnell wegzukommen, dass er den Kegel völlig vergessen hatte.

Natürlich war an eine Rückkehr in den Möwengrund nicht zu denken, denn inzwischen würde es dort vor Polizisten wimmeln. *Ich muss mich irgendwo verstecken, zumindest bis ich in Erfahrung gebracht habe, ob mein Schatten überlebt und mich erkannt hat.* Das war Marvin Schönes einziger Gedanke.

Er saß in der Falle, zumindest vorläufig, und das schlug ihm auf den Darm. Er schaffte es gerade noch bis hoch in die Sanitärräume der großen Tonnenhalle.

Und hier hockt er nun und wartet darauf, dass sein Darm sich beruhigt. Und dass Jasper sich zurückmeldet. Er hatte ja auch bisher alles geplant, sicher hat er auch jetzt eine Idee, wie weiter zu verfahren sein würde. *Der blöde Kerl braucht gar nicht zu glauben, dass er sich aus der Verantwortung stehlen kann. Er sitzt genauso in der Scheiße wie ich selbst. Wenigstens im übertragenen Sinne.*

Als jemand kurz darauf heftig an die Tür seiner Toilettenkabine hämmert, stöhnt Schöne auf. »Zieh Leine. Ich bin beschäftigt.«

»Herr Schöne?« Die Stimme kommt ihm entfernt bekannt vor.

»Woher wissen Sie, wer ich bin?«

»Im Hauptberuf bin ich Kriminalkommissar und im Nebenberuf Hellseher. Also machen Sie schon auf, Sie sind verhaftet.«

Freitag, 7. November, 14.41 Uhr, Norderende, Archsum

Jasper Bleiken ist ein Mann, der weiß, wann er verloren hat. Oder wann zumindest eine drastische Kursänderung nötig ist, um das Schlimmste zu verhindern. Und nach Marvins panischem Anruf hat er nicht lange gebraucht, um zu begreifen, dass er nur noch eine Chance hat: die Flucht nach vorn.

Er tritt ans Fenster und sieht die schmale Kommissarin unten im Nieselregen in ihrem Wagen sitzen. Vor einer halben Stunde ist sie hier angekommen, und nichts deutet darauf hin, dass sie demnächst ihren Beobachtungsposten verlassen wird. Kurzentschlossen greift Jasper Bleiken nach seiner Barbourjacke, verlässt das Haus, geht geradewegs auf das Auto zu und klopft an die Scheibe.

»Wollen Sie nicht lieber reinkommen und sich aufwärmen?«, ruft er.

Die Kommissarin lässt die Scheibe herunter. »Mir geht es gut, danke sehr.« Ihre Stimme ist außerordentlich kühl.

»Worauf warten Sie eigentlich? Ich laufe Ihnen nicht weg, ich habe schließlich nichts zu verbergen.«

»Sind Sie sich da ganz sicher?«

Bleiken setzt sein Pokerface auf und nickt. Die Kommissarin lehnt sich in ihrem Sitz zurück, legt den Kopf in den Nacken und blickt ihn durchs offene Fenster abschätzig an.

»Wir haben die Mordwaffe gefunden«, erklärt sie leise. »Die Blutspuren werden gerade untersucht.«

»Meine Frau ist doch aber nicht erschossen worden«, gibt Bleiken geistesgegenwärtig zurück. *Wenn du mich auf so banale Weise reinlegen willst, musst du früher aufstehen.*

»Das habe ich auch nicht behauptet. Es handelt sich um einen ziemlich schweren Kegel, an dem reichlich Blut klebt.«

Bleiken bemerkt Sekundenbruchteile zu spät, dass er unwillkürlich die Brauen gerunzelt hat. Schnell sagt er: »Und was habe ich damit zu tun?«

Ohne auf seine Frage einzugehen, spricht die Kommissarin weiter. »Was haben Sie eigentlich in der Nacht von Mittwoch auf Donnerstag gemacht?«

»Getrauert«, erwidert er trocken. »Was würden Sie tun, wenn Ihr Mann wenige Tage vorher erschlagen worden wäre?«

»Ich würde nach dem Mörder suchen.«

»Das ist *Ihr* Job, nicht meiner.«

»Wir sind dabei. Und wenn wir beide uns hier schon so nett unterhalten, können Sie mir gleich noch eine zweite Frage beantworten: Wie gut kennen Sie Marvin Schöne?«

Jasper Bleiken antwortet schnell und entschieden. »Überhaupt nicht. Wer soll das sein?«

»Der Mann, der Sie vor nicht mal zwei Stunden ziemlich

panisch angerufen und um ein Versteck für die nächste Nacht gebeten hat.«

Er schluckt. »Sie überwachen mein Telefon?«

»Scheint so, oder?«, kontert sie cool.

»Das war irgendein Irrer vorhin, keine Ahnung, wie der hieß. Und soweit ich mich erinnere, hat er seinen Namen nicht genannt«, redet Bleiken sich raus.

»Aber er hat möglicherweise Ihre Frau erschlagen.«

»Warum verhaften Sie ihn dann nicht, anstatt mir hier allen möglichen Quatsch zu unterstellen.« Inzwischen pladdert es ganz ordentlich. Bleiken spürt, wie das Regenwasser in seinen Kragen rinnt und die Kälte ihm in die Knochen kriecht. Vielleicht ist es aber auch die Angst, die ihn frösteln lässt.

»Wir sind dabei. Und glauben Sie mir, wenn er auspackt, wird es auch für Sie ungemütlich.«

»Sie bluffen doch.« Erschrocken hält Bleiken inne. Er hat einen dummen Fehler gemacht, und er weiß es, bevor ihr Lächeln ihm verrät, dass sie es auch bemerkt hat.

»Dann werde ich Ihrer Erinnerung mal auf die Sprünge helfen«, bietet sie mit falscher Freundlichkeit an. »Marvin Schöne und Sie kennen sich vom Fußballverein. Aber nicht nur das, Sie haben auch vor kurzem gemeinsam an einem Probetraining bei Body Cult teilgenommen und dabei die Karteikarte von Angela Ludwig studiert. Ihrer beider Fingerabdrücke sind darauf.«

»Bei diesem Probetraining waren wir zu mehreren, das stimmt. Und so eine Karteikarte ist tatsächlich rumgegangen. Die habe ganz sicher nicht nur ich angefasst.«

»Nur merkwürdig, dass ausgerechnet Angela Ludwig kurz darauf sterben musste. Übrigens in einer Nacht, für die weder Sie noch Herr Schöne ein Alibi haben.«

»Das macht uns noch nicht zu Mördern.«

Wieder zeigt das Gesicht der Kommissarin dieses feine Lächeln, das ihn gleich wahnsinnig macht. »Aber verdächtig ist es schon, das müssen Sie zugeben.«

Bleiken ist sich plötzlich gar nicht mehr so sicher, ob es eine gute Idee war, sich direkt an die Kommissarin zu wenden. Offenbar weiß sie mehr, als ihm lieb ist. »Hören Sie doch mit dem Blödsinn auf. Mir ist kalt, ich gehe jetzt wieder rein.«

»Warten Sie noch einen Moment, bitte. Ich möchte Sie noch etwas fragen. Nur aus Interesse. Die vielen Kriminalromane in Ihrem Wohnzimmerregal? Sind die von Ihrer Frau, oder lesen Sie die auch selbst?«

»Ich weiß wirklich nicht, was Sie mit dieser Frage bezwecken.«

»Patricia Highsmith beispielsweise hat sich in ihren Büchern einige pfiffige Konstruktionen einfallen lassen. *Zwei Fremde im Zug*. Jede Wette, Sie kennen den Plot. Alfred Hitchcock hat den Krimi übrigens kongenial verfilmt«, erklärt Silja ungerührt.

»Sie sind geschmacklos. Ich werde mich bei Ihrem Chef über Sie beschweren.«

Bevor die Kommissarin antworten kann, klingelt ihr Handy. Sie blickt aufs Display und sagt – wieder mit diesem Lächeln: »Sorry, aber das ist er.«

»Wer?«

»Na mein Chef, bei dem Sie sich beschweren wollten. Ich reiche das Handy nachher gern an Sie weiter.«

Dann lauscht sie einige Minuten konzentriert ins Telefon. Dabei lässt sie ihn nicht aus den Augen. Verzweifelt versucht er, zu verstehen, was ihr Gesprächspartner sagt, aber das Geräusch des Regens auf dem Straßenpflaster ist zu laut.

Als sie das Gespräch beendet hat, fixiert sie ihn nachdenklich. Er fühlt sich wie das Kaninchen vor der Schlange. Eigentlich noch frei, aber irgendwie auch schon hypnotisiert.

»Wir haben ihn«, erklärt die Kommissarin schließlich.

»Wen?« Es fällt ihm immer schwerer, die unschuldige Miene aufrecht zu erhalten.

»Marvin Schöne, den Herrn, den Sie nicht zu kennen behaupten, obwohl er vielleicht der Mörder ihrer Frau ist, möglicherweise auch Ihr Mittäter beim Mord an Angela Ludwig und auf jeden Fall der Nutznießer des Mordes an seiner Tante Gisela Manthey, für den er ein Alibi hat, Sie aber leider nicht. Eine Hand wäscht die andere. Das sagt Ihnen doch was, wenn Sie schon den Highsmith-Klassiker nicht kennen, oder?«

»Das sind ungeheuerliche Unterstellungen! Ich bin unschuldig.«

»Ich fürchte, Herr Schöne sieht das ein wenig anders. Er hat Sie bei seiner Verhaftung schwer belastet. Sie und Herrn Hübner übrigens auch.«

»Das Schwein bringe ich um«, entfährt es Jasper Bleiken, bevor er sich zurückhalten kann.

»Wen genau meinen Sie?«

»Fred Hübner, wen denn sonst?«, kann er gerade noch antworten.

»Da kommen Sie ein bisschen spät. Das hat Herr Schöne nämlich schon versucht. Aber wie es aussieht, ist Fred Hübner zäher, als Ihnen lieb sein dürfte. Mein Kollege, sorry, mein Chef, bei dem Sie sich ja noch beschweren wollten, hat mir eben mitgeteilt, dass er außer Lebensgefahr ist.«

»Ich habe keine Ahnung, wovon Sie reden.«

»Tatsächlich? Das wundert mich.«

Die Kommissarin hebt kurz die Brauen, dann legt sie das Handy aus der Hand, greift unter ihre Jacke und zieht eine Waffe hervor. »Herr Bleiken, Sie stehen unter Mordverdacht in einem Fall und unter dem Verdacht, Beihilfe zum Mord in zwei weiteren Fällen geleistet zu haben. Ich muss Sie bitten, sich in Ihrem Haus zu unserer Verfügung zu halten, bis meine Kollegen eintreffen. Ich werde Sie hineinbegleiten und dort mit Ihnen warten.«

Sonntag, 9. November, 11.07 Uhr, Nordseeklinik, Westerland

»Hättest du dir jemals vorstellen können, dass wir beide den Sonntagvormittag für einen Krankenbesuch ausgerechnet bei Fred Hübner nutzen würden? Das Leben denkt sich die merkwürdigsten Dinge aus«, sagt Bastian kopfschüttelnd, während er und Silja den Fahrstuhl verlassen und mit schnellen Schritten durch den Krankenhausflur gehen. Der Kommissar trägt einen üppigen Blumenstrauß in der einen Hand und einen tropfenden Regenschirm in der anderen.

»Ganz sicher nicht«, erwidert Silja. »Aber wenn er uns schon den Gefallen getan hat, entscheidend zur Aufklärung unseres Falles beizutragen, ist das das wenigste, das wir tun können.«

»Die Beweislage wäre ohne seine Leidensgeschichte tatsächlich etwas dürftig gewesen.«

»Vor allem hätte Schöne dann nie gestanden. Und ohne sein Geständnis hätten wir Bleiken wenig nachweisen können.«

»Dabei war er eindeutig das Hirn hinter dem Plan.«

»Du sagst es. Alles, was letztendlich schiefgelaufen ist, hat Schöne vermasselt.«

Bastian lacht auf. Es klingt fast ein wenig mitleidig. »Ja, stimmt. Beim Mord an Angela Ludwig hat er vergessen, den Kegel mitzubringen. Stell dir das bitte mal vor: Zwei Typen lauern einer Frau im Wald auf, um sie umzubringen, und müssen plötzlich feststellen, dass die Mordwaffe fehlt.«

»Woher wussten die beiden eigentlich, dass die Ludwig den Umweg übers Südwäldchen nehmen würde?«

»Das tat sie wohl immer. Schöne konnte das tagelang prima aus seinem Fenster beobachten.«

»Und er hat vermutlich auch gewusst, dass der Schuttcontainer um die Ecke steht und damit immerhin für ein Ersatztatwerkzeug sorgen können«, führt Silja die Überlegung fort.

»Ich kann mir bildlich vorstellen, wie Bleiken seinen Kompagnon nach vollbrachter Tat rundgemacht hat.« Bastian schmunzelt.

»Hat aber nicht viel geholfen, denn beim Mord an Brith Bleiken hat Schöne vergessen, die Kleidung ordentlich auf einen Stapel zu legen und sie stattdessen mitgenommen. Als er uns das gestanden hat, sah er immer noch ganz bedröppelt aus.«

»Auf dem Kegel hat er auch ein paar Fingerabdrücke hinterlassen. Ganz im Gegenteil zu Bleiken, der offenbar sehr überlegt und sorgsam vorgegangen ist.«

»Wenn Sven nicht auf die Idee gekommen wäre, die Karteikarte aus dem Fitnessclub auf Fingerabdrücke untersuchen zu lassen, hätten wir wenig gegen ihn in der Hand«, stimmt Silja zu. »Aber der Trainer, der an dem entsprechenden Tag die Führung durch den Club gemacht hat, war sich ganz sicher, dass er keine Karteikarte hat rumgehen lassen. Und es waren ja auch nur die Fingerabdrücke von Bleiken, Schöne, der Ludwig selbst und der Tante, die den Tresen managt und die Karteikarten ausgibt, drauf. Und nicht die von den fünf anderen Teilnehmern der Führung«

»Das hätte natürlich nicht gereicht, um ihm eine Beteiligung an der Tat nachzuweisen, aber zum Glück hat er sich bei der ersten Vernehmung verraten.«

»Das hast du grandios hinbekommen, Bastian.« Silja muss bei dem Gedanken an die filmreife Szene, die sich gestern auf dem Kommissariat abgespielt hat, schmunzeln. »Wie er da saß und einfach nicht glauben konnte, dass seine Fingerabdrücke überall auf der blauen Bank gefunden worden sind. Und du das kalt lächelnd immer weiter behauptet hast, bis er irgendwann ausgerastet ist und dir sein *Ich habe Handschuhe getragen, zum Teufel nochmal!* entgegengeschleudert hat.«

»Es war ziemlich riskant, das weißt du selbst. Denn alles, was er auf diese Unterstellung geantwortet hat, wäre vor Gericht niemals verwertbar gewesen.«

»Ja klar, aber danach war er weich und hat ausgepackt. Du hast seine Intelligenz in Frage gestellt, und das hat er einfach nicht ertragen. Als der Damm erst mal gebrochen war, hat er ja geradezu damit geprahlt, wie minuziös er alles vorbereitet hatte.«

Bastian bleibt stehen und lässt den Blick den Krankenhausflur entlanggleiten. Da beide Kommissare Zivilkleidung tragen und einen Blumenstrauß bei sich haben, fallen sie niemandem auf. Einige Patienten nicken ihnen zu, andere mustern sie neugierig.

»Sag mal, sind wir hier überhaupt im richtigen Flur? Ich

sehe lauter Gipsbeine, aber wir müssen doch in die Kardiologie, oder?«

»Upps, da haben wir uns wohl in der Etage vertan.«

Silja und Bastian kehren um und besteigen den Fahrstuhl noch einmal. Als sie allein in der Kabine sind, sagt Bastian kopfschüttelnd: »Das Highlight für mich war der Moment, in dem er seine Anspannung und sein taktisch bewundernswertes Vorgehen bei der Beschattung der angetrunkenen Gisela Manthey geschildert hat.«

Silja nickt und fügt hinzu: »Er hat uns quasi zu Komplizen gemacht und in seine Erzählung der Tat hineingezogen. Als sollten wir mitfiebern und ihn bewundern.«

»Der Plan war ja auch ziemlich gut ausgetüftelt.«

»Und hätte vermutlich funktioniert, wenn Marvin Schöne sich nicht so dämlich angestellt hätte.«

»Und wenn Bleiken rechtzeitig diesen einen Roman von Patricia Highsmith aus seinem Bücherregal entfernt hätte. Wie hieß der noch mal?«

»Zwei Fremde im Zug«, antwortet Silja. »Ja, das war ein ganz blöder Fehler. Aber ist es nicht oft so? Die Leute planen ein Verbrechen bis ins Detail, aber das Naheliegendste übersehen sie.« Der Fahrstuhl stoppt, und beide steigen aus. Diesmal sind sie in der richtigen Etage gelandet. Während sie Fred Hübners Zimmer suchen, fügt die Kommissarin kopfschüttelnd hinzu: »Zumal es in dem Buch vor Anstreichungen nur so wimmelt. Außerdem hat er den Kassenbon als Lesezeichen benutzt. Wir wissen also, dass Bleiken den Krimi schon vor zwei Jahren gekauft hat. Und er hat ja selbst gesagt, dass die Vorbereitungen Monate gedauert haben. Es passt zeitlich also alles.«

»Fall gelöst, würde ich sagen, oder?«, erklärt Bastian, bevor er an Fred Hübners Zimmertür klopft und anschließend die Klinke herunterdrückt. Der Journalist liegt in einem Einzelzimmer und sieht immer noch sehr blass aus. Er wird durch zwei Kanülen mit Flüssigkeit und Nahrung versorgt. Offenbar hat er gerade geschlafen und braucht ein paar Sekunden, um sich zu orientieren. Als er Bastian und Silja erkennt, hebt er leicht die Hand und flüstert grinsend: »Dass ich von Ihnen noch mal Blumen bekommen würde, hätte ich auch nicht gedacht.«

»Ich habe noch etwas anderes für Sie«, sagt Bastian und zieht ein schmales Briefkuvert aus seiner Tasche.

»Eine fette Entschädigungssumme wegen Ihrer falschen Verdächtigungen, hoffe ich.«

»Wir haben Sie zwar verdächtigt, aber letztendlich hat der Kollege Winterberg Sie aus einer ziemlich üblen Situation gerettet, also sind wir quitt, denke ich«, kontert Bastian.

»Wie geht es ihm?«

»Besser. Im Gegensatz zu Ihnen ist er mit einer leichten Gehirnerschütterung davongekommen.«

»Mich hätte es fast gefetzt, aber das wissen Sie vermutlich. Es ist schon irre, wie so eine Vergangenheit als Alkoholiker einen immer wieder einholen kann.«

»Marvin Schöne war durch seine Tante bestens über Ihre Suchtgeschichte informiert. Er wusste also ganz genau, womit er Sie triggern kann«, erklärt Bastian.

»Und als Jasper Bleiken Sie bei der Talkshow erlebt hat, war ihm schnell klar, dass Sie das perfekte Puzzleteil waren, das den beiden Tätern für ihren perfiden Plan noch gefehlt hat«, fügt Silja hinzu.

»Mir nach meinen Ausfällen in der Talkshow einen Mord an Angela Ludwig in die Schuhe schieben zu wollen, war echt nicht nett. Nicht dass ich große Sympathien für sie gehabt hätte, aber dass die arme Frau nur deshalb sterben musste, damit der Verdacht nicht gleich auf Schöne und Bleiken fiel, das hat sie nicht verdient. Aber was ist jetzt in dem Briefumschlag?«

»Unsere geschätzte Staatsanwältin hat ihn mir zukommen lassen. Sie haben sich bisher ja geweigert, sie zu empfangen. Da hat sie wohl zur Feder gegriffen, wenn ich das mal poetisch ausdrücken darf.« Bastian fühlt sich sichtlich unwohl bei seiner Mission.

Und prompt verzieht Fred Hübner das Gesicht zu einer Grimasse. »Den Wisch können Sie gleich wieder mitnehmen. Meinetwegen auch gern wegwerfen. Ich werde ihn bestimmt nicht lesen. Mit dieser Dame bin ich fertig, das können Sie mir glauben.«

»Seien Sie nicht so hartherzig«, mischt Silja sich ein.

»Sie sind gut. Die Dame Bispingen hat mir ganz offensichtlich drei Morde zugetraut. Mit so jemandem möchten Sie auch nicht das Lager teilen.«

»Sie war in einer schwierigen Situation«, versucht Silja zu erklären.

»Echt jetzt? Und ich dachte eigentlich, ich sei derjenige gewesen, der in einer schwierigen Situation war. Und jetzt Schluss damit. Die Sache ist für mich erledigt.«

Sonntag, 16. November, 10.22 Uhr, Drosselstieg, Westerland

»Mas mehr Kingel«, fordert der kleine Max Winterberg, wirft den ganzen Oberkörper auf den Esstisch seiner Großeltern und streckt den Arm aus, um mit seiner kleinen fleischigen Hand an den Teller mit den Hefekringeln heranzukommen.

»Du hattest schon drei Stück, jetzt ist es erst mal genug«, mahnt seine Mutter Anja und löst mit ihren Worten einen veritablen Wutanfall aus.

»Komm, min Jung, wir spielen ein bisschen mit der Briobahn«, versucht Hannes Winterberg, seinen Enkel abzulenken.

»Mas Kingel«, murmelt Mäxchen weinerlich, schielt aber schon hinüber zu dem stattlichen Schienenrund, das den Wohnzimmerteppich bedeckt.

Anja und Sven haben sich vor anderthalb Stunden mit ihren Kindern zu einem ausgedehnten Sonntagsfrühstück bei Svens Eltern eingefunden. Nach den aufregenden und gefährlichen letzten beiden Wochen war die Sehnsucht nach ein bisschen familiärer Normalität groß. Sven ist wieder vollständig bei Kräften, nur eine kleine Narbe am Kopf wird ihm als Erinnerung an den Angriff Marvin Schönes bleiben. Und auch Mette, die nächtelang von furchtbaren Alpträumen geplagt worden ist, hat die letzten Nächte tief und traumlos schlafen können, so dass sie nun vorbehaltlos und vergnügt über die Scherze ihres Großvaters lachen kann. Lediglich Meret Winterberg ist ernster als sonst und wirft ab und an besorgte Blicke in die Runde.

»Dir geht es wirklich wieder gut?«, erkundigt sie sich jetzt bei ihrer Enkelin.

Mette nickt und lässt sich einen Augenblick Zeit mit ihrer Antwort.

»Papa hat mir erklärt, dass die Toten Ruhe finden, wenn die Schuldigen bestraft werden können. Deshalb muss ich diese schrecklichen Träume nicht mehr haben«, sagt sie schließlich leise und wirkt dabei mit ihren zwölfeinhalb Jahren sehr nachdenklich.

»Die drei Frauen werden nicht wieder lebendig, auch wenn du dich noch so grämst. Deshalb ist es gut, die Erinnerungen loszulassen«, pflichtet die Großmutter ihr bei.

»Und außerdem ist Papa jetzt ein Held«, fügt Mette altklug hinzu.

»Wer sagt das denn?«, will Hannes Winterberg vom Wohnzimmerteppich aus wissen, während er die elektrische Lok zur großen Freude seines Enkels auf eine andere auffahren lässt.

»Umfall, Umfall«, kräht Mäxchen fröhlich und so laut, dass die Familie fast das Klingeln der Türglocke überhört hätte.

»Erwartet ihr noch jemanden?«, fragt Anja erstaunt.

»Es gibt noch eine kleine Überraschung.« Mit geheimnisvoller Miene geht Meret zur Tür und kehrt wenig später mit Silja und Bastian im Schlepptau zurück.

»Euch entkommt man wohl nirgends«, flachst Sven in gespielter Verzweiflung, während er aufsteht, um zwei weitere Teller aus der Küche zu holen. Erst dann sieht er die Champagnerflasche in Bastians Hand.

»Bist du befördert worden?«

»Ich nicht, aber du. Gestern rief mich die Bispingen an. Es ist jetzt amtlich: Du bist offiziell belobigt worden und ab dem 1. Januar wieder als Oberkommissar bei uns oben mit an Bord. Meine herzlichsten Glückwünsche dazu!«

Er löst die Metallkappe vom Champagnerkorken und öffnet die Flasche mit einem leisen Plopp.

Während Sven noch einige Sekunden braucht, um die Botschaft zu verdauen, bricht sich bei seiner Frau die Freude ungehindert Bahn. Sie fällt ihm um den Hals und jubelt: »Wie toll ist das denn!«

»Und woher wusstet *ihr* davon?«, wendet Sven sich irritiert an seine Eltern.

»Wir haben uns gestern alle vier zufällig auf dem Markt getroffen«, erklärt Silja und zwinkert Meret Winterberg zu. »Und da haben wir gedacht, dass so eine Überraschung am Familientisch ganz nett sein könnte.«

»Außerdem haben wir natürlich auf den einen oder anderen Kringel von Oma Meret gehofft«, fügt Bastian hinzu und schickt einen verlangenden Blick zu den restlichen Hefeteilchen auf der Kaffeetafel.

Während ihm Meret lachend die Platte mit dem Süßgebäck hinhält, Sven die Sektgläser aus der Vitrine holt und Mäxchen mit der Brio-Lok einen weiteren Unfall verursacht, fragt Mette schelmisch in die Runde: »Sag mal, Papa, du bekommst doch jetzt auch wieder mehr Geld, oder?«

»Ja, warum?«

»Vielleicht gibst du ja dem Weihnachtsmann ein bisschen was davon ab. Er ist doch sicher auch der Meinung, dass ich nach dem Schock ein Extrageschenk verdient habe.«

»Schlechtes Timing, mein Kind«, antwortet Sven augenzwinkernd. »Hast du nicht gehört, dass die Beförderung erst zum Januar wirksam wird?«

»Manno! Bekomme ich dann wenigstens einen winzigen Schluck von eurem Prickelwasser?«

»Zur Konfirmation das erste Glas, das weißt du genau.«

»Papa, du bist vielleicht ein guter Polizist, aber ein echt strenger Vater«, mosert Mette, verlässt den Esstisch und kniet sich neben ihren kleinen Bruder auf den Teppich. Während sie mit seiner Hilfe in kürzester Zeit ein komplettes Verkehrschaos auf den Bahnschienen anrichtet, prosten die Erwachsenen sich zu.

»Auf den Erfolg!«

»Auf die Familie!«

»Auf die Insel!«

Die Sylt-Krimi-Reihe von Eva Ehley

1 Engel sterben Auf der Insel verschwinden drei kleine Mädchen spurlos. Es gibt keine Zeugen, keine Hinweise, keine Lösegeldforderung, nur die blicklosen Puppen in dem leerstehenden Watthaus.

2 Frauen lügen Der Journalist Fred Hübner trifft seine große Liebe wieder. Als sie über eine Scheidung von ihrem vermögenden Mann nachdenkt, muss sie sterben. In Fred Hübners Bett.

3 Männer schweigen Bei Sonnenaufgang sitzt eine rothaarige Schönheit allein im Strandkorb. Sie ist nackt, und sie ist tot. Und eine andere, die ihr bis aufs Haar ähnelt, ist in größter Gefahr.

4 Mörder weinen Zwei Morde innerhalb von 12 Stunden. Drei Kommissare unter extremem Zeitdruck. Vier Kunstwerke, die Rätsel aufgeben. Und ein Journalist, der alles enthüllen kann.

5 Mädchen töten Sylt im Herbst. Satanisten feiern schwarze Messen am Strand. Und dann findet die Polizei ein menschliches Ohr in den Dünen.

6 Sünder büßen Eine Tote beim Biikebrennen. Ein Gefangener im Keller. Und über allem die Frage: Gibt es das perfekte Verbrechen? Ohne Spuren? Ohne Tatort? Ohne Leiche?

7 Falscher Glanz Ein Schmuckverkäufer, schön wie Adonis, liegt juwelengeschmückt in seinem eigenen Blut. Gier, Sex und Eifersucht sind ein giftiger Cocktail.

8 Einsames Grab Am Morsum-Kliff wird ein kopfloses Mädchen-Skelett entdeckt. Könnte es eine Verbindung zu Silja Blancks Schwester geben, deren Mörder nie gefunden wurde?

9 Böser Abschied Ein tödlicher Junggesellenabschied und ein Kommissar unter Verdacht. Hat Sven Winterberg wirklich einen Menschen auf dem Gewissen? Und wohin ist er verschwunden?

10 Toter Blick Nebel hüllt die Insel ein. Da wird eine Frau erschlagen und an einen Baum gefesselt aufgefunden. Während die Kommissare Silja Blanck und Bastian Kreuzer fieberhaft nach Motiv und Täter suchen, geschehen weitere Morde. Und ein alter Bekannter gerät ins Visier der Ermittler.

Eva Ehley
Böser Abschied
Ein Sylt-Krimi

Der neunte Fall für das sympathische Ermittler-Trio

Ein dünner Mond steht über dem Hörnumer Strand. Fackelschein taucht neun feiernde Männer in ein rötliches Licht. Mitten unter ihnen: Kommissar Sven Winterberg und seine Dienstwaffe. Damit will er Salutschüsse zu Ehren seines alten Schulfreundes abgeben, der bald heiraten wird. Doch es kommt anders. Je tiefer die Freunde in die Vergangenheit abtauchen, je betrunkener sie werden, desto angespannter wird die Lage. Dann fällt ein Schuss, ein Mann stirbt in den Dünen. Und Sven Winterberg ist spurlos verschwunden.

352 Seiten, broschiert

Weitere Informationen finden Sie auf
www.fischerverlage.de

AZ 596-70633/1

Eva Ehley
Einsames Grab
Ein Sylt-Krimi

Frost glitzert auf den Stängeln des Heidekrauts am Morsum-Kliff, als Grabungen ein grausames Geheimnis offenbaren. Unter der idyllischen Landschaft ruht seit 15 Jahren das kopflose Skelett eines jungen Mädchens. Besonders für Kommissarin Silja Blanck ist der Fund ein Schock: Könnte es eine Verbindung zu ihrer kleinen Schwester geben, die zur gleichen Zeit sterben musste und deren Mörder nie gefunden wurde? Oder jagt die Kommissarin einem Hirngespinst hinterher?

Ihr achter Fall führt Silja Blanck, Bastian Kreuzer und Sven Winterberg direkt ins dunkle Herz Sylts.

416 Seiten, broschiert

Weitere Informationen finden Sie auf
www.fischerverlage.de

AZ 596-70019/1

Eva Ehley
Falscher Glanz
Ein Sylt-Krimi

In einem Kampener Juwelierladen wird der extrem attraktive Verkäufer Adnan Jashari tot aufgefunden. Seine Kehle ist durchgeschnitten, in seinen Augenhöhlen stecken zwei teure Ohrringe. Erste Ermittlungen ergeben, dass der Tote aus einem kriminell aktiven arabischen Clan stammt, der in Berlin lebt. Weil auf seinem Konto größere Geldsummen bewegt wurden, vermutet man einen Fall von Geldwäsche. Als Winterberg, Kreuzer und Blanck jedoch von Jasharis Verhältnis mit seiner erheblich älteren Chefin erfahren, kommt auch Eifersucht als Motiv in Frage. Doch dann bringt die Entdeckung einer weiteren, ebenfalls mit Schmuck dekorierten Leiche alle Theorien zum Einsturz …

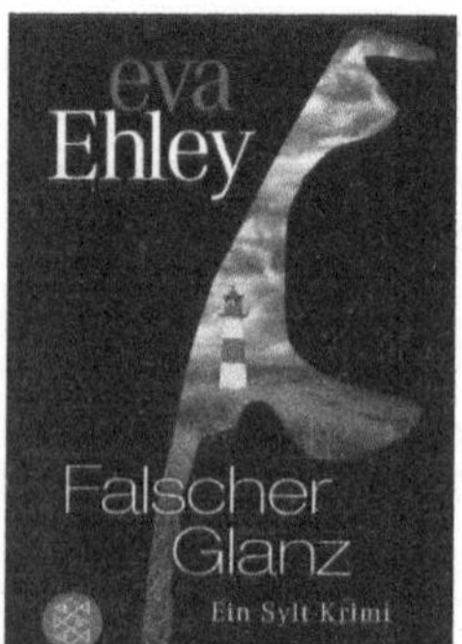

304 Seiten, broschiert